KB077526

성공하는 기사의
일곱가지
습관

성공하는 기사의 **일곱가지 습관** 2

초판 1쇄 펴낸 날 | 2018년 11월 5일

지은이 | 전유림
펴낸이 | 서경석

편집책임 | 조윤희 편집 | 이예진 디자인 | 최진실
마케팅 | 서기원 경영지원 | 서지혜, 이문영

임프린트 | (MUSE)
주소 | 경기도 부천시 부일로 483번길 40 서경B/D 3F (우) 14640
전화 | 032-656-4452 팩스 | 032-656-4453
이메일 | roramce@naver.com 블로그 | bolg.naver.com/roramce
홈페이지 | http://www.chungeoram.com

발 행 처 | 도서출판 청어람
출판등록 | 1999년 5월 31일 제387-1999-000006호
어람번호 | 제11-0094호

ⓒ 전유림, 2018

ISBN 979-11-04-91845-2 04810
ISBN 979-11-04-91843-8 (SET)

뮤즈는 도서출판 청어람 단행본사업본부의 임프린트입니다.
저작권법에 의해 보호를 받는 저작물이므로, 무단 전재 및 유포·공유를 금합니다.

※ 파본은 구입하신 서점에서 교환하여 드립니다.
※ 저자와 협의하여 인지를 붙이지 않습니다.

도서출판 청어람은 언제나 여러분의 소중한 작품 투고와 도서 출간 기획 등 다양한 제안
을 기다리고 있습니다. chungeorambook@daum.net

성공하는 기사의 일곱 가지 습관

II

전유림 장편소설

CMUSE

·목차·

Chap.5

항상 선을 실천하고 악을 징벌할 것

"보고!"

숨이 끊어질 듯한 전령의 목소리에 루트비히는 지루한 얼굴로 눈짓했다. 하일러가 눈치 빠르게 휘장을 열고 전령을 불러들였다.

"전하께서 보시겠다 하신다."

"태자 전하!"

전령은 그대로 휘장 사이를 가르고 천막에 들어와 무릎을 꿇었다. 루트비히는 심드렁하게 물었다.

"무슨 일이냐? 성문을 열라고 전하라 했지, 사냥감 사슴 흉내를 내라고 한 적은 없는 것 같은데."

"위대하신 태자 전하께 보고합니다! 성문이 열리지 않습니다!"

천막 입구 쪽에 두 동기와 함께 서 있던 안네그레트는 이상한 표정을 지었다. 루트비히는 인상을 썼다.

"그게 무슨 말이냐? 내가 문을 열라고 했는데 왜 안 열려? 황제 폐하께서 따로 명을 내리신 것이 있다더냐?"

"전하!"

전령은 무릎을 꿇었다.

"황공하옵니다, 전하! 북문 앞에는 나무를 뾰족하게 깎아 만든 울타리가 몇 겹이나 둘러쳐져 있고 문 또한 단단히 닫혀 그 앞을 보초들이 지키고 있었습니다! 태자 전하의 기를 보고도 아무도 나오지 않아 보초에게 말을 걸어보았습니다만, 그들은 상부의 명령으로 문을 지키고 있으니 그 누구도 통과시킬 수 없다는 대답만 계속 반복했습니다!"

루트비히는 혀를 쯧 찼다.

"태자의 깃발을 보고도 못 들여보내? 잘나셨군. 그래서 그 상부가 누군데?"

전령은 순간 망설였다. 테다인은 한숨을 푹 쉬었다.

"황제 폐하께서 이런 방식을 쓰실 필요는 없겠지요."

그 말이 옳았다. 황제가 루트비히의 귀환을 금지하고 싶다면 오는 길에 편지 한 장만 보내면 된다. '태자의 귀환을 원치 않는다.'

루트비히도 고개를 끄덕였다.

"그래. 뻔하지만 대담한데. 어지간히 간 큰 보초들을 세워놨군."

유플리드의 자백은 애매모호하고 망상이 많이 섞여 있었지만, 이 자리에 있는 사람들은 그를 부추긴 것이 누군지 이제 분명히 알고 있었다. 진술서를 받아두었음은 물론이고 본인에게도 범인을 감쌀 생각은 없는 것으로 보였다. 그러니 일단 돌아가면 그것부터 당연히 공개할 생각이었지만.

"어려운 길을 선택하는군요."

안네그레트는 누구에게랄 것 없이 중얼거렸다.

로세드 슈빔마렌이 차라리 빨리 나서 벌을 청했다면 그의 혈통을 고려해 참작의 여지가 있었다. 그러나 저쪽이 원하는 것은 그게 아닌 모양이었다.

밀가루가 없었다.

주방의 하녀는 텅 빈 자루를 뒤집어 털며 한숨을 쉬었다. 창고에 남은 것이 있을까. 평소라면 이런 걱정은 상상도 하지 못했을 텐데, 길었던 황도 봉쇄는 결국 황궁의 살림까지 영향을 미쳤다. 슬슬 가을걷이를 할 때가 됐으니 아주 잠시만 다른 재료를 주로 한 식사를 내가면 되긴 하지만…….

"알피, 알피!"

태자궁 주방의 문을 활짝 열고 다른 하녀가 흥분해서 뛰어 들어왔다. 알피는 지치고 우울한 얼굴로 그녀를 보았다.

"왜, 무슨 일이야?"

막 들어온 하녀의 얼굴은 새빨갰다. 뭔가 큰 소식이 있는 모양이었다. 알피는 더는 털어도 먼지와 베 조각밖에 나오지 않는 자루를 내려놓았다.

"세상에, 내가 방금 무슨 말을 듣고 왔는지 알아? 태자 전하가 귀환하셨대!"

"뭐?"

부엌에 있던 다른 하녀들이 삽시간에 몰려들었다.

"뭐야, 그게 무슨 말이야?"

"태자 전하가 귀환하셨다고? 언제?"

밖에서 들어온 하녀는 고개를 세게 저었다.

"아직 입도하신 게 아니래. 성문 밖에 계신다던걸?"

"그래? 그럼 맞이할 준비를 해야겠네?"

모두의 얼굴이 활짝 피었다.

황궁의 밀가루가 동이 날 정도니, 이미 빈민가에서는 굶어 죽은 사람이 너무 많아 저번 전염병 사태가 재현되는 것이 아니냐는 이야기가 돌고 있었다. 조그만 빵 한 조각은 믿을 수 없을 정도의 가격에 거래되었고 그보다 작은 치즈 한 조각은 감히 빼돌릴 수조차 없었다. 언제 폭동이 다시 일어날지 모른다는 불안한 예측이 반쯤은 모두가 매일 입에 올리는 일상이 되었다.

우리 태자 전하만 돌아오시면, 그러면 괜찮을 거라고. 전보다 나아질지는 몰라도, 전처럼은 생활할 수 있을 거라고 태자궁의 하녀들은 서로에게 속삭이곤 했다. 그 주인이 이제 돌아온 것이다.

"그게 말이야."

원의 중심이 된 하녀는 침통한 얼굴로 고개를 저었다.

"태자 전하께서 유플리드 공을 억지로 잡아 오시는 바람에 북쪽의 야만스러운 족속들이 단단히 화가 나서, 완전히 문을 걸어 잠가 버렸다고 하지 뭐야. 병사들이 말하는 걸 들었어."

"뭐?"

"설마……!"

물론 그런 결말을 예상하며 떠들어대는 비관론자들도 있었지만, 태자궁에서는 그런 말을 믿지 않았다. 누가 뭐래도 이 위대한 제국의 황제가 건강히 살아 숨 쉬고 있다. 황가의 권위에 도전하는 것은 부신 제국에 속한 모든 충성스러운 영주를 적으로 돌리는 것이나 다름없는데. 누가 그런 어리석은 행동을 한단 말인가.

소식을 가져온 하녀는 고개를 저었다. 아무도 함부로 입을 열

수 없었다. 그때 날카롭고 쨍한 목소리가 침묵을 유리처럼 깼다.

"너희, 일은 안 하고 어딜 모여서 참새처럼 떠드는 게냐?"

주방장이었다. 주방장은 황후를 모시는 귀부인 중 하나인 시피에트 보첼 양과 함께 있었는데, 눈치를 보아하니 이따 한참은 꾸지람을 들어야 할 모양이었다. 주방장은 하녀들이 개미처럼 싹 흩어지자 시피에트 보첼 양을 보고 민망한 얼굴을 했다.

"면목이 없습니다, 레이디 보첼."

"나는 신경 쓸 것 없어. 말한 것만 내주게."

시피에트 보첼 양은 쓴웃음을 지었다. 알피는 눈치를 보며 슬 자리를 옮기려 했다. 그때 주방장이 그녀를 불러 세웠다.

"알피."

"예, 주방장님."

주방장은 이곳에서 십오 년은 일한, 경력 많은 사람이었다. 알피는 바짝 긴장해 그 자리에 멈춰 섰다. 주방장은 툭툭 터는 것처럼 손짓했다.

"설탕 한 자루 가지고 레이디 보첼을 모시렴. 황후께서 필요하시단다."

"예, 주방장님."

알피는 당장 지하 창고로 뛰어 들어갔다. 저러다 넘어지면 저 손해지, 하고 뒤에서 주방장은 혀를 쯧쯧 찼다.

그 모습을 보고 있던 시피에트는 생각하는 얼굴을 했다.

"제가 순수하게 여러분만을 위하는 감정으로 이런 말을 하는 것이냐 하면, 솔직히 아닙니다. 저 본인의 안위부터가 당장 걱정입니다."

호박 회의실은 격이 높은 회의실 중 하나로, 태자 루트비히가 자리를 비우고 나서는 주로 재상 시릴 데이하르츠가 국정에 관한 회의를 주재하곤 했다. 그러나 오늘 모인 것은 정식 회의를 위해서가 아니었다.

이 회의실 안에서 현재 가장 혈통이 좋은 슈빔마렌 후작 로세드가 한숨을 쉬며 테이블에 대리석 문진을 놓았다. 그는 요즘 아침부터 저녁까지 황궁에 있었다. 그 사실을 이상하게 생각하는 사람은 없었다. 7년의 문이 불타고 역도들이 황궁을 향해 행진했던 그 끔찍한 날을 모두가 기억하고 있었다.

태자가 자리를 비웠으니, 황제를 곁에서 보필할 수 있는 군사력의 소유자는 그밖에 없었다. 만약 또 문제가 생기면 어떻게 할까. 그의 '친애하는', 그리고 '진정한 마음으로 충성과 존경을 바치는' 황가 식구들에게 위협이 발생한다면?

"여러분도 아시다시피 저는 항상 우리 위대하신 황제 폐하와 그 아드님이시자 이미 존경받을 만한 기사이신 태자 전하를 온 마음으로 사랑하고 정성을 보여 드렸지요. 하지만 안타깝게도, 예, 우리끼리 있는 자리니 약간 솔직해져 보겠습니다. 태자 전하께서는 저를 그리 가까이하지 않아 오셨습니다. 이번 출정도 저는 끝까지 반대했던 것을 여러분은 기억하실 겁니다."

실로 그러했다. 태자의 노드바르덴 출정을 좋게 생각하지 않았던 이들은 물론, 당연하다고 평가했던 자들조차 떨떠름하게나마 사실을 인정하며 고개를 끄덕였다. 로세드는 비극적으로 한숨을 쉬었다.

"그런데 어땠습니까. 태자 전하께서 자리를 비우시자마자 무도한 자들이 각다귀처럼 달려들어 감히 저 자스라 시대의 오래되고 귀한 유산을 불태우지 않았습니까? 말이야 바른 말이지 그날 우리 어린 아이들과 연약한 귀부인들이 얼마나 놀라고 두려웠겠습니까. 상황이 빨리 진정되었기에 망정이지, 조금만 늦었다면 말도 안 되는 참상이 일어날 뻔했습니다."

그것 또한 사실이었다. 그날 이후로 황도는 살얼음판을 걷는 것 같았다. 로세드와 친한 귀족들은 열렬히 호응했다.

"공의 한 마디 한 마디가 참으로 옳습니다."

"기억하기조차 싫은 경험이었습니다. 후작님이 빨리 상황을 알아채고 나섰기에 망정이지, 아니었으면 어쩔 뻔했습니까?"

"제가 감히 태자 전하의 결정에 이의를 제기하는 것은 아닙니다만."

자신에 대한 찬양이 너무 길게 나오기 전에 로세드가 다시 말을 이었다. 그는 대단히 분통에 찬 모습이었다.

"여전히 이해를 못 하겠습니다. 여기 유플리드 공과 친척이 아닌 사람이 있습니까? 유플리드 공의 마음을 이해하지 못 하는 사람이 있습니까? 주인을 배신하고 거룩한 황도에 빌붙어 치안을 망가뜨리고 경관을 망치는 천한 자들을 위해 태자 전하께서 그렇게까지 화를 내시다니, 물론 그 자애로우신 마음씨에는 경탄을 금치 못하겠습니다만……."

로세드는 빠르지만 정확하게 흉금을 털어놓다가 결국 입을 슬쩍 다물었다. 로세드와 친한 귀족들 중 대담한 자가 그 뒤를 대신 이어주었다.

"솔직히 이번에는 태자 전하께서 경중을 잘못 살피신 것이 아닐까 합니다. 공, 그렇게까지 삼가실 게 있습니까? 다들 공과 같은 생각일 텐데요."

가슴에 큰 에메랄드를 장식한 남자가 큼, 하고 불편한 듯 헛기침했다. 로세드는 모두를 둘러보고 동정을 살 만한 쓴웃음을 지었다.

"죄송합니다. 제가 쓸데없는 말을 꺼내 여러분의 심기를 불편하게 했군요."

"아니, 후작님이 무슨 잘못을 하셨다고 그러십니까?"

다른 자가 나서 헛기침한 남자를 노골적으로 이상하게 보았다. 헛기침한 남자는 자존심이 상했다.

"귀공들의 말씀은 이해합니다만, 어찌 감히 태자 전하께서 경중을 잘 살피셨느니 잘못 살피셨느니 논한단 말입니까? 말씀 삼가십시오."

"옳은 말은 해야지요. 어차피 우리끼리 있는 자리지 않습니까? 여기서도 그놈의 충성 때문에 나라가 망하는 꼴을 보면서 입을 다물어야 한단 말입니까? 답답해서 어떻게 삽니까!"

"말씀 삼가시라 했습니다."

"나라가 망하다니요, 공!"

조심스러운 자들이 질겁했다. 로세드는 그들이 몇 마디를 주고받으며 논쟁이 격해지는 것을 보다가 적당한 시기에 헛기침했다. 좌중이 삽시간에 조용해졌다.

"제가 꺼낸 말 때문에 이렇게 된 것 같아 마음이 좋지 않습니다. 여러분, 우리는 모두 어려서부터 잘 아는 사이고 혈통으로는 친척이며 운명으로는 함께 황제 폐하를 모시며 이 부신 제국의 영광을 드높일 사명을 가지고 태어나지 않았습니까? 당면한 위기 앞에서 조그만 문제로 서로 다투는 것은 좋지 않습니다."

옳은 말이었다. 귀족들은 헛기침하며 자세를 고쳤다. 로세드는 명철한 눈으로 호소했다.

"여러분, 디트헬름 초대 황제께서 부신을 건국하실 때 그 위엄이 어땠습니까? 모든 제후들과 모든 백성들이 그 앞에 엎드려 신 앞에서 충성을 바치기로 맹약했습니다. 그런데 세월이 지나 맹약에는 금이 갔고 감히 저, 황도에 속하지도 않은 천민들이 폭력에 호소하며 윗사람들을 위협하고 있습니다. 그들이 원하는 것이 황제 폐하께 진정으로 충성하지 않는 자들을 몰아내고 '진짜' 기사들을 돌려놓는 것이라면, 그것은 신께서 하시는 일일 것입니다. 하지만 실제로 그렇습니까?"

맹약에 금이 갔다. 이제는 그 누구도 옛 가치를 지키지 않고, 부를 위해 명예를 배신한다. 철학 살롱에서 본인들이 이미 그런 말을 수십 번이고 반복해 읊어왔던 귀족들은 개탄했다. 옛날에는 어떠했던가? 옛 자스라의 강대한 힘에도 굴복하지 않고 끝까지 버텼던 부신 족속에게 아직도 그 긍지가 남아 있는가?

로세드는 한숨과 같았던 목소리를 가다듬고 이번에는 강하게 말했다.

"우리가 황도의 경비를 강화하고는 있습니다만, 실제로 물자 부족이 계속되는 이상 언제 다시 저들이 무기를 들지 모릅니다. 이 상황에서 유플리드 공을 억지로 노드바르덴족에게서 빼앗아 그들의 문을 더더욱 굳게 걸어 잠근 태자 전하께서 저들에게 주시는 메시지가 어떤 것이겠습니까? 고귀한 사람의 정당한 권리보다 부끄러움을 모르는 폭도들의 기분을 맞추는 것이 더 중요하다는 선례를 남기시는 것이 아니겠습니까?"

미리 귀띔을 받은 자가 손뼉을 쳤다. 로세드는 자못 우울한 미소를 지었다.

"감사합니다. 그래서 저는 이 자리에서, 가슴이 찢어지는 듯한 슬픔에도 불구하고 여러분에게 제안합니다."

이런 말이 나올 것을 이미 예상한 자든, 그렇지 않은 자든 모두 숨소리도 거의 내지 않고 로세드의 입을 보았다. 그는 문득 눈을 가늘게 떴다.

"게르하르트 유플리드 공이 석방되어 무사히 영지에 돌아가고, 황제 폐하께서 그 안전과 폭도들에 대한 앞으로의 엄중한 대처를 약속해 주실 때까지 태자 전하께서는 황도에 들어오시지 않는 것이 좋겠습니다. 어떻습니까?"

여러 대귀족의 이름으로 시작해 이하 전 귀족으로 끝나는 서명을 보고 테다인은 쓴웃음을 지었다. 루트비히는 편지를 책상에 둔 채 머리 뒤에서 깍지를 꼈다.

"열심히들 했군, 그래."

안네그레트는 이해가 되지 않았다. 그녀의 얼굴을 본 루트비히는 여유로운 미소 그대로 물었다.

"왜 그래? 화 난 거야?"

부정할 수 없었다. 안네그레트는 얼굴이 뜨거워지는 것을 느끼며 더듬더듬 말했다.

"……제가 이해한 게 맞다면, 지금 귀족 회의는 감히 태자 전하께 무력시위를 하고 있지, 않습니까."

"아! 무력시위. 맞다, 그 단어가 안 떠올라서 계속 생각하고 있었네. 고마워."

루트비히는 오른손을 뒤통수에서 떼고 딱 소리를 냈다. 안네그레트는 어이가 없었고 키르시는 오만상을 썼다.

"전하, 그러니까 북쪽 성문을 막은 건 유플리드 공의 석방을 원하는 귀족들이라는 것 아닙니까?"

"그렇지."

"미친 거 아닙니까? 자기네들한테 무슨 권한이 있다고요?"

"권한이야 뭐, 아무려면 어때."

"그게 아무려면 어떤 일입니까?"

"이걸 보십시오, 키르시 경."

테다인은 아까 전령이 주고 간 편지의 구석을 가리켰다. 키르시는 글씨를 읽는 것을 좋아하지 않았기 때문에 잠깐 싫은 얼굴을 했지만, 순순히 테다인이 가리킨 곳을 보았다. 금세 그의 얼굴이 멍해졌다.

"어…… 그러니까 이게 지금."

"황후께서 슈빔마렌 후작님 이하 몇몇 신뢰할 만한 귀족분들께 황도 경비를 추가로 하라는 명을 내리셨다니 권한은 있습니다. 다만 그것이 황도를 일차적으로 수호할 책임을 맡고 계신 태자 전하의 권한과 충돌하는지 여부와 실제로 충돌한다면 어느 쪽을 특별법으로 볼 것인지는 법원의 유권 해석이 필요하겠지요."

키르시는 돌아서서 속으로 젠장! 하고 욕했다. 이 기가 막힌 소식을 듣고도 아무렇지도 않게 웃고 있는 루트비히에게 하일러가 물었다.

"전하께서는 이런 상황을 예상하셨습니까?"

"대충. 로세드가 생각보다 지지를 많이 받은 건 내 실수인 것 같지만."

안네그레트는 고개를 갸웃했다.

"어찌 그렇게 말씀하십니까?"

루트비히는 안네그레트를 보고 씩 웃었다. 그러나 그 눈이 가라앉아 있는 것을 그녀는 느낄 수 있었다.

"귀족이 황가에 응징당하는 예를 최대한 남기기 싫은 건 어느 귀족이나 마찬가지일 거야. 그러니 상당한 반발이 있을 것도, 로세드에게 붙어서 어떻게든 체면을 차려보려는 놈들이 있을 것도 당연히 알았어. 하지만 오랫동안 물자 부족에 시달리다 보니 백성들이나 귀족들이나 신경이 너무 곤두선 모양이야. 이렇게까지 많은 이름이 나올 줄은 몰랐어."

안네그레트는 여전히 이해할 수 없었다. 그녀는 미간을 좁히며 물었다.

"하오나 전하, 아카르타 대로의 봉쇄가 풀린 지 오래고 노드바르덴 대로 또한 항복을 받아내기 전부터 이미 상당한 수준으로 개방되어 있었지 않습니까. 이미 황도의 물자 사정은 정상화되었어야 하는 것이 아닙니까."

"바로 그거지."

루트비히는 이번에야말로 누가 봐도 인상을 쓰는 것이나 다름없는 미소를 짓고 손뼉을 쳤다.

"이 편지엔 그 얘기가 안 나와 있어. 아마 일부러 안 썼겠지. 나 헷갈리라고. 하지만 북문이 저 상태인 걸 보니 닫은 지 하루이틀 된 건 아닐 테고, 오는 길에 상인들이 적었잖아. 전쟁 때문에 분위기가 흉흉해서? 흉흉하다고 밥 안 먹나? 그럼 그게 어떻게 된 걸까? 왜? 왜 부신의 젖줄에 사람이 뜸했을까? 아니, 구체적으로 왜는 중요한 게 아니지. 방법은 많거든. 입문세를 상인에게만 심하게 물리는 걸로 시작해서. 그럼 '누가' 그렇게 만들었을까?"

키르시는 속으로 다시 욕을 중얼거렸고 안네그레트는 주먹을 꼭 쥐었다. 그녀의 얼굴을 보고 루트비히는 표정을 바꾸었다. 그의 쓴웃음에는 선명한 걱정이 담겨 있었다.

"그렇게 화내지 마. 금방 가을걷이 철이라 로세드가 막아봤자야. 황도의 네 문이 전부 닫혔을 리는 없고, 북문은 저렇게 닫았어도 동서남문은 열어놨겠지. 민심이 흉흉하니 검문을 강화하겠네 어쩌네 하는 핑계나 대면서. 바로 근처의 경작지에서 쏟아지면 황도 신민들이 통째로 굶어죽지는 않아."

"그러면 당장 제일 가까운 다른 문으로 쳐들어가죠."

키르시가 답답해하며 목소리를 높였다. 그러나 루트비히는 고개를 저었다.

"그건 어렵지 않지만, 나는 다른 길을 택해야겠어."

"예?"

안네그레트는 본인이 잘못 들었나 하고 되물었다. 루트비히는 그녀에게 빙긋 웃어주었다.

"저쪽이 전면전을 걸어왔으니 나도 예의를 지키려면 제대로 맞서 싸워줘야지. 어디 해보고 싶은 대로 다 해보라 그래."

키르시, 하일러, 그리고 안네그레트는 모두 경악해 취향대로 인상을 썼다. 키르시는 잠시 후 손을 정신없이 펄럭이며 현실감을 되찾고자 했다.

"저, 전하…… 그 말씀은 서, 설마, 북문 돌파를 강행하시겠다는……."

물론 성문을 부수고 들어가는 것과 그렇지 않은 것 사이에는 큰 차이가 있었다. 그 주체가 황도의 주인이지 않은 이상. 테다인은 쓴웃음을 지었다.

"그럴 리가 있겠습니까, 경."

"그, 그러시다면."

하일러는 주인의 얼굴을 가늘게 뜬 눈으로 살폈다. 무례한 시선이었기 때문에 루트비히는 짐짓 가볍게 그를 털어내는 시늉을 했다.

"에비."

"실례했습니다, 전하. 하오나 북문에 설치되었다는 여러 함정을 감안해 볼 때 이 편지를 보내온 슈빔마렌 후작님 이하 귀족 여러분은 전투의 준비를 오랫동안 해둔 것이 아니올지."

"물론 그렇겠지."

루트비히는 고개를 끄덕였다. 그리고 눈을 날카롭게 치떴다.

"저놈들이 신하로서 행동하는 것이든 하인으로서 행동하는 것이든, 황제 폐하의 후계자이자 집주인인 나로서는 괘씸하기 그지없어. 주인이 집을 비운 동안 집을 차지하고 멋대로 행동하는 하인은, 주인이 제정신이라면 끌어내 치도곤을 안겨야겠지. 협상 같은 소리는 애초에 저쪽도 기대하지 않았을 거야. ……나는 내가 원하는 문으로 들어간다. 제정신인 하인이 길을 열고 나를 맞이할 준비를 마쳤을 때 말이지."

"태자 전하께선 베겔레브란 땅으로 가 계시겠답니다."

슈빔마렌 후작 로세드의 승리감은 노골적으로 드러났고 그의 앞에 모여 있던 친구들은 비슷한 기쁨을 느꼈다.

"역시 후작님의 제안대로 하길 잘했습니다."

"그만큼 많은 귀족이 힘을 모았는데, 아무렴 저 태자 전하시라도 '존중'이 뭔지 아셔야지요."

로세드는 친구들의 찬사에 기쁜 함박웃음을 지었다. 그 옆에서 있던 하슐레타 백작 부인 드란힐트가 부채로 입을 가리고 웃었다.

"아무튼 우리를 지금 지켜주고 있는 건 로세드니까요."

"예, 백작 부인의 말씀이 참으로 옳습니다."

"저 역도들 앞에서도 기민하게 움직여 황성을 지킨 공만으로도 큰 상을 받아 마땅하지 않겠습니까? 거기다 이렇듯 나라를 위한 결단까지 내려주시니, 이것 참."

로세드의 친구들은 신이 나서 맞장구를 쳤다. 로세드는 드란힐트에게 눈짓했다. 드란힐트는 부채의 각도를 틀어 그에게서도 얼굴을 가리며 눈웃음을 지었다.

그 모습을 보던 시피에트는 고개를 돌렸다.

로세드의 저택에서 열린 파티는 이제 상을 다 치렀다는 듯 화사하고 사치스러웠다. 황궁에서도 한동안은 식료품을 아끼는 방향으로 살림을 경영하고 있었는데 이 집은 무슨 배짱으로 저러는지 모를 일이었다.

아니, 로세드의 입장에서는 이렇게 해야만 한다는 것을 모르지는 않았다.

바로 얼마 전까지만 해도 당연하게 과시했던 부를 이제 황궁이 아닌 슈빔마렌 후작에게서 찾아야 한다는 메시지를 어떻게든 주고 싶은 것을 알겠다. 시피에트는 나이 든 부인들과 아룰라어로 몇 마디 대화를 나누다 꾸벅꾸벅 조는 황후를 우울하게 보았다. 이번에 애인이 참석하지 않았기 때문에 황후는 무척 지루하고 귀찮아 보였지만 빨리 궁으로 돌아갈 생각은 없어 보였다.

황후 옆에서 함께 졸던 공작 부인이 시피에트의 시선을 보고 명령했다.

"보첼 양, 할 일이 없다면 마실 거라도 가져와요."

"예, 공작 부인."

시피에트는 얼른 등을 돌렸다. 파티에서 마실 것을 가져오라는 이야기는 반쯤은 자리를 떠나 쉬다 와도 좋다는 의미였다. 그녀는 얼른 노부인들의 눈에 띄지 않는 바깥으로 나갔다.

찬란하고 호화롭게 꾸며져 있던 거실을 빠져나와 정원으로 가니 젊고 웃음 가득한 얼굴들이 보였다. 시피에트는 오랫동안 궁중에서 일해왔기 때문에 그들 다수를 잘 알았고, 신분이 비슷한 사람들과는 상호 간에 고개를 끄덕여 인사하며 낙엽 진 길을 걸었다. 불 밝힌 저택에서 우아한 음악이 흘러나왔다.

"어머나, 시프."

시피에트는 딱 마주친 율리아와 그 옆의 귀족 청년을 보고 입을 벌렸다. 친구가 전 남자친구와 헤어진 지 그러고 보니 조금 되긴 했다. 귀족 청년은 쑥스러우면서도 자랑스러운 듯 시피에트에게 고개 숙였다.

"레이디 보첼."

"경."

귀족 청년은 나름대로 잘생긴 편이었고 시피에트가 기억하기로는 먼 곳에서 공부를 하다 귀국한 사람이었다. 재치도 있고 예의도 발랐다. 하지만 율리아와 친하게 지낸다는 말은 들은 적이 없었다. 율리아는 청년의 팔을 놓고 시피에트에게 다가와 뺨에 키스했다.

"시프, 마침 잘됐다. 경, 저희는 먼저 실례해야겠네요. 친구와 하고 싶은 이야기가 있었어요."

"이런, 그러십니까."

청년은 무척 아쉬워 보였지만 선선히 물러서 인사하고 오던 방향 그대로 걸어갔다. 시피에트는 친구의 갑작스러운 방향 전환에 놀라 눈을 동그랗게 떴다.

"율리, 갑자기 무슨 얘기?"

"잠깐 이리 좀 와봐, 시프."

율리아는 시피에트의 질문에 대답하지 않고 거의 강제적이라 할 정도로 막무가내로 정원 깊숙한 곳에 들어갔다. 시피에트는 연회용 구두로 몇 번이나 푹신한 낙엽 더미를 밟으며 그대로 속절없이 끌려갔다.

이내 그들은 파티의 음악이 잘 들리지 않고 주위에 인적이 없는 정원 구석에 도착했다. 시피에트는 주위를 둘러보며 황당해했다.

"여긴 어디야? 아까 그 남자는 그렇게 보내도 돼?"

"이따 들어가서 다시 얘기하면 돼. 아, 아직 제대로 얘기를 안 했지? 새 남자친구야."

"자랑스러워하는 얼굴 보니까 알겠더라. 배가 고플 때도 연애는 하는구나?"

"배가 고프니 더 해야지. 고픈 배를 잊게 하는 건 사랑이잖아?"

시피에트는 그 말이 우스워서 후후 웃었다. 율리아는 아름답고 새침한 얼굴로 친구를 똑바로 보았다.

"그 사람 소개는 이따 자세히 할게. 그보다, 안에서 뭐 들은 얘기 없어?"

"들은 얘기?"

율리아와 같은 사교계의 인기인이 그런 질문을 하다니 별일이었다. 시피에트는 걱정스럽게 물었다.

"너 무슨 일 있니? 안의 소식이라면 나보다는 네가 훨씬 잘 알지 않겠어?"

"귀 좀 빌려줘."

율리아는 아까 시피에트를 끌고 올 때처럼 막무가내로 친구의 귀에 입술을 댔다. 시피에트는 그 숨결에 힉, 하고 간지러움을 탔다.

"왜? 왜 그래?"

잠시 후엔 간지러움 때문에 웃음이 나왔다. 율리아는 킥킥거리는 친구의 귀 주변에 양손까지 말아서 대고 속닥거렸다. 곧 시피에트의 얼굴이 딱딱하게 굳었다.

귓속말이 끝나고도 한참 동안이나 시피에트는 그 자리에서 움직이지 못했다.

"……끔찍해."

시피에트는 창백한 얼굴로 중얼거렸다. 율리아는 그녀를 한없는 동정이 담긴 얼굴로 보았다. 그 동정은 자기 자신에게도 향한 것이었다.

"그래. 끔찍하지."

"율리."

시피에트는 율리아를 끌어안았다. 믿을 수가 없었다.

야망을 위해 이 많은 사람이 사는 황도 전체를 고립시키고 있다고?

귀족 아래의 모든 사람을 굶겨 죽이더라도 상관하지 않을 거라고?

율리아는 확실한 증거는 아직 찾지 못했다고 말했다. 시피에트는 친구가 틀리더라도 비난할 마음이 없었으므로, 차라리 지금 들은 말이 모두 잘못된 억측이기를 원했다.

세상에 그런 짓을 하는 사람이 존재할 것이라고는 정말로 생각하고 싶지 않았다.

두 개의 달이 매끈한 폭포처럼 빛을 드리웠다.

오늘 밤은 유난히 밝았고 풀벌레 소리가 방울처럼 영롱했다. 부쩍 쌀쌀해진 낮의 날씨와 더불어 밤에는 두꺼운 망토를 입지 않으면 실외에 있을 수가 없었다.

차갑고, 옅은 회색의 장막으로 물든 정원을 안네그레트는 걷고 있었다.

새빨간 단풍이 가는 잎사귀를 뻗으며 구름처럼 몇 겹으로 달빛을 받는 모습은 가장 섬세한 솜씨로 만들어진 부채처럼 아름다웠다. 가슴이 답답해 그 아름다움을 온전히 감상할 수는 없었지만, 부푼 단풍나무 씨앗이 실처럼 가는 단풍잎 끄트머리 사이에서 제 가지에 꽉 매달려 있는 모습은 안네그레트의 인상에 남았다. 이번 가을 또한 언제나처럼 대단히 아름다웠다.

딱히 정해진 행선지는 없었다. 안네그레트는 새하얗고 잎이 긴 풀꽃 사이를 천천히 걷다가 아무 이유 없이 발걸음을 돌렸다. 이 정원에 심긴 어느 나무인가가 벨벳처럼 부드럽고 손길처럼 피할 수 없는 진한 향기를 내뿜었다.

관상용 나무 사이에 사과나무 한 그루가 있었다.

낮에는 신경 쓰지 않기 때문에 몰랐다. 안네그레트는 사과나무에 달린 사과가 황금빛으로 익어가는 것을 보고 깊은 숨을 쉬었다. 사과나무는 관상용으로 심는 나무가 아니었지만 충분히 아름다웠다.

"안네그레트."

안네그레트는 걸음을 멈추고 뒤를 돌아보았다.

정처 없이 걷고 있었지만 자신이 어디쯤 있는지는 알고 있었다. 안네그레트는 달빛을 받아 희게 빛나는 금발을 보고 의아한 표정을 지었다. 향기로운 밤이지만, 주군은 내일도 할 일이 많았다. 또한 이렇게 밤에 혼자 나와서는 안 된다.

……그런데 그 생각을 하기 전에 우선은 기쁘다는 마음부터가 들었다.

안네그레트는 자신에게 쓴웃음을 지으며 열다섯 걸음 너머의 루트비히에게 인사했다.

"전하."

"뭐 하는 거야?"

루트비히는 잠옷 위에 두꺼운 망토를 걸치고 있었다. 안네그레트는 그에게 다가가 무릎을 꿇었다.

"잠이 오지 않기에 산책을 하고 있었습니다. 전하께선?"

"너하고 같아."

루트비히는 빙긋 미소 짓고 안네그레트를 손짓해 일으켜 세웠다. 그녀는 주군의 한 걸음 뒤를 따라 그와 함께 천천히 걷기 시작했다.

"가끔 이렇게 혼자 나와? 몰랐는데."

"자주 이러지는 않습니다. 다음 날 일에 지장이 생기니까요."

"잠이 안 올 때 잠깐 산책하면 훨씬 잘 자는 것 같지 않아?"

"저는 원래부터 잠을 잘 자는 편이라 잘 모르겠습니다, 전하."

루트비히는 그 말에 쿡쿡 웃었다. 안네그레트는 어쩐지 그 소리가 달빛 같다고 생각했다. 어째서 그런지는 이해할 수 없었지만. 이것도 자신이 말에 서툴기 때문일까.

"밤 산책은 습관에 없다는 거구나."

"예, 전하."

잠시 후 안네그레트는 루트비히가 '밤 산책'에 장난스러운 뉘앙스를 담았다는 것을 늦게 깨달았다. 그녀가 눈을 동그랗게 뜨고 쳐다보자 루트비히는 또 쿡쿡 웃었다.

"미안해. 그래, 너는 그렇겠지. 황도에 오기 전에 사귀던 남자는 없어?"

안네그레트는 살짝 얼굴을 붉혔다.

"송구하오나 전하, 아직은 제게 교제 신청을 한 중에 저와의 결투에서 이긴 분이 없는지라."

"가볍게 만나는 것도 결투를 해야 해? 그건 청혼할 때만 하는 거 아니었어?"

루트비히는 눈썹을 들고 물었다. 안네그레트는 진지하게 고개를 끄덕였다.

"남녀가 교제한다는 건 서로가 결혼 상대로서 적합한지 탐색하는 것이지 않습니까? 그러니 우선은 제가 양보할 수 없는 조건의 성립 여부부터 확인하지 않는다면 서로 상처가 남지 않겠습니까."

그 말에 루트비히는 웃음을 터뜨렸다. 아주 옅은 메아리 같은 것이 호수 물결처럼 조용히 안네그레트의 귀를 간지럽혔다.

"너에게 교제 신청을 한 남자들은 꼭 결혼을 전제로 한 사람만 있었던 게 아닐 텐데. 그냥 보고 싶고, 자주 얘기하고 싶고, 무도회에서 춤도 추고 싶고. 그랬던 거 아니야? 결혼은 나중에 안 맞으면 안 해도 되고."

어쩌선지 달빛을 받은 그 녹색 눈이 평소보다 더 아름답게 보였다. 안네그레트는 잠시 생각하다 고개를 저었다.

"당치 않습니다. 물론 그런 방식의 교제가 나쁘다는 것은 아닙니다만, 저는 처음부터 헤어질 것을 염두에 둔 교제를 원하지 않습니다."

루트비히는 쓴웃음을 지었다.

"너도 나이가 있으니 더 여유를 줘도 되잖아. 네 친구 율리아 피츠콜은 몇 번이나 애인을 바꿨고, 그건 사교계에선 오히려 권장되는 일이지. 한 번 적합한 사람을 만나면 그 사람과 되도록 빨리 결혼해라, 그리고 서로에게 신의를 지켜라. 신전의 가르침이고 다들 겉으로는 그 말이 옳다고 할 테지만 그 어느 누가 한 번 연애하고 일찍 결혼한 뒤 배우자하고만 함께 있는 사람이 멋지다고 하겠어? 어차피 결혼은 가문의 결합인 거, 결혼과 연애를 따로 생각하는 게 보통이잖아."

안네그레트는 잠깐 루트비히의 말에 대해 생각했다. 그리고 잠시 후 다시 아까처럼 진지하고 단호하게 제 생각을 이야기했다.

"많은 사람이 그렇게 한다고 해서 무조건 올바른 것이 아님은 전하께서도 아십니다. 제가 원하는 사랑은 서로에 대한 신의를 지키며 평생 커가는 것입니다."

"이상이 너무 높아."

루트비히는 그렇게 말했으면서도 시원하게 웃었다. 안네그레트는 생각하다가 천천히 물었다. 어쩐지 입속이 까끌까끌하고 발끝이 차가워졌다.

"……전하께서는 많은 사람과 연애하고 싶으십니까?"

"글쎄, 딱히 아무래도 좋아."

긴장하고 물은 것에 비해 대답은 한숨처럼 가볍게 나왔다. 안네그레트는 미간을 좁혔다. 자신의 숨소리가 어쩐지 의식되었다.

"송구합니다. 제가 미욱하여 전하의 높으신 뜻을 이해하지 못하겠습니다."

"모르겠다는데 무슨 높은 뜻이 있어?"

루트비히는 픽 웃었지만, 그 뺨은 어쩐지 대리석처럼 차가웠다.

"결혼에 대해서 묻는 거라면, 우리는 태생부터 연애와 결혼 사이에 인과 관계가 없는 계급이잖아. 우리 부모님, 두 분 폐하께선 혈통적으로나 결혼 절차상으로나 아무 하자 없이 훌륭하게 부신의 통치자가 되셨고 그렇게 살아오셨어. 두 분이 서로를 사랑하실까? 그런 질문을 하는 사람은 없지. 아, 내 누이는 하더라고. 하지만 그 외엔 누구도 그런 걸 궁금해하지 않아. 왜냐하면 답이 너무 뻔하게 나오니까. 동반자로서 서로를 존중하면 그걸로 충분한 거 아냐?"

안네그레트는 크게 충격을 받았다. 그녀의 얼굴을 흘긋 본 루트비히는 조금 입꼬리를 비틀어 쓴웃음을 지었다.

"알잖아? 안네그레트. 게오르츠 백작 부부가 신기한 거야. 어차피 결혼은 손익 계산을 통해 이루어지는 거고, 결혼 상대와 사이가 좋다면 그건 그냥 운이 좋은 거야. 그러니 연애는 해야지. 사생아 출생은 자제하는 한도에서."

"……전하."

"안네그레트, 잘 들어봐. 만약 결투로 널 이긴 사람이 생긴다고 쳐. 그런데 그 사람은 순전히 네 재산과 네 미모만을 보고 청혼한 거라고 가정하자고. 그 자식이 너와 결혼해서 너의 마음에는 관심도 없고 늘 바람만 피우고, 네 땅에서 나는 돈으로 도박만 하는 거야. 그래도 너와 네 땅을 보호하기엔 충분한 배경을 가지고 있어. 그럼 그 결혼 생활은 너에게 행복할까? 그렇게 결혼 생활을 꾸려 나가고 있는데 네 무심한 배우자보다 잘생기고 똑똑하고 마음씨 착하고 너를 사랑하는 남자가 나타나도 연애 같은 건 잘못됐으니까 안 할 거야?"

"전하."

이 부분은 이해했다. 안네그레트는 안타까운 기분으로 대답했다.

"그 어떤 사람이 새로 나타난다 해도, 결혼 서원은 신성한 것입니다. 배우자보다 외모로나 인격적으로 훌륭한 사람이 새로 나타났다고 해서 배반할 수는 없습니다."

"그런 규칙이 널 불행하게 한다고 해도? 평생?"

"제 결혼 생활이 불행하다면 그것은 다른 남자를 사랑할 수 없기 때문이 아니라 당시의 배우자와의 관계에 문제가 있기 때문일 겁니다, 전하. 배우자와 정 맞지 않는다면 먼저 이혼을 하는 것이 옳습니다."

"이혼하기엔 정치적 사정이 안 좋다고 쳐. 아니, 솔직히 네가 혼인 무효를 받을 수 있을 만큼 말을 잘할지 나는 모르겠는데."

"전하."

하고 싶은 말이 있었다.

안네그레트는 미간을 찌푸리며 시선을 땅으로 내렸다. 루트비히는 그녀가 한참을 고민하다가, 결국은 아주 천천히 입을 열어 단어 하나하나를 발음할 때까지 기다려 주었다.

"사랑하는 사람과 되도록 오랫동안 함께하고 싶은 것은 당연한 일이고, 어떤 사랑하는 두 사람은 부모를 떠나 새로운 가정을 만들고 그 안에서 죽거나 헤어질 때까지 함께합니다. 배우자가 아닌 다른 사람과 함께하고 싶은데 그러지 못하는 것은 아주 불행한 상태라고 생각합니다."

"아니, 너무 많은 개념이 하나로 뭉쳐졌잖아, 안네그레트. 사랑에는 여러 종류가 있고, 지금 이야기하는 연애에 있어서 사랑 또한 반드시 영원히 함께하고 싶은 마음과 결부될 필요는 없어. 연애하기엔 적당해도 결혼하기엔 맞지 않는 상대는 셀 수 없을 만큼 많아. 그런 사람과는 오히려 떨어져 살면서 서로를 꼭 만나고 싶을 때만 만나는 편이 본인의 인생에 있어서도 편리하다고 생각하지 않아?"

안네그레트는 다시 한참 곰곰이 생각했다. 그녀는 루트비히가 하고 싶은 말이 뭔지 이해할 수가 없었다.

"정부를 말씀하십니까?"

"그래."

그들은 사과나무 앞에 도달해 있었다. 루트비히는 달빛 아래서 황금빛 등불처럼 떠오른 사과를 소리 없이 매만졌다.

"아샬레아의 정원에는 사과가 많았지."

황제의 지금은 죽은 정부의 이름에 안네그레트는 고개를 끄덕였다.

"예, 그랬지요."

"어릴 때 같이 나무에서 바로 따먹은 거 기억나?"

"예."

오이겐 황제의 아샬레아를 향한 총애는 유명한 것이었다. 남자다움을 과시하기 위해 여러 유명한 미녀들을 만났다 헤어지곤 하는 다른 군주들과 달리, 황제는 젊을 때 만난 천한 연극배우를 그녀가 죽을 때까지 유일한 정부로 삼았다. 그리고 안네그레트는 오이겐 황제 외에도 아샬레아를 대단히 아낀 사람이 또 있었다는 사실을 잘 알고 있었다.

"아샬레아가 죽고는…… 너는 별로 황도에 오지 않았어."

루트비히는 사과를 따서 옷에 문질러 닦았다. 어릴 때와 달리 사과를 따는 것은 힘겹게 느껴지지 않았다. 그다지 대단히 맛있을 것 같은 생각이 들지도 않았다.

안네그레트는 다시 고개를 끄덕였다.

"저희 어머니는 아샤 아주머니를 만날 목적으로 황도를 방문하곤 했으니까요."

그랬던 것 같다. 루트비히는 사과를 안네그레트에게 내밀었다.

"먹을래?"

"황공합니다, 전하."

"아, 나도 갑자기 목이 마르네."

"하시면 전하께서 드시지요."

안네그레트는 사과를 받으려고 내밀었던 손을 거두었다. 루트비히는 얼른 그 손을 잡고 사과를 쥐어주었다. 차가운 밤공기 속에서 그의 손은 놀랍도록 따뜻했다.

"농담이야."

루트비히는 킥킥 웃었다. 안네그레트는 어느 쪽을 믿어야 할지 모르겠다는 표정으로 잠시 기다렸다가 사과를 입으로 가져갔다.

아삭. 사과 씹히는 소리가 들렸다. 안네그레트의 입술이 달빛을 받아 사과즙으로 반짝이는 것을 보고 루트비히는 그녀의 손목을 잡았다. 천천히 손이 이끌려 갔다.

아삭.

루트비히는 안네그레테의 손에 쥐고 있는 사과를 자신의 입으로 가져와 베어 물었다. 안네그레트는 깜짝 놀라 사과를 떨어뜨릴 뻔했다가 간신히 손에 힘을 주었다. 그가 베어 문 자리에서 찬 사과즙이 흘러내려 그녀의 맨손을 적셨다.

"난 이 한 입이면 돼."

루트비히는 아무렇지도 않게 말하고 다시 천천히 걷기 시작했다. 안네그레트는 잠시 동안 사과에 입을 대지 못하고 그를 따라 뒤에서 걸었다.

아마 열두어 걸음 정도를 더 걸었을까, 루트비히는 하던 이야기를 이었다.

"아샬레아의 집은 호화로웠지만 크지는 않았어. 예로부터 황제의 정부는 악의 축이고, 사내를 타락의 구렁텅이로 빠뜨리는 마녀고, 모든 정치적 문제의 배후 조종자니까. 그러니 너무 크면 우리 폐하께서 일을 제대로 못 할 정도로 매일같이 대신들이 뭐라 해대고 저택 문에 돌이 날아들었을 테니까."

천한 출신이 가질 수 있는 것의 한계를 아샬레아는 아무렇지도 않게 직접 그었고 그 안에서 평화롭게 살았다. 가장 아름다운 옷을 입고 최신 유행하는 부채를 들었지만 궁정에서 자란 귀부인들과 그녀는 누가 보아도 달랐다. 사람들은 그것에 만족하면서 타성에 젖은 불평을 했다.

아샬레아가 죽고 나서 오이겐이 더는 다른 정부를 들이지 않으리라는 것이 확실해졌을 때 오히려 사람들은 당황해했다.

"우리 황후께서 오신 나라는 어린 자녀를 부모가 직접 기르지 않고 하인의 집이나 명망 있지만, 돈이 궁한 노부인의 집 같은 곳에 맡기지. 나와 내 누이들을 아샬레아가 키운 건 어떤 이유에서

였을까, 가끔 궁금했지만 폐하께는 물어볼 수 없었어."

루트비히는 한숨을 쉬었다.

"아샬레아가 일찍 죽은 건 슬픈 일이지만, 어릴 때의 나는 행복했던 것 같아. 우리 폐하께서도 아샬레아의 집에 오면 행복했겠지. 그렇게 사는 게 행복하니까, 그래서 그렇게 살았던 거겠지?"

아샬레아가 죽었을 때의 일을 루트비히는 아주 정확히 기억하지는 못했다. 너무 큰 혼란의 연속이었기 때문이다. 그와 두 누이는 거처를 바로 옮겨야 했고 얼굴은 알았지만 낯설게만 느껴지는 친어머니 황후와 갑자기 대면해야 했다. 먹던 음식도, 하인들의 얼굴도, 해야 하는 행동도 끔찍할 정도로 변했다.

다만 똑같은 것은 아버지의 얼굴이었다. 황제는 슬퍼하는 모습을 그 누구에게도 보여주지 않았다.

"그래서 황제 폐하가 얻은 걸 봐. 부신은 황제 폐하의 권위에 복종해. 나에게는 거슬러도 폐하께는 한마디 없지. 황후 폐하는 아들을 낳았으니 결혼계약서에 있던 모든 것을 유효하게 받았고. 사랑하는 여자하고만 살면 된다고 주장했으면 그럴 수 있었겠어?"

가끔 하급 귀족에게 푹 빠지는 상급 귀족이 귀족 사회를 들쑤시는 결혼을 할 때도 있었지만, 황제가 연극배우와 결혼하겠다고 주장한다면 나라 전체의 근간이 흔들릴 것이다. 귀천상혼이라고 부를 수준이 아니다.

광기. 타락. 아마 그런 단어들을 쓸 것이다.

"하시면 전하께서는."

안네그레트는 여전히 주군이 하고 싶은 말을 따라잡지 못했지만, 성의 있게 물었다. 루트비히가 준 사과가 손 안에서 돌처럼 점점 무거워졌다.

"신분이나 조건이 적합하지 않은 이를 사랑하고 계십니까?"

루트비히의 발걸음이 딱 멎었다.

그가 뒤를 돌아보는 데는 잠시 시간이 걸렸다.

"누가 상대든 똑같아. 그런 건 왜 물어?"

"전하께서 사랑하시는 분이 전하와 결혼하기에 적합한 상대라면 아무 문제가 없지 않습니까."

"그러니까 아까부터 내가 얘기하잖아. 그럴 확률이 낮단 말이야."

"어째서 그렇게 생각하십니까?"

"어째서냐니. 내 신분이라면 외국의 공주와 결혼할 텐데, 얼굴한 번 못 본 여자를⋯⋯."

너를.

루트비히는 문득 나오려던 말을 간신히 때맞추어 삼켰다. 그의 얼굴이 붉어진 것은 다행히 나무 그림자가 감추어주었다. 안네그레트는 열심히 생각했다.

"지금 전하께서 사랑하시는 분이 도저히 혼인을 인정받을 수 없는 분이라면 전하께도 가혹한 선택이 요구될 것이라고, 이해했습니다. 하오나 모든 관계는 얼굴 한 번 못 본 상태에서 처음 얼굴을 마주한 상태로 이행함으로써 시작합니다. 전하께서 단 한 번도 만나뵙지 못한 먼 외국의 공주님이시라 해도 얼마든지 전하의 좋은 동반자가 되실 수 있으리라고 믿습니다."

루트비히는 안네그레트의 마지막 말에 미간을 찌푸렸다.

이상한 말을 한 건가, 하고 안네그레트는 자신이 한 이야기를 되짚어보았지만 잘못된 말을 한 것 같지는 않았다. 루트비히는 그녀를 한동안 바라보다가 한숨을 쉬었다.

"그래, 그럴지도 모르지."

테다인은 참을성 있게 기다렸다.

"테다인, 언제 왔어?"

"전하께서 한숨을 지금보다 열다섯 번 덜 쉬셨을 때 왔습니다."

그의 주군은 오늘따라 꼴이 말이 아니었다. 어젯밤에 제대로 잠을 자지 못했는지 눈 밑에는 시커먼 그늘이 생겨 있질 않나, 아침 식사를 마치고 나서는 작전 회의를 준비하자고 해놓고 잊어버리질 않나. 베겔레브란의 행정관은 루트비히가 너무 화가 나서 그런 것 아니냐는 조심스러운 의견을 약 다섯 명에게 내보였다.

루트비히는 한숨을 푹 쉬며 책상에서 몸을 일으켰다.

"내가 한숨을 쉬었다고?"

"예. 방금 하신 것처럼."

"제길."

테다인이 보기에 루트비히는, 물론 이 제국에서 황제 다음으로 높은 신분이라는 것을 고려하지 않을 경우에도, 나쁘지 않은 주군이었다. 어릴 때 아버지인 하쉬겐스타트 백작을 따라 궁정을 돌아다니다 루트비히의 놀이 친구 비슷한 것이 된 후로 그는 루트비히의 온갖 모습을 다 보며 자라왔다. 즉 웬만한 행동은 다 예상할 수 있고 딱히 까다롭지도 않았다.

하룻밤 사이에 갑자기 고민에 휩싸인 얼굴로 남의 말을 듣는 둥 마는 둥 할 만한 요소라면.

"혹 신체에 이상이라도 느끼셨습니까?"

"뭐?"

루트비히는 미간을 좁혔다.

"몸은 건강해. 왜?"

"저 몰래 술이라도 잔뜩 드시고 사모하는 여인의 침실로 가셨다가 창피를 당하셨을까 봐 여쭈었습니다."

"그럴 리가 없잖아."

부정하는 목소리의 높낮이를 들어보니 그런 사실은 없었던 모양이었다. 다행이었다. 테다인은 고개를 끄덕이고 자신이 가져온 서류를 책상에 올렸다. 루트비히는 찌뿌드드하게 기지개를 켰다.

"으, 으. 왜 그런 생각을 한 거야?"

"오늘 종일 전하의 신경이 다른 데 쏠려 있는 것 같은데, 무슨 일인지 말씀을 해주시지를 않으시니 다들 걱정합니다."

심드렁하게 서류를 자기 바로 앞으로 당겨오며 루트비히는 고개를 저었다.

"그렇다고 상상할 게 따로 있지. 술 먹고 갑자기 여자 침실에 들이닥치진 않아."

"제가 알기로, 분명히 오 년 전에 모 여공작님의……."

"그땐 어렸고! 잠깐, 그땐 진짜 별일 없었어! 알잖아!"

당시 잠깐 만났던 여자와의 일을 일부러 거론하는 테다인을 루트비히는 질겁하며 노려보았다. 테다인은 소리 없이 웃었다.

"정신이 드십니까?"

"번쩍 들어. 그 얘기 절대 안네그레트 앞에선 하지 마."

"남작은 신경 쓰지 않을 것 같습니다만."

"시끄러워."

"그리고 정말로 아무 일 없으셨다면……."

"아무튼 하지 말라면 하지 마."

상사의 매운 눈초리를 받으면서도 테다인은 유능한 시종다운 눈썰미를 발휘했다. 분위기로 보아하니 귀족들과의 다툼 문제는 아닌 모양이었고, 그렇다면 적당히 내버려 두면 알아서 할 것이다.

정신이 들었다는 것은 정말인 듯 루트비히는 테다인이 가져온 일거리를 평소와 같이 처리했다. 잠시 짬이 났을 때 그는 창가로 다가가 바깥을 내다보았다.

황궁과 달리 베겔레브란의 영주성 집무실은 연무장을 내려다보는 위치에 있지 않았다. 대신 짙은 단풍이 든 안뜰이 커다란 유리창 너머로 바로 보였는데, 안뜰의 잔디는 지금 바람을 받으며 햇살을 반사해 보석처럼 반짝이고 있었다.

루트비히는 한숨을 쉬었다.

전날 밤에 안네그레트에게 한 말들이 지리멸렬했다고, 밤새 침대에서 뒤척이며 생각했다. 섣불리 속을 드러낸 것에 대한 후회도 있었다.

안네그레트를 믿는다. 믿는다. 정말로 믿는다. 하지만 믿는 것과 별개로, 어떤 관계에서건 지켜야 할 최소한의 선은 있는 법이었다. 피곤해서였을까, 아니면 요즘 주위가 복잡해서일까. 혹은 상대가 그녀여서였을까.

생각이 나는 대로 입이 소리를 만들었다. 그녀는.

'사랑'이라는 단어를 그가 상상하지 못한 방식으로 발음했다.

그래서 자신이 하고 싶었던 말이 뭐였는지, 다시 생각해도 알 수 없었다. 루트비히와 안네그레트는, 어떤 두 사람은 남들보다 서로에게 더 끌리고 오랫동안 함께 있고 싶어 한다는 사실에 동의했다. 그리고 사랑하는 사람과 결혼한다면 아무 문제가 없다는 안네그레트의 단순한 해결방안에 그는 결국 이의를 제대로 제기하지 못했다. 아니, 그 해답에 이의를 제기할 수 있는 사람이 세상에 있기는 하단 말인가? 가장 지조 없는 바람둥이라도 동의할 수밖에 없는 사실인데.

많은 사람과 연애하고 싶냐고?

자신이 먼저 한 말에 대해 안네그레트가 아주 당연한 반문을 했다는 것은 알고 있었다. 그러나 그는 그 질문에 심드렁하게 대답하고 나서 불쑥 당황했다. 본인이 한 답이 거짓말이라는 것을 금방 깨달았기 때문이었다. 대체 수많은 여자를 만나서 무엇에 쓴단 말인가? 단 한 명이 있으면 되는데.

그래, 단 한 사람과 함께하면 되는데.

"세상에."

루트비히는 새삼 어이가 없어서 입을 벌렸다. 테다인은 주군에게 지금 몇 번이나 한숨을 더 쉬었는지 아냐고 묻고 싶었지만 참았다.

다행히 루트비히는 먼저 테다인에게 시선을 돌리고 웃는 것인지 우는 것인지 모를 얼굴로 말을 걸었다.

"테다인."

"예, 전하."

테다인은 이따 저녁 음료에 술의 비율을 조금 늘려야겠다고 생각했다. 아무래도 주군은 수면 부족 기미가 있는 것 같았다.

"내가 미쳤나 봐."

베겔레브란 영주성은 이 땅이 평화로운지 오래된 후에 지어진 건물이었기 때문에 전투에 필요한 요소가 거의 갖춰져 있지 않았다. 데려온 병사들이 머무는 막사가 들어찬 모습이 어색해 보일 정도였다.

안네그레트는 이 땅이 전통적으로 태자에게 속하는 안정적인 곳이어서 다행이라고 생각했다. 아니었다면 이런 성은 예전에 무너지고도 남았을 것이다.

"어, 안나! 또 순찰 돌아?"

당장은 주어진 일이 없었기 때문에 말과 무기를 오전에 돌보고 나서는 여기저기 쏘다니며 시간을 보내던 키르시가 안네그레트의 모습을 발견하고 다가왔다. 그녀는 가을 햇살 때문에 살짝 인상을 쓰며 고개를 끄덕였다.

"그래. 전시에 준하는 상황이니 긴장을 놓지 말아야지."

"이야."

키르시는 진심으로 감동해 혀를 내둘렀다.

"안나는 진짜 대단하다니까. 북쪽에 다녀오는 동안 엄청 피곤했다고 지금 다들 죽는 소리를 하는데."

"너는 쉬어라. 내가 나중에 죽는 소릴 하면 그때는 네가 순찰을 돌면 되겠구나."

그 말에 키르시는 웃었다.

"알았어. 그래도 쉴 수 있을 때 쉬는 것도 필요한 거 알지? 하일러 형님이 걱정하더라."

"걱정을 끼칠 생각은 없었다만 미안한 일이구나. 주의하겠다."

햇빛이 잠시 구름에 가려졌다. 안네그레트는 정말로 미안한 얼굴로 키르시와 헤어져 다시 걷기 시작했다.

비옥한 땅이 많은 베겔레브란 지역은 가을걷이가 한창이었다. 아마 다른 해였다면 한창 떠들썩하고 풍요로운 시기일 테지만 올해는 그럴 수 없었다. 이 땅의 주민들은 일하고 세금을 바칠 때 외에는 가급적 밖에 나오지 않았고 밭에 있을 때도 병사들이 지나가면 눈치를 보았다. 안네그레트에게는 그것이 가슴 아프게 느껴졌고 그럴수록 빨리 모든 문제가 해결되었으면 하는 바람이 커졌다.

멀리 호두나무 숲에서 여자들이 호두를 수확하는 것이 눈에 들어왔다. 한눈에 보기에도 호두 자루가 크고 사람이 많았다. 상당량이 나오는 모양이었다. 목이 마른 사람들을 위한 것인지 큰 나무통 하나가 숲 가운데에 놓여 있었다.

'목이 마른' 하자 어젯밤의 일이 생각났다.

이 땅의 사과는 즙이 많고 맛있었지만 어쩐지 먹으면서 계속 가슴이 욱신거렸다. 심하게 운동을 한 것도 아닌데 이상한 일이었다. 안네그레트는 자신의 오른손을 내려다보았다.

주군이 사과를 베어 문 자리에서 흘러내린 즙의 감각이 아직 남아 있었다.

"여기서 뵙는군요."

언제 멈추어 섰는지 본인도 느끼지 못하고 있었다. 안네그레트는 뒤쪽에서 들려온 목소리에 경계하며 몸을 돌렸다. 테다인이 뭔가의 목록 같은 긴 종이를 들고 걸어오고 있었다.

"테다인 경."

"뭔가 생각하고 계셨습니까?"

테다인은 부드러운 미소를 짓고 안네그레트의 옆에 섰다.

"말씀드릴 만큼 대단한 생각은 하고 있지 않았습니다. 경께서는 어딜 가십니까?"

"징발할 물자가 창고에 있다기에 확인하러 갑니다. 마침 잘됐습니다. 같이 가주시겠습니까? 물론 지금 바쁘시지 않다면 말입니다만."

"당연히 모시겠습니다. 당장은 어떤 임무도 수행하고 있지 않습니다."

둘은 같은 방향으로 걷기 시작했다. 테다인은 후후 소리 내어 웃었다.

"긴 여정을 마치고도 긴장 상태가 유지되어 힘들 텐데, 이런 일까지 거드시게 해 죄송합니다."

"징발할 물자와 관련된 일이라면 우리 군의 일이며 태자 전하께서 하시는 일이잖습니까. 당연히 저도 함께해야 할 일입니다."

"그 충성심에는 항상 고개가 절로 숙여집니다."

테다인은 다시 웃는 소리를 냈다. 안네그레트는 문득 궁금해졌다.

"그러고 보니 테다인 경, 우리 태자 전하께서도 보령이 보령이신데 아직 약혼하지 않으셨지요?"

"예, 그렇지요."

"나이대가 맞는 분이 안 계셔서라고 전에 말씀하신 것을 듣기는 했습니다만, 꼭 외국 왕가의 분이 아니라 하더라도 격에 맞는 분이 아주 안 계시지는 않을 겁니다. 그런데도 약혼하지 않으신 이유가 따로 있습니까?"

"흐음."

테다인은 안네그레트의 얼굴을 훑어보았다. 그녀는 살짝 당황했다.

"혹 제가 무엄한 질문을 드렸습니까?"

"아뇨, 그렇지 않습니다. 충분히 의문을 가질 법하지요. 그……격에 맞는 분이 아주 안 계시지는 않다는 말씀은 옳습니다. 오년 전에 외국의 여공작님과 혼담이 오간 적도 있지요. 당시 계약

조건이 맞지 않아 아쉽게 파했습니다만."

"그런 일이 있었습니까."

"예. 국내에도 사실 전하께서 원하신다면 당장에라도 혼담을 넣을 수 있는 분은 많지요. 당장 지금 이 자리에 계신 경만 해도 태자 전하의 신부감으로 전혀 손색이 없지 않습니까? 하지만 전하께서는 가급적 조건이 좋은 분을 원하시는 것 같습니다. 황제 폐하께서 건강하시니 당장 후계자를 생산하는 일에 급급하기보다는 보다 황가에 도움이 되는 아내를 고르는 데 시간을 들이는 편이 낫다는 거지요."

안네그레트는 고개를 끄덕였다. 이해했다.

"그렇습니까."

테다인은 안네그레트의 얼굴을 다시 빤히 보다가 싱긋 웃었다.

"그런데 갑자기 그런 것은 왜 궁금해지셨습니까?"

"그것이."

안네그레트는 시선을 저도 모르게 푸른 땅으로 돌렸다.

"어젯밤 산책 중 전하를 뵈었는데, 외국 공주님과 혼인할 생각이라 하시기에. 법적으로 꼭 그래야만 하는 것은 아니지 않습니까? 그래서 무슨 사정이 있으신가 하여 여쭈었습니다."

"어젯밤에 전하를 뵈었습니까?"

테다인은 말의 앞부분에 흥미를 느낀 것 같았다. 안네그레트는 고개를 끄덕이며 다시 테다인의 눈을 보았다.

"예, 경. 우연히 마주쳐 잠시 뵈었습니다."

"그래요?"

어쩐지 테다인의 기분도 약간 좋아진 것 같았다. 안네그레트는 고개를 갸웃했다.

"전하를 뵈면 안 되는 것이었습니까?"

"아니, 그럴 리가요. 전하께서 요즘 신경 쓸 일이 많으시니 경과 그런 종류의 가벼운 환담을 나누셨다면 좋은 일입니다. 한데 어쩌다 결혼 이야기가 나왔는지 여쭈어도 되겠습니까?"

안네그레트는 전날 밤에 어떤 이야기가 결혼 이야기로 흘렀는지 떠올리기 위해 잠시 생각에 빠졌다. 아, 그랬다.

"전하께서 제게 연애를 할 생각은 없냐고 여쭈시었습니다."

"그래요?"

테다인은 아까 한 말을 그대로 반복했고 기분이 심지어 더 좋아진 것 같았다. 이해가 되지 않는 일이었다. 안네그레트가 쳐다보자 테다인은 헛기침하고 더 구체적으로 물었다.

"누구와 연애를 하라셨습니까?"

"연애를 하라고 하신 것은 아니고, 전반적인 제 가치관에 대해 여쭈셨습니다. 연애와 결혼을 분리해서 생각하라고 말씀하고자 하셨던 것 같은데…… 제가 미욱하여 제대로 이해하지는 못한 것 같습니다. 송구합니다."

"아니, 송구할 것은 없지요. 그렇군요. 경께선 연애를 한다면 결혼을 전제해야 한다고 생각하시는 모양이로군요? 결혼한 후에 다른 이와 연애하는 것은 있을 수 없다고 생각하고."

"예, 그것이 당연하지 않습니까? 상대에 대한 정절을 지키는 것은 결혼 서약에도 있는 중요한 맹세입니다."

테다인은 빙긋 미소 지었다.

"그렇지요. 아주 좋은 태도라고 생각합니다. 신전의 가르침 그대로로군요."

"부끄럽습니다."

안네그레트는 겨우 안심했다. 테다인은 성을 흘긋 보았다가 그녀에게 다시 시선을 돌렸다.

"전하께선 항상 황가에 도움이 되는 아내를 정략적으로 맞이하고, 원하는 여자는 정부로 들이면 된다는 주의셨으니 경의 가치관이 신기하셨나 봅니다."

"아, 어젯밤에 그런 말씀도 하셨습니다. 그런 의미였군요."

테다인이 정리해 주니 드디어 어젯밤의 대화가 이해가 되는 것 같았다. 안네그레트는 감탄하며 고개를 끄덕였다. 테다인은 그런 그녀를 보고 친절하게도 말했다.

"별 뜻 없이 하신 말씀들인 것 같으니 그리 신경 쓰지 마십시오. 자, 어서 창고로 갈까요."

"예, 경. 모시겠습니다."

역시 오랫동안 주군을 모셔 온 사람은 달랐다. 전날 밤의 이야기를 아주 조금만 듣고도 당시 상황을 다 본 것처럼 말한다. 안네그레트는 그야말로 경탄하며 예의 바르게 창고 쪽으로 손을 뻗었다.

로세드는 부하를 내보내고 나서 매우 기분이 나쁜 얼굴로 긴 소파에 누웠다. 소파 팔걸이에 발을 올리고 한숨을 쉬는데 문 두드리는 소리가 들려왔다.

"주인님, 하슐레타 백작 부인 마님이 오셨습니다."

"드시라 해라."

짜증이 잔뜩 나 있다고 해서 귀부인을 흐트러진 모습으로 맞이할 수는 없었다. 특히 묘하게 이혼 소송이 진척되지 않고 있는 지금은 그녀의 마음에 주의를 기울여야 했다. 로세드는 벌떡 일어나 문이 열리는 것을 기다렸다.

곧 조용히 문이 열리고 세련되게 차려입은 드란힐트의 모습이 나타났다. 그녀는 우아하게 걸어 들어오며 언제나와 같은 비뚤어진 미소를 지었다.

"쉬는 데 내가 방해한 모양이네요? 로세드."

"무슨 섭섭한 말씀을."

따라 들어온 하인이 드란힐트가 자리에 앉는 것을 도와주었다. 로세드는 드란힐트 앞에 한쪽 무릎을 꿇고 그녀의 손등에 정중하게 키스했다.

"당신의 모습을 보는 것이 저에게는 무엇보다 달콤한 휴식이지요."

"당신의 말은 언제나 설탕과자보다 달콤하네요."

"당신이 저를 그렇게 만드시는 거지요."

로세드는 드란힐트가 눈웃음을 짓는 것을 보고 안심했다. 그리고 손을 놓지 않고 그녀의 옆에 앉았다.

"일은 잘되어가고 있나요?"

"두말하면 잔소리지요, 나의 레이디."

로세드는 다시 드란힐트의 손등에 키스했다. 이번에는 손목에 더 가까운 위치였다. 그녀는 생긋 웃었다.

"그런 얼굴로 보이지는 않는데."

"이런."

로세드는 불쾌한 기분으로 쓴웃음을 지었다.

"아, 명석하신 나의 레이디는 거짓된 가면을 열두 겹 써도 진실을 꿰뚫어보시는군요."

"당신은 당신 생각보다 얼굴에 감정이 다 드러난답니다."

"그렇게 생각하시는 것은 당신뿐이라고 말씀드리면 믿으시겠습니까?"

"당신 마음대로 말하는 것도, 내 마음대로 믿는 것도 모두 자유죠."

"옳으신 말씀입니다."

애초에 드란힐트와 이런 대화를 시작한 것 자체가 바보 같은 일이었다. 로세드는 탐탁찮은 얼굴로 고개를 저었다.

"황녀 저하, 혹시 당신 아버님을 최근에 본 적이 있습니까?"

드란힐트는 눈썹을 우아하게 들었다.

"없어요. 최근에는 찾아뵙지도 않았고, 아버님께서 저를 딱히 찾으시지도 않으니까요."

"그게 문젭니다."

아까 번개를 한 차례 얻어맞고 나간 부하는 자기가 접근할 수 있었던 그 어느 공간에서도 황제의 모습이 보이지 않았다고 보고했다. 황궁은 어마어마하게 넓고 비밀 장소가 많으니, 그 보고는 황제가 황궁에 머무르지 않고 있다는 보증은 되어주지 않았다.

그러나 황제는 궁정에 딸린 심부름꾼 소년이 아니다. 그가 생활하는 데에는 수많은 인력이 필요하고 매일같이 그가 돌보아야 하는 일이 눈이 돌아갈 만큼 쏟아졌다. 적당히 소리 소문없이 지낼 수 있는 입장이 애초에 아닌 것이다.

로세드의 심각한 얼굴을 본 드란힐트는 깃털이 달린 부채로 입술을 가리며 빙긋 웃었다. 그가 보기에 그녀는 이 상황이 마음에 드는 것 같았다.

"우리 아버님에게는 손을 쓰기가 쉽지 않은 모양이로군요. 어디서든 나서서 일을 처리하느라 바쁘신 우리 오라버님이야 온갖 흉

볼 거리를 꼬리처럼 끌고 다니신다지만 아버님은 그렇지 않으시죠."

"당신 아버님도 뭔가 일을 하고 있으니 저 꼬장꼬장한 궁정 대신들이 아무 말도 하지 않는 것 아니겠습니까? 갑자기 황제가 아무도 만나지 않고 있는데."

"그야 물론, 우리 황제 폐하께선 언제나 본인이 하실 일을 빈틈없이 하고 계시겠죠. 내 말은, 아버님께선 우리 오라버님보다 훨씬 능숙하고, 교활하고, 의뭉스러운 구석이 많다는 거예요. 꼬리를 애초에 보이지 않는 분이에요. 저 데이하르츠 공은 물론 오늘 아침에도 만났겠지요?"

"예, 재상은 오늘도 여기저기 얼굴을 비추더군요. 그가 도장이 찍힌 서류를 여기저기 대신 내고 다니니 아무도 당신 아버님 본인을 만날 필요가 없었나 봅니다."

로세드는 이를 갈았다. 루트비히 태자가 황도 옆의 제 영지에서 귀족들과 대치하는 동안 그도 부지런히 할 일을 해둘 생각이었는데. 일이 잘 진행되기만 한다면 최대 깨끗한 암살까지는 고려하고 있던 황제 본인이 신기루처럼 손에 들어오지 않았다.

로세드는 황제가 지금의 상황을 모르리라고 생각하지 않았다. 자신의 목숨을 노리는 사람이 있다는 것 또한 당연히 짐작할 터였다. 그가 아는 오이겐 황제는 드란힐트의 표현대로 능숙하고 교활한 늑대였다.

그런데 그런 오이겐이 어째서 모습을 감출 필요가 있단 말인가. 그런 수단을 쓸 만큼 위기감을 느꼈다면 오이겐은 일을 복잡하게 처리할 필요가 없었다. '제일 목소리가 큰 녀석을 잡아 목을 자르고 황도 내의 모든 병권을 황제에게 귀속시킨다.' 그런 내용의 공문 한 장이면 된다.

기분이 나쁘다. 오이겐 황제가 자신을 가지고 노는 것만 같아 로세드는 갑자기 속이 아주 뒤틀렸다. 오이겐 황제와 루트비히 태자는 상대를 비웃는 얼굴이 징그러울 정도로 닮았는데, 꼭 두 사람이 동시에 자신을 향해 웃고 있는 것만 같았다.

로세드를 보던 드란힐트가 이번에는 상냥하고 자애롭게 손을 뻗어 그의 뺨을 만졌다. 부드러운 양가죽 장갑을 낀 그녀의 손은 장갑의 표면처럼 매혹적이었다. 로세드는 그녀의 얼굴 중 절반쯤에는 확실하게 황후의 특징이 나타나 있어 다행이라고 생각했다.

"그렇게 긴장하지 말아요, 로세드. 꼭 어린아이 같군요."

"당신 앞에서는 항상 가장 연약한 마음이 드러나니까요. 매혹적인 레이디 앞에서 벌거벗겨진 기분이 드는 것은 사람이라면 누구나 마찬가지 아니겠습니까?"

"말을 잘하는 걸 보니 걱정할 것 없겠군요."

드란힐트는 손을 거두었다. 로세드는 그녀의 양손을 꼭 잡고 자신의 얼굴 앞에 들었다. 양손을 모은 곳에 입 맞추는 소리를 내자 조금은 안심이 되었다. 누가 뭐라고 해도, 이 드란힐트 황녀가 자신의 손에 있는 지금 그는 자신의 야망에 가까웠다. 황제를 지금 죽이지 못한다 해도 어차피 세월이 지나면 승기는 그의 것이었다.

태자만 없다면.

드란힐트는 자신감있게 웃었다.

"어차피 아버님께 손댈 수 있는 사람은 아무도 없어요. 그 어떤 장애물을 넘더라도 마지막에는 전설의 암살자에게 가로막히게 되어 있으니까요. 그러니 신경 쓰지 말고 당신이 지금 할 일을 해요."

'전설의 암살자'라는 단어에 로세드는 빙긋 웃었다. 목표물을 결코 놓친 적이 없다는 전설의 암살자는 그도 몇 번이나 소문을 들었지만, 실존 인물이라고 생각한 적이 없었다. 권력자라면 누구나 가지고 있는 비상수단으로서의 숨겨진 부하에 대한 추측이 부풀려진 것일 터.

하지만 드란힐트의 말은 옳았다.

"위로가 되는군요. 고맙습니다."

붉은 노을 위로 철새 한 무리가 날아갔다.

안네그레트는 땅거미 진 복도를 걸었다. 저녁 식사를 하며 오가는 사람들 소리가 왁자지껄하게 담 너머로 들려왔다. 가을의 색으로 물든 뜰은 마지막 햇빛을 받으며 바람에 천천히 식어가고 있었다.

우는 여인상에서 왼쪽으로 세 번째 기둥, 검은 꽃병 바로 옆의 바닥 모자이크, 가시가 없는 장미 조각 아래.

이 성에 있는 비밀 공간은 주의 깊게 보아야 할 대상이었다. 특히 이런 상황이라면 언제 어디에서 위협이 나타날지 알 수 없었다. 안네그레트는 다른 사람이 보지 못하도록 몸을 숨기며 자신이 찾아낸 모든 비밀 공간을 점검했다. 다행히 아직 어떤 이상도 없었다.

안네그레트는 계속 나아가 마침내는 청동 조각이 붙은 문 앞에 섰다. 똑똑. 문고리를 잡아 두드리자 문 안쪽에서 낮은 목소리가 들려왔다.

"들어와."

월계수가 새겨진 둥근 문고리를 놓고 문을 밀자 우아한 문이 가볍게 밀렸다.

이 성의 집무실은 언뜻 보기에는 아무도 없는 것처럼 조용했다. 안네그레트는 그러나 화려한 장미창 옆에 등을 보이고 앉은 루트비히의 모습을 금방 찾을 수 있었다.

마치 눈에 새기는 것처럼 바로, 어쩐지 알 수 있었다.

창 옆의 안락의자는 붉은 카펫이 깔린 바닥까지 긴 그림자를 드리우고 있었다. 루트비히는 고개를 돌려 안네그레트를 보았다. 그는 상당히 피곤해 보였다.

"왔어?"

"예, 전하. 어찌 아무도 안 계십니까?"

"다들 바빠서 잠깐 자리를 비웠어."

그렇게 말하고 루트비히는 큰 숨을 내쉬며 일어섰다. 삐걱대는 안락의자 소리가 고요한 방 안에서는 마치 천둥처럼 크게 들렸다.

"식사는 마치셨습니까?"

"마쳐서 아까 내갔어. 너는?"

"저도 마치고 왔습니다."

"좋아. 과일이 들어왔으니까 편한 대로 먹어."

루트비히는 작은 테이블에 꽃과 함께 장식된 과일 바구니를 가리켰다. 안네그레트는 감사 인사를 하고 사과를 피해서 적당한 과일 하나를 집었다.

"안네그레트."

안네그레트가 과일을 베어 물기 전 루트비히는 책상 앞에 앉으며 그 이름을 불렀다. 그녀는 얌전히 대답했다.

"예, 전하."

"내가 널 부른 건 맡길 임무가 있어서야."

임무? 안네그레트는 긴장했다. 루트비히는 그녀를 보고 빙긋 웃었다.

"이리 와."

"예, 전하."

루트비히의 책상에는 다양한 종이가 몇 장씩 쌓여 있었다. 그녀는 그중 한 종류가 황도의 지도라는 것을 언뜻 보자마자 알아채고 눈을 깜박였다. 드디어 입도할 때가 다가온 것일까.

"크흠."

기밀일 문서에 너무 눈길을 오래 주었던 모양이었다. 안네그레트는 루트비히의 헛기침에 얼른 시선을 돌리고 사과했다.

"송구합니다, 전하."

"네가 내 종자인 이상 어차피 이 내용을 다 알게 되긴 할 테지만, 지금은 아냐. 일단 이것부터 봐."

루트비히는 맨 위에 있던 노란 종이를 건넸다. 안네그레트는 그것을 받아 읽다가 깜짝 놀라 눈을 크게 떴다.

두 번을 다시 읽어 보아도 내용은 변하지 않았다. 안네그레트가 자신을 보자 루트비히는 빙긋 웃었다. 금발 사이로 길게 드리운 붉은 그림자가 단풍 같은 색을 띠었다.

"과일 안 먹을 거야?"

그러잖아도 들고 있기가 부담스러웠다. 안네그레트는 무엇보다 우선 처리해야 할지 판단하느라 잠시 시간을 들이고 나서 말했다.

"후에 먹을까 합니다."

"지금은 먹고 싶지 않아?"

"그런 것이 아니오라, 감히 전하의 집무실에 과즙을 흘릴까 걱정이 되는지라."

"괜찮으니까 먹기 싫은 게 아니면 먹어."

어쩐지 의문이 생겼지만 안네그레트는 얌전히 종이를 한 손으로 들고 다른 손으로 과일을 옷에 문질렀다. 그리고 사각 하고 과육을 베어 물었다.

과일은 계속 그림자가 드는 곳에 있었는지 예상보다 시원하고 촉촉했다. 예상한 대로 과즙이 흘러 안네그레트는 얼른 자신이 물어뜯은 흔적 근처의 과즙을 혀로 핥았다. 루트비히는 그것을 보다가 일어섰다.

생각하기도 전에 몸이 움찔했다. 루트비히는 안네그레트의 손목을 꼭 그날 밤처럼 잡았지만 그녀가 딱딱하게 굳어 팔을 움직이지 않자, 쓴웃음을 지으며 자기 얼굴을 가까이 가져왔다. 곧 숨결이 닿을 만큼 가까운 거리에서 루트비히가 과일을 한 입 물었다.

"맛있네."

내리깔린 금빛 속눈썹과 그 아래서 석양을 받아 불타듯 반짝인 초록색 눈이 그림처럼 가슴에 충격을 가져왔다. 안네그레트는 놀라 그대로 한참을 굳어 있었다. 루트비히는 똑바로 서서 과일을 씹어 목 뒤로 넘겼다.

"전하."

안네그레트는 간신히 입을 열었다.

"목이 마르시다면 와인을 들이겠습니다."

"왜? 네 과일을 내가 먹는 게 아까워?"

"당치 않습니다."

그런 문제가 아니었다.

"전하께서 내리신 과일을 전하께 올리는 것이 어찌 아깝겠습니까. 그저 제가 이미 입을 댄 음식을 전하께서 드시게 하는 것이 신하로서 도리가 아닌지라."

"뭐 어때? 저녁 식사를 했으니 과일 하나를 혼자 다 먹기엔 배가 부르다고. 나눠 먹자."

루트비히는 쿡쿡 웃고 다시 자리에 앉았다. 안네그레트는 그 말을 듣고 보니 옳은 것도 같았지만 어쩐지 기분이 이상해서 잠시 그대로 과일을 든 채 서 있었다. 걱정했던 대로 과즙이 그녀의 손을 타고 바닥에 뚝 떨어졌다.

그 소리에 정신이 들었다. 안네그레트는 어쩔 줄 몰라 하며 얼른 사죄했다.

"송구합니다, 전하. 그만 전하의 집무실의 바닥을 더럽혀 버렸습니다."

"내가 먹어서 그런 건데? 신경 쓰지 마. 이따 바닥을 닦게 하지."

"제가 닦겠습니다."

"네가 그런 일을 왜 해? 그래, 말해둘 게 있었어."

루트비히는 생각났다는 듯 단호한 눈으로 이었다.

"황도에 돌아가면 이제 마구간 청소나 무기 닦는 일은 안 해도 돼. 아침저녁으로 나한테 들르는 건 계속 하되 내 시중을 드는 게 아니라 하루의 일과를 보고하는 짧은 자리로 할 거야."

"전하."

갑작스러운 변화였다. 처우의 분명한 상향에 안네그레트는 루트비히를 물끄러미 보았다. 그 까만 눈에 루트비히는 쓴웃음을 지었다.

"알겠어? ……네가 세운 공은 커, 안네그레트. 나는 상황을 조금 더 보다가 널 정식 기사로 서임할 생각이야."

"어찌 그리 갑작스러운 말씀을 하십니까."

"갑작스러워?"

"예, 전하."

어쩐지 초조해졌다. 안네그레트의 얼굴을 보고 루트비히는 물었다.

"기쁘지 않아? 기사가 되고 싶지 않아?"

안네그레트는 얼른 고개를 저었다.

"어찌 감히 기쁘지 않을 수 있겠습니까. 기사가 되는 것은 어릴 적부터 제 꿈이었습니다. 하오나 제가 아직 부족한 부분이 많고 전하의 종자로서 수련한 지 얼마 되지 않았습니다. 혹 전하께서 저를 편애하신다는 말이 나올까 염려됩니다."

"실력으로나 공적으로나, 널 기사로 서임하지 않는다면 그쪽이 불공평한 거야. 지금까지 네가 세운 공적은 우리 군 전부가 알잖아. 그리고 이제는 황도 사람들도 네가 누군지 알게 되겠지."

안네그레트는 종이를 꽉 쥐었다. 물론 그녀 혼자 하는 것은 아니었다. 정말로 중요한 곳에 포진하는 것은 지휘관 경험이 많은 기사들이기야 했지만……

루트비히는 웃음을 지우고 엄격한 얼굴로 말했다.

"안네그레트 바이언트, 네가 충성을 맹세한 자이자 이 나라의 적법한 태자이며 황도의 수호자로서 명령한다. 자신의 욕망을 위해 백성들에게 고통을 주고 수많은 장병 또한 의미 없는 죽음을 맞게 한 반역자를 치고 모든 것을 제자리로 되돌려라. 기사로서 악을 쳐부수고 선을 실행하도록."

"잘 어울리네."

제일 먼저 나온 말이 그것이라는 사실에 시피에트는 안도의 한숨을 쉬었다. 율리아는 그러나 잠시 후 허리를 잡고 웃기 시작했다. 시피에트는 배신감을 느꼈다.

"잘 어울린다며!"

"응, 잘 어울려. 초봄에 하는 가장대회에서 꽤 많은 신사분들의 춤 신청을 받을 수 있을 것 같다는 의미로 잘 어울려."

"그럼 남장한 의미가 없잖아!"

바지를 입어보는 것은 아주 오랜만이었다. 시피에트는 거울 앞에서 몸을 이리저리 비추어 보다가 어쩔 수 없이 친구에게 동의했다.

"하지만 웃음이 나올 만도 하네. 여자가 어설프게 가장한 걸로밖에 안 보여."

"서 있는 자세가 문제야."

율리아는 웃음을 간신히 그치고 짐짓 엄격한 얼굴로 시피에트의 어깨를 세게 젖혔다. 시피에트는 비명을 질렀다.

"아파!"

"너무 궁정의 레이디인 게 티 나게 서 있지 마. 남자처럼 당장에라도 눈앞에 있는 사람의 얼굴 모양을 바꿔 버릴 수 있게 서란 말이야."

"남자들이 그런 자세를 한다고?"

"잘 보이고 싶은 여자 앞에선 특히."

시피에트도 자신에게 잘 보이려 한 남자가 없었던 것은 아니었지만, 율리아의 경험이라면 누구보다 믿을 만했다. 그녀는 순순히 눈에 불을 켜고 기세등등하게 다리에 힘을 주었다. 결과적으로 꼴이 더 우스워졌다.

"어머나! 아하하하."

"자꾸 그렇게 웃을 거면 네가 하지 그러니? 율리."

율리아는 시원하게 웃다 말고 짐짓 안타까운 얼굴을 했다.

"나도 물론 그러고 싶지만, 그럼 닐라 헤이라한테 방은 누가 빌리니? 율리오 피츠콜?"

맞는 말이었다. 시피에트는 입술을 비죽 내밀고 어깨 각도를 이리저리 조절해 보았다. 율리아는 결국 쓴웃음을 짓고 손을 내저었다.

"에이, 됐다. 그냥 걷기 연습만 좀 더 하고 가자. 예쁜 얼굴이야 모자를 깊이 눌러쓰면 그만이고. 정 뭣하면 내가 이번엔 여자를 만나기 시작했다는 소문이 퍼지는 거지, 뭐."

"얘 좀 봐. 네 새 남자친구는?"

"양해 구해놨어."

"이번 일 얘기를 했어?"

"그럼. 내가 가끔 사는 재미를 더하기 위해 바람을 피우기도 하니까 너무 놀라지 말라고 했지."

"얘!"

"농담이야. 대충 너랑 놀고 싶어서 외출하는데 여자끼리만 다니기 무서워서 네가 바지를 입는다고 해뒀어."

"이상하잖아. 다른 사람들한테 소문나면 어떡해."

안 그래도 드란힐트에게 달라붙어 다니기 시작한 귀부인들이 율리아에 대해 별 이야기를 다 하고 있는 시기였다. 시피에트는 질겁했지만 율리아는 아무렇지도 않게 어깨를 으쓱했다.

"당대의 인기인이라면 성별을 가리지 않고 만나는 여유 정도는 있어야 하는 거 아니겠어? 나와 애인 사이로 소문나는 게 싫으면 남자인 척을 해봐. 괜찮아, 보통은 남자 옷을 입었으면 다들 남자 려니 하니까. 너무 평소엔 치마를 입는다는 티가 나지만 않으면 돼."

확실히 치맛자락을 정돈하지 않고 걸으려니 자세도 무게중심 도 다르다. 시피에트는 율리아의 응접실을 한 바퀴 돌며 친구의 말을 유념하려 애썼다. 율리아는 그것을 보며 계속 웃었지만 동시 에 좋은 조언을 주려 애썼다. 그리고 어느 정도 시피에트가 남자 옷에 익숙해진 것 같자 팔짱을 끼고 집을 나섰다.

적당히 잡은 승합 마차는 시피에트가 태어나서 한 번도 발을 들 여본 적이 없는 구역으로 들어갔다. 율리아와 시피에트의 훌륭한 옷을 이상하게 쳐다보는 사람이 있을 법도 했지만 놀라울 정도로 마부나 다른 승객들이나 그녀들에게 아무 관심을 보이지 않았다. 마차 문이 열렸을 때 먼저 내려서 어색하게 율리아의 하차를 도운 뒤 시피에트는 불안한 기분으로 친구에게 속삭여 물었다.

"여긴 어디야? 이렇게 눈에 띄는 옷을 입고 여기 와도 되는 거 야?"

"걱정하지 마. 여긴 귀족들의 단골 밀회 장소니까. 하루에 적어 도 둘씩은 귀족 커플이 드나들어."

주변은 온통 좁고 햇빛이 들지 않는 골목길이었고 악취가 났 다. 귀족에게 걸맞은 장소라는 생각은 들지 않았다. 시피에트는 저도 모르게 율리아의 팔을 꼭 안고 주위를 둘러보았다.

"닐라 헤이라가 빌려주는 집이라는 게 여기야? 문이 왜 이렇게 많아?"

길 양쪽으로 높이 올라간 건물은 창문 몇 개 건너마다 도무지 통일되지 않은 모양인 데다 반쯤은 무너지고 있는 자재로 되어 있었다. 율리아는 후후 웃었다.

"팔을 안는 것도 좋지만 내 허리를 잡아야지, 시프. 자, 이리 와."

시피에트는 챙 넓은 모자 아래로 주위를 살피며 어색하게 율리아의 허리에 한쪽 팔을 둘렀다. 율리아는 씩씩하게 걸어 지저분하고 꼭 닫힌 문 중 하나로 다가갔다. 시피에트는 친구의 눈짓에 문을 두드리기 위해 문고리를 찾아보았다. 꼭 닫히고 칠이 벗겨진 나무문에는 문고리가 없었다.

"얘는, 이런 덴 문고리가 없지. 손으로 두드리는 거야. 세게!"

"이걸?"

황후의 시중을 들면서도 남의 집 문을 직접 두드려 본 적은 없었다. 그래서 문고리를 찾으면서 내심 흥분하고 있었던 시피에트는 상상도 못 했던 말에 질겁했다.

"이걸 내가 만져?"

"그럼 내가 할까?"

그러면 할 말이 없었다. 시피에트는 최대한 허리를 뻣뻣하게 세우고 장갑 손등으로 문을 두드렸다. 곧 안쪽에서 철컥철컥 자물쇠 여는 소리가 나고 문이 삐걱 열렸다.

열린 문 안쪽으로도 햇빛은 들어오는 것 같지 않았다. 시피에트는 눈을 잔뜩 찌푸리고 나서야 얼굴을 빠끔 드러낸 노파의 모습을 분간해 냈다. 노파는 대단히 주름이 많고 조각처럼 뻣뻣한 얼굴로 나무토막처럼 가만히 굳어 있었지만, 눈만큼은 희번덕 움직였다.

본능적으로 움찔한 시피에트 대신 율리아가 쌀쌀맞게 말했다.

"방은 제대로 준비해 뒀겠지?"

노파는 대답 없이 문을 열며 그 틈으로 들어갔다. 시피에트는 율리아에게 팔을 끌려 집 안으로 들어갔고 곧바로 등 뒤에서 문이 닫히자 새카만 어둠 속에 갇힌 기분으로 우뚝 서버리고 말았다. 집안 어딘가에 촛불이 켜져 있는 듯 어렴풋이 빛이 어른거리는 곳도 있었지만 걸음을 옮기기에는 주위가 너무 어두웠다.

눈이 그나마 어둠에 조금 익숙해졌을 때 율리아는 말없이 시피에트를 이끌어 문 근처에 있던 계단을 오르기 시작했다. 계단은 폭이 좁고 단이 높았는데 들리는 소리로 보아서는 상당한 부분에 보수가 필요할 것 같았다. 시피에트는 두려움에 휩싸여 율리아에게 속삭였다.

"나 말해도 돼?"

"그럼."

율리아의 목소리는 여전히 부드러웠다. 시피에트는 친구의 온기와 목소리에 겨우 안심해 물었다.

"저 노인은 누구야?"

"이 집 문 열어주는 사람."

"닐라 헤이라의 하녀야?"

"몰라. 아무도 그런 건 궁금해하지도 않고 묻지도 않아."

"나는 궁금한걸."

"후후, 그러네."

율리아는 쿡쿡 웃고 속삭였다.

"몰라. 확실한 건 저 노파 입에서는 어떤 비밀도 새지 않는다는 것뿐이야. 말을 못 하거든."

시피에트는 힐끔 뒤를 보려다가 계단에서 굴러떨어질까 무서워서 그러지 못했다. 이윽고 그들은 계단 위의 2층에 도착했다.

어디로 가야 하는지는 분명했다. 율리아는 분명한 빛이 길쭉하게 문틈 모양으로 새어 나오는 쪽으로 다가갔다. 시피에트는 이번에는 율리아가 문 앞에서 멈춰 서자 헤매지 않고 문을 두드렸다.

죽음처럼 조용한 집에 문 두드리는 소리가 녹아들었다. 문이 열리고 나온 남자의 얼굴을 보고 시피에트는 눈을 동그랗게 떴다. 촛불을 여러 개 켜둔 방에서 혼자 있었던 것 같은 그 남자는 율리아에게는 예의 바르게 묵례했지만 남장한 시피에트는 수상하다는 듯 얼굴을 살폈다. 율리아는 우아하게 인사하고 말했다.

"우선 안에 들어가서 이야기하죠. 이쪽은 저와 안네그레트의 친구이니 안심하셔요…… 라인홀트 경."

임무 보고를 들은 루트비히는 만족스럽게 고개를 끄덕였다.

"잘되고 있는 것 같네. 계속 그렇게 진행해."

"황공하옵니다, 전하."

발트 이 레는 절하고 물러났다. 테다인은 그의 주인처럼 만족스러운 얼굴로 여러 항목이 체크된 리스트를 훑어보았다.

"병량 확보, 보급로 확보, 무기 손질, 화살의 준비, 그 외 생활에 필요한 물품의 점검까지 모두 완벽합니다."

"발트와 엘리아스, 그리고 안네그레트는 잘할 테니 남은 건 이기는 것뿐이군."

루트비히는 상당히 자신만만하게 말하고 픽 웃었다. 안네그레트는 자신이 맡은 일도 제대로 진행되고 있긴 했지만, 전쟁이란 언제 어디서 예상치 못한 상황이 일어날지 알 수 없는 일이었으므로 긴장을 풀지 않았다. 대신에 모두를 이끄는 주군이 저렇게 자신 있는 모습을 모두에게 보이는 것은 아주 훌륭한 일이었다.

"불안해?"

안네그레트의 얼굴을 본 루트비히가 눈을 살짝 내리깔고 웃으며 물었다. 그녀는 정중하게 고개 숙였다.

"송구하옵니다, 전하. 전하께서 세우신 작전이 훌륭하오니 제가 어찌 다른 생각을 하겠습니까. 다만 사람이 모인 곳에서는 항상 변수가 나타나니 혹시 모를 일을 생각해 언제나 대응할 수 있고자 합니다."

"훌륭한 생각이야."

루트비히는 감명받은 얼굴로 손뼉을 쳤다. 안네그레트는 부끄러워졌고 테다인은 이번엔 다른 종이를 들었다. 황도 북문의 지도였다.

"동, 서, 남의 문을 포위하면 독 안에 든 쥐입니다."

"그 독에 물을 충분히 부으면 다른 녀석들에게도 좋은 본보기가 되겠지."

루트비히가 받아 여유롭게 말했다. 테다인은 창밖을 힐끔 보았다.

"잠시 자카리 경에게 다녀오겠습니다, 전하."

"그래, 다녀와."

테다인은 문소리를 크게 내지 않고 방을 나섰다. 안네그레트는 그 등을 보다가 문이 닫히자 루트비히에게 시선을 돌렸다. 뭔가 시킬 일이 남았는지 묻기 위해 본 것이었는데 그는 다르게 받아들인 듯 눈썹을 들었다.

"이번 작전에 대해 하고 싶은 말이 있어?"

"아니옵니다, 전하. 마치 이런 일을 예견하셨던 듯 미리 성 안에 신뢰할 수 있는 이를 두어 대비하게 하셨으니 좁은 사견으로는 이긴 것이나 다름없습니다."

"예견이라면 했지."

"예?"

태자가 자리를 비우면 황도에서 귀족들이 결탁하여 무력시위를 할 것을 예견했다고? 어떻게 들으면 대단히 심각한 말이라 안네그레트는 미간을 좁혔다. 그 얼굴을 본 루트비히는 그녀에게 손짓했다.

"가까이 와서 들어."

"예, 전하."

안네그레트는 명령대로 루트비히가 앉은 책상 앞에 다가갔다. 그는 팔짱을 끼고 의자 등받이에 몸을 맡겼다.

"어떤 야망 있는 놈인가가 바쁘게 돌아다니며 황가의 권위를 일부러 건드리는 꼴을 보니 그 뒤에 뭔가 꿍꿍이가 있으리라는 걸 예견했지."

"예?"

"못 들었어?"

"들었습니다, 전하. 하온데…… 그뿐입니까?"

"뭐가 더 필요해?"

안네그레트는 진지하게 되물었지만, 루트비히는 아무렇지도 않게 그녀를 말끄러미 바라볼 뿐이었다. 그녀는 결국 자신이 노골적으로 묻기 전에는 주군에겐 대답할 마음이 없음을 깨닫고 천천히 단어를 골랐다.

"황도에는 황제 폐하가 계시지 않습니까. 태자 전하께서 자리를 비우신다고 해도 제국의 중심은 황도에 있습니다."

"폐하께서 날 도울 마음이 있으셨다면 한참 전에 그렇게 하셨겠지."

옳은 말이었다. 안네그레트는 할 말이 궁해졌다. 그러잖아도 그 점이 궁금했지만 황제에게도 무슨 생각이 있으니 그럴 거라고 알아서 이해하고 있던 참이다.

루트비히는 시선을 안네그레트에게서 떼고 쓴웃음을 지었다.

"폐하께서 무슨 생각을 하시는지 나는 몰라. 하지만 궁정은 차갑고, 하나하나 도와줄 생각이 없는 아버지 밑에서 태어났으니 나는 어려서부터 알아서 내게 필요한 것을 붙잡아야 했지. 이번에도 그냥 그 반복이야. 뭐, 폐하께 자식이 나만 있는 것도 아니니 누가 이기나 보시는 건지도 모르지."

"전하, 어찌 그런 망극한 말씀을 하십니까."

듣던 안네그레트는 질겁했다. 루트비히의 얼굴이 약간 쌀쌀맞아졌다.

"우리 가문은 원래 그래. 자식이 잘되게 돕는 사람들이 아니야. 지금 폐하께서도 태자일 무렵에는 상당히 고생하셨다고 들었지. ······게오르츠 백작에게 그런 이야기는 못 들었어?"

"황공하오나 전하, 그런 이야기는 듣지 못했사옵니다. 하오나 전하께서 지금 이렇게 훌륭한 후계자로서 역할을 다하고 계신데 황제 폐하께서 어찌 아드님을 아끼시는 마음이 없겠습니까?"

"아끼는 게 뭔지는 몰라도 우리 가문 사람들이 타고나는 감정은 아닌가 보지."

안네그레트는 무척 반박하고 싶었지만 가슴이 아프고 말이 부족해 그럴 수 없는 자신을 또한 분명하게 느꼈다.

한참 입을 다문 안네그레트를 보던 루트비히는 다시 쓴웃음을 지었다. ……아샬레아가 어린 그에게 했던 말이 생각났다. 사랑받는 법을 배우지 못하고 자란 아이는 남을 사랑하기 힘들다던가.

그녀를 슬프게 만든 모양이었다.

"미안해. 난처하게 하려고 한 말은 아니야. ……앉아서 뭐라도 마시면서 쉬어, 안네그레트. 황도에서 신호가 오면 바로 움직일 거니까 힘을 비축해 둬야지."

"레이디 율리아 피츠콜이 오셨습니다."

이미 이틀 전, 격식과 젊은 취향을 적절하게 곁들인 완벽한 카드가 예고한 방문이었다. 드란힐트는 심드렁한 표정으로 하인에게 손짓했다.

"안으로 모셔."

"예, 마님."

하인은 거실 밖으로 사라졌다가 잠시 후 멋진 가을 외출복을 입은 아가씨를 데리고 돌아왔다. 아가씨는 고운 치맛자락을 살짝 잡고 우아하게 인사했다.

"어서 와요, 피츠콜 양."

"갑작스러운 방문을 기꺼이 맞아주시니 그저 관대하신 마음에 감사할 따름이랍니다, 백작 부인."

"어차피 한가하게 뜰이나 감상하며 삶을 지루해하는 신세랍니다. 피츠콜 양이라면 내게는 과분한 손님이죠. 앉아요."

부드럽게 인사를 받은 드란힐트는 명령과 같은 권유를 짧게 덧붙였다. 율리아는 속으로 쓴웃음을 지으며 적절한 위치의 의자에 앉았다.

"남부산 와인 괜찮지요?"

대답하기도 전에 잘 차려입은 하인이 마실 것을 가지고 가져왔다. 율리아는 얌전히 아름다운 유리잔을 받았다. 리첸 특유의 잔 안쪽을 가늘게 깎은 세공 때문에 붉은 와인은 같은 색의 무늬가 새겨진 색유리 안에서 찰랑거리는 것처럼 보였다.

와인의 맛은 평범했다. 율리아는 드란힐트가 생각보다 자신의 방문을 혐오스럽게 느끼지 않고 있다는 사실에 긴장하며 미소 지었다. 저쪽은 어디까지 알고 있을까. 만약 드란힐트가 지금 율리아가 가져온 소식에 대해 조금이라도 안다면 저렇게 평온한 태도일 것 같지는 않았다. 하지만 만약 아무것도 모른다면, 방문 신청을 받아준 이유는 무엇일까.

예의? 저 드란힐트 하슐레타가?

"훌륭한 와인이로군요, 백작 부인."

"그래요? 난 별로던데."

저 평이한 말에 긴장이 오히려 약간 풀렸다. 그래, 이래야 드란힐트다. 율리아는 사교적으로 말을 이었다.

"백작 부인께선 워낙 섬세한 취향의 소유자셔서 그러신 모양이지요. 저처럼 미각이 둔한 사람에겐 감지덕지랍니다."

"피츠콜 양의 미각이 둔하다니 놀라운 소식이네요. 다들 당신에게 세상의 온갖 진미를 대접하고 싶어 안달이 나 있는 걸로 아는데."

"누가 백작 부인께 감히 과장된 헛소문을 들려 드린 모양이로군요. 좋은 친구들과 가끔 진귀한 음식을 먹을 기회가 있기는 하지만, 저는 맛의 섬세한 구석까지 즐기기보다는 분위기와 함께하는 사람들에게 더 마음을 빼앗긴답니다."

드란힐트는 심드렁하게 시선을 돌리며 픽 웃었다. 율리아는 생긋 미소 지으며 부채를 펼쳤다.

"귀한 시간을 오래 빼앗지는 않을 테니 부디 심려 마셔요."

"주고 싶은 게 있다면서요? 피츠콜 양도 바쁠 테니 줄 게 있다면 어서 주고 볼일 보러 가봐요."

카드에 쓰인 용건은 그랬다. 드란힐트는 율리아 피츠콜이 자신에게 줄 게 무엇일지 정확히 알 수 없었지만, 웬만한 물건이라면 그냥 하인을 통해 전달하고 말았을 것이다. 그러니 아주 중요한 무언가일 텐데.

율리아 피츠콜이 지금 이 시국에 가진 '중요한' 물건이 대체 무엇일 수 있단 말인가?

"바쁘지는 않으니 잠시 대화를 더 나누어도 저는 좋답니다."

율리아는 드란힐트의 눈을 말끄러미 보고 사교적으로 웃었다. '조금 안달하는 모습을 보여줘야 나도 여기까지 온 맛이 있지 않겠나?' 상대가 원하는 것을 얼른 가져다 바치는 태도는 드란힐트의 성품에 없었다.

"별로 급한 게 아닌가 보니 그러면 나중에 줘도 되겠군요. 피츠콜 양은 어떤 대화가 나누고 싶은가요? 날씨?"

어려서부터 계속 봐온 그 참을성 그대로 율리아는 천연덕스러운 얼굴을 했다.

"날씨는 항상 훌륭한 소재지요, 백작 부인. 오늘은 바람이 참 좋더군요."

"오늘은 아직 밖에 나간 적이 없어서 몰랐네요. 그런가요?"

"예. 괜찮으시다면 함께 뜰이라도 거닐까요?"

그렇게 제안하는 얼굴은 얼핏 보기에는 진심으로 상냥했지만 드란힐트는 그저 씩 웃고 거절했다.

"말은 고맙지만 내가 요즘 몸이 안 좋은지 자꾸 오한이 드네요. 내 뜰은 나중에 기회가 된다면 구경시켜 주죠."

일단 둘 중 한쪽이 죽기 전에는 그럴 일이 없다는 뜻이었다. 드란힐트는 자신이 율리아 피츠콜을 딱히 미워하지 않는다는 사실을 알고 있었지만, 함께 산책을 할 정도로 친근하게 굴고 싶지도 않았다. 아마 저쪽도 같은 마음일 것이다.

결국 율리아는 드란힐트의 눈을 말끄러미 보며 아마도 오늘의 용건에 해당할 말을 꺼냈다.

"실은 드릴 것이라는 게 제가 준비한 물건은 아니고, 다른 분께서 백작 부인께 드리려는 걸 맡았답니다."

"그래요?"

드란힐트는 부채로 입술의 오른쪽 절반쯤을 가렸다.

"궁정의 꽃인 피츠콜 양을 심부름꾼 아이로 쓰다니, 발신인이 누군지는 몰라도 대단한 분인가 보군요."

"아이, 궁정의 꽃이라뇨. 과찬이셔요."

"피츠콜 양 말고 누가 그런 찬사를 들을 수 있겠어요? 어딜 가나 피츠콜 양의 아리따움과 재치에 감탄하지 않는 사람이 없잖아요. 또 피츠콜 가문 사람이잖아요."

"하지만 이 세상 그 어느 사람이 감히 궁정의 꽃이라는 이름을 가질 수 있겠어요?"

"그런 문제인가요? 그러면 피츠콜 양은 지금 시대엔 그 누구도 궁정의 꽃이라는 이름에는 걸맞지 않다고 말하고 싶은 건가요?"

"지금 시대뿐 아니라 언제나 그렇다고 생각한답니다, 백작 부인."

성공하는 기사의 일곱가지 습관

"한때는 눈이 부시게 아름다워 누구에게나 사랑받다가 시간이 지나면 틀림없이 시들어 버려지는 꽃은 사교계의 모든 아름다운 아가씨에게 어울리는 칭호라고 생각하지 않나요?"

율리아는 눈을 가늘게 뜨며 후후 웃었다.

"꽃은 그 용모로 사랑받지만 사람은 용모뿐 아니라 수많은 덕목을 모두 고려해서 사람을 사귀잖아요, 백작 부인."

"좋아요. 피츠콜 양이 원하는 대로 환담을 나눴으니 이제 내 궁금증을 해결하죠. 가져온 게 뭔가요?"

만족한 듯 율리아는 문가에 서 있던 하인에게 손짓했다. 하인은 곧 은색의 넓은 쟁반에 종이봉투를 담아 가져왔다. 봉투는 중요한 공문서가 들어 있을 만한 크기에 법을 상징하는 문양으로 봉랍되어 있었다.

드란힐트는 쓴웃음을 지었다. 율리아의 얼굴에서 웃음이 조금 옅어지고 대신 긴장과 엄격함이 빈자리를 차지했다.

"드란힐트 황녀 저하와 하슐레타 백작님의 혼인 무효는 처리될 수 없다고 판단되어 기각되었어요. 기각한 법관 세 명의 이름은 안에 쓰여 있으니 항의하시려면 언제든 방문하셔도 좋고, 편지를 보내셔도 좋다시더군요. 나이 든 분들이시고 황제 폐하의 오래된 충신들이니 너무 겁을 주지는 마셔요."

드란힐트는 봉투에 손도 대지 않았다. 전혀 놀라거나 분노하지 않는 그 모습에 오히려 율리아가 이상한 얼굴을 했다.

"신청인이 백작 부인 혼자셔서 애초에 요건 불충족으로 각하되려던 것을, 황가의 직계 가족께선 제국의 그 어떤 혼인에 대해서도 이의를 제기하는 소를 제기하실 수 있다는 특별법 덕분에 검토까지 들어갔었다더군요. 하지만 실체적 요건상 두 분은 혼인이 성립하지 않는 촌수의 친족으로 볼 수 없어 혼인 무효가 처음부터 성립할 수 없다더군요. 그 사실을 알고 계셨나요?"

"몰랐어요. 어째서 이렇게 오랫동안 법원에 머무르고 있나 했지요."

드란힐트는 '무엇'을 몰랐다는 것인지 말하지 않았다. 율리아는 그 자리에서 잠시 기다렸다.

소리 없는 한숨이 아름다운 거실을 채웠다.

더 기다려도 다른 말을 들을 수 없을 것임을 깨달은 율리아는 일어섰다.

"그러면 저는 보첼 가 어르신들의 심부름을 마쳤으니 그만 돌아가겠어요. 맞이해 주셔서 감사합니다, 백작 부인."

"와줘서 고마워요. 조심해서 들어가요."

드란힐트는 최소한의 예의에만 해당하는 말을 하고 하인에게 손짓했다.

로세드는 종이를 구겼다. 편지를 가져온 하인은 어쩔 줄 몰라 하며 눈길을 피했다. 그는 그것에마저 화가 났다.

뭐? 혼인 무효가 처음부터 성립할 수 없어?

이래서야 그가 세워왔던 계획 모두가 어긋나고야 만다. 로세드는 감히 거짓말을 한 것에 대해 드란힐트에게 당장에라도 편지를 보내 따지고 싶었지만, 그보다 전에 생각해야 할 것이 있었다.

왜 드란힐트는 현 남편과 헤어지고 그와 결혼할 것처럼 굴었던 것일까? 현 남편과 친족 관계를 이유로 헤어질 수 없다는 것을 본인이 몰랐던 걸까? 그리고 왜.

"이 문서 말이다, 봉랍이 뜯어진 흔적이 없었지?"

로세드의 확인에 하인은 얼른 고개를 끄덕였다.

"예, 주인님. 깨끗하게 봉해져 있었습니다."

드란힐트는 자신이 법원에서 받은 문서를 뜯어보지도 않고 그대로 그에게 보냈다. 왜? 좋은 소식일 거라고 당연히 믿고 있어서? 그렇게 생각하니 조금은 진정이 되는 것도 같았다.

그래, 법관 세 명이 각하했다고 해서 다시는 소를 제기할 수 없는 것은 아니었다. 법원의 각하가 잘못되었다고 다시 혼인 무효 소송을 제기하면, 그러면 드란힐트는 여전히 남편과 헤어질 수 있었다. 그리고 혼인 무효는 황실 법원에서만 다루는 것이 아니다.

그래, 신전. 신전에서 혼인 무효를 인정받는다면 황가도 그 판결을 부정할 수 없었다. 로세드는 확실히 자신의 편인 신관들의 이름을 떠올렸다. 그들을 이용해서 대신관과 적당히 협상하면 될 것이다.

법원의 문서를 구겼던 손에서 힘이 살짝 빠졌다. 주인이 심호흡하자 하인도 안도해 어깨에서 힘을 살짝 뺐다. 그때 서재 문을 두드리는 소리가 들렸다.

"주인님, 아노데 상회에서 사람이 왔습니다."

"들여보내!"

황도에 들어와서 장사하고자 하는 모든 상인은 황도 도민들의 안전을 위해 모든 품목을 사전에 로세드에게 검토받아야 했다. 당연히 검토 속도에 대한 불평으로 시작해 경쟁자에 대한 악담까지 다양한 말을 하고 싶어 하는 상인들이 이 저택을 드나들었다. 아노데 상회는 그중 식품을 주로 취급하는 곳이었는데 로세드가 원하는 대로 잘 움직여 주고 있었다.

곧 서재 문이 열리고 얼굴에 그늘이 드리운 남자가 들어왔다.

로세드는 남자의 얼굴을 보자마자 그가 무슨 말을 하러 왔는지 짐작했다.

"또 밀값 문제를 말하려는 거지?"

"예, 후작님."

남자는 불안해서인지 눈을 계속 떨었다. 로세드는 신경질이 났다.

"오래 버티라는 게 아니야! 조금만 더 붙잡고 있으라고!"

"하지만 후작님…… 오늘도 또 소란이 일어났습니다. 일꾼들끼리도 싸웁니다. 매일, 매일 꿈을 꿉니다. 저희 집이 불타고 사람들이 낫을 들고 밀려오는 꿈이요……."

"내가 그렇게 못 미덥나? 황도의 안전을 내가 보장하고 있잖아!"

어차피 이 남자의 진짜 걱정은 경쟁자들이 언제 돌아서 밀값을 내릴지 모른다는 것임을 로세드는 알고 있었다. 그는 혀를 찼다.

"밀값이 폭락할 시기인데 다른 상인들이 곡식을 취급하지 못하게 해서 자네가 큰돈을 벌게 해주고 있는 게 누구야?"

"후, 후작님이시지요."

남자는 불쌍하게 대답했다. 로세드는 턱짓했다.

"가봐!"

"하, 하지만, 후작님……."

"뭐야?"

로세드가 쌍심지를 켰는데도 남자는 부들부들 떨면서 말을 이었다.

"더는 못 버팁니다……. 명하신 가격과 양으로 계속 푸는 건 황도 사람들한테 또다시 폭동을 일으키라는 거나 다름없습니다."

"폭동이 왜 일어나, 내 병사들이 있는데!"

남자의 말이 도를 넘었다. 로세드는 벌떡 일어나 눈을 부릅떴다.

"알겠나! 폭동은 생각할 시간이 많고 힘이 남아도는 놈들이 불평하고 싶어서 일으키는 거얏! 잘 눌러놓으면 걱정할 일이 없다고! 게다가 자네 일꾼들은 잘 먹고 힘이 세잖아!"

"하, 하지만……."

"핑계는 그만둬! 밀반입이 더 늘면 파리만 날릴까 봐 그러는 거 아니야! 검문을 더 강화해서 성문을 통과하는 자들이 곡식 밀반입을 못 하게 할 테니 우는 소리는 그만해!"

남자는 감히 더 말을 붙여볼 생각도 하지 못하고 눈치를 보며 굳었다. 로세드는 씩씩거리며 자리에 다시 앉았다.

"가봐!"

그 말이 떨어지기가 무섭게 남자는 서재를 쌩하니 빠져나갔다. 로세드는 상체를 의자 등받이에 깊이 묻고 앓는 소리를 냈다. 요즘은 기분이 한창 좋았는데, 갑자기 이런 편지를 받으니 잠시 갈 길이 멀게 느껴졌다.

하지만 그것은 사실이 아니다. 로세드는 자신에게 속삭였다. 야망은 바로 눈앞에 있었다.

그때 누군가가 서재 문을 쾅 열고 뛰어들어 왔다. 로세드는 상회의 남자가 다시 온 줄 알고 눈을 치떴다가 들어온 사람이 자기가 신뢰하는 하인이라는 것을 알고 당황했다.

"무슨 일이야?"

하인은 창백해진 얼굴로 더듬거렸다.

"주, 주, 주인님. 파스텐 가에서……!"

파스텐 가라면 카르가링겐 후작 가문이었다. 태자의 부하인 라인홀트 파스텐이 여름에 황도를 떠나고 나서 그 가문 사람들에게 신경을 써본 적은 없었다. 로세드는 예상치 못한 이름에 당황했다.

"파스텐 가가 뭘 어쨌단 말이냐?"

"파스텐 가의 라인홀트 경이 막 황제 폐하를 배알하고 황도 수호의 임무를 맡았다고 합니다! 파스텐 가의 문장을 단 병사들이 속속 입성하고 있습니다……!"

로세드는 잠시 입을 벌렸다가 그 자리에서 시내를 볼 수 있는 방향으로 뚫린 창을 향해 달려갔다.

푸른 하늘 아래서 은빛의 갑옷과 창날이 물결처럼 흘러갔다.

노드바르덴족과의 싸움에서 망가진 것은 보수하고 더러워진 것은 세탁한 태자의 깃발이 바람에 펄럭였다. 그 선두에 선 루트비히는 차분하고 강인한 얼굴이었다. 뒤따르는 기사들 또한 진지하지만 초조한 기색이 없는 얼굴로 말을 몰았다.

생각지도 못한 두 번째 전쟁에 들어가는 길이었지만 병사들의 사기는 낮지 않았다. 그들은 이미 저 야만적이고 흉포한 노드바르덴 일족에게서 훌륭하게 압승을 거두어낸 승리자들이었고 반역 도당에게서 황제 폐하와 불쌍한 황도 백성들을 구하러 가는 길이었다.

반짝이고 깨끗한 투구를 쓴 루트비히가 슬쩍 뒤를 돌아보자 새까만 말을 타고 은빛의 아름다운 갑주를 갖춰 입은 사람이 앞으로 나아가 주군의 옆에서 걷기 시작했다. 병사들 사이에서는 노골적으로, 기사들 사이에서는 은근히 동경의 대상이 되고 있는 라이헤르타 남작 안네그레트였다.

안네그레트는 귀부인의 몸으로 먼 곳까지 출정하면서 힘든 내색을 하기는커녕 큰 공을 세워 많은 병사들의 목숨을 구했다. 실력은 또 어찌나 뛰어난지 황도에서는 이미 많은 기사들과 결투해 승리했다고 소문이 짜했다. 본인을 이길 만한 기사가 아니라면 레이디로 모시는 것조차 허락하지 않을 거라고 숙덕거리는 자도 많았다.

아마 이번 전쟁까지 끝나면 안네그레트는 정식 기사 서임에 일약 가까워질 것이다. 그 아버지인 바이언트 경 루젤에 이어 위대한 전설이 탄생할 것이라는 들뜬 예측이 오갔다. 저번 척후대를 이끌 때 적을 유인하기 위해 짜냈던 계책과 혼자 미끼가 되어 말을 몰았던 용감함의 현현은 모르는 사람이 없었다.

그 안네그레트는 주군에게 예의 바르게 물었다.

"부르셨습니까, 전하."

루트비히는 가벼운 목소리로 물었다. 병사들이 듣기에 그는 오늘 기분이 상당히 좋은 것 같았다.

"저쪽에 황도가 보여, 안네그레트?"

"예, 전하."

이미 눈이 좋은 자들은 멀리 황도 성벽 위쪽으로 불쑥불쑥 튀어나온 건물들의 지붕을 볼 수 있었다. 성벽 바깥으로 펼쳐진 농경지는 수확을 마친 것인지 이미 황금빛이 없었다. 루트비히는 씩 웃었다.

"오늘 드디어 들어가겠군."

"예, 전하. 그렇게 되겠지요."

"다치지 말고 잘해. 물론 라인홀트가 일을 잘했다면 다칠 일은 없겠지만."

그 말을 듣고 안네그레트도 엷게 미소 지었다.

"예, 전하. 감사합니다."

"자, 여기서 갈라지자. 출발해."

이쯤에서 각 군이 맡은 장소로 이동하기로 미리 이야기가 되어 있었다. 안네그레트는 자리를 뜨기 전 루트비히의 얼굴을 잠시 보다가 말했다.

"모쪼록 보중하시길."

"알았어. 하일러와 키르시가 옆에 있을 거고, 난 본진에 남아 있을 텐데 뭘 걱정해. 어서 가."

"예, 전하."

안네그레트는 그 자리에서 애마의 고삐를 틀었다. 히힝, 하고 블리츠는 잠시 콧김을 내뿜고 주인이 원하는 방향으로 머리를 돌렸다. 그 뒤를 따라 휘하 기사들이, 그리고 그들을 따르는 병사들이 명령받은 바에 의해 본대에서 갈라져 나갔다.

투구 아래로 안네그레트의 검은 머리칼이 살짝 나와 흔들렸다. 루트비히는 그 뒷모습을 한동안 보다가 눈을 감았다.

"이게 어떻게 된 일입니까?"

황궁의 작은 회의실은 혼란스러워하는 귀족들로 차 있었다. 그들은 서로에게 상황을 묻고 아무도 제대로 대답할 수 없는 자가 없자 더 큰 혼란에 빠졌다. 슈빔마렌 후작 로세드는 최근 이런 공황이 있을 때 답을 제공하는 역할을 맡곤 했지만, 오늘은 그 또한 상황을 취합할 상태로는 보이지 않았다.

이마에 잔뜩 주름을 잡고 우뚝 앉은 로세드에게 몇 번이나 말을 걸다 포기한 귀족들은 서로가 아는 것을 맞추어보기 시작했다. 라인홀트 파스텐은 이미 오래전부터 황도에 모습을 보이지 않았고, 그들은 당연히 라인홀트가 카르가링겐 후작가의 사병을 이끌고 노드바르덴 일족을 공격하는 데 한 축을 담당했을 거라고 믿고 있었다. 그런데 언제 돌아와서 황도의 경비를 맡았단 말인가?

"아무튼 라인홀트 경에게 여기로 와서 해명을 하라고 하지요."

"아니, 라인홀트 경이 황도에 있다면 태자 전하께서도 들어오신 게 아닙니까? 만약 그렇다면 어떻게 하지요?"

"아무리 사후에 황제 폐하께서 경비를 맡기셨다 해도 황도에 들어오는 과정에서 폭력이 있었다면 라인홀트 경은 그것에 대한 책임을 져야 할 겁니다. 태자 전하께도……."

논의는 제자리를 뱅뱅 돌았다. 다수의 귀족들은 그럴 만한 상황임을 알았고 본인들도 혼란에 빠져 있었지만 결국 짜증을 느꼈다.

그때 누군가 회의실 문을 두드리는 소리가 들렸다. 똑똑.

언제부터 들린 소리인지는 알 수 없었지만, 그 소리는 끊임없이 이어졌고 결국 시끄러웠던 회의실이 고요해질 때까지 계속되었다. 노크 소리를 듣다 못한 귀족 한 명이 시종에게 눈치를 주었다.

"누가 오신 모양이니 문을 열어라."

시종은 우아하게 허리를 숙여 문을 열었다. 들어온 사람의 얼굴을 보고 이미 모여 있던 귀족 중 몇 사람은 낭패한 표정을 지었다.

"여러분, 무슨 이야기를 그렇게 재밌게 나누고들 계셨습니까?"

은발을 길게 늘어뜨린 재상이 매끈한 얼굴로 빙긋 미소 지었다. 로세드는 정신을 약간 차리고 눈을 가늘게 떴다. 이 모임은 정식 회의가 아니다. 충분히 시끄럽게 떠들고 있었으니 누구나 여기에 사람이 모여 있다는 사실을 알 수야 있었지만, 시릴 데이하르츠가 이런 자리에 굳이 모습을 보인다고?

예상 밖이다. 예상 밖의 일투성이였다.

시릴은 귀족들이 놀라 자신을 빤히 보자 미소 그대로 뻔뻔하게 물었다.

"이런, 혹시 제가 환영받지 못하는 자리에 왔습니까?"

곧장 대답하는 사람이 없어 짧은 순간 침묵이 흘렀다. 로세드는 다른 사람이 나서기 전 반사적으로 대답했다.

"아닙니다. 그럴 리가 있겠습니까."

"감사합니다, 후작님."

시릴은 회의장 안으로 완전히 들어섰고 시종은 문을 도로 닫았다. 그러나 시릴은 시종에게 손짓했다.

"아직 닫지 말아주십시오. 올 분이 더 계시니까요."

그 말에 회의장 안에 있던 사람들 중 적어도 반수의 얼굴이 사색이 되었다. 로세드는 그들이 머리를 굴리는 소리가 들리는 것 같다고 생각했다. 우선 그 자신부터가 손끝이 차가웠다.

시릴이 긴 옷자락을 끌며 다가오자 가까운 의자에 앉아 있던 청년들이 벌떡 일어나 자리를 양보했다. 그는 쿡쿡 웃었다.

"마음씀씀이는 감사합니다만, 저는 아직 자리 양보를 받아야 할 정도로 노인이 아닙니다. 이 얼굴이 그렇게 나이 들어 보입니까?"

저 여우. 모르는 사람이 보면 꼼짝없이 젊은이라고 생각할 시릴의 얼굴은 적어도 같은 수준의 괴물인 오이겐 황제밖에 꿰뚫어 볼 수 없었다. 로세드는 속으로 이를 갈면서 평온하게 자리를 권했다.

"하지만 데이하르츠 공 같은 분이 서 계시면 지위가 낮은 사람들 입장에서는 마음이 불편하지요. 부디 앉으십시오."

"불편해하실 필요가 없는데 말이지요. 하지만 정 그렇게 말씀하시니 앉겠습니다."

시릴은 청년들이 비워준 널찍한 자리에 앉았다.

분위기가 어색해지기 전 시릴의 근처에 있던 귀족이 넌지시 입을 열었다.

"저어, 재상 각하. 더 오신다는 분이 어떤 분이신지……."

순간 모두가 귀를 기울여 시릴의 말을 기다렸다. 시릴은 여전히 의중을 알 수 없는 얼굴로 웃었다.

"기대하셔도 좋습니다. 쉽게 뵐 수 없는 총기 넘치는 귀부인들이시니까요."

물론 이 자리에도 여성이 있었다. 여성 귀족들은 서로에게 눈짓하며 의문을 표시했다. 로세드는 이 자리에 드란힐트가 나타날 가능성을 점쳐 보았다. 드란힐트가 그녀를 따르는 귀부인들과 함께 이 자리에 오지 못할 것은 없었지만, 시릴의 말투가 마음에 걸렸다. 황녀의 등장을 굳이 신비한 방식으로 예고하고 싶었다면 그냥 대단히 귀한 분이 오신다고 하면 될 일이었다.

"허어, 그렇습니까?"

과연 질문을 꺼낸 귀족도 할 말이 없어 우물거리고 말았다.

오래 기다릴 필요는 없었다. 문 앞에 서 있던 시종은 복도에서 사람의 모습을 발견한 듯 금방 문을 활짝 열었고 회의장의 이목은 모두 그쪽에 집중되었다. 곧 낮에 입는 단정한 드레스에 작고 납작한 모자를 쓴 두 여성이 회의장에 들어섰다.

"어서 오십시오, 두 분 레이디."

시릴은 보란 듯이 벌떡 일어나 새로 모습을 드러낸 두 여성에게 인사했다. 로세드는 그녀들을 보자마자 알아보았다. 황후의 시녀인 시피에트 보첼과 사교계의 중심이 되는 율리아 피츠콜이었다.

시피에트의 이름을 모르는 사람은 있어도 율리아와 인사를 나눈 적이 없는 사람은 없었다. 남성들은 모두 일어나 떠들썩하게 두 아가씨를 맞이했고 여성들은 예의 바르게 미소를 지었다. 시피에트는 약간 뻣뻣한 얼굴이었지만 율리아는 마치 잘 아는 친구의 집을 방문한 듯 화사하게 웃었다.

"반갑게 맞아주시니 감사합니다. 긴한 논의를 하시는데 저희가 방해하는 것이 아니면 좋겠습니다만."

"방해일 리가 있겠습니까. 그 어떤 논의를 하고 있더라도 귀부인을 맞이하는 것보다 더 긴요할 수는 없지요."

두 여자는 미리 계획한 듯 자연스럽게 무리의 중심으로 들어왔다. 그리고 가장 신분이 높은 귀부인의 손등에 차례로 입 맞춘 뒤 열성적인 청년들이 양보한 자리에 우아하게 앉았다. 그제야 남자들도 자리에 도로 앉았다. 잠시 부산하게 자세 가다듬는 소리가 오가다 겨우 가라앉았다.

"저희가 갑자기 방문해 놀라신 분들이 많으리라 생각해요."

율리아는 특히 로세드가 있는 쪽을 보며 아름답게 웃었다. 로세드는 그녀와 사귀어볼까 한 적은 있었지만 이렇게 회의실에서 저 얼굴을 마주할 거라고는 맹세코 상상한 일이 없었다. 애초에, 피츠콜 가문은 관습적으로 통치가문으로 인정되는 것이지 국사를 논의할 만큼 어떤 실질적인 통치를 하고 있지는 않았던 것이다.

그리고 시피에트 보첼에 이르면 신분을 논하는 것이 우스울 지경이다. 그녀가 뭐란 말인가. 법관의 딸? 법관의 손녀?

"크흠."

율리아의 추종자가 아닌 중년의 귀족이 헛기침했다.

"레이디 율리아, 이런 자리에서 아름다운 모습을 뵈니 참으로 기쁩니다만 과연 놀랍기도 하군요. 이곳은 파티를 하는 장소가 아닌데, 혹 착각하신 것은 아닌지?"

"어머나, 엄숙한 회의장을 파티만 즐길 줄 아는 철없는 아가씨에게 침범당해 기분이 나쁘신가요?"

율리아는 전혀 공격적이지 않은 말투로 웃으며 놀렸지만 그녀의 가장 열성적인 추종자들은 합심해서 중년의 귀족을 노려보았다. 중년의 귀족은 크흠, 하고 자신의 말을 수습했다.

"그럴 리가 있겠습니까. 보기 드물게 총명한 귀부인을 만나게 해주실 거라고 재상 각하께서 이미 자랑을 해놓으셨습니다. 레이디 율리아는 보기에 아름답고 말을 잘하시는 것뿐만 아니라 대단히 총명하기까지 하신 모양이로군요."

열성적인 추종자들은 시선을 거두지 않았지만 율리아는 시릴에게 대화를 넘겼다.

"재상 각하, 각하께서 저에 대해 상당히 편파적이고 관대한 평판을 퍼뜨려 놓았다고 하시는걸요. 어떻게 생각하셔요?"

"보기 드물게 총기 넘친다는 평가는 전혀 편파적이지 않을 뿐더러 오히려 많이 삼간 표현임을 확인해 드려야겠군요, 레이디 율리아."

시릴은 짐짓 겸손하게 고개를 숙였다. 율리아는 깔깔 웃었고 시피에트는 점점 더 긴장한 얼굴을 했다. 결국 그 자리에 있던 다른 귀부인이 시피에트에게 엄한 목소리로 말을 걸었다.

"그런데 보첼 양, 보첼 양은 황후 폐하의 시녀지 않나? 황후께서 보내셔서 이 자리에 온 거야?"

시피에트가 황후의 시녀인 줄 몰랐던 귀족들의 눈까지 모두 이번에는 시피에트에게 쏠렸다. 시피에트는 시선을 한꺼번에 받자 처음에는 주춤했지만 잠시 후에는 오히려 용감하고 총명하게 말했다.

"아닙니다, 백작 부인. 저는 이 자리에 황후 폐하의 심부름꾼으로서가 아니라 사건의 목격자로서 와 있는 거랍니다."

"사건의 목격자?"

그런 소갯말이 나올 줄은 질문을 던진 귀부인조차 짐작할 수 없었다. 귀족들은 자기들이 하던 걱정을 일부 잊고 계속 시피에트를 바라보았다. 결국 시피에트는 다시 긴장한 얼굴로 설명했다.

"저희는 오늘 이 자리에 어떤 악의에 차고 명백히 황가에 해를 끼치는 음모가 현존함을 밝히고, 그 주모자를 고발하기 위해 나왔습니다, 백작 부인."

"그런 일이 있어?"

백작 부인은 다른 귀족 여성과 놀란 눈치를 주고받았고 남자들은 저마다 입을 벌렸다. 악의에 찬, 은 그렇다 쳐도 명백히 황가에 해를 끼치는 음모라니.

시릴은 자못 비장하게 고개를 끄덕였다.

"예, 두 분 레이디가 놀랍게도 황가를 향한 무시무시한 음모를 알아냈다 하시기에 일부러 이 자리에 모셨지요. 회의를 소집하는 것도 좋겠지만, 그보다는 이미 여러 중요한 명사 여러분이 와 계신 자리에서 가급적 빠르게 알리는 것이 좋지 않겠습니까?"

재상이 그렇게 인정하자 벌린 입들이 더 커졌다. 겨우 고개를 휘휘 젓고 정신을 차린 한 녹색 재킷의 귀족이 세 사람을 재빠르게 훑어보고 물었다.

"하, 하지만 재상 각하. 귀한 가문에서 오로지 아름다운 교육을 받고 자라신 두 분 아가씨가 어쩌다가 그런 음모를 알게 되셨다는 말씀이십니까? 과장을 하시는 거지요?"

"저도 그랬으면 좋겠습니다만."

시릴은 연극처럼 한숨을 푹 쉬었다. 네모진 루비를 목 아래 장식한 나이든 남자 귀족이 놀란 얼굴로 재촉했다.

"그러면 어서 말씀해 주시지요, 두 분 레이디. 민망하게도 황가에 해를 끼치는 음모라니, 그게 무슨 말씀입니까? 혹 7년의 문 사태 때와 같이 역도들이 일어난 것입니까? 그래요?"

이번에는 시피에트의 시선이 로세드에게 와 닿았다. 로세드는 갑자기 일어난 오한에 저도 모르게 인상을 썼다. 좋지 않은 예감이 들었다.

율리아가 입을 열었다.

"여러분도 아시다시피 태자 전하께서 저 노드바르덴 일족의 오만함을 벌하러 원정을 떠나시고도 양 대로가 폐쇄되어 있을 때와 같은 물자 부족이 이어졌지 않았겠어요? 먼저 귀한 향신료가, 다음으로는 손님에게 대접해야 하는 술이, 이제는 황궁의 부엌에서 마저 밀가루가 모자랄 지경이 되었으니 말이에요."

험험, 하고 지난번 루트비히에게 요구사항을 보낼 때 서명한 귀족들이 헛기침했다. 그들의 헛기침에는 자신감이 있었다. 시피에트의 눈이 차갑게 불타올랐다.

율리아는 시피에트의 손을 꼭 감싸 잡고 아무렇지도 않게 말을 이었다.

"그런데 태자 전하께서 황도로 돌아오실 때가 되어도, 그리고 수확철이 되어 모든 가을 식료품의 값이 떨어질 때가 되어도 황도에 먹을 것이 없으니 이게 그야말로 황도 전체가 앉아서 굶어 죽을지도 모르는 끔찍한 재앙이 아니고 뭐겠어요."

이번에는 서명하지 않은 귀족들도 고개를 끄덕이며 침통한 표정을 지었다. 긴 서론에 뭔가 이상하다는 얼굴을 하는 사람도 몇 명인가가 있었다.

로세드는 손을 떨기 시작했다.

"그런데 얼마 전 우연히 알게 되었지 뭐예요. 북쪽 길이 막혀서 식료품이 내려오지 않는 게 아니에요. 어떤 물건에는 터무니없이 입문세가 높게 붙고, 어떤 물건은 아예 통관이 허락되지 않아 상인들이 발걸음을 하지 않는 거였어요."

창백해진 로세드의 얼굴을 옆에 있던 친한 귀족이 염려하는 얼굴로 보았다.

"괜찮으십니까, 후작님? 몸이 안 좋으신 게 아닙니까?"

"아, 걱정하지 마십시오. 괜찮습니다."

로세드는 손수건을 꺼내다가 그만 그것을 떨어뜨리고 말았다. 그 손수건을 줍기 위해—혹은 계속해서 들려오는 율리아의 낭랑한 목소리를 듣지 않기 위해—허리를 숙인 그는 자신보다 먼저 손수건을 주운 손을 보고 눈을 깜박였다. 그리고 손수건을 자신에게 건네주는 시릴 데이하르츠의 얼굴을 보고 움찔했다.

"계속 들으십시오."

어차피 여기서 당장 뛰어나갈 수도 없었지만, 시릴의 그 속삭임은 마치 가시덤불처럼 로세드를 옭아맸다. 그는 갑자기 끔찍이도 무겁게 느껴지기 시작한 하반신 때문에 당황했다.

율리아 피츠콜은 말했다.

"어떤 분의 도움을 받아 오래된 가문들과만 거래하는 상단 몇 군데에 물어보니, 현재 황도로 들어오고자 하는 모든 물품은 어떤 분의 허가를 얻어야만 한다더군요. 그 어떤 품목에도 예외가 없이. 그리고 제 친한 친구가 비공식적으로 귀띔해 준 바에 의하면 세상에, 부족해서 어떻게 할 수가 없었던 식료품이 대량으로 통관하지 못해 성문 앞 창고에서 돌려보내지거나 끔찍한 관세를 물고 간신히 소량만 입도할 수 있다는 거예요. 아니면 다 상회의 창고로 들어가서 그대로 썩는다던걸요."

"세상에!"

"그런 악독한 일이 있었습니까?"

이 자리에 식료품이 모자라서 식사를 거른 사람은 없었지만, 식량 부족으로 인해 큰 골머리를 썩는 것은 모두가 마찬가지였기 때문에 몇은 벌써부터 노골적으로 분개했다. 로세드는 머리가 어지러워졌다.

"네, 그렇다지 뭐예요. 그래서 이번에 라인홀트 파스텐 경이 황제 폐하의 허락을 받아 밀고가 있었던 상회의 창고를 압수수색을 해보니 대단히 많은 식료품이 그대로 쌓여 있었대요. 그걸 계속 숨겨놓고 있었으니 저 가난한 사람들은 그대로 손도 못 쓰고 굶어죽고, 길거리에서는 아이들이 빵 한 조각을 훔치다가 서로 돌을 들어 치는 지옥과 같은 풍경이 벌어졌던 게 아니겠어요? 이게 바로 황제 폐하를 능멸하고 황도에 있는 모든 사람들을 괴롭게 하려던 게 아니고 뭐겠어요. 그야말로 악의에 찬 음모라고밖에 표현할 수 없지 않겠어요?"

"레이디 율리아와 레이디 시피에트, 두 분이 이 사실을 빨리 밝혀주셨기에 망정이지 이대로 겨울이 됐으면 어쩔 뻔했습니까? 저도 듣고는 놀라서 바로 여러분께 모셔 온 거지요."

시릴이 변죽을 울렸다. 곧 회의장은 웅성거리는 목소리로 가득해졌다. 잠시 후 누군가가 추상처럼 물었다.

"각 관문의 통관을 관리하고 있는 게 어느 분이셨지요?"

몇 개의 이름이 나왔지만 그들 대부분은 이미 진짜 답을 알고 있었다. 지난 폭동 이후로 황도의 모든 관문의 통관을 관리하는 것이 로세드라는 사실을 모르고 있던 사람들도 회의실 안의 시선이 향하는 방향을 보고 곧 알게 되었다.

로세드는 눈을 감았다.

"정지!"

황도의 남쪽 관문 부근은 농경지가 펼쳐진 평야였다. 안네그레트의 선명한 목소리는 상당수의 병사들에게 잘 들렸다. 안네그레트의 옆에서 올라간 작은 깃발을 본 후열의 기사들도 자기 휘하의 병사들에게 정지 명령을 내렸다.

곧 정연하게 멈춰 선 안네그레트는 이번에 자신과 함께 온 리예스 피파일러를 보았다. 그는 고개를 끄덕이고 말을 달렸다. 꽉 닫혀 있던 북쪽 문과 다르게 남쪽 문은 열려 있었지만 들어가는 사람보다는 그 앞에 줄을 서서 기다리는 사람이 훨씬 많은 것 같았다. 안네그레트는 문을 통과하기 위해 기다리는 걸로 보이는 사람들의 짐을 보고 이글거리는 눈을 했다. 농지는 이미 텅 비어 있었다.

곧 남쪽 문에서 먼저 말을 탄 병사가 달려왔다. 남쪽 문에서 보낸 병사와 리예스 피파일러는 거의 중간쯤 되는 장소에서 말을 세우고 서로에게 인사했다.

"안녕하십니까!"

"안녕하십니까!"

리예스 피파일러는 들고 온 태자의 기를 잘 보이게 세우고 말했다.

"태자 전하의 명으로 남문을 열러 왔습니다."

남쪽 문에서 보낸 병사는 인상을 썼다.

"남문은 열려 있습니다."

안네그레트는 긴장한 부하들의 시선을 등으로 느꼈다. 리예스 피파일러는 험악한 표정을 지어 보였다.

"황도의 정당한 수호자이신 태자 전하께서 평안히 통과하실 수 없다면 그건 열려 있는 게 아닙니다."

"태자 전하께선 황도의 현재 수호자가 아니십니다."

"어디서 헛소리를!"

성질 급한 기사 하나가 흥분해 소리쳤다. 안네그레트는 만약을 위해 병사들에게 방패를 들도록 신호했다. 우선 제일 중요한 것은 저기 성문을 통과하기 위해 길게 늘어서 있는 일반인들의 안전이었다. 그들을 대피시키려면…….

그때, 남쪽 문에서 보낸 병사가 씩 웃었다.

"현재 황도의 모든 문을 직속으로 관리하시는 것은 라인홀트 파스텐 경입니다. 불편 없이 모시도록 명 받았습니다."

리예스 피파일러는 잠시 눈을 깜박였고 안네그레트는 안도로 깊게 심호흡했다. 그녀는 곧 손을 들어 외쳤다.

"남문을 포위해라! 쥐 한 마리 빠져나가선 안 된다!"

멀리서 말을 달려온 하일러는 우렁우렁한 목소리로 외쳤다.

"보고! 동문, 서문, 그리고 남문 모두에 기가 올랐습니다!"

"라인홀트가 일을 잘했나 보군."

루트비히는 배부른 미소를 지었다. 옆의 테다인이 동의했다.

"그런가 봅니다, 전하."

"좋아."

루트비히는 말을 돌려 자신과 함께하는 본대의 병사들을 정면으로 바라보았다. 목소리가 커서 명령을 전하는 역할을 맡고 있던 병사가 외쳤다.

"태자 전하의 말씀을 들어라!"

들어라…… 들어라…… 들어라…… 들어라. 메아리가 들릴 리 없는 평야에서 우렁찬 목소리가 몇 번이고 울렸다. 병사들은 투구 아래의 눈으로 자신들의 총지휘관을 보았다. 태자 루트비히는 그야말로 푸른 하늘을 이고 금빛으로 빛나고 있었다.

"들어라, 내가 필요로 할 때 지체 없이 달려와 준 용감한 자들아."

쌍두 독수리 깃발이 명징한 목소리 앞에서 가볍게 술을 날렸다. 병사들은 숨을 죽였다. 그들은 과연 태자를 위해 지체 없이 달려온 용감한 자들이었다.

"우리 앞에는 황도가 있다. 처음 그대들이 나를 위해 모였고, 저 북쪽 땅으로 가기 전 거점으로 삼았던 축복받은 도시다. 황제 폐하께서 계시고, 아름다운 미덕이 있고, 전설과 공상이 현현했던 역사의 장소다. 또한 저곳에는 매일매일 열심히 살아가는, 그대들과 같은 신의 자녀들이 있다."

참으로 옳은 말이었다. 먼 옛날 최초로 부신이 제국으로 통일되었을 때도 이 자리에 똑같은 마음으로 선 군인들이 있었을 것이다. 도탄에 빠진 세상을 구하고 부신족의 미덕을 드높이고자 피 흘려 싸운 동지들이 있었을 것이다.

태자는 말을 이었다.

"그런데 우리의 거점이자 나의 아버지이신 황제 폐하께서 다스리시는 저 땅이 지금 우리 앞에 문을 닫아걸었다. 그 이유가 무엇인가? 악한 음모가 있었기 때문이다. 감히 황가와 제후들 사이의 오래된 신뢰를 깨고, 신성한 맹세가 낡아 흩어졌다고 주장하려는 자가 있었기 때문이다. 그자는 또한 무엇을 하였는가? 오래된 귀족을 감언이설에 빠뜨려 황제 폐하의 신민을 죽이고 멀리 도망치게 만들었다. 그 다음으로는 또 무엇을 하였는가? 가난한 자들이 굶어 길에서 스러지도록 하여 그들의 원망이 엉뚱하게도 나를 향하게 만들었다. 이것이 신을 믿는 자가 할 일인가? 명예를 아는 자가, 신의를 아는 자가, 자비를 아는 자가 할 일인가?"

이미 진영 내에는 퍼질 대로 퍼져 모르는 사람이 없는 내용이었지만, 대형을 갖추고 총사령관의 입에서 듣는 진실은 모두를 분노하게 했다.

루트비히는 눈을 가늘게 떴다.

"나는 범인을 안다. 그 모든 음모를 꾸민 범인이 누군지 안다. 지금쯤 범인은 자신이 벌인 악행이 밝혀져 궁정의 명예를 아는 자들 사이에서 쫓겨났을 것이다. 그러나 그렇다고 해서 누가 범인을 잡아 처벌할 수 있단 말인가? 모든 음모가 어떤 자의 이름으로 이루어졌는지 알리는 증거를 누가 가지고 있는가?"

구름이 멎었다.

"내가 가지고 있다. 바로 내가, 그리고 너희가, 지금 황도로 들어가 만천하에 밝히고 범인을 처벌해야 하는 것이다. 그것은 우리가 할 일이다."

본대에서 자신과 혈연이 있는 신분 높은 기사들에게 붙잡혀 있던 유플리드는 고개를 푹 숙였다. 그러나 그를 보는 자는 어차피 아무도 없었다.

목소리 큰 자가 오른발을 한 번 굴렀다.

쿵.

쿵, 쿵.

곧이어 다른 발소리가, 그리고 또 다른 발소리가 가세했다. 발구르는 소리는 한 치의 오차도 없이 서로 꼭 같은 시간에 울렸고 시간이 지날수록 커졌다.

쿵, 쿵, 쿵, 쿵, 쿵, 쿵, 쿵.

마침내 발소리는 하늘과 땅을 모두 울릴 정도로 커졌다. 병사들의 얼굴이 붉어졌다. 그들은 방패와 창을 꼭 쥐었다. 범인을 잡을 수 있는 것은 그들뿐이었다. 굶주림에 시달리는 주민들과 시름에 잠긴 황제를 구할 수 있는 것 또한 그들뿐이었다.

이윽고 북문이 멀리서 조금씩 열리는 것이 보였다. 루트비히는 오른손을 들었다. 거짓말처럼 발 구르는 소리가 멎었다.

그는 늠름하게 소리쳤다.

"전군 진군! 이대로 입도한다!"

부부-부, 부우-우우우. 뿔피리가 울리고 북치기가 둥둥 북을 쳤다. 병사들은 그 북소리에 맞추어 질서 정연하게 진군했다. 루트비히는 보무당당하게 망토를 출렁이며 말을 몰았다. 그사이에 북문이 활짝 열리고 수십 명이나 되는 기병이 나타났다. 기병의 선두에 있는 것은 은빛 갑옷을 갖춰 입고 고풍스러운 문장으로 마갑을 장식한 기사였다.

땅에 만들어진 모든 장애물을 망가뜨리며 루트비히와 그의 병사들은 나아갔다. 북문에서 나온 기병대는 놀랍도록 침착하고 정중한 속도로 말을 몰아 다가왔다.

"라인홀트 경!"

기병대의 선두에 선 기사에게 루트비히는 벽력처럼 소리쳤다. 라인홀트 파스텐은 중간에 투구를 벗고 주군에게 밝은 목소리로 응답했다.

"드디어 뵙습니다, 전하!"

라인홀트의 건강한 모습을 보고 키르시와 하일러는 루트비히 뒤에서 저마다 웃음을 지었다. 루트비히도 금세 씩 웃었다.

"일을 아주 잘 해냈어!"

"과분한 말씀이십니다!"

기병단은 루트비히가 더 가까이 다가오자 멈춰 서서 일제히 말을 내렸다. 그리고 루트비히 앞에서 무릎 꿇고 감격에 겨운 표정으로 예를 표했다.

"황제 폐하의 정당한 후계자이시며 황도의 수호자이신 태자 전하께 신의 축복이 세세토록 함께하기를."

"자네들이야말로 수고했어. 자, 어서 말에 타서 함께 들어가지."

루트비히는 기분 좋게 손짓했다. 기병단은 잽싸게 말에 다시 올라 루트비히의 뒤를 따랐다. 병사들의 가슴이 더 펴졌다. 더 피를 흘릴 필요는 없었다. 이제 황도에서 쫓겨나는 것은 그들이 아닐 것이다.

"가자."

루트비히는 자신에게만 들려주듯 작게 중얼거리고 픽 웃었다.

하인의 어쩔 줄 몰라 하는 표정을 보고 드란힐트는 무슨 용건 인지 짐작했다. 그러잖아도 아까 저 잠긴 북쪽 문 너머로 산이 무 너지는 소리가 났다고 하녀들이 속닥이고 있었다. 생각보다 빠르 게 모든 것이 끝이 났다.

"손님을 모셔라."

주인의 명령에 하인은 얼른 나가서 손님을 데려왔다. 주인이신 백작님이 자리를 비우고 나서 제집처럼 자주 드나들던 그 손님은 오늘따라 표정이 좋지 않았다. 꼭 모든 생기가 다 빠져나간 것만 같이 창백했다.

거실로 들어온 손님은 하인에게 노골적으로 눈치를 주었다. 하 인은 그 손님이 무서웠지만 자신이 모시는 마님이 더 무서웠다. 다행히 마님은 아무렇지도 않게 턱짓했다.

"나가 있어."

달각. 하인이 나가서 조용히 문을 닫아 둘만 남자 로세드는 바 로 챙 넓은 모자를 벗고 드란힐트에게 물었다.

"대책이 있습니까?"

드란힐트는 자신의 손톱을 내려다보며 심드렁하게 반문했다.

"초대하지도 않은 손님을 거실에 들여보내 줬으면 그보다는 예 의 바르게 대화를 시작해야 하지 않나요?"

로세드의 얼굴이 일그러졌다. 그는 이미 다수 귀족들의 신뢰를 잃었다. 동맹이 필요했다. 혈연처럼 깊고 든든한 동맹.

"전에는 그런 말을 한 적이 없잖습니까. 당신도 나를 버리는 겁니까?"

드란힐트는 미소 한 번 짓지 않고 바로 대답했다.

"요즘 반갑지 않은 손님이 많아서 불평이 좀 하고 싶어졌어요."

"반갑지 않은 손님? 누구 말입니까?"

"그걸 내가 당신에게 꼭 말해야 하나요?"

"날 걱정해 줬었잖아!"

미칠 것처럼 초조해져, 로세드는 그만 무례한 말투로 짜내듯 소리치고 말았다. 드란힐트는 그제야 눈을 들어 그를 보았다.

로세드는 그 눈에서 그 어떠한 다정함도 찾을 수 없었다.

드란힐트는 본인의 손톱을 소중하게 쓰다듬으며 차갑게 물었다.

"아, 저번에 만났을 때? 걱정해 줬죠. 그게 어쨌나요?"

"마음이 변한 겁니까? 나는 아직 슈빔마렌 후작입니다. 아니, 평생 슈빔마렌 후작입니다. 그리고 아직 포기하지도 않았습니다. 당신이 원한 대로 황후의 지위를 줄 수 있습니다."

드란힐트는 그제야 얼핏 웃음 비슷한 것을 보였다.

"당신이 착각을 좋아한다는 것은 알지만 이제는 생각하는 법도 배울 때가 되지 않았나요?"

속이 뒤집어졌다. 로세드는 주먹을 꽉 쥐고 근처에 있던 테이블을 꽝 내려쳤다. 드란힐트는 어깨조차 꿈틀거리지 않았다. 단지 무표정하게 툭 뱉었을 뿐이었다.

"……시끄럽군요. 남의 집에서는 조용히 해야 한다는 것을 모르나요?"

"에에이, 질문으로 말을 끝내는 건 그만합시다. 당신이 독사 같은 사람이라는 건 충분히 알았습니다. 예쁜 겉모습으로 사람을 속이고 순식간에 잔인하게 물어서 독을 퍼뜨리는군요. 날 통째로 삼킬 생각이었는데 내가 실패해서, 속상해서 어떻게 합니까?"

로세드는 분노해 자기가 할 수 있는 한 가장 차가운 목소리로 드란힐트를 비난했다. 드란힐트는 다시 미소를 보였다.

"걱정하지 말아요. 당신을 내 먹이로 삼지는 않기로 했으니까."

로세드는 이를 깨물었다.

"……어째서입니까? 나는 아직 더 할 수 있습니다. 나에게 동조하는 귀족들은 아직 있습니다. 당신의 아버지와 오빠는 너무 권위적이고, 무시당했다는 기분을 느끼는 오래된 귀족들이 많습니다. 그들을 모아 대궁정 회의를 열 겁니다."

"당신이 어떻게요? 대궁정 회의에서 당신이 우리 오라버님보다 더 제위에 적합한 혈통이라고 설득시킬 수 있나요?"

드란힐트는 차라리 우스움을 느끼는 얼굴이었다. 로세드는 모욕당한 기분이었지만 간신히 침착하게 자신의 계획을 설명했다.

"나와 연합하는 귀족의 수가 충분히 많다면 가능합니다. 신전과도 이야기할 겁니다. 있는 수는 다 쓸 겁니다. 그럴 수밖에 없으니까요. ……강력한 무력, 예를 들어 바이언트 가가 내 옆에 서준다면 적어도 전쟁에서는 지지 않을 겁니다."

만약에 그런 일이 일어난다면 충분히 로세드에게 승기는 있을 거라고 드란힐트는 즐겁게 생각했다. 그러나 그는 중요한 점을 간과하고 있었다. 그녀는 그 사실을 지적했다.

"바이언트 가가 당신의 편에 설 가능성이 있다고 보나요?"

"평소라면 있을 수 없는 일이겠지만, 부신의 지배권을 반씩 나누자는 조건이라면 충분히 구미가 당기겠죠."

드란힐트는 소리 높여 웃었다. 그녀의 웃음은 한동안 그치지 않았고 로세드는 자신이 바보 취급을 당했다는 것을 명백하게 알았다.

"당신은 예전부터 당신이 빨아먹을 수 있는 꿀을 가진 꽃을 찾아 바쁘게 돌아다녔죠. 지금까지 있었던 세 명의 부인이 당신에게 인맥과 돈을 남긴 것처럼. 그 방법이 바이언트 가에도 통할 거라고 생각하나요?"

"도울 게 아니라면 참견하지 마십시오. 당신이 나와 결혼할 생각이 없다는 건 확실하게 알았으니까."

"로세드, 친애하는 로세드."

드란힐트는 로세드를 가엾게 보았다.

"당신의 그 욕망에 솔직한 모습이 나에겐 참 재밌었어요. 이제 이리저리 동분서주하는 모습을 볼 날도 얼마 남지 않은 것 같아 아쉽네요."

로세드의 얼굴은 종이처럼 희게 질렸다가 금세 새빨개졌다. 그는 뭔가 더 말하고 싶은 듯 드란힐트를 사납게 노려보다가 그대로 몸을 돌려 나가 버렸다. 쾅.

문이 거칠게 닫히는 소리를 들으며 드란힐트는 자신의 손톱으로 시선을 돌렸다.

로세드는 그럭저럭 재미있었다.

오랜만에 들어와 보는 자신의 아파트에서 루트비히는 늘어지게 기지개를 켰다.

"으하암, 이 소파에 앉는 것도 오랜만인데."

이미 한 계절을 비워둔 그의 거실은 날씨에 맞지 않는 가구와 색으로 장식되어 있었다. 테다인은 당장 바꿀 수 있는 가구의 종류를 계산하기 시작했고 라인홀트는 감동받은 얼굴이었다. 키르시도 기분 좋은 얼굴로 맞장구를 쳤다.

"황도에 돌아오니 마음이 편안합니다. 전하. 심지어 영웅 중의 영웅의 귀환이었잖습니까!"

오랫동안 이어져 온 식량난이 단번에 해결되면서 태자의 입도는 음유시인이 노래할 만한 장관이 되고 말았다. 제발이 저려 마중 나온 귀족들의 모습도 흔치 않은 것이었거니와 상당수의 일반 백성들이 거리로 나와 그의 귀환을 기뻐했다. 루트비히는 라인홀트를 보고 만족스럽게 고개를 끄덕였다.

"자네 공이 커, 라인홀트. 카르가링겐 후작가의 후의에 감사하지. 자네가 집안 어른들을 설득해 데려온 병력이 아니었으면 약간의 무력 충돌은 피할 수 없었을 거야."

라인홀트는 씩씩하게 대답했다.

"저는 당연한 일을 했을 뿐입니다. 전하. 오히려 이 모든 일을 미리 예상하시고 저에게 집안의 사병을 데려오라 명을 내려두셨던 전하의 혜안에 감탄할 뿐입니다."

루트비히는 쓴웃음을 지었다. 그의 시선이 자신에게 오자 안네그레트는 저도 모르게 미소를 지었다. 루트비히도 밝은 표정으로 눈썹을 들었다.

"왜?"

"아닙니다, 전하."

오히려 주군이 자신에게 할 말이 있는 게 아닌가 했던 안네그레트는 민망해졌다. 키르시가 헛기침을 했다.

"이번에는 레이디 율리아와 레이디 시피에트의 활약도 컸죠. 두 분 레이디가 전하를 위해 거기까지 해주실 줄이야, 역시 대단하십니다. 언제 친해지셨습니까?"

"날 위해서 움직인 건 아닐걸."

루트비히는 고개를 저었다.

"만약 누군가를 위해서라면 안네그레트를 위해서일 테고, 혹은 자발적으로 움직인 거겠지. 나는 딱히 귀띔한 게 없고 귀띔을 받은 것도 없어."

거실에 있던 사람들의 시선이 안네그레트에게 쏠렸다. 그녀는 옅은 쓴웃음을 지었다.

"저도 따로 부탁한 적은 없습니다만…… 큰 불의가 일어난다는 것을 알았을 때 누군가는 움직일 수 있고, 그 누군가가 시피에트와 율리아일 수도 있는 것이 아니겠습니까. 더군다나 그렇게 큰일이 일어난 상황이었으니 저라 해도 자발적으로 움직였을 것입니다. 제게는 공이 없습니다."

물론 안네그레트라면 귀족 회의에 쳐들어가서 음모의 배후를 밝힐 만한 용기는 있을 것이다. 대신 음모가 존재한다는 것을 깨달을 주변머리가 있을지는 미지수라고 테다인은 몰래 생각했다. 뜻하지 않은 데서 받은 도움 덕분에 일이 아주 잘 흘러왔다.

"아무튼 태자로서도 그 두 아가씨에겐 감사를 해야겠어."

루트비히는 테다인에게 턱짓했다.

"파티를 열 거야. 노드바르덴 원정 건, 그리고 이번 황도 입성 건을 한꺼번에 기념하고 공이 있는 자들을 선보일 자리가 있어야지."

"당연하신 말씀입니다."

테다인과 하일러가 고개를 끄덕였다. 키르시는 벌쭉 웃었다.

"그러면 저희도 초대받는 겁니까, 전하?"

루트비히는 눈썹을 들었다.

"당연하지. 집안사람들도 다 불러. 있는 대로 멋지게 입고 와서, 자네 가문 사람들의 눈이 휘둥그레지게 만들어주라고."

"아자!"

키르시는 노골적으로, 하일러는 겨우 알아챌 수 있을 정도로 기뻐했다. 안네그레트도 미소를 지었다.

"전하께서 훌륭한 일을 하고 돌아오신 것을 축하하는 자리도 되어야겠지요."

안네그레트의 말에 루트비히는 입술을 오므리며 웃었다.

"그것도 좋지. 하지만 파티의 주제는 자네들을 향한 치하가 되어야지. 동시에 악당의 체포에 대한 발표도 그때쯤엔 났으면 하는데, 어때?"

새로 열린 북문은 물론, 동서남의 세 문도 모두 이제는 원래대로 루트비히의 산하에 들어와 있었다. 병사들이 네 문 모두에 배치되어 황도에서 도망치는 자가 없는지 눈을 번뜩이고 있었지만 아직 슈빔마렌 후작 로세드의 행방은 밝혀지지 않았다.

특히 라인홀트가 민망한 얼굴로 고개를 숙였다.

"송구합니다, 전하. 범인의 체포에 최선을 다하겠습니다."

로세드가 가진 슈빔마렌 후작의 위는 그가 저지른 일과 상관없이 존속하는 것이었지만, 이 정도로 사고를 쳐 놨으니 체포는 가능했고 법정에 세울 계획도 잘 진행되고 있었다. 루트비히는 입술을 비틀어 웃었다.

"그래. 황도를 빠져나가서 군사력이라도 손에 넣으면 곤란하니 가능한 한 빨리 잡는 게 좋아. 알고 있지?"

"예, 전하."

라인홀트와 안네그레트가 거의 동시에 고개를 숙였다.

　잠시 잠에 들었던 것 같았다.

　아샬레아의 정원이었다. 그녀는 누구나 찬탄해 마지않았던 사랑스러운 얼굴과 다이아몬드 같은 눈빛으로 루트비히를 다정하게 얼러주었다. 루디, 나의 귀여운 루디. 그런 호칭을 쓰는 사람은 이 세상에 단 한 명밖에 없었다. 오랫동안 느껴보지 못한 편안함, 가슴이 에이는 기쁨.

　언제 왔는지도 모르게 그 자리에는 검은 머리의 다른 소녀가 있었다. 그녀는 그가 관심을 끌어보려고 해도 이쪽을 거의 보지 않았다. 황금빛 사과를 내밀었을 때에야 겨우 옅고 딱딱한 미소를 지어주었을 뿐이었다. 그는 그 미소가 무척 좋았다.

　그녀가 더 웃어줬으면 해서, 그는 아샬레아를 돌아보았다. 이 소녀가 좋아할 만한 것이 뭔지 물어보고, 소녀가 참 좋다고 속닥속닥 알려주고 싶었다. 아샬레아는 그러나 이제 그 자리에 없었다. 텅 빈 정원은 어느새 꽃이 져 앙상한 가지만이 덤불을 치고 있었다.

　잠시 자리를 비운 것이 아니었다. 아샬레아는 이제 없었다. 그는 숨쉬기 힘들어하며 눈물을 흘렸다. 그리고 겁을 먹은 눈으로 검은 머리의 다른 소녀를 보았다. 그녀는 아직 그 자리에 있었다.

　울지 마십시오.

　그녀의 목소리를 듣자 본인도 이해가 되지 않을 정도로 안심되었다. 그는 소녀에게 다가가고 싶었지만 그래도 될지 알 수 없었다. 그녀는 그 자리에서 움직이지 않고 그의 눈을 바라보았다.

　더는 참을 수 없었다. 그는 달려가 그녀를 끌어안았다. 품에 안은 감촉이 없었다. 그러나 두려워하며 눈으로 확인하자 그녀는 그 자리에서 그를 마주 안아주고 있었다. 그 사실만으로 좋았다.

우느라고 숨이 막혀 가슴이 들썩였다. 그는 숨을 깊이 들이마셨다가 잠에서 깨어났다.

눈앞에 은발을 늘어뜨린 밤색 외투의 남자가 서 있었다. 루트비히는 일단 인상을 썼지만 시릴은 그런 그를 보고 빙긋 미소 지었다.

"무슨 일이야?"

"악몽을 꾸셨습니까? 계속 인상을 쓰시더군요."

깨면서 꿈의 내용을 거의 잊어버렸지만 악몽을 꾼 것 같지는 않았다. 루트비히는 짧은 순간 생각하고 고개를 저었다.

"아니야."

"가위에 눌리신 모양이더군요. 그리운 얼굴이라도 보셨습니까?"

그리운 얼굴이라는 말에 갑자기 꿈에서 본 아샬레아의 눈이 떠올랐다. 그래, 아샬레아가 나오는 꿈이었지. 루트비히는 내심 찔끔했다. 그것이 겉으로도 드러난 모양이었다.

"재상에게 재미있을 만한 내용의 꿈은 아니었으니 신경 쓸 것 없어."

다음으로는 안네그레트의 얼굴이 떠올랐다. 그래, 그녀가 나왔다. 그는 꿈에서 그녀를 끌어안았다. 실제로도 그런 적이 있기는 했지만, 그때는 전장의 한가운데였으나 꿈에서는 단둘이었다…….

감촉 없는 유령 같은 관념이긴 하였지만 그 사실은 변함이 없었다. 루트비히의 얼굴이 기묘하게 변하는 것을 보고 시릴은 웃음을 터뜨렸다.

"즐거운 꿈을 꾸셨던 것 같으니 이만하겠습니다."

"젠장, 왜 온 거야?"

그러고 보니 재상은 아까의 질문에 대답하지 않았다. 루트비히가 투덜거리며 시선을 돌리자 시릴은 안경을 살짝 고쳐 쓰고 말했다.

"파티 건을 황제 폐하께서도 기쁘게 윤허하셨다는 사실을 말씀드리러 왔습니다. 고생한 장병들을 위무하는 의미에서 은급을 내리고 지휘관들에게는 파티를 베푸는 것은 더할 나위 없이 중요한 전쟁 뒤처리 중 하나죠. 파티의 규모와 초대객들도 더할 나위 없이 적합한 수준이라고 생각합니다."

"보조금은 좀 주신다던가?"

"예, 물론입니다. 특히 공이 큰 자들에게 금을 내리시고 파티 비용도 전액 폐하께서 부담하시겠답니다."

웬일일까. 루트비히는 약간 놀랐다.

"파티 비용을 다 내주신다고?"

"예. 황도의 수많은 백성들을 고단하게 했던 음모를 밝혀낸 공이 작지 않으니 기록에 남을 만큼 근사한 파티를 열라고 하셨습니다."

"나야 그러면 좋지만."

이제 와서 이러는 것보다 차라리 예의 음모가 횡행할 때 황제본인이 나서줬으면 훨씬 쉽게 끝나지 않았을까. 루트비히의 그런의미가 노골적으로 담긴 시선에 시릴은 입을 가리고 쿡쿡 웃음을흘렸다.

"황제 폐하께선 그분의 자녀가 부모의 도움에 의존하지 않고도 큰일을 해낼 수 있도록 교육하고자 하는 분이시니까요."

매우 의심스러운 발언이었다. 루트비히는 시릴이 그냥 갖다 붙이는 것이 아닌가 하고 의심했었지만 논쟁을 벌이기 귀찮았기 때문에 고개를 저어 모두 잊기로 했다.

"됐어. 아무튼 돈을 주신다면 좋은 일이지. 정식 보고서 작성 중이니까 금을 내리시려면 빼놓지 않고 큰 공을 세운 자 모두에게 지급해 주셔야겠어. 재상이 잊지 말고 말씀드리도록."

"예, 전하. 물론이지요."

시릴은 우아하게 절했다. 그 동작에는 흠잡을 데가 없었지만, 루트비히는 꼭 그가 자신을 놀리는 것 같다는 생각을 했다. 편견일까?

갑자기 꿈에서 본 안네그레트의 얼굴이 다시 떠올랐다.

안네그레트의 생각이 나자 다른 생각은 이제 아무래도 좋아지고 말았다. 본인이 생각해도 중증이라, 루트비히는 저도 모르게 한숨을 쉬었다. 시릴은 그것을 보고 눈을 반짝였다.

"무슨 시름이 있으십니까?"

"딱히 그런 건 아닌데."

시름이라면 시름이다. 어차피 털어놓을 데도 없겠다, 루트비히는 투덜거리듯 말했다. 시릴이라면 확실히 이 말을 어디 가서 퍼뜨리거나 하지는 않을 것이다. 테다인처럼 수십 번씩 꺼내서 놀리지도 않을 테고.

"아니, 아니야. 잠깐 내 얘기 좀 들어봐."

"예, 전하. 저는 언제나 전하의 말씀을 듣고 있습니다."

거짓말은 아니었다. 그러나 듣기만 할 뿐이지 루트비히의 고민 해결에 시릴이 도움을 준 적은 없었다. 그는 시릴의 말을 무시하고 자신이 하고 싶은 말로 이었다.

"나는 내가 미친 줄 알았지. 착각한 줄 알았고, 실언한 줄 알았어. 그런데 아니었어."

한 여자에게 푹 빠져 다른 사람은 눈에 들어오지도 않는 사랑 같은 걸 할 리가 없다고, 하고 싶지도 않다고 늘 생각해 왔다. 그래서 깨닫는 게 느렸는지도 모른다.

루트비히는 한숨을 푹 쉬었다. 이번에는 본인이 하는 행동에 대한 자각이 있었다.

"나 아무래도 폐하와 닮았나 봐."

어떤 점에서, 라고는 말하지 않겠지만. 시릴은 입술을 가리고 소리 없이 미소 지었다.

"쏙 빼닮으셨습니다. 싫으십니까?"

"묘해."

바로 대답이 나왔다. 예전이라면 아버지와 꼭닮았다는 말에 반사적으로 싫다고 대답했을지도 모르지만 지금은 그런 말이 나오지 않았다. 애초에 아버지와 아들이 닮았다는 말에 발끈할 이유가 어디에 있단 말인가?

시릴의 눈빛이 부드러워졌다.

"말씀드리면 어떻게 느끼실지 모르겠습니다만, 저는 폐하보다 전하가 더 좋습니다."

"그런 말은 듣고 싶지 않았어."

딱히 알고 싶지 않은 정보였다. 루트비히는 입술을 비틀고 콧방귀를 뀌었다. 시릴은 다시 웃고 이번에는 주머니에서 뭔가를 꺼냈다.

"이건 원래 안네그레트에게 가져다주려던 겁니다만, 읽어보고 싶으시다면 표가 나지 않게 슬쩍 읽어보셔도 저는 고자질하지 않겠습니다."

"그게 뭔데?"

루트비히는 시릴이 안네그레트를 이름으로 편하게 부르는 것이 거슬렸지만 그들이 옛날부터 아는 사이라는 것 또한 잘 알았기 때문에 지적할 수 없었다. 하지만 어쩔 수 없이 상한 기분으로 시릴이 꺼낸 것을 보니 종이쪽지였다.

"폐하께서 보내시는 거야?"

시릴이 개인적으로 안네그레트에게 주는 지령 같은 거라면 고자질 어쩌고 하는 표현을 쓸 필요는 없다. 루트비히가 눈썹에 쌍심지를 켜자 시릴은 아무렇지도 않게 쪽지의 글씨 쓰인 면을 그에게 보여주었다.

"뭐야, 이건. 레이디 안네그레트 바이언트, 명예로운 라이헤르타 남작이자 게오르츠 백작의 후계자이신 분께. 당신께선 주군의 개인적인 감정에 좌우되지 않고 본인과 본인의 가문에 좋은 선택을 할 줄 아는 현명한 분이시라 믿습니다. 당신의 아름다움과 용감함, 그리고 정직한 성품을 제가 항상 흠모해 왔다는 점을 아실 겁니다. 다른 누구를 위해서가 아니라 당신 자신을 위해서, 그리고 당신만을 그리는 저의 뜨거운 영혼의 갈망을 잠재우기 위해서, 청혼을 받아주십시오. 결투가 필요하다면 하겠습니다. 이겨서 당신을 쟁취해 행복하게 해드리겠습니다. 혼인 계약서는 첨부⋯⋯ 뭐가 어째?"

글씨체는 누구 것인지 처음부터 알고 있었고, 내용도 도저히 다 읽을 수가 없었다. 기가 막혀서 루트비히는 입을 딱 벌렸다. 시릴은 종이쪽지를 도로 넣었다.

"혼인 계약서도 있는데 보여 드릴까요?"

"아니, 내용은 알 것 같으니 됐어! 이자가 정신이 있는 거야, 없는 거야? 자기를 잡으려고 불철주야 일하고 있는 사람한테 뭐가 어째?"

"그건 그거고 이건 이거 아니겠습니까. 아실지 모르겠지만 안네그레트는 누가 자기에게 청혼을 해오면 상대가 누구든 일단은 결투로 그 자격을 가리는……."

"알아!"

이미 안네그레트의 결혼에 대한 철학은 충분히 들었다. 얼굴에 피가 몰리는 기분이었다. 루트비히는 얼굴을 있는 대로 일그러뜨렸다.

"아무리 그래도 상대가 웬만해야지. 게오르츠 백작 부부도 그런 사윗감은 절대로 좋아하지 않을걸. 암, 백작이 얼마나 우리 폐하를 좋아하는데."

"원래 백작 부부는 본인의 결혼 문제는 본인에게 온전히 맡긴다는 주의입니다."

"아니, 참견 좀 하라고 해! 그보다 이런 걸 왜 자네가 전하고 있어? 찢어버려! 그리고 어디서 보냈는지를 빨리 수색해야 할 것 아냐!"

그보다 이건 역시 놀리는 게 맞지 않나. 루트비히는 시릴의 태도가 묘하게 즐겁게 느껴져 짜증이 났다. 시릴은 어깨를 으쓱했다.

"저는 청혼의 사자 겸 결투 증인으로 초대받았습니다. 저에게 올라오는 서류들 틈에 보석 몇 알과 함께 끼어 있더군요."

"한 나라의 재상이 뇌물을 받고 황제 폐하의 적을 위해 일한다니 그게 말이 돼?"

루트비히는 어이가 없어 입을 벌렸다. 시릴은 이제 노골적으로 재밌어서 견딜 수 없다는 얼굴을 했다.

"딱히 보석 같은 건 아무래도 좋습니다만, 남의 편지를 함부로 가로채는 것은 옳지 않은 일이 아니겠습니까? 저 말고도 증인으로 초대받은 사람이 몇 명 있나 보던데, 전하께서도 함께 참관하시는 게 어떻겠습니까? 이 결투에서 누가 이기는지는 전하께도 중요한 일이 아니겠습니까?"

─ ……한 대로입니다. 계약서 조항의 수정을 원하신다면 결투 전후로 언제든 듣고 적극적으로 반영하겠습니다. 그럼 삼 일 후, 전통적인 결투의 예법에 따라 율덴 5번가 삼각 모퉁이에서 해질녘에 증인과 함께 뵙게 되기를 진심으로 소원하며 그대의 모습을 그리고 있겠습니다.

당신을 그리는 가련한 사내,
로세드 슈빔마렌 드림.

이름 옆에 찍힌 도장을 보니 누군가가 슈빔마렌 후작을 사칭하여 보낸 장난 편지는 아니었다. 안네그레트는 팔짱을 끼고 심사숙고했다.

안네그레트는 로세드 슈빔마렌을 좋아하지 않았고 결혼은 더욱 하고 싶지 않았다. 그러나 원칙은 항상 지켜야 원칙이었고 그녀는 '그 누구든' 청혼을 해오면 일단 결투로 그 자격을 가리고 상대가 이긴다면 청혼을 받아들이기로 하는 원칙을 가지고 있었다. 일단 아직 1단계를 통과한 사람이 없어서 그렇지, 그것이 규칙이었다.

그렇다면 이 경우에도—그녀가 보기에 이 건을 예외로 삼아야할 특수한 사정은 없었다—결투 자체는 받아들이도록 해야 할 텐데.

"어머나, 뻔뻔하기도 하다, 얘."

안네그레트와 비슷한 시간에 편지를 다 읽은 율리아가 쓴웃음을 지었다. 시피에트는 분개한 얼굴로 인상을 썼다.

"뻔뻔하고 추해. 바로 얼마 전까지만 해도 다른 여자하고 이미 결혼한 양 딱 붙어 다녔으면서."

"저쪽 입장에서도 이미 돌이킬 수 없다는 걸 알아서 더 이러는 거긴 하겠지만 말이야."

율리아의 평가에 안네그레트도 동의하고 한숨을 쉬었다.

"그래, 그렇겠지."

드란힐트 황녀와 슈빔마렌 후작의 스캔들은 이미 들었다. 율리아가 눈을 반짝이며 물었다.

"그래서, 어떻게 할 거야? 나 개인적으로는 당장 다 태워 버리고 삼 일 후에 그 작자를 바람맞히는 게 제일 적절할 것 같은데."

"아니면 삼 일 후에 그 자리에서 체포해 버리는 건 어때?"

시피에트도 거들었다. 안네그레트는 울적한 표정을 지었고 친구들은 그것을 빠르게 캐치했다. 시피에트가 노골적으로 기겁했다.

"너 해보게?"

"그게 내 원칙이잖아."

"널 불행하게 하는 원칙은 안 지켜도 되지 않을까?"

그래도 '원칙'이라는 말이 나온 시점에서 어차피 이 친구를 설득할 확률은 무척 낮았다. 시피에트와 율리아는 짜증과 가엾음을 섞은 눈으로 안네그레트를 보았다. 정말 모든 일이 잘 흘러가서 로세드 슈빔마렌이 언젠가 황제의 자리에 오르고 안네그레트가 황후가 된다고 하면……

아니다. 시피에트는 진저리를 치며 그 상상을 얼른 머릿속에서 지웠다. 그녀는 안네그레트의 결혼상을 잘 알고 있었다. 친구가 생각하는 이상적인 결혼에 굳은 신뢰와 따뜻한 사랑은 불가결했다. 그에 비해 신분 상승은 필요 없고 거추장스러운 장식 같은 것이었다.

"안니카, 내가 볼 때 너는 네 원칙에 약간 수정을 더해도 될 것 같아."

이번에는 율리아가 달래듯 말했다. 안네그레트는 조금이지만 희망을 품은 눈으로 율리아의 얼굴을 보았다.

"희망?"

"그래. 네 마음에 안 드는 남자의 청혼은 처음부터 거절하고, 네 마음에 드는 남자하고는 결투를 안 하는 걸로 원칙을 다시 정하면 어떨까?"

시피에트는 무심코 웃음을 터뜨렸다. 율리아의 속삭임은 대단히 달콤하고 사랑스러웠지만 농담이나 다름없었다. 안네그레트도 곧 쓴웃음을 지었다.

"그건 내가 원하는 바가 아니야, 율리."

"알지만, 이것도 네가 원하는 바는 아니잖아?"

그것도 사실이었다. 안네그레트는 한참 고민했고 친구들은 그동안 그들이 있는 작은 방의 벽을 구경했다. 황궁 시녀들이 모여서 수다를 떨곤 하는 작은 방은 높은 벽에 여러 인물의 초상화가 빽빽하게 걸려 있어 위압감이 있었다.

안네그레트가 고민을 끝내고 목소리를 가다듬었다. 율리아와 시피에트는 경청하는 표정을 지어 주었다.

"응, 하지만 원칙을 지키지 않아서 불행한 것보다는 내 원칙을 끝까지 지키되 내가 원하는 결과가 나오도록 최선을 다하고 싶어."

"욕심쟁이."

율리아는 한숨을 쉬었다. 시피에트는 입술을 비죽거렸다.

"부러워. 결혼 상대 문제를 그렇게 마음대로 정할 수 있어서. 보통이라면 이런 경우엔 부모님이 다 결정을 내리실 텐데."

"그러게."

그 말에는 율리아도 동의했다. 안네그레트는 생각하는 얼굴로 고개를 끄덕였다.

"나도 행운이라고 생각해. 우리 부모님이 결혼하실 때 어른들이 반대하셔서 집안싸움이 있었다던걸. 그래서 두 분은 내가 충분히 생각해서 정한 사람이기만 하다면 누구와 결혼하든 괜찮으시대."

"두 분은 옛이야기에 두고두고 남을 만한 분들이지."

두 친구도 같이 고개를 끄덕였다. 시피에트는 눈을 가늘게 뜨고 천장을 보았다.

"나는 있잖아, 크면 다 멋있는 남자와 사랑에 빠져서 지금의 내 나이쯤 되면 결혼하는 건 줄 알았어. 마음에 안 드는 남자를 결투로 때려눕히는 것도 솔직히 해보고 싶었지만 포기하고 있었는데, 안니카가 하는 걸 보겠네."

안네그레트는 약간 당황해 시피에트를 보았다. 시피에트는 친구를 안심시키려 웃으며 고개를 저었다.

"지금의 내 상황이 싫다는 게 아니야. 하지만 신전에서 어릴 때 배웠던 이야기들엔 집안을 위해 결혼하는 내용이 없었잖아. 다들 이국에서 온 낯선 남자나 고생 끝에 찾아간 먼 친척이 잘생기고 마음 착하고 명예를 알고 심지어 돈까지 많다는 이야기였지. 웃어른 말씀에 순종하고 신실한 여자는 금방 그 남자와 사랑에 빠져서 행복한 결혼을 하고."

"그런 일이 별로 없다는 건 열 살 넘으면 알지. 대신 잘생기고 돈 많은 남자와 사랑에 빠지는 부분까지는 아직 가능한 일이니까 포기하지 마, 시프."

율리아가 후후 웃었다. 시피에트는 입술을 비죽였다.

"잘생기고 돈 많은 남자가 왜 나한테 청혼하겠어? 우리 집안은 거기까진 아냐."

"꼭 결혼해야만 그런 남자와 사랑에 빠질 수 있는 건 아니지."

"난 결혼을 하기 전이건 후건 그냥 조용히 살고 싶어. 자기가 인기 있다는 걸 보여주기 위해서 일부러 염문을 뿌리는 건 생각만 해도 귀찮아."

"하지만 보여주기 위한 게 아니라 진짜 사랑이면? 긴 인생에서 사랑을 안 하면 아깝잖니."

"사랑을 왜 꼭 해야 하는데?"

"세상에, 시프. 사랑은 사교계의 꽃이야. 눈부시게 아름답다가 시간이 지나면 추하게 시들지. 하지만 없으면 그 자리가 영 화사하질 않단 말이야."

"난 사교계의 꽃 필요 없어."

시피에트와 율리아의 문답을 듣던 안네그레트는 결국 웃음을 흘렸다. 그 얼굴을 보고 율리아는 미소를 지었다.

"나는 네가 좋은 결혼을 하길 바라, 안니카. 네가 사랑하는 사람과 모든 면에서 네게 만족스러울 만한 인연을 맺길 바라. 네가 대충 재산과 혈통을 보고 고를 게 아니라면."

"알아. 고마워, 율리아."

어릴 때부터 언제나 안네그레트는 주변에서 사랑을 보아왔다. 부모님이 서로에게 품고 있는 사랑이 자신이 동생들을 보는 사랑과는 다른 종류라는 것도 알고 있었다.

안네그레트는 새삼 알 것 같으면서도 알 수 없는 기분이었다. 시피에트와 율리아가 말하는 사랑은 물론 전자의 사랑이었고 자신도 언젠가는 명예로운 사람과 그런 종류의 사랑을 할 것이라고 믿어왔다. 하지만 그것이 무엇인지, 이토록 청혼을 받아왔으면서도 모른다.

"여기 있었군."

안네그레트는 반사적으로, 율리아와 시피에트는 들어온 사람의 얼굴을 확인하고 나서 자리에서 일어섰다. 어딘가로 가는 중에 우연히 이 방을 통과하려던 모양인 루트비히는 테다인과 라인홀트를 거느리고 있었다. 루트비히는 시피에트와 율리아에게 웃으며 인사했다.

"여기서 보는군. 내 종자와 환담을 나누고 있었나?"

"예, 태자 전하."

"신의 영광이 함께하시길."

시피에트와 율리아가 치맛자락을 들며 무릎을 굽혀 인사하자 테다인과 라인홀트도 예의 바르게 허리를 숙였다. 안네그레트는 종자의 예로 허리를 숙였다가 루트비히의 얼굴을 보았다. 황궁으로 돌아온 주군의 얼굴은 나날이 빛이 났다. 그런데 오늘은 어제

보다는 조금 그 빛이 덜해 보였다.

"전하, 어디로 가십니까?"

"아, 황제 폐하를 뵙고 오는 길이야."

"그러셨습니까."

안네그레트는 황도에 돌아오기 전에 루트비히가 황제에 대해 했던 말을 아직 기억하고 있었고, 그때 그가 보였던 표정은 더 잘 기억했다. 때문에 루트비히가 아버지를 만나고 왔다는 말을 가볍고 경쾌하게 하자 기뻐져 미소를 지었다. 율리아는 그 모습을 보고 한쪽 눈썹을 올렸다.

"피츠콜 양과 보첼 양도 이번 파티에 올 수 있나? 내가 개인적으로 따로 감사할 자리도 마련할 생각이지만, 그전에 다 함께 축하해야지."

루트비히의 말이 시피에트와 율리아에게 옮겨 갔다. 율리아는 다시 무릎을 굽혀 품위 있게 인사했다.

"과찬의 말씀이십니다, 전하. 부신 사람으로서, 황제 폐하의 신민으로서 당연히 해야 할 일을 한 것뿐이랍니다."

"아니야, 자네들 덕분에 이번에 아주 일이 잘 풀렸어."

루트비히는 만족스러운 표정을 했다. 라인홀트도 두 사람에게 말을 걸었다.

"두 분 레이디께서 도와주신 덕분에 저도 무척 편안했습니다."

"아니어요, 경."

시피에트가 쑥스러워 얼굴을 붉히며 대답했다. 루트비히는 하릴없이 주변을 슥 둘러보았다. 그 눈치를 보고 율리아가 재빨리 테다인에게 말했다.

"그러고 보니 태자 전하께서 이번에 새 가구를 장만하셨다고요? 무척 구하기 힘든 귀한 비단으로 거실을 장식하셨다는 소문을 들었어요. 괜찮으시다면 이번에 비단을 어디서 구하셨는지 자세히 들려주실 수 있을까요?"

"물론 기쁘게 말씀드리겠습니다, 레이디 율리아. 레이디 시피에트도 괜찮으시다면 함께 가시지요."

시피에트는 갑자기 어딜 가는 거냐고 물어보려다가 율리아에게 팔을 꽉 붙잡혔다. 테다인은 라인홀트에게도 친절하지만 거절을 용납하지 않는 단호한 목소리로 권했다.

"저 혼자서 두 분 레이디를 모시는 것은 실례일 테니 라인홀트 경도 함께 오시지요. 차라도 마시면서 천천히 말씀 나누는 건 어떻겠습니까."

"아니, 지금 태자 전하와 함께……."

어차피 전하의 거실로 가려던 참이 아니냐고 물으려던 라인홀트도 테다인의 무서운 눈빛에 붙잡혀 입을 다물었다.

네 사람이 총총 사라지자 작은 방 안에는 루트비히와 안네그레트, 두 명만이 남았다. 루트비히는 안네그레트에게 손을 뻗어 자리를 권했다.

"일어나 있을 것 없어. 앉지."

"……예."

루트비히는 자연스럽게 안네그레트의 옆에 앉았다. 방금까지 친구들과 앉아 있었던 의자가 어쩐지 무척 크게 느껴졌다. 안네그레트는 몸을 틀어 루트비히를 똑바로 보았고 그는 안네그레트를 마주 바라보았다.

잠시 아무 말도 하지 않는 시간이 흘렀다. 루트비히는 먼저 시선을 돌려 맞은편의 초상화를 보았다.

"로세드의 편지에 대해 이야기하고 있었지?"

뜨끔했다. 안네그레트는 루트비히를 보고 있던 눈길을 뗄 때 자신도 맞은편의 초상화 중 하나를 보았다. 그녀의 눈에 들어온 것은 몇 대인가 전의 황녀였다.

안네그레트는 무슨 말부터 해야 할지 한참 고민하고 나서야 입을 뗐다.

"어떻게…… 아셨습니까?"

그렇게 이쪽의 목소리가 컸던 것일까.

주군이 있는 쪽에서 작게 바람 새는 소리가 들렸다.

"오면서 셋이 하는 이야기를 좀 들었어. 일부러 들은 건 아니지만. 미안해."

그렇다면 설명할 것조차 없었다. 안네그레트는 다시 고민에 들어갔다. 무슨 말을 해야 할까. 죄송하다고? 하지만 그녀는 주군에게 잘못한 것이 없었다.

한참 침묵이 흐른 뒤 루트비히가 입을 열었다.

"……로세드가 말한 장소에 나갈 거야?"

소태를 씹는 것처럼 쓴 기분을 느끼며 안네그레트는 정직하게 대답했다.

"……예."

"로세드를 사랑해?"

입안이 더 써졌다. 안네그레트는 바로 고개를 저었다.

"아닙니다."

루트비히도 바로 말을 이었다.

"로세드는 만만히 볼 상대가 아니야. 반드시 이길 거라고는 장담할 수 없어."

"반드시 이길 것이라고 생각해서 가는 것이 아닙니다. 그만큼 제 실력을 과신하지는 않습니다."

"네 자신감의 문제가 아니야. 겉으로는 그렇게 안 보이지만, 로세드는 상당한 실력자야."

루트비히가 시선을 초상화 속 인물에게서 안네그레트의 창백한 뺨으로 옮겼다. 안네그레트는 그 시선을 느끼며 자신도 천천히 고개를 들어 그를 마주 보았다. 이상했다.

운동도 하지 않았는데 어째서 심장이 이렇게 마음대로 뛴단 말인가?

그래, 병인 것이 틀림없었다.

루트비히는 안네그레트의 얼굴을 그대로 들여다보다 세 호흡 정도 후에 쓴웃음을 지었다.

"내가 네 결투를 허락하지 않는다고 하면 어떻게 할 셈이야?"

안네그레트는 루트비히의 초록색 눈과 내리깔린 금빛 속눈썹에 빨려들어가는 것만 같은 기분이 들었다. 이제는 어지러웠다. 어쩌면 피로가 쌓여서 몸이 좋지 않은 것인지도 모를 일이었다.

"저는…… 그렇다면 제게는 할 수 있는 일이 없습니다, 전하. 하오나 부디."

안네그레트는 간절한 마음으로 의자에서 일어나 바닥에 무릎을 꿇었다.

그리고 루트비히의 손을 마치 평생의 보물처럼 자신의 입술 앞으로 끌어당겨 입 맞췄다.

누구의 손이 떨리고 있는 것인지 알 수 없었다. 두 사람 모두 지금은 장갑을 끼고 있지 않았고 루트비히의 손에 끼워진 큰 반지 위로는 그녀의 숨결이 느껴졌다. 루트비히의 숨소리가 순간 커졌다.

안네그레트는 그 손에 입술을 댄 채로 눈을 위로 떴다. 루트비히는 그녀의 오른손에 자신의 오른손을 겹친 채 그 얼굴을 내려다보고 있었다. 수심? 아니, 놀라움과 어딘지 모르게 안타까움이 느껴지는 표정이었다.

"……부디, 전하의 종일 뿐인 미천한 저를 불쌍히 여겨주시기를 간절히 바랍니다. 신께서 축복하시는 정의로운 결투를 치를 수 있도록 해주시기를. 비록 그것이 터무니없는 특권을 요구하는 것이라 해도."

안네그레트는 자신이 할 수 있는 최선의 표현을 사용해서 주군을 설득했다.

율덴 가는 아름답고 작은 너도밤나무 숲을 따라 만든 고급 주택 단지로, 비교적 지위가 낮은 상류층과 비교적 지위가 높은 중류층 사람들이 섞여서 서로를 우아하게 무시하며 살아가는 곳이었다. 실외 조경과 건축, 모두에 고위 귀족들을 따르려 애쓴 흔적이 있고 잘 관리된 이 거리가 지금은 해가 지기 전 집으로 돌아가려는 사람들의 마차로 가득했다.

5번가의 삼각 모퉁이, 작은 광장 같고 한쪽은 숲 방향으로 바로 빠져나갈 수 있는 공터에서 안네그레트는 조용히 약속 상대를 기다렸다. 공터 전체가 노을빛을 받아 온통 붉었다. 눈이 부셨지만 결투를 하기에 부적합할 정도는 아니었다.

처컥 처컥 처컥처컥. 튼튼한 마차 바퀴가 바닥의 돌을 누르며 굴러오는 소리가 들렸다. 잠시 후 작고 창에 커튼이 쳐진 마차 한 대가 근처로 와 멈춰 섰다. 마차 문이 열리고 챙 넓은 모자를 쓴 남자가 내렸다.

"레이디 안네그레트."

남자는 이를 보이며 웃었다. 안네그레트는 기사의 예로 허리 숙여 인사했다.

"나와 주셨군요."

"후작님, 이 자리에서 뵙게 되어 영광입니다."

"후미진 곳으로 불러내 미안합니다. 내 일신의 사정상 남들의 구경거리가 되는 것도 난처해서 말입니다."

로세드는 안네그레트에게 다가오며 주위를 둘러보았다.

"레이디 안네그레트의 증인은 아직 안 오셨습니까?"

"계십니다."

그 말과 동시에 마차 문 열리는 소리와 함께 한 남자가 땅에 내려섰다. 그것이 우연히 근처에 주차된 빈 마차인 줄 알았던 로세드는 웃는 듯 마는 듯 이를 드러냈다.

"거기 있었군요. 오늘 증인으로 와주셔서 고맙습니다, 테다인 경."

"별말씀을. 오히려 제게 영광입니다."

테다인은 경쾌하게 대답하고 안네그레트의 뒤에 섰다. 그는 오늘 안네그레트의 주군인 루트비히 대신 그녀의 결투를 지켜보는 역할이었다. 마차 두 대가 약속이나 한 듯 달려와 근처에 멈추어 섰다.

"늦어서 미안합니다."

두 마차에서는 재상 시릴 데이하르츠를 비롯해 여러 궁정의 중신들이 내렸다. 그들 중 일부는 누가 이길지를 진심으로 궁금해하고 있었고, 또 일부는 청혼 승낙 여부를 다투는 결투가 농담

같다고 생각해 불쾌해했다.

"와주셔서 감사합니다."

"감사합니다, 여러분."

안네그레트와 로세드가 그들에게 차례로 정중하게 인사했다. 테다인은 시릴에게 다가가 허리 숙여 인사하고 다른 증인들 틈에 섞여서 섰다. 로세드는 웃음이 사라진 진지한 얼굴로 안네그레트를 보았다.

"규칙은?"

"결투를 고집하는 것이 저이니 후작님께서 제시하시면 됩니다."

"삼 판 양승제로 하지요. 먼저 옷에 피가 비치는 쪽이 지는 겁니다."

"그러면 갑옷을 벗겠습니다."

"예, 그렇게 해주십시오."

로세드도 두꺼운 겉옷을 벗고 희고 수놓인 셔츠를 내보였다. 테다인이 눈치 빠르게 다가와 안네그레트의 갑옷을 함께 벗겨주었다. 그녀는 그에게 감사 인사를 했다.

"감사합니다, 테다인 경."

"별말씀을. 잘하십시오."

"최선을 다하겠습니다."

노을이 더 붉게 타올랐다. 밤이 다가오는 예고였다. 로세드는 약간 창백해진 얼굴로 검을 뽑았다. 그의 검은 결투에 쓰기 좋아 귀족 남성들이 자주 차고 다니는 얇은 물건이었지만 검신이 훌륭하게 푸르렀다.

안네그레트도 검을 뽑았다. 그녀가 쓰는 검은 고향에서 아직 흔히들 쓰는 롱소드였다. 전장에도 함께 나가는 물건이라 무엇보다 손에 익은 모양이었고, 그래서 도시 내의 결투라 해도 상대가 당연히 가지고 나올 얇은 칼로 바꾸어 들고 나올 마음이 들지 않았다.

"잘 부탁드립니다."

"신의 축복이 당신에게."

증인들은 모두 물러나 입을 다물었다. 안네그레트와 로세드는 서로에게서 다섯 걸음 정도 떨어진 자리에 서 눈을 부릅떴다.

챙!

"하아!"

먼저 달려든 것은 안네그레트였다. 그녀는 세 걸음 거리를 넓은 두 걸음으로 달리듯 좁혀 검을 내려쳤다. 로세드는 뒤로 가벼운 스텝을 밟아 물러났다. 뒤로 젖힌 그의 몸 위를 안네그레트의 검이 바람 소리를 내며 지나쳤다. 그는 계속 세 걸음을 연속으로 더 물러났다.

먼 거리라면 얇은 검을 가진 로세드가 유리했다. 안네그레트는 눈을 가늘게 뜨며 거리를 더 좁히려 했지만 로세드가 자세를 고치는 쪽이 빨랐다. 그는 몸을 앞으로 단번에 숙이며 검을 훅 찔렀다. 묘기에 가까운 자세 변경이었다.

하마터면 왼쪽 팔이 정통으로 찔릴 뻔했다. 피가 비치는 것이 문제가 아니라 이번 결투 내내 불리해질 만한 위치였다. 안네그레트는 간신히 크로스가드로 검 끝을 쳐 냈지만 대단한 검술로 그렇게 한 것이 아니라 우연의 일치였다. 식은땀이 흘렀다.

로세드는 씩 웃었다.

"과연 듣던 대로 실력이 뛰어나시군요, 레이디 안네그레트."

"후작님께서 대단한 실력자이시라고 들었는데 과연 허명이 아니로군요. 존경스럽습니다."

"존경이라, 좋은 단어로군요. 역시 부부는 서로를 존경하며 살아가는 것이 최고 아니겠습니까?"

보고 있던 증인들 중 최소 절반 이상이 그 말에 속으로 혀를 찼다. 시릴은 소매로 입을 가리며 웃었고 테다인은 인상을 썼다.

"재상 각하, 결투의 행방을 어떻게 생각하십니까?"

증인들 중 한 명이 시릴에게 슬쩍 물었다. 시릴은 어깨를 으쓱했다.

"글쎄요, 저는 검술에 조예가 없으니 알 수가 있나요. 다만 슈빔마렌 후작님께서 지금까지 본인의 실력을 자랑하지 않은 것이 의외로군요."

자기 혈통을 자랑하라고 하면 일주일이라도 밤을 새워가며 계속 자랑할 수 있는 저 로세드 슈빔마렌이다. 아마도 검술 실력을 자랑하는 것은 자기의 야망에 도움이 되지 않는다고 생각했을 터였다. 증인들 중 두엇은 웃음을 흘렸다. 테다인은 홀로 심각한 얼굴을 했다. 안네그레트가 진다면 그녀 본인뿐 아니라 많은 사람이 난처해진다.

채쟁, 챙, 챙. 다시 간격을 좁히는 데 성공한 안네그레트가 몇 번이나 연속으로 검을 휘둘렀다. 가까이에서는 검 자체의 버티는 힘을 비교할 것이 못 되는데도 로세드는 기민한 몸놀림으로 그것을 모두 쳐 냈다. 크로스가드끼리 얽혀 한순간 둘 모두의 얼굴이 일그러졌다.

"윽……!"

안네그레트가 한순간 고통스러운 표정을 지었다. 테다인은 심장이 떨어지는 줄 알고 눈을 부릅떴다. 안네그레트의 옆구리에 붉은 피가 비쳤다.

한 판이 끝났으니 자세를 재정비해야 했다. 안네그레트는 먼저 힘을 빼고 물러서서 본인의 옷을 확인한 뒤 고개 숙여 인사했다.

"상대해 주셔서 영광입니다. 첫판은 제가 졌습니다."

안네그레트 바이언트의 실력이 뛰어나다는 소문을 요즘 노래처럼 매일같이 듣고 있던 증인들 중 두엇은 실망했고 검술에 관심이 많은 이들은 로세드의 실력에 재차 감탄했다. 저런 실력이면 하루아침에 만들어지지는 않았을 것이다. 틀림없이 오랜 기간동안 숨어서 연습해 온 것이다.

왼손의 보조 단검을 허공에서 휙 돌려 보이고 로세드는 자신감 있게 씩 웃었다.

"별말씀을."

의기양양한 그 표정에 시릴은 쓴웃음을 지었다. 노골적으로 루트비히의 편에 서 있는 귀족 한 명이 시릴에게 속닥였다.

"재상 각하, 위험한 것 아닙니까? 저 로세드 슈빔마렌이 바이언트 가와 연합한다면 골치 아파집니다."

"골치 아플 게 뭐 있겠습니까?"

"알 만한 분이 왜 이러십니까. 루젤 바이언트의 이름은 지금도 모든 기사 지망생의 꿈이자 전설입니다. 그 딸을 황후로 세울 셈이라고 하고 루젤 바이언트를 끌어들이면 상당한 병력이 저쪽에 가세하게 됩니다. 루젤 바이언트와 싸우라고 하면 선뜻 나서는 자가 얼마나 되겠습니까?"

"게오르츠 백작은 딸이 황후가 된다고 하면 신이 나서 사위를 밀어줄 거란 말입니까?"

말을 꺼낸 귀족은 눈을 굴렸다. 당연한 것 아닌가? 누구라도 그럴 것이다.

시릴은 노을을 받아 붉게 빛나는 검을 느긋하게 보았다.

"보고 계십시오. 바이언트 가 사람들은 타고난 기사입니다. 기사도에 어긋나는 행동을 하느니 자기가 물려받은 땅을 백 번 포기하고도 남을 사람들이죠."

약한 백성들을 함부로 죽이도록 사주한 자를 안네그레트가 좋아할 리가 없다는 것을 시릴은 잘 알고 있었다. 테다인은 자신보다 높은 귀족들의 대화를 들으면서 인상을 쓰고 안네그레트와 로세드의 모습을 보았다.

다음 싸움이 시작되었다. 상대의 실력이 생각보다 훨씬 뛰어나다는 것을 안 안네그레트는 신중하기 위해 검을 아래로 늘어뜨리고 기다렸다. 보조 단검의 존재를 생각하면 너무 가까이 갈 수도 없었고, 그렇다고 단검의 간격을 의식해 섣불리 먼 곳에서 공격한다면 금세 로세드의 긴 검이 이쪽을 파고들 것이다.

옆구리가 욱신거렸다. 몇 번의 도발적인 틈에도 안네그레트가 공격해 오지 않자 로세드는 빙긋 웃으며 땅에 발을 단단히 디뎠다. 그리고 그대로 뒤에 있던 발을 앞으로 옮기며 단숨에 간격을 좁혀 검을 찔러 들어갔다.

채앵! 찌르기를 옆으로 쳐 낸 안네그레트가 그대로 벴다. 로세드의 얼굴이 일그러졌다. 그는 물이 흐르듯 매끄러운 동작으로 다시 제 검의 기세를 정돈했지만, 간신히 그 베기를 반쯤 막아냈을 뿐이었다.

아슬아슬한 위치를 지나가는 검을 보조 단검으로 겨우 다시 막으며 로세드가 투덜거렸다.

"힘이 세군요."

"감사합니다."

안네그레트는 표정 하나 변하지 않은 채 짧게 대답하고 검의 방향을 틀었다. 아래서 위로 올려치는 그 검의 운동이 만들어낸 파공음이 로세드의 귀를 훅 스쳤다. 그는 소름이 돋는다는 얼굴로 뒷걸음질 쳤다. 안네그레트는 더 다가갔다.

"라이헤르타 남작의 실력이 대단하군요."

검술에 조예가 있는 귀족이 경탄했다. 은근히 로세드의 편에 서 있던 귀족이 미간을 좁혔다.

"그렇습니까? 첫판은 금세 지지 않았습니까?"

"슈빔마렌 후작님이 워낙 능숙하셨습니다. 하지만 라이헤르타 남작도 지지 않는군요. 이거, 하슐레타 경을 이긴 것도 운만은 아니라고 봐야겠군요."

"어떻게 보십니까, 테다인 경?"

시릴은 테다인에게 슬쩍 발언권을 주었다. 테다인은 재빨리 대답했다.

"이전의 사냥 대회에서도 창으로 멧돼지를 잡는 그 실력이 대단하다고 누구나 감탄했지요. 이번 전쟁에서도 대단히 큰 공을 세웠고요."

소문은 익히 퍼져 있었다. 증인들은 감탄하며 결투의 행방을 지켜보았다.

챙, 채쟁, 챙. 안네그레트는 정석적이고 매끄러운 동작으로 검을 다루었고 그 모습에는 누가 보기에도 숙련자의 아름다움이 있었다. 로세드의 얼굴이 점점 일그러졌다. 그는 보조 단검과 긴 검을 교차해 한 번 안네그레트의 검을 붙잡았다.

순간적으로 양자의 얼굴에 희비가 교차했다. 안네그레트는 그대로 크로스가드를 이용해 로세드의 두 무기 사이를 찢어냈다. 그리고 그 틈새로 검을 내려쳐 로세드의 어깨를 벴다.

"윽!"

옆에서 보기에도 무시무시한 힘이었다. 로세드는 비명을 지르며 검을 놓쳤다. 언뜻 보기에도 상당한 속도로 피가 배어 나왔다.

"이번 판은 받았습니다. 감사합니다."

안네그레트는 제 앞에서 어깨를 감싸 쥔 로세드를 보고 무표정으로 말했다. 그녀의 이마가 구슬땀으로 젖어 있었다. 미친 듯이 불타오르던 노을이 어느샌가 꺼져 들어갔다.

로세드는 본인의 손에 묻어나온 피를 보고 투덜거렸다.

"아프군요."

"실례했습니다."

"좀 봐주면서 해도 좋지 않겠습니까?"

"그런 결투에 무슨 의미가 있겠습니까?"

"내 청혼이 싫습니까?"

"부족한 저에게 그런 마음을 품고 계셨다니 영광이었습니다."

"이해가 안 되는군요."

로세드는 손수건을 꺼내 자신의 손을 문질러 닦았다.

"평생 결혼하지 않을 게 아니라면, 좋은 결혼 상대가 나타났을 때 빨리 잡는 게 당신 자신을 위해서도 좋지 않겠습니까?"

"동의합니다."

"그럼 조건 좋은 상대에겐 좀 특별한 호의를 보이는 것도 협상의 기술입니다, 레이디 안네그레트."

테다인은 속으로 그런 협상은 안네그레트에게 있어서는 이해하기 힘든 개념일 거라고 생각했다. 전쟁에서의 협상이라면 그녀에게 맡길 수 있을 테지만, 사교계에서 상대가 마음을 보일 때 적당히 받아주는 방식으로 호감을 표현하는 그 은근하고 복잡한 의사소통 방식을 안네그레트가 알까.

과연 안네그레트는 놀란 표정을 지었다.

"그렇습니까?"

"……예."

로세드의 소태 씹은 표정에 테다인은 속으로, 시릴은 겉으로 미소를 지었다. 안네그레트는 잠깐 고민하다가 물었다.

"어깨를 치료하시겠습니까? 아니면 이대로 계속할까요?"

"잠깐 묶기만 하고 오겠습니다."

로세드가 타고 온 마차의 하인이 주인에게 달려왔다. 로세드는 하인이 자기 상처를 건드리자 호통을 쳤지만 정말로 금방 다시 일어섰다. 어깨를 돌려보는 것을 보아하니 움직임에 지장이 있을 정도는 아닌 모양이었다.

안네그레트는 로세드와 마주 보고 검을 잡았다. 주위의 소리가 멀어지며 머릿속이 맑아졌다.

이번이 마지막이었다.

검을 두어 번 부딪치고 난 뒤 안네그레트는 상대가 이번 결투에 사활을 걸었다는 것을 분명히 깨달았다. 게다가 주군은 거짓말이나 과장을 한 것이 아니었다. 로세드는 대단한 실력자였다. 그것도 어쩌면 자신과 비슷한 정도로.

이 정도의 실력자는 아주 오랜만이었다. 안네그레트는 점점 게오르츠 땅에서의 추억이 살아나는 것을 느끼며 몸을 본능에 따라 움직였다. 싸울 때 생각을 많이 하는 편이냐 적게 하는 편이냐 하면, 그녀는 단연 후자였다. 생각은 느리다. 적이 내미는 무기를 피하려면 직감하고 움직여야 했다.

짜앙! 로세드의 긴 검이 손을 벗어나 날아갔다. 안네그레트는 다른 어떤 생각도 하지 않고 그대로 베어 들어갔다. 상대의 왼쪽 어깨에서 오른쪽 옆구리까지를 베려던 그 무거운 일격은 단검의 마법 같은 움직임에 밀려 빗나갔다. 로세드의 얼굴이 딱딱하게 굳었다. 의기양양한 미소는 이제 없었다.

안네그레트가 자세를 바로잡는 사이 로세드는 눈짓으로 페이크를 넣고 곧장 날아간 검을 향해 달려갔다. 움찔했던 안네그레트는 시간상 그를 쫓아가는 것보다 방어를 준비하는 것이 낫다고 순간적으로 판단하고 발을 단단히 디뎠다.

사방이 어두웠다. 달빛을 받아 검신이 수면처럼 소슬하게 빛났다. 공기가 점점 차가워졌지만 안네그레트는 추위를 느낄 수 없었다. 로세드의 눈이 희번덕 움직이고 팔이 올라갔다. 검의 방향이 매끄럽게 바뀌었다.

챙! 둔한 소리가 났다. 어두워서 상대의 검이 잘 보이지 않는 이런 상황에선 검이 더 큰 안네그레트가 불리했다. 그녀는 온전히 본능에 몸을 맡기며 찌르기를 막아냈다. 검신을 한 손으로 잡고 로세드의 검을 크로스가드로 유도하자 그는 눈을 짧은 순간 굴린 뒤 몸을 뺐다. 안네그레트는 그대로 상대의 검을 비틀었다.

스릉! 소름 돋는 소리와 함께 두 개의 검날이 서로를 훑었다. 로세드는 검을 놓치지 않았고 무사히 물러섰다. 그는 숨을 헐떡이며 안네그레트를 증오에 찬 눈으로 노려보았다. 그녀는 눈을 가늘게 떴다.

"대단하시군요."

"당신이야말로."

로세드는 짧게 대답하고 한쪽 발을 뒤로 뺐다. 그는 대단히 매끄럽고 흔들림 없는 방식으로 원하는 자리에 검 끝을 찔러 넣을 수 있었다. 안네그레트는 경계하며 그에게 최대한 바짝 붙었다. 로세드는 이번에는 눈을 차갑게 빛내며 단검을 들이댔다.

"후우!"

안네그레트는 큰 숨을 내쉬며 단검을 막아냈다. 째쟁. 거슬리는 소리와 함께 단검이 제자리로 돌아갔다. 로세드는 이를 드러냈다.

"아쉽군요. 끝낼 수 있었는데."

등골이 오싹해졌다. 안네그레트는 춤을 추듯 몸을 돌려 그를 공격했다. 단호하고 잔인한 의지를 품은 검이 다가오자 그녀의 팔을 노리던 로세드의 두 무기도 하는 수 없이 주인을 지키는 자리로 돌아갔다.

로세드는 무감정하게 평가했다.

"잘 배웠군요."

"두 개의 날을 한 번에 막는 방법은 모릅니다."

그러니 이길 방법은 하나뿐이었다. 이쪽을 공격할 정신이 없을 정도로 계속 방어하게 만들어주는 수밖에. 안네그레트는 여유를 주지 않고 그대로 몇 번이나 공격을 계속했다.

챙! 챙! 츠—으으으생! 춤추는 뱀처럼 달빛을 흩뿌리며 검이 부딪쳤다. 두 사람의 실력이 호각이라는 것은 누가 보기에도 명확했다. 시릴은 계속 웃고 있었지만 테다인은 점점 초조함을 숨기지 못했다.

옷이 몇 번을 베이고 머리칼이 잘려 나갔지만 두 사람 모두 피를 보이진 않았다. 아니, 설령 어딘가 상처가 났다고 해도 이런 어두운 밤에는 알 수 없었다. 그저 기괴한 그림자로 보일 따름이니.

누가 먼저 손을 들어 항복을 인정하느냐, 그뿐이었다.

이미 대강 아물었다고 생각한 허벅지는 격렬한 운동을 반복하자 점점 쑤셔왔다. 안네그레트의 발 디딤이 미묘하게 흔들리는 것을 놓치지 않고 로세드는 방어에 다리 움직임을 요구하는 방식의 공격에 치중했다. 설상가상으로 다친 다리는 근육의 유연성도 떨어진 상태였다.

이대로 당할 수는 없었다. 안네그레트는 점점 몸이 뜨거워지는 것을 느끼며 자신의 공격에 매진했다. 그녀가 무너지지 않자 로세드의 눈이 초조함으로 일그러졌다.

"아슬아슬하지 않습니까?"

로세드의 편인 귀족이 불안함을 감추지 못하고 말을 꺼냈다. 결투의 행방을 숨을 죽이고 좇던 증인들은 각자의 방식으로 생각했다. 시릴이 천천히 속삭였다.

"그렇군요. 뭐, 후작님께는 이번 결투가 자신의 재기를 뒷받침해 줄 중요한 한 걸음이 될 테니까요."

테다인은 저도 모르게 곧바로 물었다. 그의 눈이 춤추는 검의 섬광에 못 박혀 흔들렸다.

"재상 각하께서는 슈빔마렌 후작님이 이길 거라고 생각을 하십니까?"

질문자 자신을 제외한 모든 증인의 시선이 시릴에게 쏠렸다. 시릴은 테다인을 보고 빙긋 웃었다. 그의 외알 안경이 달빛 아래서 맑게 반짝였다.

"모든 것은 신의 뜻대로. 그렇지 않습니까?"

그 말을 들은 신실한 귀족이 신께 영광을, 하고 덧붙였다. 증인들은 다시 결투자 두 명에게 시선을 옮겼다.

채쟁! 로세드의 검이 날아갔다. 그리고 언뜻 보기에도 그림자가 질 이유가 없는 그의 어깨와 오른쪽 상완이 시커멓게 보였다. 상처를 묶었던 손수건도 반쯤은 같은 색이었다.

로세드는 왼손의 단검을 재빨리 양손으로 꼭 잡았다. 안네그레트는 숨을 몰아쉬며 지적했다.

"이미 결판은 난 것 같습니다."

"정해진 요건을 충족하지 않았으면 결투는 끝나지 않습니다."

로세드는 단단히 일그러진 얼굴로 단검을 휘둘렀다. 그러나 숙련된 기사를 상대로 작은 단검은 큰 역할을 하지 못했다. 안네그레트는 크게 한 번 숨을 쉬는 사이 로세드의 왼쪽 팔을 벴다. 그는 숨기지 않고 비명을 질렀다.

"으윽!"

"여러 증인분들께 가서 보이지요. 어두워서 제게는 잘 보이지 않습니다만, 베는 감촉으로 보아 피가 났을 겁니다."

"보이지 않으면 확신하지 마십시오!"

안네그레트는 난처해졌다. 그녀는 로세드의 손을 검날로 슬쩍 벴다.

챙. 땅에 깔린 돌에 단검마저 떨어졌다. 로세드는 숨을 씩씩 몰아쉬며 멈췄다.

"졌습니다."

다섯 번쯤 심호흡한 후 로세드는 마뜩잖아하는 목소리로 인정했다. 테다인은 깊이 안도했고 증인들은 각자의 기분에 맞는 표정을 지었다. 안네그레트는 아까의 제안을 반복했다.

"증인 여러분께 증거를 보이고 결투를 정식으로 마무리 짓지요."

"아니, 됐습니다. 내가 졌다고 인정했으니 된 거 아닙니까. 청혼은 거둬들이지요. 제길, 당신처럼 고지식한 여자는 처음입니다."

"잘은 모르겠습니다만, 마음이 불편하셨다면 유감으로 생각합니다."

테다인은 킬킬 웃었다. 하인이 다가와 주인에게 웃옷을 걸쳐주었다. 로세드는 재킷에 팔도 끼우지 않고 신경질적으로 땀을 닦았다.

로세드는 모자를 다시 쓰고 나서 날카롭게 안네그레트에게 물었다.

"검은 넣지 않을 겁니까? 결투는 끝났습니다."

안네그레트는 고개를 저었다.

"결투는 끝났습니다만, 검은 넣지 않을 겁니다."

"왭니까?"

"왜냐하면 이 자리에서 제가 당신을 체포할 것이기 때문입니다, 슈빔마렌 후작님."

로세드의 몸이 딱딱하게 굳었다. 하인은 주인의 검을 급히 주워왔고 증인들은 서로의 눈을 보았다. 안네그레트는 단단한 바위같은 얼굴로 로세드의 눈을 보았다.

그 담담한 시선에 로세드는 어린아이처럼 솔직한 분노를 느꼈다. 설마 저 바이언트 가의 후계자가 속임수를 쓸 거라고는 생각도 하지 않았다. 결투에 수많은 부하를 데려오는 것은 기사도에 비추어 올바른 행동이 아니지 않나.

"병사를 숨겨뒀습니까?"

"아닙니다. 결투에 복병을 데려오는 것은 불명예스러운 일이니까요. 하지만 숲에 숨어 있던 후작님의 부하들은 낮에 연행했습니다."

결투가 혹시 좋지 않은 방향으로 끝난다면 숲으로 바로 도망쳐서 부하들과 함께 황도를 나설 예정이었던 로세드는 충격을 받았다. 그의 눈이 커진 것을 보고 하인은 불안해 어쩔 줄 몰라 했다. 안네그레트는 천천히, 로세드에게 검을 겨누었다.

"저희 주군이신 태자 전하의 명을 받들어 당신을 체포합니다. 순순히 따라오신다면 신분에 맞지 않는 대우는 하지 않겠습니다."

로세드는 하인이 들고 있던 제 검을 발작적으로 움켜쥐었다.

"내가 누군지 알면서 그런 건방진 발언을 합니까? 나는 황가에 가장 가까운 귀족이자 슈빔마렌 후작입니다. 내 혈통에 흐르는 황가의 피는 당신보다 오백 배는 진합니다."

"오백 배까지는 아닙니다. 바이언트 가문이 마지막으로 황가와 통혼한 것은 다섯 대 전이니까요."

테다인은 로세드에게 들릴 정도까지는 아닌 크기로 중얼거렸다. 시릴은 재미있어했다.

"잘 알고 있군요, 테다인 경."

"우연히 얼마 전, 황궁에 걸린 당시 황녀님의 초상화를 보았습니다. 부끄럽습니다. 재상 각하."

시릴과 테다인이 그런 대화를 나누는 것도 안네그레트의 귀에는 들리지 않았다. 그녀는 로세드의 혈통에 흐르는 황가의 피가 자신의 것보다 오천 배 진하다 해도 상관이 없었다.

"당신이 뭔데 나를 체포하네 마네 합니까? 당신은 정식 기사도 아니잖습니까."

"제 주군께서 당신의 종자에게 명하셨으니 그분께서 직접 하시는 일이나 마찬가지입니다. 저는 대리인입니다."

로세드는 하인에게 눈짓했고 하인은 얼른 마차로 달려갔다. 그러나 언제부터 타고 있었던 것인지 그 마차에서 머리까지 밤색 망토로 감싼 남자가 내렸다. 하인이 당황하며 고함을 치는 것에도 아랑곳하지 않고 그 남자는 하인을 주먹으로 쳤다. 하인은 바닥에 구른 뒤 기가 죽어 우뚝 섰다.

로세드는 하도 어이가 없어 안네그레트에게 다시 물었다.

"복병은 없다고 하지 않았습니까?"

"아, 저 사람은 내가 데려왔습니다."

시릴이 대화에 끼었다. 로세드는 이를 갈았다.

"데이하르츠, 네놈이……!"

"중요한 죄인이 눈앞에서 도망친다면 제가 황제 폐하께 꾸지람을 들어서 말입니다. 오랜 친구에게 손을 좀 빌려달라고 했습니다."

밤색 망토의 남자는 어느샌가 사라지고 없었다. 안네그레트는 당황했지만, 곧 자신의 일에 집중했다.

로세드는 안네그레트를 노려보며 물었다.

"왜 이렇게 어리석습니까? 나와 결혼해 태자를 치면 바이언트 가문은 크게 도약할 수 있습니다. 부신에서 바이언트 가가 황가 다음 가는 가문이 될 수 있는 기회를 어째서 스스로 걷어차는 겁니까?"

안네그레트는 침착하게 대답했다.

"태자 전하께서는 제게 당신을 잡아 악을 징벌하고 선을 행하라 하셨습니다."

"내가 악입니까?"

"악입니다."

"나는 내가 살아남을 수 있는 방향으로 행동했을 뿐입니다. 토끼가 사자에게서 도망치는 것이 악이라고 할 겁니까?"

"토끼가 다른 토끼를 물어뜯어 죽이는 것은 악입니다."

"어째서요? 살려고 그런 것 아닙니까?"

"토끼는 다른 토끼를 먹지 않습니다. 토끼는 초식 동물입니다."

"토끼가 자신을 위협하는 사자를 죽인다면요?"

"토끼가 정말로 자신을 위협하는 사자를 죽인 거라면 그것은 악이 아니겠지요. 그러나 태자 전하께서 후작님을 죽이려 하셨습니까? 잡아먹으려 하셨습니까?"

로세드는 안네그레트를 죽일 듯이 노려보다가 눈을 내리깔았다.

"젠장, 혀도 잘 돌아가는군요."

"감사합니다. 그런 평가는 처음 들어봅니다."

"비유를 바꿔볼까요. 다람쥐가 도토리를 많이 모으는 건 악입니까? 언젠가 필요할지도 모르는 이 세상의 재물에 욕심이 나는 것은 인간이면 누구나 마찬가지입니다. 스스로를 위해 욕심을 부리는 게 나쁩니까? 많은 것을 원하면 윤리적으로 악합니까?"

안네그레트는 난처한 얼굴을 했다.

"저와 비유를 통해 철학적 토론을 나누고 싶으신 거라면 상대를 잘못 고르셨습니다, 후작님. 저는 오로지 무기를 다루는 법만을 배워 익힌 기사 지망생입니다."

"그렇다면 뭐가 악인지 아닌지도 판단할 수 없는 것 아닙니까? 당신이 지금 하는 행동이 사실은 악이라면 어쩔 겁니까?"

안네그레트는 고개를 저었다.

"윤리적인 판단을 하지 않는 것은 기사가 아닙니다. 기병이고, 살인 기술자고, 전쟁 기술자입니다. 저에게도 윤리적 판단을 할 수 있는 기준이 있고, 저는 태자 전하의 말씀뿐만이 아니라 저의 기준으로도 당신이 악하다고 생각합니다."

테다인이 숨을 죽였다. 안네그레트는 한숨을 쉬었다.

"아까부터 당신의 잘못이 되는 부분은 빼놓고 생존과 필요성에 대해서만 말씀하시는군요, 후작님. 약한 자를 보호하는 것도, 남의 식량을 억지로 빼앗지 않는 것도 신께서 만드신 이 세상의 기초 윤리이며 아주 어릴 때부터 받는 가르침입니다. 저는 당신이 그런 도덕을 몰라서 다른 토끼를 죽이고 상수리나무 숲을 불태웠다고 생각하지 않습니다."

로세드의 편인 귀족은 무척 불만스러운 표정이었지만, 더 반박할 수는 없었다. 로세드는 고개를 숙였다.

"······당신 마음대로 하십시오. 내게는 선택의 여지가 없겠군요."

근사한 마차가 끊이지 않고 들어왔다.

오랜만에 화려한 파티가 열리게 된 황궁은 벌써 훌륭한 음악과 향기로운 냄새로 가득했고 초대 손님들의 얼굴은 들떠 밝았다. 또한 오랫동안 이런 규모의 손님을 맞이한 적이 없었던 황궁의 일꾼들은 저마다 정신없이 뛰어다니며 손님들의 불만을 수습했다.

고풍스러운 넝쿨 문양을 조각해 붙이고 거울처럼 깨끗하게 닦은 계단을 보석이 달린 구두와 한껏 부풀린 치마가 스쳤다. 웃음과 속삭임이 단장한 청년들 사이를 오갔다. 황궁에 아는 사람이 많은 사교계 인사들은 우아하고 위엄 있게 서로에게 인사했다. 청록색, 붉은색, 비둘기색, 크림색, 짙은 밤색, 검은색, 옅은 파란색의 옷이 어지러이 홀을 채웠다.

크리스털 샹들리에와 수많은 청동 조각, 그리고 최신식의 시계가 장식된 홀 안쪽의 클라비어가 있는 방에서는 솜씨 있다고 소문난 귀족 여성들이 연주 실력을 뽐내고 있었다. 손목을 살짝 드러내는 디자인의 드레스를 입고 고운 손을 움직이는 여성들은 때로는 한숨을 자아내고 때로는 탄성을 자아냈다. 그 옆에서 다른 귀족 여성이 노래를 불렀다.

아, 나의 샤하르, 나의 여명아
너는 내게 밤을 끝내는 새벽과 같으니
길고 매섭고 맑은 겨울이 이제 갔구나

네 머리칼은 한낮 정원의 햇살 같고
네 눈은 여름의 시냇물과 같다
이른 새벽 꽃이 가득한 나무 아래
산책하다 홀로 누군가를 그리워할 때
그 한숨 같은 바람이
멀리서 네가 쉬었던 것이로구나
아, 네 숨결이었구나

삼십여 년 전부터 끊이지 않고 인기리에 상연되는 가극의 넘버였다. 황도에 사는 귀족들이라면 모르는 사람이 없었기 때문에 어떤 사람들은 속으로 노래를 따라 부르기도 했지만 보다 보수적인 가치관을 가진 사람들은 귀족이 배우들의 노래를 부르는 것이 점잖지 못하다고 생각해 눈살을 찌푸렸다.

곡이 끝나자 귀족 여성은 물러났고 이번에는 오늘 고용된 테살리아 극장의 전문 연주가가 클라비어 앞에 앉았다. 동시에 이번에는 직업 배우 몇 명이 나와 주고받는 노래를 불렀다. 그들이 이야기하는 상황은 때로는 감동적이고 때로는 몹시 우스워서, 클라비어가 있는 방에서는 웃음과 울음이 끊이지 않았다.

오랫동안 황도 전체를 감싸던 긴장이 풀려 모처럼 즐거운 시간을 보내던 귀족들의 시선은 어느샌가 파티에 참석한 한 귀부인에게 쏠리기 시작했다. 그녀의 이름을 모르는 이는 이 자리에 없었지만, 동시에 그녀와 직접 대화를 해본 사람 또한 대단히 적었다.

이번 전쟁의 최대 공로자 중 하나, 사교계 최고의 신붓감.

생각보다 키가 너무 크다거나 생각보다 얼굴이 검다거나, 그런 평가는 있었지만 평소 돌던 이야기와 같은 거만함이나 쌀쌀맞음은 그녀의 얼굴에서 찾을 수 없었다. 어떤 사람들은 완전히 넋을 잃고, 어떤 사람들은 뻔뻔하게, 또 어떤 사람들은 수줍음과 흠모를 담고 그녀를 보았다.

그녀는 누군가를 찾고 있는 것 같았다. 이미 사랑에 빠진 몇몇 청년들은 그녀가 찾는 사람이 자기였으면 좋겠다고 생각했고 그녀의 시선이 자신의 주변을 스칠 때마다 심장이 쥐어뜯기는 듯한 고통을 느꼈다. 그러나 그녀의 시선이 누군가에게 멎는 일은 없었다. 혹시 루트비히 태자를 찾는 것일까? 그가 그녀의 주군이라고 하니 그럴 수도 있을 것이다.

그때 그녀의 얼굴에 옅은 미소가 떠올랐다. 활짝 핀 꽃보다 아름다운 그 모습에 많은 사람이 여러 의미로 충격을 받았다. 그녀는 마침내 한 사람에게 다가가 인사했다.

"시프."

많은 법관을 배출한 명가, 보첼 가의 딸인 시피에트 보첼이 반갑게 웃었다.

"안니카."

안네그레트 바이언트는 시피에트를 끌어안고 친근하게 입 맞추는 소리를 내며 인사했다. 시피에트는 안네그레트의 주변을 둘러보고 인상을 썼다.

"샤프론은? 너희 대모님이 해주신다며?"

"지금 라트 오라버니와 대화를 나누느라 바쁘셔."

"그래."

적어도 '기사의 종자에게 샤프론은 어울리지 않는다' 같은 이유로 혼자 온 것은 아니라니 다행이었다. 시피에트는 안네그레트의 말을 믿지 못했던 자신의 신의 없음을 반성했다. 그때 많은 사람이 움직이는 소리와 함께 반가운 목소리가 더해졌다.

"시프, 안니카! 와 있었구나!"

사교계에서 율리아 피츠콜이라고 하면 훌륭한 가문에서 좋은 교육을 받고 자란 우아한 숙녀로, 어딜 가도 누구나 좋아할 수밖에 없는 사람이라는 평가가 늘 따라다녔다. 그러므로 그녀가 귀족들의 회의에 쳐들어갔다는 소문은 사람들을 놀라게 했다. 일반적으로 우아한 숙녀에게 주어지는 교육이란 '그녀의 행동을 누구나 예상할 수 있게' 만드는 것이었으므로.

오늘 파티에서는 율리아에게도 공이 주어진다는 소문이 파다했으므로 그녀의 주변에 있던 추종자들의 얼굴은 자신감으로 빛났다. 율리아는 시피에트와 안니카를 안고 입 맞추는 소리를 내 친근하게 인사했다.

"오늘 참 멋지다. 물론 늘 예쁘지만, 오늘은 더 멋있어."

율리아는 안네그레트에게 진심으로 말했다. 시피에트도 동의했다.

"응. 네가 드레스를 입은 건 오랜만에 보네."

안네그레트는 쓴웃음을 지었다.

"평소엔 수련에 적합한 옷을 입고 있으니까. 칭찬해 줘서 고마워. 너희도 항상 그렇듯 참 예쁘다."

"고마워."

시피에트와 율리아는 후후 웃었다. 율리아의 추종자들은 적당히 눈치를 봐 다른 곳으로 이동했다. 또다시 아는 목소리가 들려왔다.

"이거이거, 반가운 얼굴을 여기서 뵙는군요. 처음엔 고대의 여신 세 분이 강림하셨나 했는데 아무래도 사람이신 것 같아 가까이 와봤죠."

그 목소리와 말투가 반가워 안네그레트는 뒤를 천천히 돌아보았다. 어느샌가 사람들 틈을 헤치고 키르시가 다가와 있었다.

여신이라는 말이 과장이 아니라고 느끼는 사람이 있을 정도로 안네그레트는 오늘 밤 아름다웠다. 실크와 보석으로 만든 작은 관으로 정수리를 가리고 그 아래 은실로 짜고 작은 다이아몬드를 단 성긴 그물이 흘러내리게 만든 그녀의 검은 머리가 그야말로 밤하늘처럼 광채를 발했다. 향기가 뿜어져 나오는 것 같은 무광택의 벨벳 드레스가 그녀의 한 걸음 한 걸음마다 안개처럼 춤을 췄다. 격식을 주기 위해 아주 조금 부풀렸을 뿐인 어깨 아래로는 찬란한 자수가 펼쳐져 그녀의 팔을 장식했다.

"레이디 바이언트."

자신도 최고로 좋은 초록색 옷을 입은 키르시는 장난스레 그렇게 부르며 한쪽 무릎을 꿇었다. 안네그레트는 쓴웃음을 지었다.

"놀리지 마라."

"놀리는 거 아닌데. 내가 안나를 이름으로 부를 수 있다는 사실은 아마 오늘 밤 모든 남자에게 부러움의 대상이 될걸."

"미안하지만 손등에는."

"거기까진 안 해."

안네그레트는 그 말에 고마운 표정으로 치마를 한 번 잡아 보였다. 키르시는 일어나서 씩 웃었다.

"하일러! 이리 좀 와봐. 아까부터 가까이 오지도 못 하네."

"키르시."

말끔하게 차려입고 작은 보석 브로치를 단 하일러는 다가오며 한숨을 쉬었다.

"이런 자리에서 우리가 아는 체를 해봐야 안네그레트에게 좋을 것이 없다고 그렇게 말했는데."

"아닙니다, 하일러. 선배님들과 인사를 나누는 것은 저에게 언제나 기쁨입니다."

안네그레트는 그렇게 말하고 붉은 입술로 짧은 호를 그렸다. 그 매끈한 뺨이 웃음 때문에 살짝 양쪽으로 부푼 모습이 하도 아름다워 침을 꿀꺽 삼키는 사람들이 있었다. 하일러는 허리 숙여 자신보다 서열이 높은 귀족에게 인사했다.

"귀댁의 기쁨이자 영광이신 분을 뵈어 과분함이 한량없습니다."

"너무 예의 차리실 것 없습니다. 이 자리는 하일러를 위한 자리이기도 합니다."

하일러는 쑥스러운 표정으로 살짝 웃었다. 안네그레트와 키르시는 그가 지금 무척 기분이 좋다는 사실을 알고 눈짓을 주고받았다. 율리아가 나서 하일러에게 무릎을 굽혀 보였다.

"이런 자리에서 춤을 추지 않고 있으려니 벽의 꽃이 된 것 같아 쓸쓸하네요. 귀찮게 여기지 않으신다면, 부디 저와 함께 이번 곡에 맞춰 춤을 춰주시겠어요?"

키르시는 눈을 동그랗게 떴지만 안네그레트와 시피에트는 빙긋빙긋 웃었다. 율리아 피츠콜과 춤을 추는 것은 하일러의 평판에 큰 가점이 될 것이다.

하일러와 율리아가 손을 잡고 플로어가 있는 쪽으로 사라진 뒤 키르시는 시피에트에게 친절하게 말했다.

"천하게 여기지 않으신다면, 제가 감히 레이디의 손을 청해도 되겠습니까?"

시피에트는 쿡쿡 웃고 예의 바르게 치맛자락을 잡았다.

"기쁜 말씀, 감사합니다. 안니카, 우리 춤추고 올게."

"그래. 다녀와."

안네그레트는 친구들을 배웅하고 혼자 남았다. 문득 밖에서 시종이 크게 고하는 소리가 들렸다.

"제국의 작은 태양, 아드라펠라네 백작, 베겔라브란 남작……또한 수많은 전통적인 땅의 영주이시자 명예롭고 위대하신 루트비히 태자 전하 납십니다!"

반가운 마음이 들었다. 안네그레트는 작은 방을 떠나 태자가 들어오는 홀로 나갔다. 플로어에서 짝지어 춤을 추던 사람들도 동작을 멈추고 허리를 숙였다. 신분을 제외하고라도 루트비히 태자는 오늘의 호스트였다.

파티 홀로 통하는 넓고 호화로운 계단을 내려오며 루트비히는 파티장을 늠름하게 바라보았다. 그는 오늘 그 초록색 눈에 어울리는 에메랄드 브로치를 목 아래 달고 금빛 수가 놓인 재킷을 입고 있었는데 늘씬한 몸에 어울리는 교묘한 디자인이 무척 돋보였고 다른 장식은 가슴에 꽂은 꽃 한 송이뿐이었다. 안네그레트는 기쁜 마음으로 그에게 고개를 숙였다.

가벼운 소리를 내며 계단을 내려선 루트비히는 한 방향으로 곧게 걸어갔다. 고개는 숙였지만 눈은 들어 그의 움직임을 보고 있던 파티 참석자들은 그가 가는 방향에 있는 귀부인을 보고 찬탄의 한숨을 쉬었다. 오늘 밤 누구보다 아름답고 빛나는 한 사람.

안네그레트는 다른 사람들보다 조금 늦게야 루트비히가 찾아온 사람이 자신이라는 것을 깨달았다. 오늘 밤 그의 가슴에 장식된 꽃에서는 꿈결처럼 달콤한 향이 났다.

루트비히는 고개 숙인 그녀에게 오른손을 내밀었다.

"안네그레트."

파티 참석자들 사이에 소요가 퍼졌다. 그 어느 집안의 초대에도 응하지 않았다가 오늘 그 아름다운 모습을 드러낸 안네그레트 바이언트가 사실은 태자와의 결혼을 노리고 황도에 왔을 거라는 추측은 첫 한두 달 정도 정설처럼 모두의 뇌리에 박혀 있었다. 하지만 결혼이 목적이라면 이미 충분히 계약 조항에 대한 논의가 오가고도 남았을 시간이 지난 후 그 가설은 끈질긴 인사 몇을 제외하고는 모두의 입에 오르지 않게 되었는데.

가장 트집 잡기 좋아하는 사람의 눈에조차 흠 없는, 품위 있는 동작으로 안네그레트는 고개를 들었다. 그녀는 낮고 부드러우며 모두의 귀에 잘 들어오는 목소리로 대답했다.

"예, 전하."

당장 자신들이 본 이 광경을 모두에게 떠들고 싶어진 사람들은 자기들이 아는 '모두' 또한 이 파티에 있다는 사실을 떠올리고 좌절해야 했다. 루트비히는 친근한 호칭도 모자라다는 듯 그녀에게 손을 내밀었다.

"춤출까?"

"전하께서 그리 말씀하신다면."

"오늘 밤은 종자 일 휴가야. 웃고 춤추는 건 내가 원한다 해도 네가 원하지 않는다면 할 필요 없어. 이거 누가 한 말이었는데."

"옛 자스라의 헤로드라시나일 겁니다. '웃음과 사랑만은 강요할 수 없다'는 말을 남겼다고 하지요."

옛 자스라 제국의 헤로드라시나는 천한 노예였다가 황제의 눈에 들어 존귀한 몸이 되었는데, 시를 잘 지어 지금도 그 시집을 읽는 이가 많았다. 또한 여종을 때려죽이거나 싫다는 여자를 첩으로 들이는 이들을 엄격하게 처벌했다고 전해지고 있었다. 루트비히는 빙긋 웃었다.

"기사 지망생치고는 공부를 많이 했군."

"옛일을 알지 못하면 앞으로의 일도 알 수 없다고 재상 각하께서."

"너한테도 그랬어? 나한테도 그랬는데. 그래서, 책 많이 읽었어?"

"기억나는 건 저것뿐입니다."

루트비히와 안네그레트는 서로를 보고 킥킥 웃었다. 그는 곧 진지한 얼굴을 하고 그녀 앞에 한쪽 무릎을 꿇었다.

"내 종자에게 내리는 명령이 아니라, 라이헤르타 땅의 영주여, 오늘 밤은 고귀한 가문의 후예이자 당신 자신도 누구보다 빛나는 그대에게 청합니다. 제 손을 부끄럽게 여기지 않으신다면 부디 이번 곡에 그대의 손을 잡을 영광을 주시겠습니까?"

안네그레트는 다시 우아하게 무릎을 굽혔다.

"부족하고 우둔한 저에게 과분한 찬사를 보내시니, 명예로우신 분, 당신의 관대하심을 알겠습니다. 저도 여쭙고 싶습니다. 천하게 여기지 않으신다면 부디 이번 춤을 함께해도 되겠습니까?"

"영광입니다."

루트비히는 웃으며 안네그레트의 손을 잡았다. 악사들이 새로운 춤곡을 연주하기 시작했다.

"춤을 잘 추는걸."

자연스레 플로어의 중심이 된 그들을 보는 시선이 많았다. 루트비히는 그 눈길들을 내심 귀찮게 여기면서도 기뻐 웃음이 나왔다. 안네그레트는 옅게 미소를 지었다. 머리칼을 보석으로 찬란하게 장식하고 눈썹의 모양을 정돈한 그녀는 말 그대로 혼이 나가버릴 듯 아름다웠다.

"감사합니다, 전하."

이렇게 아름다운 그녀를 아무 대가도 치르지 않고 볼 수 있다니. 그는 내심 안네그레트를 바라보는 파티장 안의 남자들에게 뜨거운 질투를 느꼈다. 그러나 지금, 그녀의 손을 잡고있는 것은 그였다.

"아니, 정말이야. 내 종자 생활을 하면서는 무도회에 한 번도 못 나갔잖아. 답답해서 어떻게 했어?"

그녀와 대화를 나누고 있는 유일한 사람도.

"무도회를 나가지 못한다 해서 답답하지는 않습니다. 춤은……
싫어하지는 않습니다만 일부러 춤을 출 기회를 찾아가지도 않습
니다. 아마도 몸을 움직이는 것의 일종이라 다른 것보다는 배우
기 쉬웠다고 생각합니다."

……그였다.

아, 언뜻 코끝을 스치는 향기. 머리가 어지러워졌다.

"다른 것? 또 뭘 배웠는데?"

안네그레트가 명백히 자신의 실언을 후회하는 표정을 지었기
때문에 루트비히는 크게 웃음을 터뜨렸다. 가슴 속이 간지러웠다.

"말해줘. 뭘 배웠어?"

안네그레트는 잠깐 머뭇거렸지만 주군의 명령을 거역하지는 않
았다.

"……클라비어 연주와 노래, 시 쓰기를 잠시."

귀족이라면 누구나 조금은 배우는 것들이었다. 루트비히는 쓴
웃음을 지었다.

"응, 그런 건 당연히 배웠겠지. 그게 왜?"

"셋 다 재능이 전혀 없다는 것이 금방 밝혀져서 그만두었습니
다."

루트비히는 다시 웃음을 터뜨렸다. 옆에서 춤을 추며 지나가던
다른 쌍이 놀라서 그를 보았을 정도로 유쾌한 웃음이었다. 안네그
레트는 자신의 과거를 생각하자 조금 부끄러웠지만 그 웃음을 보
자 어쩐지 아무래도 좋아졌다. 그녀의 가슴이 기분 좋게 뛰었다.

"클라비어 연주를 못 해?"

"예. 몸으로 박자를 따르는 것에는 문제가 없는 모양입니다만,

악곡을 연주하려 하면 도저히 뭐가 뭔지 알 수가 없는지라."

안네그레트의 춤은 완벽할 정도로 박자가 잘 맞았다. 루트비히는 그녀가 클라비어 앞에서 복잡한 표정으로 우뚝 굳어 있는 것을 상상했다. 안네그레트는 그의 표정을 보고 당황해 눈을 깜박였다. 부끄러워 얼굴을 가리고 싶어졌다.

"나중에 연주해 줘."

"도저히 들으실 만한 연주가 아닙니다."

"그래도 듣고 싶어. 궁금해."

분명히 웃음거리가 되리라는 것을 알았지만 안네그레트는 한숨을 쉬고 고개를 끄덕였다.

"알겠습니다. 귀를 어지럽혀 드릴 뿐이겠습니다만."

"괜찮아. 아, 그림이나 자수도 배웠어?"

"둘 다 배우지 않았습니다. 그림은 제 동생이 배울 때 잠깐 옆에서 들여다본 적이 있습니다만 관심이 생기지 않았습니다."

"하긴 기사 지망생이 손을 대기엔 시간이 많이 드는 취미야."

"예."

"그러면 쉴 때는 뭘 해?"

플로어의 모든 여성이 꽃이 피듯 드레스를 펼치며 빙글 돌았다. 안네그레트는 루트비히의 손에 이끌려 경쾌하게 한 바퀴를 돌고 천천히 생각했다.

"요즈음 말씀이십니까?"

루트비히는 빙긋 웃었다. 언제의 이야기든 좋았다.

"요즘도 그렇고, 고향에 있을 때는 어땠지? 시간이 비면 뭘 했어?"

부드러운 목소리로 그런 질문을 받자 또 이유 없이 심장이 뛰고 가슴 안쪽이 부드럽게 녹는 것 같은 기분이 들었다. 이 감정은 뭘까. 심장이 뛰는 것으로 보아 불안일까? 조금 다른 것도 같았지만, 안네그레트는 아무래도 자신이 오랜만에 드레스를 차려입고 와서 약간 피곤한 모양이라고 생각했다.

안네그레트는 골똘히 생각하고 나서 말했다.

"영주의 업무에서 벗어날 수 있는 시간이 생기면 일반적으로는 조금이라도 실력을 키우고 싶어서 수련에 이용했습니다. 수련하기에 날씨나 상황이 여의치 않을 경우엔 마을 신전에 가서 옛이야기를 들었습니다."

"옛이야기? 기사 이야기 같은 거?"

이번에는 여성이 서 있고 파트너가 그 주위를 돌 차례였다. 루트비히의 질문에 안네그레트는 우뚝 선 채로 고개를 저었다. 루트비히가 주위를 돌자 그의 가슴에서 나는 향기가 주위를 새털처럼 맴돌았다.

"그런 것보다는 주로 성서에 나오는 인물들의 이야기지요."

"그래?"

안네그레트의 주위를 한 바퀴 돈 루트비히가 웃으며 그녀의 손을 다시 잡았다. 그 손이 어쩐지 뜨겁게 느껴졌다. 안네그레트는 어떠한 예고도 없이 가슴이 부풀어 터질 것만 같은 아픔을 느끼고 기묘하게 생각했다. 어째서일까.

"나도 어릴 적엔 그런 이야기를 많이 들었지. 좀 크고 나서는 흥미를 잃었지만."

이렇게.

"어째서입니까?"

아, 가슴이 뛴다. 녹아 사라질 것만 같은 손의 감촉.

"성서에 나오는 인물들은 악한 사람은 처벌받고 선한 사람은 잘되잖아. 하지만 차기 황제로서 나는 내게 손해가 되는 사람을 처벌하고 내게 이득이 되는 사람을 잘되게 하는 법을 배워야 했거든."

아무런 예고도 없이 눈물이 나올 것 같은 기분이 들었다. 안네그레트는 당황스러운 몸의 변화에 그저 눈을 깜박였다. 루트비히는 능숙하게 다시 그녀의 허리를 잡았다. 그는 상냥하게 속삭였다.

"피곤해? 그런 표정인데."

전혀 그렇지 않았다. 안네그레트는 고개를 저었다. 보석을 이은 줄이 그 동작에 따라 바람의 옷자락처럼 잘그락잘그락 흔들렸다.

"아닙니다. 피곤하지 않습니다."

"그러면 다행이고."

안네그레트의 뺨이 딱히 창백한 것도 아니었다. 루트비히는 안심하고 그녀를 보았다. 아무리 보아도 시선이 떨어지지 않았다. 뗄 수 없었다.

루트비히는 다시 속삭였다.

"오늘은 비장의 술을 내놨지. 이따 함께 마시고, 별을 보러 나가자. 근사할 거야."

안네그레트는 그것을 상상했다. 분명히 즐거울 것이다.

"예, 전하. 이 곡이 끝나면."

루트비히가 내놓았던 전망은 실재에 비하면 오히려 초라할 정도였다. 밤하늘 가득 펼쳐진 별을 올려다보며 안네그레트는 폐부

가득 밤바람을 들이마셨다. 그 숨결에서는 들고 있는 술잔에 든 것과 같은 향이 났다.

루트비히는 앉아 있는 안네그레트에게 슬쩍 얼굴을 기울이며 한숨처럼 말했다. 그의 숨에서도 마찬가지인 향이 났다.

"멋있지?"

"예. 밤하늘을 보는 것이 처음도 아닌데, 오늘 밤은 유난히 멋있군요."

두 개의 달이 모두 통통하게 부풀어 빛이 좋다는 것도 원인일 것이다. 안네그레트의 검은 눈이 하늘에 못 박힌 것을 보고 루트비히는 약간 심술궂은 마음이 들었다. 우스운 일이었다. 얼마나 오랫동안 그녀가 그의 옆에서 충성을 바쳐 왔던가. 이제 와서 하늘을 조금 보는 것에 질투가 난다니.

"네가 더 멋있어."

루트비히는 안네그레트의 머리칼과 그 위에 드리운 은실을 한 움큼 손바닥 위에 올리고 쓰다듬으며 중얼거렸다. 얼굴은 마주칠 수 없었다.

안네그레트는 그 말에 한동안 대답하지 않았다. 초조해졌다. 루트비히는 그녀의 머리칼에 키스하고 그 얼굴을 보지 않은 채 재차 말했다.

"밤하늘보다, 저 달보다, 사람들이 장식한 그 어느 보석보다 네가 아름다워, 안네그레트."

안네그레트는 그 말에도 대답하지 않았다. 사실 대답을 바라고 한 말도 아니었다. 그러나 역시 마음이 쓰이고, 그런 말을 섣불리 해버린 자신이 쑥스러워 루트비히는 그녀의 머리칼에 입술을 대고 눈을 감았다. 밤의 차가운 향기가 온 세상에 감돌았다.

문득 그녀의 숨소리가 들렸다. 안네그레트는 파도가 치는 것처럼 손에 잡히지 않을 듯한 숨을 쉬었다. 그는 천천히 물러섰다.

그제야 얼굴이 보였다. 안네그레트의 새까맣고 영문 몰라 하는 눈이 그를 못처럼 잔인하게 파고들었다. 루트비히는 가슴이 아프고 터질 것 같아 그녀에게 물었다.

"무슨 생각 해?"

그녀가 불쾌하다면 사과해야 할 것이다. 최대한 감정을 감춘 목소리였다. 안네그레트는 그러나 역시 계속 입을 열지 않았다. 그녀의 붉은 입술이 살짝 벌어지며 떨렸다.

대답을 듣고 싶지 않아졌다. 루트비히는 고개를 얼른 저었다.

"아니야, 신경 쓰지 마. 계속 하늘 봐."

후회가 들면서도 입술에 닿았던 안네그레트의 머리칼이 여전히 루트비히를 옥죄고 있었다. 그는 계속 플로어에서 춤이나 추고 농담이나 주고받을 걸 그랬나, 하다가도 이 자리에는 지금 자신들 둘밖에 없다는 사실을 떠올렸다. 황가 식구들을 위한 발코니이고 커튼을 쳤으니 다른 사람은 실수로라도 들어올 수 없었다.

여기에 안네그레트와 둘이서만 있는 것이다. 파티가 끝날 때까지.

아니, 원한다면 더 오랫동안.

그녀와 함께 있는 밤은 너무도 짧을 것이다. 다른 어떤 것도 하지 않고 그녀를 바라보기만 한다 해도. 루트비히는 그런 예감을 느끼고 이상하게 서글퍼졌다. 또한 술기운으로 인한 묘한 충동도 들었다.

안네그레트는 이상하게도 그의 명령을 즉시 따르지 않았다. 그녀의 눈이 계속 자신에게 못 박힌 것을 보고 루트비히는 쓴웃음을 지었다.

"왜 나를 봐?"

안네그레트는 드디어 입을 열었다.

"전하께서……"

그러나 그 입은 금세 무정하게도 닫혔다. 루트비히는 그녀에게 다가서 그 앞에 한쪽 무릎을 꿇었다. 그리고 그녀의 오른손을 잡아 손등에 키스했다. 그러지 않고는 견딜 수 없었다.

그녀는 오른손을 잡아 빼지는 않았지만 난처한 얼굴이 되었다.

"당치 않습니다, 전하. 저는 전하의 종자이니 오른손에 키스하시는 것은 예에 어긋납니다."

"손등에 하는 키스는 존경이고, 나는 너를 존경해. 왜 예에 어긋나?"

심장이 터질 것 같았다. 어차피 안네그레트는 다른 모든 귀한 아가씨들처럼 부드럽고 손목이 긴 장갑을 끼고 있었지만, 꼭 평소의 맨손을 만지기라도 한 것처럼 가슴 속에서 무언가가 으르렁거렸다. 루트비히는 그 짐승을 풀어놓지 않기 위해 온 힘을 다했다.

안네그레트는 까만 속눈썹을 내리깔고 설명했다.

"전하께서는 제 주군이시니 제게 존경의 키스를 하시는 것은 순서가 틀린 일입니다."

"그렇다면 내가 네 주군이 아니게 되면 마음대로 해도 되는 거야?"

"예?"

안네그레트는 눈을 동그랗게 떴다. 그 놀란 모습에 루트비히는 숨을 가다듬었다. 전에도 한 말이었지만, 지금 말하기엔 어쩐지 조심스러웠다. 오늘 밤은 이런 이야기를 하고 싶지 않았다.

"전에 얘기했던 것처럼, 나는 너를 정식 기사로 서임할 생각이야, 안네그레트. 그러면 너는 내 종자가 아니지. 물론 그래도 네가 나에게 충성 맹세를 한다면 나는 다시 네 주군이 되겠지만⋯⋯ 그건 네 마음이기도 하고."

기사 서임을 받으면 안네그레트는 떠나갈까. 아마도 그럴 것이다. 황제의 충성스러운 신하임을 누구나 알고 있지만 게오르츠 백작령을 다스리느라 거의 황도에 얼굴을 비치지 않는 그녀의 아버지처럼. 돌아가면 그녀는 뭘 할까. 누군가를 사랑하게 될까?

누군가를 사랑하고 있을까?

루트비히는 눈을 가늘게 뜨고 그녀를 바라보았다.

"귀부인에게 존경의 키스를 하는 것은 어떤 남자에게든 허용되잖아. 그때 너는 네 귀족 신분을 부정하지 않을 테니, 내가 라이헤르타 남작을 존경하는 것도 당치 않다고 하지는 않겠지."

"그것은⋯⋯."

대답할 말이 없는 모양이었다. 안네그레트는 입술을 살짝 벌렸다. 루트비히는 그것을 보고 다시 무시무시한 충동에 시달렸다. 그러나 안 되는 일이었다. 섣불리 무례한 행동을 했다가는 돌이킬 수 없을 것이다. 그녀라면 그를 상종할 수 없는 치한이라고 아무렇지도 않게 결론을 내릴 것이다.

그러나 이것까지 참아야 한다고, 안네그레트가 말할 수는 없을 것이다. 루트비히는 그녀의 손등에 다시 입술을 대고 눈웃음을 지었다.

"미리 하는 축하 인사와 경애의 표현. 내일부터는 다시 주군과 종자로 돌아갈 테니까."

안네그레트는 입술을 오물거리다 결국 고개를 끄덕였다.

"……예, 전하."

황족이나 통치 가문 출신 귀족 죄수를 가두는 높은 탑은 어둠에 감싸여 있었다.

등 뒤에서 우아하게 연주하는 춤곡은 이렇게 고요한 밤이라면 물론 저 탑까지 들릴 것이다. 은발의 시릴은 평소와 같은 싱긋 웃는 얼굴로 탑을 보았다. 이쪽의 좁은 발코니는 아는 사람이 없었으므로 그는 방해꾼 없이 실컷 탑의 어두컴컴한 모습을 감상할 수 있었다.

저 멀리 탑 안쪽에서 어른거리는 빛 같은 것이 일렁였다. 죄수를 위한 불빛일 것이다.

동시에 성벽에 드리운 어둠도 슬쩍 일렁였다.

시릴을 제외하고는 아무도 들을 수 없는 속삭임이었다. 그는 누가 바로 옆에서 무슨 말이라도 해준 것처럼 고개를 끄덕이고 웃었다.

"내버려 두십시오."

어둠이 다시 일렁였다. 시릴은 고개를 기울였다. 길게 늘어뜨린 은발이 함께 스륵 하고 떨어졌다.

"괜찮습니다. 그녀는 잘할 겁니다."

이번에는 어둠이 일렁이지 않았다.

시릴은 눈을 감았다.

"때가 가깝습니다. 당신도 이제 곧 폐하의 호위에만 신경을 쓸 수 있는 때가 올 겁니다."

이번에는 빠르고 격렬하게, 마치 바람 앞의 촛불처럼 어둠이 일렁였다. 시릴은 쿡쿡 웃었다.

"압니다. 내가 당신을 억지로 끌고 왔지요. 그녀를 핑계 삼아서 말입니다. 억지로 왔는데도 열심히 해줘서 감사하고 있습니다."

어둠이 잦아들었다. 마치 한숨을 쉬는 것만 같았다.

시릴은 곧 눈을 가늘게 뜨고 두 개의 달을 올려다보았다.

"압니까? 사람들이 당신을 전설의 암살자라고 부릅니다. 그녀는 자신을 사랑했던 사람들을 떠나 지금쯤 잊었겠지요. 하지만 사랑받은 사람은 잊어도, 사랑하는 사람들은 잊을 수 없지요."

먼 나라의 꽃의 이름을 가진 소녀는 정말로 주저하지 않고 잊었을 것이다. 그러나 그들은 여전히 이 자리에서 먼 옛날의 그녀를 떠올리고 있다.

어둠은 이번에도 침묵을 지켰다. 시릴은 탑에서 시선을 떼고 정원을 내려다보았다. 멋지게 불을 밝혀놓은 정원은 근사한 차림의 파티 참석자들이 드문드문 산책하는 모습으로 장관이었다. 졸졸 흐르는 물과 분수도 언제나와 똑같았다.

"예, 나이가 드니 당신에게 별소리를 다 하는군요."

그는 결국 눈을 감았다.

사랑하는 어머님,

  그리운 성은 지금 추수가 한창일 테지요. 이 편지가 도달할 즈음에는 이미 가을걷이를 마치고 풍족한 곳간을 축하하는 잔치가 열리고 있을지도 모르겠습니다. 큰 재해는 없었는지요? 올해는 아무도 싸우지 않았는지요? 모쪼록 즐거운 가을 축제를 영지민들이 실컷 즐길 수 있었으면 좋겠습니다. 또 어려운 이들도 적어도 이 시기만큼은 추수하고 땅에 떨어진 이삭을 주워 조출하나마 신께 감사하는 제단을 꾸밀 수 있으니 복된 때입니다.

  이야기를 들으셨는지 모르겠습니다만, 황도에서는 큰일을 치렀습니다. 이제 모든 것을 말씀드릴 수 있겠군요. 참람하고 슬픈 일이니 혹 지금 마음이 편치 않으시다면 충분히 심기가 편안해지실 때까지 이 다음을 읽는 것은 미뤄주시길.

  어머님, 지난여름, 전염병으로 인해 국내의 교통이 원활하지 못했고 두 대로는 한동안 폐쇄되었다는 사실은 이미 알고 계시지요. 그때 저 게르하르트 파르칸수스 유플리드 공이 당신의 땅에서 도망친 도망 농노들을 잡겠다고 황도의 빈민가 중 일부에서 난동을 부리고 그대로 도망쳐 자신의 외가에 몸을 의탁한 일이 있습니다. 당시 죽은 사람의 수가 많고 끌려간 이들도 그대로 많이 죽은지라 이 딸도 분노한 상태로 편지를 드린 일이 있습니다.

  태자 전하께서도 물론 무척 상심하셔서 예의 유플리드 공을 황도로 소환해 재판에 회부하려 하셨습니다만 방자한 노드바르덴 일족이 제 핏줄을 감싸며 유플리드 공을 내놓지 않았습니다. 해서 전하께서 부족한 저를 포함해 그분을 따르는 여러 사람과 함께 북쪽으로 원정을 다녀오셨습니다. 다행히 여러 유능한 분들 덕분에 아군의 피해가 크지 않은 상태에서 승리하였고 전쟁 배상금은 물론 유플리드 공의 신변까지 인수해 온 것은 전에도 말씀드린 그대로입니다. 물론 그때 이미 노드바르덴 대로는 물론 아카르타 대로마저 태자 전하의 명에 따라 모두 개방되었습니다.

그런데 황도로 회군한 우리 군을 놀라게 하는 일이 발생했습니다. 저희가 없는 동안 황도에서 폭도들이 들고일어나 저 오래된 자스라 시대의 유산인 7년의 문을 불태우고 감히 황궁으로 행진하려 했었다 합니다. 그것을 막은 공으로 황도의 경비를 맡게 된 것이 로세드 슈빔마렌 공, 태자 전하의 가까운 친척 되시는 분입니다.

놀라움은 그것으로 끝이 아니었습니다. 슈빔마렌 후작님은 여러 오래된 귀족분들과의 회의에서 태자 전하가 유플리드 공을 석방하시기 전에는 아군이 황도에 들어오지 않는 것이 좋겠다고 마음대로 결정을 내리고 여하한 내용이 담긴 성명서를 아군에 보내왔습니다. 감히 황도의 정당한 수호자이자 황제 폐하의 아드님이 집에 돌아가시는 것을 대체 저들이 무엇이관대 반대하고 찬성하고가 있단 말입니까?

당연히 말도 안 되는 일이고 지독한 권력 남용이었습니다만 당장 북문이 닫히고 전투라도 불사할 기색이 완연하여, 태자 전하께서도 잠시 당신의 땅이자 풍요로워 병사들이 굶을 걱정이 없는 베겔레브란 땅에 잠시 머물기로 결정하셨습니다.

아군이 주둔하는 베겔레브란 땅은 일전에 가보았을 때와는 또 다른 모습이었습니다. 성은 전투를 위해 지은 것이 아니고 만들어진 지 얼마 되지도 않았기 때문에 처음에는 조금 불안했습니다만, 지내다 보니 역시 그 평화로운 땅에는 영지민들이 편하게 드나들 수평적인 구조의 건물이 어울린다는 생각이 들었습니다.

그 땅에서 새로운 전쟁 준비를 하는 와중에 저는 영광스럽게도 황도의 네 문 중 하나를 맡는 임무를 하달받았습니다. 저와 같은 임무를 받은 분들이 모두 오랫동안 태자 전하를 모시고 경험 있는 분들이라 무척 기뻤지만 제가 잘할 수 있을지 걱정도 되었는데, 전하께서 친히 격려해 주시어 힘이 났습니다.

다시 예의 참람한 일로 돌아가겠습니다. 어머님, 어머님께선 황도와 같이 큰 성의 문을 어떻게 닫을 수 있는지 위에서 이상하게 생각하셨을 겁니다. 당장 게오르츠 땅의 둘째나 셋째 가는 큰 성의 문만 해도 닫기가 쉽지 않으니까요. 당장 그 방향에서 들어오는 물자가 막히면 그 땅에서 나지 않는 물건을 어찌 구하고, 남는 것은 어떻게 한다는 말입니까? 솜씨 좋은 부인이 수놓은 보물 같은 걸개도 큰 성에 가서 팔지 않으면 그저 큰 천 조각에 불과하지 않겠습니까?

아군이 황도를 떠나 있는 동안 성의 경비를 맡은 슈밤마렌 후작님이 그간 황도를 출입하는 모든 물건을 직접 통제하며 특히 식품류의 유통을 막고 있었다고 하면 믿으시겠습니까? 황도에 목숨 붙이고 살고 있는 수 많은 백성들이 그 때문에 굶어 죽었고 귀족들과 심지어 황가에서마저 먹을 것이 부족해 몸살을 앓았다고 합니다. 참으로 신을 믿는 사람이 할 소행이 아닙니다.

게다가 어머니, 무서운 일이 한 가지 더 있습니다. 노드바르덴족이 항복했을 때 예의 유플리드 공을 심문해 보니 황제 폐하의 신민을 학살하고 도망치라고 그분을 구슬린 것 또한 슈밤마렌 후작님이라고 합니다. 모든 것이 계획되었던 거라고 태자 전하께서 무척 상심하셨습니다.

저 또한 이렇게 글을 쓰는 도중에도 몇 번이나 잇기가 힘들어 펜을 놓았다가 다시 쥐었습니다. 사람이 남이 먹는 것을 빼앗을 수는 있습니다. 자신이 주려 죽는 것보다는 나으니까요. 하지만 자신의 생존이 아닌 야망을 위해 여러 사람을 일부러 굶주리게 하는 것이 어찌 마음이 있는 인간이라 하겠습니까? 어찌 신께서 창조하신 이 세계의 질서를 따르는 자라고 하겠습니까? 참으로 마음이 아프고 두렵습니다.

죄상이 끔찍하고 수법이 잔인하여 슈빔마렌 후작님은 그 혈통과 지위에도 불구하고 큰 처벌을 받을 것이라 합니다. 지금은 귀한 신분의 죄인을 가두는 오래된 탑에 수감해 두었으나 머지않아 영구 추방을 생각한다고 태자 전하께서 저희에게 말씀하셨습니다. 응당 받아야 할 벌이라고 생각합니다. 만일 그런 혈통이 아니었다면 당연히 사형을 언도받았을 것입니다. 황제 폐하의 백성들을 죽이고 태자 전하의 입도를 막았으니 어찌 그것이 진실한 신하겠습니까.

다행히 슬픈 이야기는 여기까지입니다. 어머니, 이제 슬픔을 가라앉히시고 편안히 읽으셔도 됩니다. 몇 가지 이제는 자랑할 일이 있고, 여쭙고 싶은 점도 있습니다.

위의 음모를 밝혀낸 사람을 어머님께서는 궁금하게 생각하지 않으셨을지도 모르겠습니다. 하지만 말씀드려야겠습니다.

어머님, 황도의 수많은 백성은 물론이거니와 귀족들과 심지어는 황공하게도 황가에까지 영향을 미친 식량 품귀 현상을 이상하게 생각한 사람은 많았지만 행동한 사람은 적었습니다. 그런데 그 행동한 사람 중 성공적으로 몇 개의 상회가 식품의 유통을 막고 있었음을 밝혀낸 이가 바로 시프와 율리입니다.

이야기를 자세히 들어보니, 평소 귀족들이 유흥으로 놀러 가곤 하는 평민들의 거리가 있는데 율리가 그렇게 유희를 즐기러 가는 체하고 시프와 함께 외출했답니다. 그리고 율리의 많은 친구들의 도움을 얻어 여러 상회 중 식품을 취급하는 곳이 어딘지 알아내고 몇 군데를 파스텐 가의 라인홀트 경과 함께 기습 조사했다고 합니다. 게다가 모든 일의 범인을 알아내자 곧장 귀족 회의로 들어가서 조리 있게 사건의 경위를 설명하고 범인의 정체를 밝혔다 하니 얼마나 공이 큽니까. 황제 폐하께서도 피츠콜 가와 보첼 가의 충성에 크게 기뻐하시며 보물과 훈장을 내리셨습니다.

또 어머님, 라인홀트 경은 오래전부터 태자 전하의 명을 받아 당신의 가문에서 사병들을 데려와 황도 근처에 계속 포진해 있었다고 합니다. 태자 전하의 선견지명에는 놀라고 감탄할 따름입니다. 파스텐 가에도 훈장이 내려졌고 라인홀트 경 개인에게는 태자 전하께서 보물을 내리셨습니다.

다음으로 어머님, 태자 전하께서 이제 곧 저를 정식 기사로 봉하겠다고 귀띔하셨습니다. 그래도 괜찮은 것인지 계속 고민이 됩니다만 전하께서 저를 높이 사주신 것만큼은 무척 기쁩니다. 그래서 그와 관련해 어머님께 여쭙고 싶은 것이 있습니다.

어머님, 모든 기사에게는 레이디가 있지 않습니까? 아무리 형식적이라 해도, 가장 마음 바쳐 존경하고 그분의 덕목을 이루고 싶은 귀부인 말입니다. 기사는 신께서 주신 덕목을 이루기 위해 일하는 자이나 그 손에 칼을 들고 피를 묻히니 결코 온전히 깨끗할 수는 없습니다. 그러니 가장 마음이 순결한 귀부인께 덕을 맡기고 그분을 통해 하늘나라를 본다고 배웠습니다. 또한, 그 덕을 맡기는 것이 여성인 이유는 기사는 약한 자를 지킨다는 기사도의 한 구절을 상징하기 때문이기도 하다고요.

하지만 저는 의문이 듭니다. 여성이라고 해서 모두 약하지는 않습니다. 물론 대다수의 남자는 대다수의 여자보다 강하고, 그 차이를 고려해 비상시에 여성은 같은 조건의 남성보다 우선적으로 지켜져야 합니다. 그런데 요즘 저에게 저와 결혼할 수 없다면 저를 레이디로 모시고 싶다고 말씀하시는 분들이 계십니다.

그렇게 친절한 말씀 주시는 분들의 선의는 의심하지 않고, 호의 또한 무척 감사하게 생각합니다. 그러나 저와의 결투에서 진 분들께서, 물론 그분들을 모욕하고 싶은 의도는 없으나, 제가 지키지 못한 제 명예를 어찌 지켜주신다는 것인지는 잘 모르겠습니다. 제가 기사 서임을 받는다면 저는 그분들과 같은 기사가 아닙니까? 제자신을 지킬 힘이 없는 자가 기사가 되지는 못할 테니까요.

이왕이면 제 몸을 지킬 수 있는 무력적 수단이 있는 저보다는 정말로 힘없고 마음이 고결한 분을 찾아보는 것이 모두를 위해서도 좋지 않을까요? 하지만 기사가 누구를 마음에 품는지는 그 누구도, 심지어 그 주군조차도 참견할 수 없는 문제이니 마음대로 하시라고는 했습니다.

그런 생각을 하다 보니 고민이 생겼습니다.

어머님, 저는 혼란스럽습니다. 기사는 결혼하면 아내를 여왕처럼 모시는 것인데, 그러면 남편에게는 어떻게 해야 합니까? 기사들 중에는 남자가 절대적으로 많으니 저와 같은 질문을 던지는 자의 기록이 없습니다. 여성 기사들은 지금 적어도 제 주변에는 없으니 이런 고민을 함께할 이도 없습니다. 이야기에 나오는 여성 기사들은 아예 남편을 맞지 않았거나 남편이 있었다고 해도 그 남편에게 어떻게 해서 기사도를 지켰는지는 이야기에 언급되지 않았습니다.

혹시나 해서 신관이신 아벨타 님과 모든 고사를 다 아시는 시립 공께 여쭈어보았습니다만 두 분 모두 그것은 제가 답을 내야 할 문제라고 하시더군요. 하지만 저는 생각을 깊이 할 줄 모르는 모자란 자라 생각을 하면 할수록 더 모르겠습니다. 결혼 조건은 어릴 때부터 정했으면서 정작 결혼한 후에 어떻게 하면 좋을지를 모르고 있었다니, 저 자신이 우습다는 기분도 듭니다.

레이디를 모시는 것 또한 문제입니다. 많은 기사들이 레이디를 향한 마음의 고백은 사랑하는 여인을 향한 그것과 구별되지 않습니다. 제가 만약 누군가의 명예를 무력으로 지켜야 한다면 그 대상은 시피에트나 율리아면 좋다고 생각합니다만, 어떤 기사들이 쓰는 시처럼 항상 레이디의 아름다움을 찬미하고 그 침실에 숨어들고 싶어하는 마음을 표현하는 것은 조금 지나치다고 생각합니다. 저는 시피에트와 율리아가 각자 사랑하는 사람과 행복해지기를 바라지, 그 친구들이 제 연애의 대상이 되기를 원하지는 않기 때문입니다.

기사 서임에 대한 이야기를 듣다 보니 요즘 이런 고민을 많이 하고 있습니다. 어머님이라면 답을 가지고 계실까요? 저에게 성별은 주어진 몸의 모양일 뿐 제가 원하는 것을 결정해 주지 않는다고 말씀하신 어머님이라면 아실 것도 같습니다. 아니면 이런 고민은 아직 할 필요가 없는 것일까요?

그러고 보니 어머님이 전에 보내신 답장 잘 받아보았습니다. 전쟁 중이었는데도 심부름꾼이 편지를 빠르게 잘 전해준 것 같습니다. 걱정하지 않으셔도 됩니다. 저는 다친 데가 없습니다. 전쟁 중에 조금 긁히긴 했습니다만 이제 다 나아 흔적도 없습니다.

동생들이 잘 지낸다니 다행입니다. 셋 모두 무척 보고 싶습니다만 일신의 많은 임무가 있으니 한동안은 참아야겠지요. 하지만 임무가 끝나는 것 또한 생각해 보면 아쉬운 일입니다. 그게 아쉬워서 그런지 요즘은 괜히 얼굴이 뜨거웠다가 심장이 아팠다가 하는데, 태어나서 한 번도 경험해 본 적이 없는 문제라 놀라서 의사에게 갔지만 이상이 없다는 대답만 들었습니다. 역시 마음의 문제인가 봅니다.

하지만 저도 이제 어른이니 뭐가 하고 싶다, 하고 싶지 않다고 취향을 말하며 어리광을 부릴 수는 없겠지요. 내일도 아침 일찍 일어나 전하를 뵙고 계속 종자로서의 일에 힘써야겠습니다. 가족들도 모두 계속 건강하고 겨우내 감기에 걸리지 않기를 바랍니다.

다음에 다시 글월 올리겠습니다. 신의 이름에 영광 있기를.

사랑을 담아, 안네그레트.

Chap.6

레이디의 명예를 지킬 것

안네그레트는 빠르게 검을 휘둘러 상대의 창을 부러뜨렸다. 창이 부러진 남자는 잠시 멈칫하다 팔을 늘어뜨리고 한숨을 쉬었다.

"졌습니다."

애초에 검과 창이라니, 상대가 창을 부러뜨릴 정도로 가까이 온 시점에서 진 것이나 마찬가지였다. 안네그레트는 겨울의 초입에 접어드는데도 불구하고 흐른 땀을 닦은 뒤 오른손을 내밀었다.

"가르침을 주셔서 감사합니다."

"가르침을 받은 것은 저입니다. 소문대로군요."

"요즘 과장된 소문이 퍼져 있는 것 같아, 실물을 보시고 실망하셨을까 걱정했는데 그렇게 말씀해 주시니 다행입니다."

남자는 안네그레트와 악수하며 쓴웃음을 지었다. 실망은 웬걸, 얼굴이 소문대로 아름답다 했더니 실력은 소문 이상이었다.

청혼에 실패한 것이 너무 아까워서 지금이라도 한 번 더 결투 신청을 하고 싶을 정도였다.

짝, 짝. 결투를 지켜보는 사람들이 앉아 있던 천막 아래서 박수 소리가 퍼졌다. 안네그레트는 바로, 남자는 약간 천천히 돌아서 천막 쪽에 정중하게 고개를 숙였다.

"태자 전하."

"전하."

아직 기사 서임을 받지 않은 안네그레트는 누군가 청혼을 해오면 그 청혼을 받아들일지 말지 결정하기 위한 결투를 할 때 주군인 루트비히 태자의 허락을 받아야 했다. 덕분에 태자 앞에서 자신의 실력을 선보이게 되어 다행이라고, 마음을 정리한 남자는 생각했다. 루트비히는 유쾌한 얼굴로 다가오며 손뼉을 더 쳤다. 짝, 짝.

"두 사람 다 훌륭한 실력이었어."

"과분한 말씀이십니다, 전하."

안네그레트는 곧장 한쪽 무릎을 꿇었다. 그녀의 태도는 대단히 정중했고 주군에 대한 흠모의 마음을 느낄 수 있었다. 결투에 진 남자는 그 모습이 아쉬워 속으로 한숨을 쉬었다. 그것이 루트비히의 눈에 띈 모양이었다.

"왜 한숨을 쉬나? 결투에 미련이 남았어?"

"아니, 아닙니다, 전하."

실력의 차는 여실히 느꼈다. 남자는 고개를 저었다. 루트비히의 뒤를 따라온 시종, 테다인이 손수건을 건네주었다.

"태자 전하께서 내리시는 겁니다."

일반적으로 결투에 지고 나서 남자에게 손수건을 받는다는 것은 기분 좋은 상황이 아니었지만, 이번엔 상대가 상대였다. 남자는 순순히 손수건을 받아들고 이번에는 안네그레트에게 말을 다시 걸었다.

"레이디 안네그레트."

"예, 경."

아까 레이디라고 부르지 말라는 말을 듣기는 했지만 남자는 그녀를 뭐라고 불러야 할지 알 수 없었으므로 대충 대중적인 호칭을 사용했다. 그녀는 새까만 눈을 깜박이며 몸을 세워 그를 보았다.

남자는 무릎을 꿇었다.

"청혼은 거두겠습니다. 졌으니 패배에 깨끗하게 승복해야지요. 하지만 레이디 안네그레트, 가까이에서 검을 나누어보며 당신의 깨끗한 마음과 뛰어난 실력에 마음을 빼앗겼다는 사실은 말씀드리겠습니다. 레이디로 모시게 해주십시오."

남자는 안네그레트의 얼굴을 열렬하게 바라보느라 루트비히와 테다인의 표정을 보지 못했다. 안네그레트는 잠시 난처해하는 것 같았고 그 순간마다 남자의 마음은 까맣게 타들어 갔다. 그러나 그녀의 입에서는 곧 축복의 팡파르 같은 소리가 나왔다.

"누구를 레이디로 모시는지는 경의 자유입니다. 편할 대로 하십시오."

남자는 쾌재를 불렀다.

루트비히는 서류에 서명하다 말고 손을 멈췄다. 매끈하고 세련된 글씨 끝부분에 명백히 부자연스러운 잉크 얼룩이 생기는 것을 보며 테다인은 한숨을 쉬었다.

다음 순간 아예 펜을 내려놓고 루트비히는 턱을 손으로 괴었다. 그리고 심각하게 말했다.

"안네그레트한테 결투 금지령을 내리면 안 될까?"

"무슨 명목으로 말씀이십니까?"

"아니, 원래 종자는 결투를 못 하는 건데 내가 특별히 허락해서 지금까지 해온 거잖아. 너무 특례를 많이 준 것 같아서 안 되겠다고 하면 안네그레트는 납득하지 않을까?"

테다인은 납득하지 않았다.

"갑자기 그러시면 불공평하지 않겠습니까? 지금까지는 누구나 실컷 그녀와 결투하지 않았습니까."

"그러니까 이상한 놈들이라고!"

루트비히는 갑자기 화가 나는지 책상을 쾅 내려쳤다. 테다인은 능숙한 시종답게 잉크병을 얼른 집어 들었다. 덕분에 수많은 서류가―자칫하면 일어날 뻔했던 재난에서―구제되었다.

"왜 자꾸 종자한테 와서 결투 신청을 해? 바보야? 내가 결투를 허락하지 않으면 어쩌려고!"

"지금까지 허락하셨다는 소문이 났으니까요."

루트비히는 처음에 안네그레트의 결투를 특별히 허락해 준 멍청한 놈이 누군가하고 생각했다가 그 멍청한 놈의 정체를 깨닫고 입을 꾹 다물었다. 테다인은 주인이 보지 않는 틈을 타 픽 웃었다.

"물론 정 마음이 불편하시다면야, 종자에게 특별한 결투의 자격을 허락하지 않는 데에 주군이 이유를 말씀하실 필요는 없지요. 그건 종자의 맹세 때 주군에게 맡겨진 권리니까요."

"안네그레트가 이상하게 생각할 것 아냐."

루트비히는 더 생각도 하지 않고 고개를 절레절레 저었다. 테다인은 솔직히 재미있다고 생각했지만 진지한 척 더 상담해 주었다.

"이상하게 생각하면 뭐 어떻습니까. 이러고 있는 틈에 누구와의 결투에 패해서 덜컥 약혼이라도 해버리면 어쩌시렵니까?"

루트비히는 입을 딱 벌리고 테다인을 보았다. 테다인은 재빨리 표정을 관리했다.

젊은 주군은 정말로 진지하게 물었다.

"나도 그게 걱정되더라고. 그럴 확률이 높을까?"

"라이헤르타 남작의 실력이야 온 세상이 아는 바입니다만, 그렇다고 해서 이길 사람이 없지는 않겠지요. 게다가 결투에 지지 않는다 하더라도 본인을 레이디로 모시는 기사들이 이렇게 우후죽순으로 불어나니 그중 누군가에게 마음이 갈지도 모르고요."

말할 것도 없이 바로 그런 상상에 도달한 루트비히가 얼굴을 양손으로 감싸고 끙끙거렸다. 테다인은 친절하고 달콤하게 말했다.

"걱정이 되신다면 전하께서 미리 라이헤르타 남작에게 귀띔을 해두시는 게 어떻겠습니까?"

루트비히가 왼손을 슬쩍 미끄러뜨려 그 틈으로 테다인을 흘긋 보았다.

"무슨 귀띔?"

"흔한 것 있잖습니까. 사랑시에 꽃이라도 곁들여 보내서, 전하께서 라이헤르타 남작에게 마음이 있다는 사실을 알리는 거지요."

"안네그레트는 연애하기 전에도 결투부터 한다잖아."

"그러면 결투를 하셔야겠군요."

"내가 안네그레트하고?"

루트비히는 도로 눈을 가리고 앉았다. 미치겠다.

테다인은 흠흠 하고 헛기침을 했다.

"그러고 보면 태자 전하, 전하께서는 라이헤르타 남작과 어떤 관계가 되고 싶으신 겁니까?"

"어떤 관계?"

루트비히는 이번에는 양손을 모두 떼고 똑바로 자신의 친애하는 시종을 쳐다보았다. 테다인은 점잖게 손가락을 하나씩 꼽았다.

"친구, 연인, 부부, 정부……. 끌린다고 해서 반드시 정식으로 교제하다 정식으로 결혼해야 하는 것은 아니지 않습니까? 성취 가능성에 대해선 일단 나중에 생각하기로 한다면, 전하께선 라이헤르타 남작과 구체적으로 어떤 관계를 맺기를 원하십니까?"

성취 가능성 어쩌고 하는 단어는 꽤씸했지만 테다인의 말은 틀린 데 하나 없었다. 루트비히는 진지하게 고민하다 비참하게 한숨을 쉬었다.

"정부는 안네그레트가 절대로 받아들이지 않을 거고, 친구는 부족해. 부부는 아직 잘 모르겠어."

아무튼 지금까지 태자비를 맞지 않고 있었던 것은, 주위에 딱 이 사람이다하고 할 만한 적당한 상대가 없는 상황에 그 자신도 주변도 그다지 적극적으로 신붓감을 찾으러 나서지 않았기 때문이다. 무엇보다 지금까지 루트비히가 가져온 부부관이란 가장 서로의 이득을 극대화할 수 있는 상대와의 허울 좋은 계약관계에 지나지 않았고 안네그레트도 그 사실을 알았다.

안네그레트와 그런 계약관계가 된다? 그는 도무지 미래의 자신과 그녀가 지금의 황제 부부처럼 사는 것을 상상할 수 없었다.

"그러면 하나가 남았군요."

테다인이 고개를 자못 엄숙하게 끄덕였다. 루트비히는 바로 대답하지 않고 조금 더 고민했다.

"아…… 하지만 안네그레트는 결혼을 전제하지 않은 연애는 안한다고 했어."

그랬다. 바로 그렇기 때문에 연애하기 전에도 결투를 한다는 환장할―안네그레트에게 마음이 있는 모든 남자에게―조건이 붙어 있는 것이었다. 테다인 또한 그 사실을 알고 있었으므로, 그는 친절하게 맞받아주었다.

"그럼 둘 중 하나의 결론을 내리셔야겠군요. 결혼까지 생각하고 연인이 되고 싶은가, 결혼은 부담스러우므로 연인이 되는 것도 포기해야 하는가."

루트비히의 초록색 눈이 이리저리 굴러갔다. 가을의 따가운 햇살을 받은 일부분이 에메랄드처럼 광채를 냈다. 테다인은 안네그레트가 이 주군을 어떻게 생각할지 재미 삼아 추측해 보았다.

노드바르덴 땅에서 행방불명되었던 안네그레트 바이언트가 기적적으로 나타난 것도 모자라 아군의 병참을 지켰던, 그날 루트비히가 그녀를 모두의 앞에서 꼭 끌어안았다는 것은 유명한 이야기였다. 안네그레트도 그때 보니 머뭇거리면서도 싫어하지 않는 눈치였다. 또 베겔레브란 땅에서 둘이 밤에 산책한 이야기를 들어보니 주군에게 희망이 없지는 않을 거라는 생각이 들었다.

객관적으로, 안네그레트가 루트비히를 대하는 태도는 분명 다른 남자들을 대할 때와 달랐다. 누가 보아도 그녀는 자신의 주군에게 마음을 열고 있었고 그를 온 마음 다해 존경하고 있었다. 그리고 테다인은 그녀가 저번 파티에서 주군과 춤추는 모습을 보며 그날 둘이 연인이 되는 것도 가능하지 않을까 하고 생각했지만—아쉽게도—그런 일은 없었다.

다만 안네그레트가 느끼는 것은 연애 감정일까? 아니면 주군에 대한 그녀의 충성심과 거기서 비롯된 경애가 뒤섞인 것일까? 알 수 없는 일이었다.

슬쩍 보니 루트비히는 계속 고민하고 있는 눈치였다. 테다인은 안네그레트의 감정은 둘째치고라도 지금 주군이 빠져 있는 고민이 상당히 쓸모없다고 생각했다. 결혼 상대로는 어떤 사람이 좋네 어쩌네, 시키지도 않았는데 안네그레트 본인에게 지리멸렬하게 실토했다는 데다 그녀에 대해 이야기할 때는 경탄의 표정이 떠나질 않는다. 솔직히 그가 보기에 본인이 진짜 몰라서 저렇게 고민하고 있을 리도 없었다. 다만 인정하기 두려운 것이리라.

"만약 전하께서 친히 명을 내리신다면 라이헤르타 남작도 별수 없겠지요. 너무 어렵게 생각하지 않으셔도 되지 않겠습니까?"

"아까와 말이 다르지 않아? 둘 중 하나를 고르라며."

이크, 슬쩍 놀리느라 찔러본 것인데 주인에게 생각보다 제대로 생각할 여유가 남아 있었던 모양이었다. 테다인은 빙긋 웃었다.

"저는 그저 모든 것은 전하의 마음먹기에 달렸다는 사실을 말씀드리고자 했던 것뿐입니다."

루트비히는 그의 시종이 한 지적이 옳다는 사실을 알고 있었다. 사실 그가 안네그레트와 결혼하겠다고 주장하면 막을 사람은 거의 없었다. 그녀는 혈통으로 보아서도 충분히 태자비가 될 만했고 황제는 그의 아들과 충신의 혼약을 기뻐할 것이다. 조금만 더 나가서 혹 황명이라도 얻을 수 있으면 안네그레트 본인도 순순히 받아들일 터였다.

루트비히는 그러나 잠시 후 고개를 저었다.

"아아, 안 돼."

테다인은 눈썹을 들었다.

"뭐가 말씀이십니까?"

"안네그레트가 하고 싶지 않은 걸 내가 강요하고 싶지는 않아."

로세드와의 결투에 내보낸 것도 그래서였다. 루트비히는 자신이, 만약 안네그레트가 원한다면 무엇이든 들어줄 준비가 되어 있다는 사실을 새삼 깨달았다. 그리고 다음 순서로 이번에는 다른 깨달음 몇 가지가 꼬리를 물고 수면으로 느리게 떠올랐다.

"세상에."

루트비히는 한숨을 쉬었다. 고민할 것도 없었잖아?

그녀밖에 생각할 수 없다면, 그 당사자를 순순히 빼앗길 수는 없는 일이었다.

"어차피 안네그레트가 기사 서임을 받으면 내가 결투 금지령을 내릴 수도 없을 테고, 누군가 결투 신청을 한다면 안네그레트는 받아들일 테지."

"예, 그렇지요."

"그러면 어차피 나는 그전에 어떻게든 해야 한다는 거잖아."

"바로 그렇습니다."

구체적인 근거를 듣지는 못했지만 테다인은 주군이 결론을 내렸다는 사실을 눈치챘다.

이제 와서 그 어떤 여자가 나타난다고 해도 루트비히가 안네그레트 외의 사람에게 흥미를 가질 것이라는 생각은 들지 않았다. 아마 지금 잡지 못하면 평생 미련을 품고 질질 끌 것이다. 그런데 정략결혼은 무슨. 언감생심이다.

루트비히는 고개를 푹 숙였다.

"결혼 선물로 아드라펠라네 지역의 모든 세수를 백 년 동안 지불하라면 그게 낫겠어. 장가가기 정말 힘드네."

안네그레트의 얼굴을 보고 시피에트는 눈을 깜박였고 율리아는 눈썹을 들었다. 이제 그들도 참을 만큼 참았다고 생각하던 차였다.

"요즘 얼굴이 왜 그래, 안니카."

먼저 말을 더 잘하는 율리아가 다정하게 물었다. 안네그레트는 한숨을 쉬었다.

한숨? 개선한 지 얼마 되지 않은 기사가 한숨을 쉴 일이 있을까? 열렬하게 구애하던 레이디에게 차가운 말이라도 들은 게 아닌 이상. 시피에트는 입술을 비죽였다.

"놀러 와도 요즘은 얼굴도 안 좋고, 말도 듣는 둥 마는 둥 하고. 무슨 일 있어? 혹시 몸이 안 좋니?"

눈을 무겁게 깜박이던 안네그레트가 그 검은 눈으로 시피에트를 똑바로 보았다. 안네그레트는 잠시 머뭇거리다 말했다.

"내가 요즘 몸이 안 좋은 것 같아."

"세상에."

율리아는 눈을 동그랗게 떴다.

"언제부터? 얘, 그럼 어서 쉬어야지. 하긴 그 먼 곳까지 원정을 다녀왔는데 튼튼하겠니. 다른 사람들처럼 집에 돌아가는 것도 아니고."

다수의 병사들은 이제 황도에서 빠져나가 자신이 가야 할 곳으로 갔다. 안네그레트는 음울하게 숨을 쉬었다. 시피에트는 마침내 친구의 이마에 손을 대 봤다.

"열은 없는데."

열이 없다면 크게 걱정할 일은 아닐지도 몰랐다. 시피에트와 율리아는 약간 안심했지만 여전히 걱정하는 눈으로 안네그레트를 보았다. 안네그레트는 한참 땅을 보다가 한숨처럼 말했다.

"저번 파티가 끝나고부터 그런 것 같아."

"파티?"

확실히 얼마 전 열린 승전 기념 무도회에서 안네그레트는 대단히 건강하고 의젓한 모습을 보여주었었다. 태자와 춤을 춘 뒤 금세 모습이 안 보이게 되긴 했지만. 잠깐, 모습이 안 보였다고? 그렇다면 설마.

시피에트는 근심을 가득 담은 얼굴로 물었다.

"파티 날 밤에 안 보이더니, 혹시 몸이 안 좋아서 일찍 들어갔던 거야?"

율리아도 인상을 썼다. 율리아는 안네그레트의 이른 부재에 대해 짚이는 점이 있었는데, 이렇게 낯빛이 파리하다면 정말로 시피에트의 짐작이 맞을지도 몰랐다.

흔치 않게 어깨를 늘어뜨린 안네그레트는 친구들의 얼굴을 한 번씩 보고 고개를 저었다.

"아니야. 그날 밤은 늦게까지 파티에 있었어."

"전하랑 같이?"

율리아가 선수를 쳤다. 시피에트는 눈을 크게 떴고 안네그레트는 한숨 쉬며 고개를 끄덕였다.

"응."

"뭐 했니?"

율리아의 목소리에서는 어쩔 수 없는 호기심이 묻어났다. 시피에트는 율리아에게 질색하는 눈짓을 했지만 율리아는 그것을 무시했다. 안네그레트는 머뭇거리다가 털어놓았다.

"와인을 마시고, 발코니에서 밤하늘을 구경하고, 이야기를 나누다……."

"나누다?"

두 친구의 눈썹이 이마를 가로질러 한껏 높이 올라갔다. 안네그레트는 다시 깊은 한숨을 쉬며 말했다.

"전하께서 내 머리칼에 키스하셨어."

"잠깐, 그게 언제라고?"

"파티 날 밤에."

"그걸 왜 이제 말해! 어머나, 세상에."

율리아는 즐거워 어쩔 줄 모르는 표정이었고 시피에트는 경악해 입을 가렸다. 웬만한 여자에게는 눈길도 안 주는, 저 철두철미하고 시니컬한 루트비히 태자가 누구한테 뭘 어쨌다고?

안네그레트는 피곤해 두 눈을 손으로 꾹 눌렀다.

"그날부터 몸이 좀 안 좋아."

"그날부터?"

시피에트는 율리아의 놀리는 말투가 걸렸다. 잠깐, 설마……! 하지만 저 안네그레트가? 태자와 그렇게까지 사이가 진전되었다면 설마 지금까지 언질 하나 없었을까. 율리아는 빙긋빙긋 웃으며 안네그레트에게 물었다.

"머리칼에 키스, 그리고 그 다음엔 뭐 했는데?"

"응?"

안네그레트는 눈에서 손을 떼고 눈을 동그랗게 떴다. 시피에트는 역시, 하고 어쩐지 세상이 그녀가 믿는 대로 돌아가고 있다는 확신을 얻어 안도했고 율리아는 김이 샌 얼굴을 했다.

"그게 끝이야?"

"응."

율리아는 입술을 새침하게 비죽이다 직설적으로 물었다.

"그럼 왜 한숨을 쉬는 거야? 태자 전하께서 진도를 더 나가시지 않은 게 불만이야? 아니면 너는 태자 전하께 마음이 없는데 전하께서 그렇게 행동하신 게 걸리는 거야?"

시피에트도 그 대답이 무척 궁금했다. 두 친구의 호기심 가득한 눈을 보고 안네그레트는 낭패했다. 그녀는 친구들이 그런 이야기에 이렇게까지 관심을 가질 줄 몰랐던 것이다.

"진…… 도?"

"그래, 진도. 속되게 말하자면 진도, 우아하게 말하자면 사랑의 보다 정열적이고 적극적인 표현. 밤에 단둘이 발코니에서 술 마시고 하늘을 구경하는데 머리칼에 키스로 끝나다니, 장난하니? 만약 네가 전하께 마음이 있는데 전하께서 그걸로 끝내신 거라면 나는 무조건 네 편이야."

사랑의 보다 정열적…… 잠깐, 사랑이라니? 안네그레트는 말문이 막혔고 시피에트는 자신의 입을 꼭 눌러 막은 채 흥분해 억눌린 비명을 질렀다. 우우웁!

"시끄러워, 시프. 그래서 안니카, 너는 어떻게 생각했는데?"

안네그레트의 눈은 몹시 흔들렸다. 그것을 본 율리아는 속으로 혀를 찼다. 대강 짐작은 하고 있었지만, 젊고 완고한 태자의 갈 길은 무척 멀었다.

"어떻…… 게?"

안네그레트는 느리게 친구의 표현을 따라했다. 시피에트는 자신의 입을 막았던 손에서 힘을 뺐다. 설마.

아니, 에이. 설마.

시피에트는 친절하게 물었다.

"태자 전하를 사랑하니?"

율리아는 시피에트의 팔을 팔꿈치로 쿡 찔렀다. 시피에트는 소리 없는 비명을 질렀다. 율리아의 팔꿈치는 상당히 뾰족하고 단단했던 것이다.

안네그레트는 친구들의 가벼운 스킨십에 쓸 정신이 없어 생각에 빠져들었다. 아웅다웅하던 시피에트와 율리아는 친구가 한참 동안이나 대답이 없자 궁금해져서 그녀를 빤히 쳐다보았다.

이내 안네그레트는 천천히 입을 열었다.

"전하를 사랑해. 그분을 주군으로서 존경하고, 주군으로서 사랑해. 하지만 그분께 내가 드릴 수 있고 내가 요구할 수 있는 '정열적이고 적극적인 사랑'의 표현은 변함없는 충성과 그에 대한 인지가 아닐까? 그분께서는 내게 오히려 과분할 정도의 경애를 표현하셨으니 나는 그걸로 감사하고 오히려 기뻐야 하는데, 이상하게 계속 한숨이 나와."

시피에트는 속으로 '설마가 맞았다'고 생각했고 율리아는 미간을 찌푸렸다.

율리아는 지금까지의 대화를 되짚어 본 뒤 친구에게 아주 친절하고 다정하게 물었다.

"몸이 안 좋다는 게 구체적으로 어떻게 안 좋다는 말이니, 안니카?"

"그게."

안네그레트는 자신도 한참을 고민해야 답이 나온다는 듯 애써 설명했다.

"밤에 잠이 잘 안 오고, 새벽에 기도할 때도 집중하기가 힘들어. 운동을 안 했는데도 수시로 얼굴이 붉어지거나 심장이 빠르게 뛰고. 입맛이 갑자기 없고 호흡이 불안정해. 혹시나 해서 아벨타 님께 기도에 집중이 잘 되지 않는데, 이게 어떤 사악한 존재의 조화일지 여쭤보았더니 그냥 피곤해서 그럴 거라고 하시더라."

그렇겠지. 궁정신관 아벨타라고 해서 그런 질문에 어떤 대답을 더 할 수 있었을까. 율리아는 안쓰러운 얼굴을 했고 시피에트는 상황을 받아들일 수 없었다.

수시로 얼굴이 붉어진다고? 심장이 빠르게 뛴다고?

그게 사악한 존재의 조화가 아니냐고 신관에게 가서 물어보고 왔다고?

세상에.

"안니카?"

율리아는 안네그레트에게 또다시 다정하게 물었다.

"전에는 그런 일을 경험해 본 적이 없었니?"

"없었어."

안네그레트는 순순히 고개를 저었다. 그 모습에 가슴 속에서 애정이 치솟아 시피에트는 그만 안네그레트를 꼭 끌어안고 말았다. 안네그레트는 놀라 눈을 동그랗게 떴다.

"왜 그래, 시피에트?"

"아니야, 사랑하는 안니카. 계속 말해봐. 그래, 왜 몸이 그렇게 안 좋은지 짐작 가는 것은 없고?"

안네그레트는 검은 머리를 찰랑이며 고개를 살래살래 저었다.

"없어. 역시 풍토병일까? 생각해 보면 원정 중에도 어느 정도

전조는 있었던 것 같아. 혹시나 해서 병사들도 같은 증세를 앓고 있지는 않은지 물어봤지만 그런 것 같지도 않고."

"그렇구나."

시피에트와 율리아는 잠시 서로를 보며 그 다음 말을 누가 먼저 꺼내야 하는지 씨름했다. 결국 진 것은 시피에트 쪽이었다.

"내가 듣기에는, 안니카, 네 증상은 많은 시의 등장인물이 앓는 '그 병'과 비슷하구나."

"그 병?"

안네그레트의 얼굴이 밝아졌다. 정말 풍토병이 아닌지 진지하게 고민하고 있었던 모양이었다. 율리아는 엄숙하게 고개를 끄덕였다.

"그래. 어려서는 다섯 살부터, 나이 들어서는 죽기 전까지도 누구나 걸릴 수 있고 자주 걸리는 사람은 앓을 때마다 죽을 고비를 넘나들지. 전설에 따르면 많은 영웅이 그 병 때문에 약해져서 몸 하나 까딱할 수 없게 되곤 했다더구나."

"그렇게 무서운 병이 있단 말이니? 혹시 천연두 같은 걸까?"

둘 다 흔적을 남긴다는 점에서는 공통적이었다. 시피에트는 안네그레트를 더 꼭 끌어안고 친구의 등을 쓸어주었고, 율리아는 쓴웃음을 지었다.

"여기까지 말했는데 아직 모르겠니, 안니카?"

"글쎄, 전설의 영웅들이 걸리는 병이라면 주로 사악한 용의 저주이거나, 혹은 고귀하지만 돌아봐 주지 않는 아름다운 여성에 대한……."

안네그레트의 말이 끊긴 그 시점에서 율리아는 속으로 안도했고 시피에트는 약간의 아쉬움을 느꼈다. 조금 더 구경할 수 있었는데.

햇빛에 그을렸지만 매끈한 피부가 금세 붉어졌다. 안네그레트는 눈을 깜박이며 대단히 당황하고 있었다. 율리아는 고개를 끄덕였다.

"잘 생각해 봐. 그래, 충분히 가능성은 있는 일이었지. 한창때의 남녀는 눈 한 번 마주치는 것만으로도 사교계에 소문이 파다하게 퍼지는데, 너와 태자 전하는 하물며 단단히 맹세한 관계 아니니?"

그 맹세가 사랑의 맹세가 아니라 주종관계의 맹세라 문제지만. 시피에트는 이 아름답고 착하고 실력 있는 친구가 훌륭한 일을 해낼 줄은 알았지만, 설마 두 번이나 미래의 황후가 될 기회를 가지리라는 것까지는 몰랐으므로 순수하게 감탄했다. 로세드 슈빔마렌이야 이제 수감자 신세이고 잘해봐야 국외 추방이지만, 루트비히 태자라면 확실성마저 높았다.

"하지만 그건 충성의 맹세잖아."

안네그레트의 눈은 아직 심하게 떨리는 중이었다. 시피에트는 안네그레트의 뺨에 소리 내어 키스했다.

"충성과 사랑을 동시에 한 사람에게 바치는 것은 기사들의 전매특허 아니니?"

사실이었다. 안네그레트는 이제 양손으로 본인의 눈을 가렸다. 아마도 지금 대단히 혼자 있고 싶을 것이다.

율리아는 치맛자락을 괜히 정돈하고 빙긋 웃었다.

"네가 곧 기사 서임을 받을 거라는 소식은 이제 길거리의 어린애들도 알아. 그때 네가 태자 전하께 충성 맹세를 해 그분과의 관계를 갱신한다면, 그분을 사모하는 것 또한 비난받을 일은 아니지. 내게 충성과 사랑을 바친다고 주장하는 기사가 몇 명이게?"

"몇 명이니?"

시피에트는 진심으로 궁금했다. 율리아는 과장되게 어깨를 으쓱했다.

"나도 몰라. 내 명예가 짓밟혔다는 느낌을 받았다며 나서는 남자들은 많지만, 그중 많은 사람은 나한테 오늘부터 당신을 제 레이디로 모시겠습니다, 하고 따로 알려주는 게 아닌걸. 뭐, 마음속의 레이디가 누구인지 밝히지 않는 것 또한 기사의 고유 권리이니까."

"애개개."

시피에트와 율리아는 서로를 보고 쿡쿡 웃었다. 안네그레트는 겨우 얼굴에서 손을 떼고 진지하게 말했다.

"충성과 사랑을 남자에게 동시에 바쳐도 되는 걸까?"

율리아는 부채를 반쯤 펴 입을 가렸다.

"뭐 어떠니? 남자가 여자에게 충성을 바치든, 여자가 남자에게 충성을 바치든. 사랑하지 않는 상대에게 충성을 바치는 건 무리잖니?"

"사랑이 뭘까."

진지하게 중얼거린 루트비히의 말에 시릴은 빙긋 웃었다.

"사람마다 다르겠지요."

"재상에겐 뭔데?"

"제게 말하라고 태자의 권위로 명령하신다면 모르되, 제 의사로는 말씀드리고 싶지 않습니다."

"그럼 됐어. 그렇게까지 듣고 싶지는 않았어."

루트비히는 처음부터 시릴을 보고 있지 않았기 때문에, 딱히 시선을 돌릴 필요도 없었다. 시릴은 잠시 서서 기다리다가 느긋하게 태자의 거실에 뚫린 호화로운 창가로 가 섰다. 맑은 유리 너머로 푸른 가을 하늘이 보였다.

"사랑에 대해 생각하시느라 바쁘시다면, 결재 서류는 천천히 주셔도 됩니다."

"그런데 왜 그 자리에서 기다리는 거야?"

"제가 말씀드린 천천히는 차 마실 시간 전까지였습니다. 오늘 당장 황도 전체로 공고가 나가야 하거든요."

루트비히는 서류의 산골짜기에 얼굴을 묻고 우울해했다. 그는 생각할 일이 정말로 많았다. 특히 아직 안네그레트에게 청혼해 오는 몹쓸 남자들을 어떻게 대해야 하는지에 대한 결론이 나오지 않았다. 그런데도 늦가을을 맞이해 황도의 모든 결산은 지금 그에게 닥쳐오는 것이다.

시릴이 창밖에서 무엇을 보았는지 문득 감탄했다.

"아, 저기 안네그레트와 키르시 경이 보이는군요."

갑자기 서류의 모든 것이 눈에 들어오지 않게 되었다. 루트비히는 재상이 원하는 반응이 무엇인지 알면서도 결국 유혹을 견디지 못하고 자리에서 일어섰다. 그리고 시릴이 서 있는 창과 최대한 먼 자리에 있는 창문으로 가서 밖을 내다보았다.

과연 자작나무 잎이 찬란하게 물든 연무장에서 안네그레트와 키르시가 검을 나누고 있었다. 두 사람이 든 것이 연습용 목검이라 번쩍이는 빛은 없었지만 그들의 진지한 눈빛과 박력은 이 멀리까지도 느껴졌다.

"키르시 경의 실력은 과연 뛰어나군요. 안네그레트와 저렇게 검을 나눌 수 있다니 말입니다."

시릴은 눈을 내리깔고 후후 웃었다. 루트비히는 팔짱을 꼈다.

"안네그레트가 한참 봐주는 거지."

"예에, 물론 그렇겠지요."

루트비히는 어쩌면 지금 본인이 한 말 또한 시릴이 원한 반응에 속하지 않았나 하고 자괴감을 느꼈다. 그러나 자괴감을 오래 느낄 여유는 없었다.

새까만 눈이 별빛처럼 빛나며 춤을 추었다. 루트비히는 어느샌가 안네그레트의 몸놀림을 보며 한숨을 쉬고 있었다.

"재상."

"예, 전하."

"기사가 모시는 레이디를 정하는 것에 대해 제재를 가할 방법이 없을까?"

"호오."

시릴은 시선을 연무장에서 떼지 않고 은빛 눈썹만을 들었다.

"있어?"

"아니요, 없습니다. 전하께서도 물론 잘 아시겠지만 말입니다."

"젠장할."

그럴 줄 알고 있었다. 루트비히는 한숨을 다시 한 번 쉬고 책상 앞으로 돌아가려다가 말았다. 안네그레트의 모습이 그를 놓아주지 않았다.

"여자 기사도 레이디로 모실 수 있나?"

"흔치 않은 일입니다만, 안 될 이유는 없습니다. 실제로 분쟁이 잦은 지역의 영주 부인은 유사시에는 남편 대신 땅을 지키고 싸움을 지휘해야 하잖습니까? 그래서 일부러 가문보다는 운신 능력을 보고 아내를 고르는 영주들도 있기는 있습니다. 그렇다면 그런 지역의 기사들이 누구를 레이디로 모시겠습니까?"

자고로 기사의 레이디는 주인의 아내인 것이 기본이다. 루트비히는 이를 갈았다.

"자기보다 강한 여자여도 명예를 지키겠다고 떠들 수 있는 건가?"

"무력적으로 아무리 강한 여성이라 해도 여러 가지 이유로 인해 자신의 명예를 지키기 어려운 상황이 있을 수 있으니, 어떤 존경할 만한 여성을 레이디로 모시기로 결정하는 데에 아가씨 본인의 능력은 상관이 없습니다."

"젠장, 자꾸 옳은 말만 하지 마."

안네그레트의 꽉 묶은 검은 머리채가 햇빛을 받아 보석처럼 반짝였다. 키르시는 결국 패했고 그게 분한지 땅에 주저앉아 짜증을 내기 시작했다. 하일러가 곧 키르시의 엉덩이를 걷어차 그를 자리에서 내쫓았다.

안네그레트의 시선이 잠시 이쪽을 향했다.

눈이 마주쳤다. 아니, 안네그레트는 곧 고개를 돌렸으므로 착각일지도 모를 일이었지만, 루트비히는 그렇게 생각했다. 가슴속이 광대가 던지고 노는 공처럼 부풀어 그는 자신의 이마를 짚었다.

시릴은 루트비히가 무엇을 보든 아랑곳하지 않겠다는 듯 시키지도 않은 자기 할 말을 이었다.

"황가의 존경받을 만한 명석하고 경험 많은 재판관들이 대대로 정립해 놓은 기사도 해석에 따르면, 기사는 자기 일가가 받은 모욕에 대해서는 상황에 따라 시간을 두고 복수할 수 있습니다만 자기 레이디가 받은 모욕에 대해서는 바로 분연히 일어서야 합니다. 그리고 게오르츠 백작 부인은 백작에게 단 하나의 레이디죠."

"그래서? 결론이 뭔데?"

"부모님을 훌륭한 표본으로 보고 자란 안네그레트라면 누군가를 레이디로 모실 때에도 신중할 테고, 누가 자신을 레이디로 모시겠다고 한다면 부담스러워하기는 하겠지만 그 마음을 대단히 감사하게 여기고 진지하게 받아들일 거라는 말입니다."

아무튼 다 그놈의 게오르츠 백작 부부가 문제였다. 그 부부가 희한할 정도로 완벽한 사람들인 덕분에 딸의 교육이 저게 뭔가. 괜히 게오르츠 백작 부부의 금슬에 대고 투덜거린 루트비히는 겨우 책상으로 돌아가 앉았다.

역시 생각할수록 화가 났다. 젠장할!

"원래 레이디라는 건 약자를 도와 그 명예를 지키기 위해서 힘 있는 자가 마음을 바치는 제도 아냐? 강하고 아름답고 신분 높은 귀부인의 명예를 왜 그렇게들 직접 못 지켜서 안달이야?"

"아, 아름답고 고결한 라이헤르타 남작을 레이디로 모신다고 떠들고 다니는 기사들이 요즘 많이 늘기는 했지요."

시릴은 고개를 주억거렸다. 루트비히는 심부름 간 테다인이 빨리 돌아오기를 진심으로 바랐다. 테다인이라면 시릴과 적당히 말동무를 해줄 수 있을 텐데.

하지만 지금 이 텅 빈 거실에서 능구렁이 같은 재상의 장난감이 되는 것은 그 혼자였다. 루트비히는 넌더리를 냈다.

"흥미로운 지적이십니다. 확실히 도움의 손길이 필요한 가난한 아가씨들이 언제나 자기 혼자서 악전고투해야 하는 현실에 시달리는 데 비해, 건강한 군마와 잘 벼린 검을 가진 젊은 기사들은 인기 있는 몇 분의 레이디에게 쏠리는 경향이 있죠.”

“그래, 그거. 도덕가들의 글을 보면 항상 옛날 기사들은 헐벗고 주린 사람들에게 재산을 나누어주고 집안이 가난한 아가씨라 해도 고결한 심성을 가지고 있으면 몸 바쳐 지켰다고 하잖아. 요즘 기사들은 대체 왜 이래?”

시릴이 즐거워하며 입을 열기 전 누군가 문을 두드렸다. 루트비히는 노골적으로 안도하며 말했다.

“들어와.”

문을 열고 들어온 테다인은 바로 이쪽으로 다가오는 대신 문을 그대로 잡아 활짝 열어두었다. 시릴과 루트비히는 잠시 후 그 이유를 알았다.

“바쁘신데 제가 방해하는 것은 아니겠지요?”

보라색 드레스에 푸른 벨벳 허리띠를 맨 드란힐트가 걸어 들어왔다. 루트비히는 한숨을 쉬며 손짓했다.

“방해가 되는 것은 사실이지만 누이의 방문을 매몰차게 거절할 생각도 없어. 적당히 앉아, 백작 부인. 마실 것 좀 가져다줘, 테다인.”

“감사합니다, 오라버님.”

드란힐트는 거실의 중앙에 있는 긴 소파 중 가장 호화로운 것에 앉아 편하게 머리를 매만졌다. 그리고 테다인이 그녀에게 와인을 가져다주자 눈을 짐짓 동그랗게 떴다.

“어머나, 오라버님께선 이런 오래된 와인밖에 안 드시나요? 나는 올해 새로 나온 걸로 가져다줘요.”

“송구합니다, 백작 부인. 바로 가져오겠습니다.”

테다인이 정중하게 사과하고 와인을 바꾸러 가자 루트비히는 책상에 앉은 채 심드렁하게 지적했다.

"새 와인을 선호하는 취향이 있다는 말은 들은 적이 없는데."

"그럼요, 못 들으셨겠죠. 딱히 그런 취향은 없으니까요."

드란힐트는 생긋 웃고 부채를 펼쳐 얼굴을 가렸다. 루트비히는 고개를 저었다.

"그러면 그냥 주는 걸 마셔도 좋았잖아. 테다인의 취향은 믿을 만해."

"하지만 지금은 새 와인을 마시고 싶은 기분인걸요."

누이의 변덕을 맞출 수 있는 사람은 없었다. 아마 남편인 하슐 레타 백작도 그녀가 뭘 원하는지는 모를 터였다. 루트비히는 잠시 기다렸다가 먼저 말을 꺼냈다.

"가끔 로세드는 방문해?"

"오라버님도."

드란힐트는 얼굴빛 하나 변하지 않았다.

그럴 줄 알았다. 루트비히는 테다인이 새 와인을 내놓자 드란 힐트가 음료를 마시는 것을 놓치지 않고 쳐다보았다. 결국 그녀가 먼저 두 손을 들었다.

"그렇게 무섭게 쳐다보지 마셔요. 제가 요즘은 얌전히 지내고 있다는 사실을 알고 계시잖아요?"

"당연히 그래야지. 나는 아직 백작 부인을 용서하지 않았어."

"어째서요? 제가 뭘 어떻게 했기에?"

드란힐트가 흘리는 웃음을 보고 시릴은 빙긋 웃었고 루트비히 는 인상을 썼다.

"날 가지고 놀 생각은 하지도 마."

"어머나, 딱딱하셔라. 제가 뭘 잘못했는지는 모르겠지만, 오라버님께서 절 용서하지 않으셨다면 벌이라도 주시지 그러세요?"

"드란힐트!"

루트비히는 결국 정말로 기분이 상했다. 시릴은 이런, 하고 창가로 가 남매의 말다툼에서 빠지겠다는 의사를 표현했다. 드란힐트는 소파의 등받이에 몸을 기대고 등받이 윗부분에는 얼굴을 비뚤게 누였다. 그녀의 부채 위로는 반쯤 감기고 웃음기 어린 눈만이 드러났다.

"내가 지금 어떻게 너를 처벌할 수 있겠어? 괜한 소리 하면서 살살 긁지 말고, 용건이 없으면 네 저택으로나 썩 돌아가!"

드란힐트는 약 올리듯 눈을 천진하게 떴다.

"저를 왜 처벌하실 수 없죠? 동생을 처벌하는 것이 오라버님의 체면에 금이 가기 때문인가요? 그렇다면 걱정하지 마셔요. 얼마나 많은 왕이 형제자매는 물론이거니와 부모 자식까지도 벌했는지, 많이 배우신 우리 오라버님께서 모르실 리가 없을 텐데요."

"내 체면에도 금이 가지, 하지만 그런 것쯤은 네 버릇을 고쳐 놓기 위해서라면 충분히 감당할 수 있어. 하지만 네 어머니는 슬퍼하시겠지!"

루트비히의 분노에 드란힐트는 이 방에 들어온 이후 처음으로 딱딱하게 굳은 눈을 했다. 시릴은 눈을 가늘게 떴고 테다인은 슬쩍 벽난로 옆의 장식품 흉내를 내기 시작했다.

드란힐트가 잠시 후 천천히, 몸을 꼿꼿이 세우고 말했다.

"오라버님께서 그렇게 어머님 마음을 깊이 배려하시는 줄은 미처 몰랐네요."

"우리 어머니잖아."

루트비히는 팔짱을 꼈다. 드란힐트는 입술을 비틀었다.

"딱히 어머님께 관심을 가지시는 것을 본 적이 없는데요. 아, 혹시 저만 몰랐던 건가요?"

"반대겠지. 황후께서 내게 관심이 없으시니 일부러 귀찮게 해 드리지 않는 것뿐이야."

드란힐트는 목이 말라 와인을 몇 모금이나 그대로 들이켜고 잔을 탕 내려놓았다. 루트비히는 무표정한 눈으로 그것을 보았다.

"심심하고, 로세드는 탑에 갇혀 있고, 황후께선 오늘은 황제 폐하와 함께 신전에 가셨으니 나를 가지고 놀러 온 거겠지. 적당히 해, 하슐레타 백작 부인. 너에게 놀아나는 건 지긋지긋해. 이번에도 네가 괜히 껴서 상황을 부풀리지 않았다면 훨씬 모든 일이 빨리 끝났을 거야."

심심함을 못 견디고, 반드시 다른 사람을 불쾌하게 하는 방식으로 그 지루함을 해소해야 하는 동생의 성격이라면 지긋지긋할 정도로 잘 알고 있었다. 물론, 늘 그렇듯, 그녀는 자신에게 화살이 돌아오기 전에 슬쩍 빠져나가기까지 했다.

진심으로 벌을 내릴 생각은 없었지만, 동생의 행동에 루트비히는 이번에 많이 불쾌했었다. 많은 사람이 죽었고 그 자신은 안네그레트를 잃을 줄 알고 마음고생을 말도 못하게 하지 않았나. 그는 손짓했다.

"그 못된 성질 좀 고쳐. 심심하면 어디 살롱에라도 가서 애인이라도 사귀든가."

아니면 이제 슬슬 겨울이니 남편을 따라 백작령에 가 있는 것도 좋을 것이다. 세상에, 그렇게만 해준다면야 궁정 전체가 얼마나 조용할까.

드란힐트는 불만스러운 표정으로 자신의 오빠를 보다가 새침하게 부채를 접었다.

"전 애인 같은 것에는 관심이 없어요. 오라버님이나 아버님과는 달리, 저는 배우자에게 충실하다는 말이 무슨 뜻인지 알거든요."

드란힐트는 항상 그랬다. 루트비히와 달리 그녀가 항상 아샬레아를 싫어하고, 어머니 황후에게 여전히 질리지도 않고 애정을 갈구하는 마음을, 루트비히 또한 밉게 생각하지는 않았다.

그들 남매가 아버지 황제의 정부 손에 자란 것은 그 정부의 잘못이 아니었다. 그러나 드란힐트가 원망할 사람이 또 있을까. 어려서 아무것도 몰랐던 동생? 남자 입장만 생각하느라 어머니 황후의 마음은 헤아리지도 않는 무심한 오라비?

루트비히는 드란힐트의 방식에 여전히 공감하지 않았지만, 일일이 지적할 만큼 잘못되었다고 생각하지도 않았다. 그는 그저 한숨을 쉬었다.

"그래, 원하는 대로 실컷 충실해. 좋은 일이니까. 하지만 내 길을 막아서지 마. 마침 네가 먼저 찾아와 줬으니 경고하지. 다시 한 번만 더 시시한 일을 꾸민다면 그때는 황후께서 말리시지 않을 만한 선에선 뭐든지 할 거야. 두고 보라고."

아, 하고 안네그레트는 입을 벌렸다.

이제 날이 많이 짧아져 저녁을 먹기도 전에 하늘이 깜깜해지곤 했다. 저물어가는 해의 붉고 눈 부신 빛이 들어와 주군의 금발을 불태우고 있었다. 또, 저 목에 보이는 민들레 홀씨 같은 솜털.

햇볕이 뜨거워서일까, 정신없이 서류를 보면서도 루트비히는 가끔 손을 들어 자신의 목에 그림자를 만들었다. 안네그레트는 길게 생각하지 않고 저녁노을과 루트비히 사이에 서 검은 그림자를 드리웠다.

갑자기 목이 시원해진 것을 느낀 루트비히는 초록색 눈을 들어 안네그레트를 보았다. 그의 입가에 바로 미소가 떠오르는 것을 보고 그녀는 자신도 무심코 웃음을 지었다. 주군의 에메럴드색 홍채를 햇살이 투과하자 그 눈 또한 불타는 것처럼 보였다. 따뜻한 벽난로의 불빛 같은 은은한 불꽃이었다.

"고마워."

루트비히는 그렇게 인사하고 다시 서류로 눈을 돌렸다. 안네그레트는 자신의 가슴 쪽에서 나는 소리에 귀를 기울여 보았다.

콩콩콩콩콩, 콩콩콩.

확실히 빠르게 뛰고 있었다. 얼마나 빠른지 금세 숨이 찰 정도였다. 그녀는 시피에트와 율리아가 한 말을 생각했다.

갑자기 조금 우울해졌다.

충성과 사랑을 한 사람에게 바치는 것은 듣기에도 참으로 훌륭한 일이었다. 그러나 그녀는 지금 자신이 존경하고 종자의 맹세를 바친 이 주군에게 그 모든 것을 드릴 수 없음을 알고 있었다.

아아, 어째서 미리 생각하지 못했을까.

그러나 지금 이 가슴은 선명하게 뛰었다. 그의 손에 입 맞추고, 함께 정원을 거닐 수 있다면 얼마나 좋을까. 이것이 친구들이 말한 남녀 간의 사랑인지 아직 확신은 없었지만 그녀와 주군 사이에 어떤 종류의 '사랑'이 있다는 것만은 분명했다. 그리고 그 사랑은 함께 있고 싶음을 수반했다.

율리아의 부연에 따르면 어떤 사랑은 함께 있고 싶음을 수반하지 않을 수도 있다고 했다. 안네그레트는 그것이 상호 간에 충분히 성장한 가족 간의 사랑 같은 것이 아닐까 하고 짐작했지만 정확히는 알 수 없었다. 아무튼 지금 그녀가 품은 소망에는 이 주군을 바라보고 싶다는 항목이 포함되어 있었으므로, 지금처럼 이 방에 있음을 허락받은 것은 기쁘고 감사한 일이었다.

가슴이 너무 뛰어 문득 머리가 어지러워졌다. 안네그레트는 정신을 똑바로 차리기 위해 고개를 살짝 저었다. 루트비히는 또 곧바로 그녀를 보았다.

"왜?"

루트비히가 그녀를 보는 눈빛은 정말로 따뜻하고 다정했다. 안네그레트는 그것이 기쁘고 감사하고 가슴이 아팠다.

"아닙니다. 잠시."

"잠시 뭐?"

"잠시 생각을 좀 했습니다."

"어떤 생각?"

루트비히는 물러날 것 같지 않았다. 주군의 성격을 이제 어느 정도 알고 있는 안네그레트는 옅게 미소 지은 채로 얼버무렸다.

"여러 가지의, 말씀드릴 것까지도 없는 일상에 대한 생각이었습니다."

"그거 궁금한데."

루트비히는 지금까지보다 조금 더 진한 미소를 지었다. 눈이 오랫동안 마주치자 정신이 없을 정도로 기뻐졌다. 안네그레트는 쓴웃음을 지었다.

"며칠 전 친구들과 감정에 대한 대화를 나누었습니다. 그 생각을 하고 있었습니다."

"어떤 감정? 아, 그러고 보니 율리아 피츠콜 양이 남자친구와 헤어졌다고 사교계에 소문이 파다해. 들었어?"

대충 알고 있는 이야기였다. 안네그레트는 고개를 끄덕였다.

"예."

"왜 헤어졌는지는 모르지? 안네그레트는 그런 거에 관심도 없을 거 같고, 피츠콜 양도 그런 이야기를 미주알고주알 할 성격은 아닌 것 같으니까."

안네그레트는 사실 친구가 남자친구와 헤어진 이야기를 할 때 그 이유를 명확하게 들었지만, 여전히 내용을 이해하지 못하고 있었으므로 모르는 것과 다름없었다. 그녀는 고민하며 고개를 끄덕였다.

"예. 말씀하신 대로입니다."

"피츠콜 양이야 추종자가 많으니 다음 애인으로는 누구든 제일 마음에 드는 사람을 고르기만 하면 되겠지. 저번 무도회 때 하일러와 춤을 추길래 혹시 인연이 되려나 했는데, 아쉽게도 그건 아닌 모양이야."

안네그레트는 고민하던 표정을 지우고 다시 빙긋 미소 지었다. 그녀는 하일러와 율리아를 모두 좋아했으므로 만일 두 사람이 결혼한다면 참 기쁠 터였다.

"남자친구와 헤어진 지 얼마 되지 않았으니 아직은 모르지요."

루트비히는 붉어진 금발을 찰랑이며 고개를 저었다.

"아니, 하일러가 그러더라고. 자기는 물려받을 땅이 없으니 남의 집 귀한 따님을 모셔다가 고생시킬 수가 없다고."

보기 드문 일은 아니었다. 그러나 안네그레트는 안타까운 표정을 지었다.

"모시는 주군께 땅이나 성을 맡아 지키는 기사들도 있지 않습니까? 물려받을 땅이 없다고 해서 가정을 꾸리는 미래를 완전히 포기하는 것은 조금 성급하게 들립니다.”

“나도 그 말을 했지.”

이번에는 루트비히가 쓴웃음을 지었다.

“궁정 귀족의 작위 정도는 얼마든지 내려줄 수 있고, 기사 작위를 받은 뒤에 성실하게 모으면 가정을 꾸려나갈 정도의 돈이 나올 시골 영지 같은 건 살 수 있을 거라고 했어. 많이들 그러잖아? 그랬더니 그때쯤엔 너무 나이가 들었을 거래.”

“사랑하는 사람과 함께 살기에 너무 늦은 나이도 있습니까?”

“응, 안네그레트는 그렇게 대답할 줄 알았지.”

안네그레트를 똑바로 보며 루트비히는 킥킥 웃었다. 그는 곧 어깨를 으쓱했다.

“그러니까 지금 좋아하는 사람이 있는 거지. 바로 그 사람이 빨리 결혼해 버릴까 봐 무서우니까 미리 포기하는 거고. 다음에 한번 슬쩍 물어봐.”

“예.”

안네그레트는 진심으로 흥미를 느끼며 고개를 끄덕였다.

루트비히는 안네그레트를 잠시 계속해서 바라보았다. 창 사이로 흘긋 배어 들어온 바람이 그의 머리칼 두어 올을 흔들고 지나갔다. 그녀는 그의 눈이 자신에게 화인을 새기는 것만 같다고 생각했다.

그야 저렇게나 뜨겁다.

왜 저렇게 보는 것일까. 왜 저런 표정을 짓는 것일까.

왜 이렇게 가슴 속이 욱신거리는 것일까.

마침내는 목 안쪽에서 뭔가 올라오는 것만 같은 기분마저 들었다. 루트비히는 문득 금빛 속눈썹을 내리깔며 눈을 깜박였다. 그리고 안네그레트에게 나지막하게 물었다.

"어떤 감정에 대한 이야기를 나누었어?"

"예?"

잠시 대화의 맥을 놓치고 그의 얼굴을 보고 있었던 안네그레트
는 잠시 후 퍼뜩 놀라 다시 제대로 대답했다.

"아, 예. 송구합니다. 저어, 감정에 대한 대화를 나누었습니다."

"그래, 그건 아까 들었어. 어떤 감정인데? 내가 짐작해 볼게. 최
근에 애인과 헤어진 사람이 낀 모임에서 나누는 인간의 감정에
대한 소회라면 역시 사랑의 허무함이겠지. 그렇지 않아?"

사랑.

그 단어가 나오자 갑자기 울 것만 같아졌다. 안네그레트는 그
기분을 자신조차 이해할 수 없어 크게 당황하고, 동시에 자신을
조절해야 해 아래를 보았다. 이렇게 복잡하고 어렵고, 자신이 아
직 받아들이지 못한 것을 얼굴에 적나라하게 드러내는 것은 대화
상대에 대한 실례일 터였다……

"사랑에 대한 이야기를 나누었다는 말씀은 맞습니다. 과연 영
명하십니다, 전하. 하오나 사랑의 허무함에 대해서는 이야기하지
않았습니다."

"그러면 사랑의 달콤함? 사랑이라는 감정에 대한 심리학적 분
석?"

이 주군은 어째서 그런 것을 궁금해할까. 설마 그에 대해 이야
기하는 것을 듣지는 않았을 것이다. 당시 안네그레트가 친구들과
대화를 나누었던 곳은 지나가는 사람이 없는 구석의 갤러리였던
것이다. 그러나 어쩌면, 어쩌면……

안네그레트가 대답을 머뭇거리자 루트비히는 초록색 눈을 깜

박였다.

"좋아하는 사람에 대해 이야기했어?"

쿵. 심장이 내려앉을 뻔했다. 안네그레트는 얼굴이 뜨거워지는 것을 느끼며 숨소리를 골랐다. 그것으로 눈치 빠른 주군은 다 알아버린 모양이었다.

안네그레트는 절망하며 눈을 꼭 감았다.

"누가 좋아하는 사람?"

그것에 대답할 수는 없었다.

안네그레트는 입도 눈처럼 꼭 다물었다. 주군이 바람처럼 가볍게 웃는 소리가 났다. 루트비히는 천천히 일어나 그녀에게 다가왔다.

빌어먹을 가을 결산은 끝이 없었다. 전쟁은 돈 잡아먹는 괴물이고 두 대로의 일시적 폐쇄로 인한 영향 문제도 있다 보니 루트비히는 요즘 어딜 산책할 새도 없었다. 그나마 안네그레트를 불러 옆에서 심부름을 시킨다는 명목으로 함께 있을 수 있는 것만이 유일한 위안이었다.

루트비히는 한참 여러 장의 복잡한 보고를 읽다가 문득 눈가와 뺨, 그리고 목이 한 번에 시원해진 것을 느꼈다. 고개를 들어 그림자를 드리운 것이 뭔가 보니 안네그레트가 창가에 서서 노을빛으로 눈부시게 빛나고 있었다.

안네그레트를 보자 저도 모르게 웃음이 나왔다. 루트비히는 그녀에게 감사 인사를 했다.

"고마워."

눈을 떼기가 아쉬웠지만 오늘은 오늘 해야 하는 일이 있었고,

그것을 빨리 해결하지 못한다면 여러 사람이 난처했다. 루트비히는 속으로 투덜거리며 다시 서류로 눈길을 돌렸다. 잠시 후 얼굴에 드리워져 그를 시원하게 해주고 있던 그림자가 살짝 흔들렸다.

안네그레트가 하는 행동은 사소한 것이라도 눈에 들어오곤 했다. 루트비히는 그 흔들림을 놓치지 않고 그녀를 보며 물었다.

"왜?"

"아닙니다. 잠시."

"잠시 뭐?"

"잠시 생각을 좀 했습니다."

"어떤 생각?"

안네그레트가 어떤 생각을 하는지 항상 궁금했다. 그의 옆에 서 있을 때 그녀는 어떤 생각을 할까 하는 것은 특히 더 궁금했다. 루트비히는 자신이 부자연스럽게 그녀를 보채고 있다는 것을 자각하면서도 어쩔 수 없는 호기심에 져 계속 물었다.

"여러 가지의, 말씀드릴 것까지도 없는 일상에 대한 생각이었습니다."

"그거 궁금한데."

안네그레트의 일상의 모든 것이 궁금했다. 루트비히가 자꾸 보채자 그녀는 엷게 미소 지었다. 그는 저도 모르게 그 모습에 눈길을 빼앗겨 한참이나 시간을 잊었다.

"며칠 전 친구들과 감정에 대한 대화를 나누었습니다. 그 생각을 하고 있었습니다."

"어떤 감정? 아, 그러고 보니 율리아 피츠콜 양이 남자친구와 헤어졌다고 사교계에 소문이 파다해. 들었어?"

감정? 어떤 감정일까. 고결한 덕목에 속하는 감정일까, 그가 자주 제어에 애를 먹는 단순하고 동물적인 감정일까. 루트비히는 그녀의 가장자리를 눈부신 노을이 두르는 그 모습이 꼭 그림 같다고 생각했다. 만약 화가에게 그리게 한다면 저, 황궁의 가장 크고 훌륭한 갤러리의 중심에 그려두어야 할 만한 작품일 것이다.

"예."

"왜 헤어졌는지는 모르지? 안네그레트는 그런 거에 관심도 없을 거 같고, 피츠콜 양도 그런 이야기를 미주알고주알 할 성격은 아닌 것 같으니까."

묻는 척은 했지만, 루트비히는 율리아와 그녀의 전 남자친구가 왜 헤어졌는지 대강 알고 있었다. 일련의 사건이 끝나고 다시 인기를 얻은, 아니, 전보다 더 인기를 얻은 그녀를 그 청년은 감당하지 못했다. 힘들고 미움받을 때 다가온 사람이 진짜 인연이라면 참 좋은 이야기일 테지만, 현실에서는 그렇지 않기도 한 것이다.

"예. 말씀하신 대로입니다."

"피츠콜 양이야 추종자가 많으니 다음 애인으로는 누구든 제일 마음에 드는 사람을 고르기만 하면 되겠지. 저번 무도회 때 하일러와 춤을 추길래 혹시 인연이 되려나 했는데, 아쉽게도 그건 아닌 모양이야."

안네그레트는 그 말을 듣고 미소 지었다. 하일러와 율리아 피츠콜의 이름에 그녀의 미소가 진해지자 루트비히는 자신이 생각해도 시시한 질투를 느꼈다. 그녀는 정말로 친구를 아꼈다. 친구를 아끼는 것은 좋은 일이지만, 좀 적당해도 좋지 않을까.

"남자친구와 헤어진 지 얼마 되지 않았으니 아직은 모르지요."

루트비히는 고개를 저었다. 이미 얼마 전 하일러에게 슬쩍 운을 뗀 바가 있었다.

"아니, 하일러가 그러더라고. 자기는 물려받을 땅이 없으니 남의 집 귀한 따님을 모셔다가 고생시킬 수가 없다고."

"모시는 주군께 땅이나 성을 맡아 지키는 기사들도 있지 않습니까? 물려받을 땅이 없다고 해서 가정을 꾸리는 미래를 완전히 포기하는 것은 조금 성급하게 들립니다."

"나도 그 말을 했지."

안네그레트의 말이 옳았다. 루트비히는 전적으로 동의하며 고개를 끄덕였다. 반드시 부모에게서 땅을 물려받지 않는다 하더라도, 차기 황제를 직접 사사한 기사에게는 그럴 듯한 상급이 주어져야 하는 법이었다. 하일러라면 이미 주군인 자신이 능력을 사고 있으니 작은 영지의 관리를 맡기는 것 정도는 물론이고 어디 주인 잃은 영지의 구매를 주선할 용의도 충분히 있었다.

"궁정 귀족의 작위 정도는 얼마든지 내려줄 수 있고, 기사 작위를 받은 뒤에 성실하게 모으면 가정을 꾸려나갈 정도의 돈이 나올 시골 영지 같은 건 살 수 있을 거라고 했어. 많이들 그러잖아? 그랬더니 그때쯤엔 너무 나이가 들었을 거래."

"사랑하는 사람과 함께 살기에 너무 늦은 나이도 있습니까?"

"응, 안네그레트는 그렇게 대답할 줄 알았지."

그녀가 생각하는 결혼은 '사랑하는 사람과 함께 살아가는 것'이니, 노인이 된 다음에라도 적절한 상대를 찾기만 한다면 결혼에 애로사항은 없을 것이다. 루트비히는 잠시 노인이 된 안네그레트와의 결투에 그때까지도 이기지 못한 자신을 상상하고 질겁했다. 물론 그녀가 그때까지도 결혼을 하지 않아준다는 보장은 없었다.

"그러니까 지금 좋아하는 사람이 있는 거지. 바로 그 사람이 빨리 결혼해 버릴까 봐 무서우니까 미리 포기하는 거고. 다음에 한번 슬쩍 물어봐."

"예."

자신의 생각이 부끄러워 루트비히는 대강 둘러대고 가볍게 웃었다.

안네그레트의 까만 눈이 밤의 휘장처럼 눈에 담겨 사라지지 않았다. 그녀와 친구들이 나누었던 이야기는 어떤 감정에 대한 것이었을까. 그 궁금증이 풀리지 않았다.

"어떤 감정에 대한 이야기를 나누었어?"

"예? 아, 예. 송구합니다. 저어, 감정에 대한 대화를 나누었습니다."

루트비히는 쓴웃음을 지었다. 안네그레트는 정말이지 거짓말을 못 했다. 저래서야 앞으로 기사 작위를 받고 나면 궁정 생활을 어떻게 할까.

"그래, 그건 아까 들었어. 어떤 감정인데? 내가 짐작해 볼게. 최근에 애인과 헤어진 사람이 낀 모임에서 나누는 인간의 감정에 대한 소회라면 역시 사랑의 허무함이겠지. 그렇지 않아?"

차라리 그런 이야기라면 좋을 것이다. 루트비히는 그녀가 자신에게 얼버무려서 숨기고 싶은 이야기가 무엇일지 저도 모르게 상상했다. 차라리, 차라리 그녀의 두 친구가 누굴 좋아하는지 아니면 누가 그들에게 고백했는지 같은 시시하고 아무짝에도 상관없는 내용이라면 좋을 것이다. 제발 그렇다면.

얼마나 좋을까.

"사랑에 대한 이야기를 나누었다는 말씀은 맞습니다. 과연 영명하십니다, 전하. 하오나 사랑의 허무함에 대해서는 이야기하지 않았습니다."

"그러면 사랑의 달콤함? 사랑이라는 감정에 대한 심리학적 분석?"

그들은 무슨 이야기를 했을까. 안네그레트는 명백히 그녀가 친구들과 나눈 이야기 중 루트비히에게 말해서는 안 되는 내용이 있다고 판단하고 있었고, 그는 그것이 친구들의 명예를 위한 비밀이기를 간절히 바랐다. 그러나 만약.

만약.

"좋아하는 사람에 대해 이야기했어?"

안네그레트는 눈을 꼭 감고 입을 다물었다. 루트비히는 심장이 내려앉는 것 같은 기분으로 억지로 웃고 속삭여 물었다. 그리고 일어나 그녀에게 천천히 다가갔다.

"누가 좋아하는 사람?"

빛을 두른 검은 속눈썹과 감긴 눈꺼풀은 조각처럼 아름답고 사랑스러웠다. 루트비히는 그 눈에 키스하고 싶은 것을 참고 참을성을 발휘했다. 아아.

시피에트 보첼이나 율리아 피츠콜이 누굴 좋아하든 사랑하든, 그와 어떤 상관이 있다는 말인가. 루트비히는 안네그레트가 그 둘 중 한 사람의 이름을 말하기를 간절히 바랐다. 만약 그랬다면 그는 그대로 이 대화를 마칠 셈이었다. 제발, 이 대화는 그렇게 끝나야 했다.

그러나 한참 동안 안네그레트의 앞에 우뚝 서 있어도 답은 나오지 않았다.

루트비히는 몸을 돌려 창가로 갔다. 안네그레트는 그가 움직이는 소리에 눈을 떴다. 그녀의 두 눈은 두려울 정도로 떨리고 있었다. 흔들리고 있었다.

대답을 들은 것이나 마찬가지였다. 루트비히는 창에 손을 대고 한숨을 쉬었다. 머리가 어지러웠다. 오늘 이런 이야기를 할 생각은 없었다.

"다른 누구라도 내가 네 마음에 있는 사람의 이름을 말해라, 나를 사랑하고 내게 키스해라, 내 침상에 들라고 명령하면 즉시 그렇게 할 테지."

누구나, 기쁘게든 기쁘지 않게든 그럴 것이다. 그에게는 그럴 권리가 있었다. 하지만.

"하지만 너만은 아니겠지."

루트비히는 안네그레트를 돌아보았다. 그리고 속으로 절망하며 일그러진 웃음을 지었다.

"너는 이 세상에 있는 모든 여자 중 내게서 가장 안전한 여자로구나."

기사는 마음에 품은 사람의 이름을 말하지 않을 수 있었다. 그가 모시는 주군 자신이라 해도 그 이름을 물을 수는 없다.

그 규칙을 태어나서 처음으로 죽도록 저주하며 루트비히는 다시 창을 돌아보았다. 그녀가 뒤에서 그를 바라보는 황망한 얼굴이 유리창에 비쳤다.

차라리 묻지 말았어야 했다.

루트비히는 한숨을 쉬며 손짓했다.

"물러가서 식사해, 안네그레트. 그리고 오늘은 더 오지 않아도 좋으니 네 마음대로 시간을 보내. 필요할 때 테다인을 보내지."

"부디 바라건대, 마음이 흔들리지 아니하게 하소서."

그녀는 눈을 감고 간절히 기도했다.

"사람을 만드시고 그가 갈 길을 예비하시는 주여, 제가 고향을 떠나기 전에 맹세한 바가 있는 줄을 주께서 아십니다. 포기하지 않게 하시고, 끝까지 맡은 바 소임을 완수하게 하소서. 쉬우리라고 생각한 적은 없사오나, 제 작고 작은 마음과 상상력으로 그렸던 고난은 수놓은 용과 같이 보드랍고 제멋대로이며 실체가 없는 것이었습니다. 이제 제가 무엇과 싸워야 하는지 알 것만 같습니다. 아, 주여, 제가 오랫동안 바라온 것이야말로 저를 시험에 빠뜨리니, 주의 조화로우심과 공평하심이 신묘하면서도 두렵습니다."

한숨을 쉴 새도 없었다. 숨이 막혀 머리가 어지러웠기 때문에 점점 고개가 아래로 내려갔다. 안네그레트는 깍지 껴 굳게 모은 손에 이마를 기대고 눈물 흘리며 기도했다.

그가 알았다. 알았다. 알아버렸다.

그 현실이 자신을 침식하기 전에, 기도해야 했다. 기도해 자신에게 무엇이 중요한지, 자신이 해야 할 일이 무엇인지 응답을 듣고 또한 정리해야 했다. 눈물이 예배당의 바닥에 떨어졌다. 지펴 놓은 불이 소리도 없이 일렁이며 그녀의 감은 눈앞에 무지갯빛 그림자를 만들었다.

"주여, 주여. 혼란스러워 참으로 어찌할 바를 모르겠습니다. 맹세한 바를 지키기 위해 거짓말을 하는 것은 옳은 것입니까? 거짓말을 하고, 상처 입히지 않으면 맹세를 지킬 수 없는 이 시험은 어찌 예비된 것입니까? 주께서 저희에게 알려주신 감정 가운데 가장 주를 닮고 아름다운 것은 사랑이 아닙니까? 가장 중한 것은 사랑이 아닙니까? 사랑이 없으면 그 무엇에도 의미가 없는 것이 아닙니까?"

똑.

눈물이 이미 고인 또 다른 눈물의 웅덩이에 빠지며 소리를 냈다. 온통 젖은 얼굴은 차가울 새도 없이 다시 비 오듯 흐르는 다른 눈물에 젖었다. 무심코 입 밖으로 소리가 나왔다.

"제가 이미 아는 옳은 바를 따르게 하시옵고……"

"제가 이미 아는 옳은 바를 따르게 하시옵고 이미 아는 옳은 바를 따르게 하시옵고 이미 아는 옳은 바를 따르게 하시옵고, 아아, 제가 원하는 것이 아닌 주께서 원하시는 일을 하게 하소서. 그 일이 결국은 저에게 선이 되고 저 또한 원하는 일이 될 줄을 제가 아나이다. 어찌 한 번 한 맹세를 저버릴 수 있겠나이까. 어찌 한 번 한 약속을 저버릴 수 있겠나이까."

결국은 힘이 빠졌다. 안네그레트는 몸을 옆으로 기울여 돌바닥에 뺨을 댔다. 신전에서 이런 행동을 하는 것은 주책없는 일이었지만, 어린 자녀를 온전히 보듬고 사랑할 수 있는 이 또한 신밖에 없으니 신께서도 이해하실 터였다. 그녀는 지금 정말로 자신의 진실을 아는 누군가가 필요했다.

망토를 입고는 있었지만 돌의 냉기는 몸이 아프게 느껴질 정도로 냉정했다. 안네그레트는 모은 손을 간신히 이마에 꼭 누르며 몸을 둥글게 말았다. 쉴 새 없이 입술이 기도를 속삭였다. 하지만 소용이 없었다. 머릿속에서 에메랄드빛 눈은 화살처럼 날카롭게

와 박혔다.

"주여, 제가 아집으로 판단하지 아니하게 하시고, 사랑으로 용서하게 하시고……."

결국 산소 부족으로 인해 몽롱해진 머리로, 평소 신전에서 다 함께하는 흔한 기도문을 습관적으로 외우던 안네그레트는 그 대목에서 잠시 멈칫했다. 용서? 그녀에게 누가 죄를 지었기에 그녀가 용서할 권리를 지닌단 말인가. 지금 죄를 짓고 있는 것은 그녀였다. 오히려 용서해 달라고 빌어도 모자랄 판이다.

온몸에서 기력이 쭉 빠졌다. 그녀는 자비를 구하며 심호흡했다. 꼭 감은 눈 앞에서 흰 소용돌이가 치다가 점차 사고 능력이 돌아왔다.

"눈을 감고 기사도의 일곱 가지 예를 암송해라."

그때의 그 목소리는 참으로 위엄에 차 있고 훌륭했다. 바로 이 자리에서, 이 예배당에서 안네그레트는 아몬드나무 가지에 적신 성수를 맞으며 종자의 예를 치렀다. 그 모든 것이.

사실이었으면 얼마나 좋았을까.

커튼을 열자 쏟아진 아침 햇살 덕분에 테다인은 주인의 몰골을 아주 잘 볼 수 있었다. 그는 혀를 끌끌 차며 익숙하게 아침 와인을 가져왔다.

"못 주무셨습니까?"

"보시는 바대로."

눈 아래를 검게 물들인 루트비히는 와인을 마시며 약간 그르렁거리는 목소리로 대답했다. 어제 저녁에도 이러더니, 아침에도 상태가 안 좋은 것을 보니 어지간한 테다인도 걱정이 되기 시작했다. 그는 주인의 잠옷 셔츠를 능숙하게 벗기며 나름대로의 진단을 시도했다.

"사고라도 치고 고민하느라 못 주무신 건 아니지요? 만약 맞다면 얼른 말씀해 주셔야 수습할 수 있습니다."

"무슨 사고?"

바로 대답하는 걸 보니 큰 사고를 치지는 않은 모양이었다. 테다인은 벗겨낸 셔츠를 옆의 하급 시종에게 건네주고 두꺼운 면직 튜닉을 들었다. 루트비히의 얼굴은 아주 노골적으로 좋지 않았다.

"밤놀이를 다녀오실 때는 옷을 잘 차려입고 가셔야 제 체면이 상하지 않는다는 것은 아실 테고."

이번에는 대답할 가치도 없다는 얼굴이었다. 어차피 짐작하기는 했지만, 테다인은 확신을 갖고 진짜 원인을 입에 올렸다.

"라이헤르타 남작과 싸우셨습니까?"

루트비히는 셔츠를 입으려고 내밀었던 손을 거두고 아주 큰 모욕을 당한 사람의 얼굴을 했다. 테다인은 얼른 꼬리를 내렸다. 보아하니 이만저만 심각한 게 아닌 모양이었다.

잠시 후 주인은 혀를 차며 테다인을 노려보았다.

"쓸데없는 참견 하지 마."

"예. 대신 화해의 꽃은 미리 준비해 두겠습니다. 슬슬 돈을 주고도 못 사는 시기가 가까워서 말입니다."

"그런 거 아냐."

하긴 '저' 안네그레트와 누가 싸울 수 있단 말인가. 테다인은 슬슬 무슨 일이 있었는지 진심으로 궁금해졌다. 궁중 신관 아벨타의 귀띔에 따르면 안네그레트는 어젯밤 늦게까지 예배당에서 혼자 기도를 드렸다던데. 설마.

주인에게 셔츠를 입히던 능숙한 시종의 손이 잠시 멎자 루트비히는 바로 눈치채고 으르렁거렸다.

"절대로 이상한 짓은 한 적 없어."

"다행입니다."

안네그레트가 자기에게 모욕을 주려 한 몹쓸 주군을 굽는 게 좋을지 삶는 게 좋을지 신과 둘이서 진지하고 긴 대화를 나눈 것은 아니라는 얘기였다. 테다인은 하던 대로 주인에게 옷을 제대로 입혔고 루트비히는 찌뿌둥한 몸으로 기지개를 켰다.

"으, 요즘은 밤이 너무 길어."

"보통 뒤척거리다 밤을 새면 밤이 너무 짧다고 느끼는 것이 아닙니까?"

"도저히 오늘 밤엔 잠을 못 잘 것 같다는 깨달음을 얻고 시간을 낭비하는 대신 일이라도 하고 싶다는 생각이 든 다음부터는 한없이 길어져."

"저를 깨우지 그러셨습니까."

"내가 못 자는 건 못 자는 거고, 자네는 잠을 자야 오늘 똑바로 일을 할 거 아냐."

"모범적인 주군의 자비를 보여주시니 이 종은 감격할 따름입니다."

루트비히는 바지까지 갈아입고 이번에는 수놓인 흰색 실크 셔츠를 걸쳤다. 테다인은 그 셔츠의 복잡한 단추 장식을 감상하며 옷섶을 단속했다. 루트비히는 그동안 하품을 하다가 입을 문득 딱 다물었다.

기다리던 대로, 잠시 후 설명이 나왔다.

"어제 안네그레트하고 얘기를 했는데 말이야."

테다인은 일부러 주군의 얼굴을 보지 않은 채 다정하고 친절하게 대답했다.

"예."

"아무래도 안네그레트에게 좋아하는 사람이 있는 것 같아."

손이 멈췄다. 테다인은 저도 모르게 눈을 크게 떴다. 루트비히는 한숨을 깊게 쉬었고, 그 숨결에서는 방금 마신 것의 비율에 비해 너무 진한 와인 향이 났다.

이상으로 알 수 있는 것은 하나뿐이었다.

"어젯밤에 그래서, 실연을 한탄하며 술을 하셨습니까?"

"잠이 도저히 안 와서 두어 병? 그래도 잠은 안 오더군. 아니, 잠깐. 내가 실연했다고 누가 그래?"

"사모하던 여인과 마음이 통한 환희의 아침으로는 보이지 않아서 넘겨짚어 봤습니다."

루트비히는 이를 갈았다.

"그래. 눈치를 보니까 나를 좋아하는 것 같지는 않았어. 그랬으면 얘기할 때 그런 티를 냈겠지."

어제 안네그레트는 명백히 당황한 얼굴이었고, 숨기고 싶어하는 얼굴이었고, 난처한 얼굴이었다. 결코 이 기회에 고백을 한번 해볼까 하는 희망이 담긴 얼굴은 아니었다. 루트비히는 그 생각을 하자 한없이 답답해서 한숨을 몇 번이나 연발했다. 테다인은 주인에게 술 냄새 나니 적당히 마시라는 주의를 주고 싶었지만 그러기에는 때가 좋지 않다는 현명한 판단을 내렸다.

"라이헤르타 남작에게 좋아하는 사람이 있다는 것은 본인이 말한 겁니까?"

"자기 입으로 정확히 그렇게 말한 것은 아니지만, 확실해. 눈을 꼭 감더라고."

눈에 선했다. 자기도 모르게 신나서 이것저것 묻다가 제 눈을 찌른 격이 된 주인과 그 앞에서 어쩔 줄 모르다 눈을 꼭 감은 안네그레트라. 테다인은 저도 한숨을 쉬고 싶어졌다. 요즘은 그렇게 분위기가 좋더니.

"만약 라이헤르타 남작이 좋아하는 사람이 태자 전하라고 가정할 경우에도, 남작이 그것을 드러낼 사람이라는 생각은 들지 않습니다."

"뭐?"

루트비히는 잠을 자지 못해 명백하게 날카로워진 목소리로 되물었다. 테다인은 침착하게 주인에게 재킷을 입히며 부연했다.

"전하께서 계속 남작에게 하신 말씀이 있지 않습니까? 항상 전하께선 정략결혼을 생각해 오셨다는 것을 남작도 알고 있으니, 먼저 포기하고 주종의 관계가 어색해지지 않게 입을 다문 것일 수도 있지 않습니까?"

열 번쯤 숨소리가 들려오도록 루트비히는 입을 다물고 있었다. 그러나 그 후 나온 그의 목소리는 테다인의 입가에 웃음이 떠오를 정도로 밝았다.

"그런가?"

"예. 남작이 전하께 따로 눈치를 드리지 않는다 해서 섣불리 결론을 내릴 일은 아닌 것 같습니다."

"그래?"

루트비히는 이제 오랫동안 눈을 가리고 있다가 새 빛을 발견한 사람처럼 히죽거리기 시작했다. 테다인은 쓴웃음을 짓고 주군에게 망토를 둘러주었다. 요즘은 날이 차 망토를 꼭 덧입어야 했다.

"예. 그러니 성급하게 결론을 내리고 혼자 와인병을 비우지 마시고, 주의 깊게 알아보지요. 라이헤르타 남작이 지금 누군가와 사귀고 있다면 전하께 그냥 편하게 말씀드렸을 거라고 생각하시지 않으십니까?"

루트비히는 고개를 끄덕이며 감탄했다. 어제는 너무 충격을 받아 그런 생각을 하지 못했던 것이다. 확실히 안네그레트의 성격이라면 그것이 자연스러웠다.

"그렇지? 일단 지금 사귀는 사람은 없는 것 같지?"

"예. 그리고 만약 전하께 따로 말씀드리지 않는다 해도 전하께서 모르실 수는 없지요. 남작은 교제 신청을 하는 사람과도 결투를 하니까요."

그것 또한 사실이었다. 루트비히는 어젯밤의 모든 고민이 다 바보 같은 기우로 느껴져 싱글싱글 웃었다.

주인이 오늘 무슨 장신구를 할지 고르는 동안 테다인은 속으로 안네그레트의 행동에 대해 생각했다. 무조건 희망적인 말을 해서 루트비히를 달래놓기는 했지만, 확실히 그가 보기에도 안네그레트의 행동은 부자연스러웠다. 그녀가 루트비히를 좋아한다면 그렇게 말해도 되었을 일이다. 주종관계를 어색하게 만들지 않기 위해 어쩌고 하는 것은 그저 희망적으로 갖다 붙인 근거일 뿐, 안네그레트 바이언트가 그런 것에 신경을 쓰는 성격인가? 게다가 그러면 어젯밤에 혼자 궁정 예배당에는 왜 가 있었단 말인가. 아벨타의 평에 따르면 한눈에 보기에도 심각하게 뭔가를 고민하고 있었다던데.

다행히도 밤을 새는 바람에 판단력이 흐려진 루트비히는 객관적으로 상황을 분석할 정신은 없는 것 같았다. 테다인은 그에게 가장 어울리는 에메랄드 목걸이와 로즈컷 다이아몬드가 손잡이에 장식된 검을 골라 주었다.

똑똑. 누군가 문을 두드렸다. 루트비히는 아까보다 훨씬 밝고 기운찬 목소리로 턱짓했다.

"누군지는 모르지만 들어오라고 해."

물론 그 목소리는 흘긋 열려 있던 문밖으로도 들렸다. 문을 두드린 사람은 진지하게 이름을 댔다.

"라인홀트입니다, 전하."

"그럼 더 들어와야지."

문 가까이 있던 시종이 얼른 문을 활짝 열었다. 갑옷이 아니라 궁정에 출입할 때 보통 입는 화려한 정장을 차려입은 라인홀트가 성큼성큼 들어왔다. 그 얼굴에는 묘하게 근심이 드리워져 있었다.

라인홀트는 원래 진지하기 때문에 사소한 것에도 근심하기는 하지만, 아침부터 이렇게 느닷없이 찾아올 정도라면 무슨 사건이 일어나기는 났을 것이다. 루트비히는 미간을 좁히고 물었다.

"좋은 아침이야, 라인홀트 경. 그런데 자네는 왜 그렇게 좋은 얼굴이 아니지? 간밤에 반란이라도 있었어?"

라인홀트는 심각한 얼굴 그대로 질색했다.

"전하, 어찌 그런 황망한 말씀을."

"농담이야. 그래, 연락도 없이 이 시각에 온 걸 보니 그래도 무슨 할 말이 있는 모양인데. 말해봐. 뭐야?"

라인홀트는 루트비히의 말투에 익숙했기 때문에 먼저 포기하고 한숨을 쉬었다.

"반란은 아닙니다만, 간밤에 사건이 일어난 것은 사실입니다. 예의 탑에 누군가 침입해 죄인과 접촉했습니다."

로세드가 탑에서 가만히 남은 평생을 보낼 거라고 생각한 적은 없었다. 루트비히는 이를 드러내며 웃었다.

"발악을 하는군. 실컷 악을 써보라고 해."

어차피 남은 것이 없는 로세드가 쓸 수 있는 수라고 해봐야 한계가 있었다. 그러니 당장 잡아들여 고문하기보다는 그의 마지막 효용을 한껏 활용하는 것이 나을 터.

루트비히는 잠시 생각하다가 명령을 내렸다.

문밖에서 이름을 고할 때도 그랬지만, 방 안으로 들어와 루트비히를 보는 안네그레트의 눈은 이쪽이 끔찍한 기분에 시달릴 정도로 고요했다. 마치 아무 일도 없었던 것만 같아, 그는 잠시 전에 그들이 나누었던 대화가 꿈이었다고 착각할 뻔했다.

그러나 평소보다 훨씬 사무적인 태도로, 손등에 하는 의례적인 키스도 없이 떨어져 우뚝 선 것을 보니 역시 그 일은 일어났던 것이 맞았다. 그는 자신의 얼굴이 너무 까칠하게 보이지는 않기를 바라며 나직하게 물었다.

"잘 잤어?"

자신이 생각해도 멍청한 말이었지만 그것 말고는 할 수 있는 표현이 없었다. 안네그레트는 루트비히를 잠시 빤히 보다가 대답했다.

"예, 전하. 신경 써주셔서 감사합니다."

"그…… 신경 말인데."

밤새, 그리고 오늘 아침에도 미친 듯이 생각했다. 나오는 결론은 하나밖에 없었다. 루트비히는 목소리를 가다듬었다.

"앞으로도 변하는 건 없을 테니까 안심해."

안네그레트는 그 말에 상당히 놀라는 것 같았다.

"예?"

어떻게 생각한 걸까. 이제 그녀를 좋아하는 마음을 그렇게—누가 봐도 우아하거나 은근하지는 않은 방식으로—드러냈으니, 노골적으로 구애하기라도 할 거라고 짐작했던 것일까? 그러고 싶은 마음이야 굴뚝같지만, 그는 어린애가 아니었다. 사람과 사람 사이에 지켜야 할 예를 안다. 대체 어떤 인간관계가 예 없이 이루어질 수 있단 말인가?

루트비히는 다시 한 번 목소리를 가다듬고 분명하게 설명했다.

"어제 내가 쓴 표현이 좋지 않았지. 그건 나도 인정해. 만약 네가 내 종자가 아니었다고 하더라도, 절대로 네 의사를 무시하고 어떻게 명령으로 뭔가를 진행하거나 할 생각은 전혀 없어. 그러니까 걱정하지 말고 지금까지대로 해. 기사 서임을 준비하는 것도 내가 다른 마음이 있어서 그런 건 절대로 아냐."

그것은 참으로 옳은 말이었다. 그러나 말을 하면서 왜 이렇게 답답한가. 루트비히는 대체 언제부터 이렇게 호흡이 불편했는지에 대해 의문을 품었다. 꼭 피를 토하는 것 같다.

하지만 안네그레트에게는 루트비히의 그런 감정까지도 받아줄 의무가 없었다.

눈물이 나올 것 같지는 않았지만 눈 표면 전체가 상당히 뜨거워졌다. 루트비히는 한숨을 쉬며 가장 가까이 있던 의자에 풀썩 앉았다. 오늘 아침에는 첫서리가 내려 창이 뿌옇더니, 의자도 막 앉으니 차가웠다.

"그래. ……그냥 그 얘기를 하려고 했어. 지금 이 말도 잊고 싶으면 잊어도 돼. 그리고 이제 날이 추워져서 네 처소를 따뜻한 곳으로 옮기기로 했어. 그것도 절대로 오해하지 마."

뭘 어떻게 오해하지 말라는 건지를 더 반복하고 싶지는 않았다. 안네그레트는 상당히 놀라고 안심한 듯 루트비히의 눈을 조금 더 바라보았다. 그는 그녀의 얼굴이 그토록 연약하게 보이는 것이 얼마나 신기한지에 대해 조금 더 생각했다.

안네그레트는 결국 허리를 숙였다.

"전하의 은혜를 어찌 다 갚아야 할지, 배려 깊으심이 한량없습니다. 저는 따뜻한 옷이 있으니 방이 꼭대기 층이라 하여 크게 불편하지는 않았습니다. 하오나 저와 같은 구역을 사용하는 아랫사람들은 아직 홑옷을 입는 이도 있으니, 전하, 그들에게도 같은 은혜를 베풀어주시기를 간청합니다."

"그러잖아도 서쪽 탑에 바람이 샌다고 해서 대대적으로 수리할 생각이야. 그러니까…… 걱정하지 말고."

걱정하지 말라는 말도 입에서 가시처럼 까끌거렸다. 루트비히는 포기하고 자신의 얼굴을 손바닥에 묻었다. 안네그레트는 아무 말도 없었다.

루트비히는 잠시 후 오른손만 들어 저었다.

"그래…… 딱히 부탁할 건 없어. 나가보고, 원하는 대로 시간을 보내. 할 말이 또 있으면 다시 부를게."

안네그레트가 나가는 소리가 들렸다. 그와 동시에 어쩐지 이 방이 무척이나 차갑고 쓸쓸하게 느껴져, 루트비히는 한동안 일어나지 못했다.

새벽에 내린 찬 서리 때문에 마지막으로 피어 있던 장미가 반쯤 시든 그대로 검게 죽어버렸다. 시피에트는 황궁의 아름다운 정원에 또 한동안 색이 없을 것을 생각하며 쓸쓸하게 장미 덤불 옆을 거닐었다. 하늘은 구름 한 점 없이 유리처럼 맑고 푸르렀다.

이제 겨울이 되면 사교 모임도 적어질 것이다. 요즘은 조금 더 사교 모임에 재미를 붙이고 여기저기 얼굴을 내밀어볼까 하고 있었는데, 마치 그녀의 심경을 읽은 것 같은 계절 변화였다. 황후는 이번 겨울에 황도에 계속 있을 생각인 것 같던데, 율리아는 어떨까? 안네그레트는 어떨까?

어른이 되면 있고 싶은 곳에 오랫동안 있을 수 있는 줄 알았는데, 오히려 친구들이 바쁘게 돌아다니고 이쪽도 의무에 묶여 부자유했다. 시피에트는 잠시 입술을 비죽거렸다. 태자궁 사람들은 황도를 거의 비우지 않으니 안네그레트와 이번 겨울을 함께 보낼 수는 있을 것 같아 다행이었다. 하지만 태자에게 충성을 맹세한 다른 귀족들은 제 가문의 영지로 내려가 조용히 봄을 기다릴지도 모른다…….

역시 꽃이 서리를 맞아 아쉬웠다. 시피에트는 괜히 고개를 휘휘 젓고 이번에는 포도넝쿨을 보았다. 여름에는 한창 힘차게 벽을 기어오르던 포도넝쿨도 이제 슬슬 물기를 잃고 회색으로 비틀리는 중이었다. 그나마 한두 송이 볼거리를 위해 남겨두었던 포도알은 아직 예쁜 것이 있었다.

그러다가 여름에 치자꽃이 많이 피는 구획으로 들어선 시피에트는 갑자기 낙엽 틈새로 보인 가죽신과 그 신에 달린 다리를 보고 깜짝 놀라 비명을 지를 뻔했다. 인기척이 없어서 당연히 자신 혼자만 산책을 하고 있는 줄 알았는데. 시체인가? 설마 시체일까?

몹시 불안해하며 그 신을 쳐다보던 시피에트는 신이 움직이자 안심해 크게 한숨을 쉬었다. 누군가가 사람이 잘 가지 않는 나무 그늘에 쪼그리고 앉아 있었다.

이번에는 다른 의미로 불안이 차올랐다. 성의 귀부인들이 산책하는 이 정원에, 누가 바닥이 평평한 가죽신을 신고 소리 없이 숨어 있다는 말인가? 치한일까? 만약 그렇다면, 저 치한은 그녀가 있다는 것을 알고 있을까? 당연히 알 터였다. 지금까지 실컷 발소리를 내며 걷고 있었으니까.

주위에는 사람이 별로 없었다. 시피에트는 치한을 어떻게 때려잡을까 생각하다가 정원수를 장식한 돌을 집어 들었다. 저 발칙한 자가 달려든다면 이 돌로 할 수 있는 만큼 본때를 보여줄 생각이었다.

바스락.

치한은 시피에트의 숨소리가 조용해지자 자기가 발각되었다는 사실을 알았는지 아무렇지도 않게 소리 내어 그늘에서 나왔다. 맑고 투명한 햇살을 받은 그 사람을 보고 그녀는 놀라 돌을 떨어뜨렸다. 뚜둑.

"시프."

"안니카!"

안네그레트는 무척 불행해 보였다. 친구의 그런 얼굴은 본 적이 없었다. 시피에트는 깜짝 놀라 안네그레트에게 달려가 그녀의 뺨과 목을 만져 보았다. 차가웠다.

"세상에, 이 추운 날에 왜 땅에 앉아 있었어. 누가 보면 이상한 사람인 줄 알아."

"궁 안은…… 사람이 많이 다녀서."

그야 춥고, 정원에 볼거리도 적고, 지금은 밤을 위해 궁을 단장하는 시간이니 그럴 것이다. 시피에트는 눈을 가늘게 뜨고 친구를 관찰했다. 이 안네그레트가 사람이 없는 곳에 와 있고 싶을 정도라면 뭔가 심각한 일이 있었을 것이다.

"무슨 일인데? 얘, 말 좀 해봐."

안네그레트는 입술을 깨물었다. 덜컥 심장이 내려앉는 것 같았다. 얼마 전에 친구와 나눈 대화를 생각하자 시피에트는 기절할 것 같은 기분이 들었다. 설마 차인 것일까? 하지만 둔한 시피에트가 보기에도 루트비히 태자는 안네그레트와 상당히 가까운 것 같았다. 무도회에서 안네그레트를 보던 그의 얼굴은 그야말로 사랑에 빠진 남자의 그것 같지 않았나.

시피에트는 자신이 두르고 있던 담비털 숄을 풀어 안네그레트의 얼굴을 가렸다. 안네그레트는 쓴웃음을 지으며 시피에트의 목덜미에 얼굴을 묻었다.

"……고마워, 시프."

시피에트는 지나가는 사람이 보면 자신이 이 정원에서 남자와 밀회를 나누는 것처럼 보이지 않을까 하고 생각했다. 그녀는 한숨을 쉬며 친구의 어깨를 꼭 끌어안았다.

"그러니까 말해봐. 걱정되잖니. 무슨 일이야? 누가 괴롭혔어?"

"아니야."

"그럼 뭔데?"

안네그레트는 다시 한숨을 쉬었다. 시피에트는 일단 친구의 등을 한참이나 다정하게 두드려 주고 나서 슬쩍 떠보았다.

"태자 전하께서 뭐라고 하셨니?"

친구는 이마를 그녀의 목덜미에 부드럽게 비비면서 한숨을 쉬었다.

그것으로 대답이 되었다.

"뭐라고 하셨니?"

"……나에게, 신경 쓰지 말라고 하셨어."

"응?"

다시 한숨.

"앞으로도 변하는 건…… 없을 거라고."

그 말에는 너무 많은 것이 생략되어 있었다. 이해하지 못해 입을 다문 시피에트를 지금까지보다 더 꼭 끌어안고 안네그레트는 몇 번이나 심호흡했다. 얼굴은 평소 같아도 어깨를 만져보니 속을 많이 끓인 모양이었다.

시피에트는 속삭여 물었다.

"너는 뭔가 변하길 바랐니?"

"아니."

그러나 그 목소리는 몹시 괴로웠다. 가슴이 아팠다. 시피에트는 안네그레트가 자신을 안은 팔이 숨 막히고 아팠지만 친구를 뿌리치는 대신 자신도 더 꼭 끌어안았다.

"얘, 나의 사랑스러운 안니카."

"응."

우는 것처럼.

"태자 전하를 사랑하니?"

들린다.

안네그레트는 한참이나 대답하지 않았다.

시피에트는 오히려 그 사실에 놀라고, 어쩌면 좋을지 영 모르게 되어 자신도 심호흡했다. 몇 번이나 그렇게 숨을 깊이 들이마시고, 내쉰 뒤에야.

"그러면 안 돼."

친구는 툭 떨어뜨리듯 그렇게 말했다.

시피에트는 쓴웃음을 지었다. 그렇다면 사랑은 한다는 말이다.

"안니카, 우리 이 얘기는 전에 했잖아. 네가 주군으로 모시는 분이라고 해도 연인으로서 사랑하지 못할 이유는 없어. 오히려 성별이 반대라면 전형적이기까지 한 일이잖니."

"아니야. 그런 이유가 아니야."

"그럼 이유가 뭔데? 어째서 태자 전하를 사랑하면 안 되니?"

"……미안, 미안해, 시프."

안네그레트는 시피에트를 꼭 껴안고 있던 팔을 살짝 풀었다.

"말할 수 없어."

"왜? 말하지 못할 이유가 있니? 태자 전하께서 너에게 결투를 신청하지 않으실까 봐? 태자 전하께서 너보다 약해서? 세상에, 혹시 앞으로도 변하는 게 없을 거라는 말을 네 고백에 대한 대답으로 하신 거니?"

만약 그렇다면 시피에트는 루트비히 태자에 대한 온갖 악의 섞인 루머를 지금 당장에라도 퍼뜨리러 갈 용의가 있었다. 애초에 귀부인인 안네그레트를 서쪽의 낡은 탑에 처박아놓고 마구간 청소나 시킬 때부터 마음에 안 들었다! 대체 얼마나 잘났길래…….

루트비히의 명예에 있어서는 다행하게도, 안네그레트는 고개를 저었다.

"고백하지 않았어. 그냥…… 눈치채신 것 같아."

"그럼 간접적으로 눈치채고, 네가 고백하기도 전에 먼저 그런 말부터 하신 거야? 세상에 귀부인이 마음을 말하기도 전에 지레

짐작하고 거절하는 그런 모욕적인 경우가 어디 있어? 그래서 너는 뭐라고 했는데? 아니다, 지금 당장 가자. 가서 얼마나 대단한 신붓감을 생각하고 계시길래 다른 사람도 아니고 너에게 그렇게 행동하시는지 따져 볼 거야."

물론 실제로 그럴 수야 없었지만 너무나 화가 났기 때문에 시피에트는 생각나는 대로 말하며 얼굴을 붉혔다. 안네그레트는 놀란 듯 눈을 동그랗게 뜨고 얼른 고개를 저었다.

"아니야, 그러지 마. 나는…… 나는, 전하의 말씀이 옳다고 생각해."

"안니카."

시피에트는 이번에야말로 깊은 한숨을 쉬고 한참 우뚝 섰다. 그리고 잠시 후 중얼거렸다.

"……내가 흥분했어. 미안해. 응, 내가 참견할 수 있는 문제는 아니지."

"그런 게 아니야."

안네그레트는 고개를 다시, 이번에는 천천히 저었다.

"신전에 가서 기도했어. 그러다 보니까 생각이 정리되더라. 시프, 태자 전하께서는 나를 원하시지 않아. 나에게 절대로 다른 마음이 없으시대. 그렇다면 내가 그분께 해드릴 수 있는 건, 그리고 내가 응당 해야 하는 건 끝까지 그분을 잘 모시는 것밖에 없어."

'절대로' 다른 마음이 없다는 말까지 했다고? 시피에트는 쌍심지를 켜고 얼굴에 손부채질을 했다. 그럴 거면 무도회 때 둘이서 발코니에는 왜 나갔고, 머리칼에 키스는 왜 한 건가. 루트비히 태자가 그 나이 먹도록 정부 하나 없는 건 역시 그의 성향에 대해 뭔가를 시사하는 것은 아닐까.

그러면 대체 이 친구는 뭐가 된다는 말인가.

안네그레트는 쓴웃음을 지었다.

"고마워. 이제 기운이 났어."

시피에트는 망연히 섰다가 안네그레트를 다시 끌어안았다.

석양을 받은 안네그레트의 얼굴은, 루트비히의 의견으로는, 보석으로 아로새긴 조각보다 형형한 빛을 냈다.

보석으로 몸치장한 것이 없는 사람이 어쩌면 저렇게 홀로 특별한 빛을 내는지 모를 일이었다. 루트비히는 그녀를 흘긋거리다 결국 그 까만 눈과 시선을 마주쳐 헛기침을 했다. 안네그레트가 정중하게 물었다.

"전하, 무언가 하명하실 것이라도 있으십니까?"

"아냐. 신경 쓰지 마."

그녀를 권력으로 어떻게 강제하거나 할 생각은 전혀 없다는 것을 전한 날 이후로 안네그레트와 루트비히의 분위기는 묘하게 서먹했다. 그는 그녀가 자신을 너무 신경 쓰느라 불편해하는 것과 아예 신경 쓰지 않는 것 중에 어느 쪽이 좋은지 판단할 수 없었고 그래서 지금의 어중간한 태도를 고치려 들지도 않았다. 잠 못 이루는 밤이 자꾸 이어졌다.

결국 서류를 보던 눈이 피곤해졌다. 루트비히는 양팔을 들어 길게 기지개를 켰다. 문을 열고 들어온 시종들이 방에 고운 초를 켰다. 안네그레트는 눈을 살짝 내리깔았지만 석상처럼 굳게 그의 옆을 지키고 서 있었다.

명령하지 않는다면 안네그레트는 나가지 않을 것이다. 그 사실이 서글프면서도 안심되었다. 루트비히는 눈을 꼭 감고 손으로 눈꺼풀 위를 지그시 눌렀다. 살짝 두통이 느껴졌다.

"피곤하시면 차를 올릴까요?"

안네그레트가 공손하게 물었다. 루트비히는 고개를 저었다.

"아냐. 좀 눈을 붙여야겠어. 목이 마르니 와인을 줘."

시종이 얼른 벽장에서 와인을 꺼냈다. 안네그레트는 그것을 직접 받아 루트비히의 취향에 맞는 음료를 만들었다. 이제 그런 사소한 잡일은 안네그레트의 몫이 아니었지만 그는 그녀를 제지하지 않았다.

"흐음."

음료가 취향에 꼭 맞는다는 것을 확인한 루트비히는 만족스럽게 신음하고 숨을 길게 들이마셨다. 시종들이 벽난로에 장작을 더 땠다.

루트비히는 일어나 긴 소파에 털썩 몸을 누였다. 안네그레트는 잠시 머뭇거리다 그의 옆으로 다가와 섰다. 루트비히는 빙긋 미소 지었다.

"촛불을 끌까요, 전하?"

"아니. 됐어. 너희는 다 나가라."

루트비히는 안네그레트에게 다정하게 대답하고 방에 있는 시종들에게 오른손으로 가볍게 손짓했다. 시종들은 모두 인사하고 방을 빠져나갔다. 곧 방에는 둘만 남게 되었다.

누워서 안네그레트를 올려다보는 것은 나쁘지 않은 기분이었다. 루트비히는 그녀가 자신을 보는 눈빛에서 어떻게든 사랑의 달콤함 같은 걸 찾아보려 애쓰다 포기하고 한숨 쉬었다. 이러다가 한숨을 쉬는 것이 버릇이 될 모양이었다.

"어떻게 할래, 안네그레트?"

"예?"

안네그레트는 아래를 내려다보느라 반쯤 그늘진 얼굴로 눈을 깜박였다. 루트비히는 결정하고 자신의 반대편 소파를 가리켰다.

"내가 자는 동안. 옆에서 쉴래?"

라임색 돌을 얹은 테이블을 사이에 두고 마주 보는 두 소파는 그의 마음에 들 만큼 가까웠고 동시에 마음에 들지 않을 만큼 멀었다. 안네그레트는 옅은 미소를 지었다.

안네그레트의 그런 미소를 보면 지레짐작을 하고 싶어졌다.

"주무시는 곁을 지키겠습니다."

"피곤해 보이는데, 너도 자."

"일을 해야 합니다."

"명령이니 자."

"하시면 제 방으로 돌아가겠⋯⋯."

"여기서 자."

"예?"

"저 소파에 너도 누워서 자라고."

"종자가 모시는 주군의 곁에서 같은 높이의 침상에 누워 잠을 청하다니 있을 수⋯⋯."

"명령이라고 했어."

이것은 권력으로 어떻게 하는 것의 범위에서 아슬아슬하게 벗어나 있길 바라며 그는 속으로 뜨끔해했다. 안네그레트는 잠시 미간을 좁히더니 어쩔 수 없다는 듯 그가 가리킨 소파로 가 앉았다.

"명하시니 눕기는 하겠습니다만, 잠을 잘 수는 없습니다. 아직 흉한 일이 있은 지 얼마 되지 않았으니 전하를 호위하는 임무를 다하겠습니다."

"그래, 그렇게라도 하라고. 종일 검술 연습 하다가 여기 와선 서 있었잖아."

마음이 들떴다. 안네그레트는 그야말로 어색하고 뻣뻣하게 모로 누워 루트비히를 보았다. 그는 킥킥 웃었다.

"그렇게 쳐다보면 잠을 잘 수가 없잖아. 잠을 안 자겠다는 건 알겠으니까 눈은 감고 있어."

"예, 전하. 송구합니다."

안네그레트는 루트비히의 말대로 눈을 감았다. 그 고운 눈꺼풀과 뺨에 흘러내린 검은 머리칼을 흘긋 보다가 그는 자신도 눈을 감았다. 잠이 완전히 달아났다.

아주 짐작하지 못한 일은 아니었다. 루트비히는 몸을 틀어 자신도 모로 누웠다. 그리고 안네그레트가 눈을 감은 모습을 보지 않으려 애쓰다가 결국 벽에 걸린 촛대에 시선을 고정했다. 촛불은 노을 속에서 초라하리만치 연약하게 흔들렸지만 이제 해가 지면 찬란하고 눈부실 것이다.

루트비히는 노을을 보며 생각에 잠겼다.

예의범절 따위는 개나 주라지.

천하의 짐승이 되어도 좋은 곳이 있다면, 루트비히는 그곳에서 기꺼이 알몸이 되어 네 발로 기었을 것이다.

"라인홀트 파스텐 경!"

그를 부르는 여성의 목소리에 라인홀트는 반사적으로 멈추어 섰다. 돌아본 그를 반긴 것은 익히 얼굴을 아는 시피에트 보첼, 황후의 시녀이자 안네그레트 바이언트의 친구였다.

안 그래도 그녀에게는 이전에 신세를 졌다. 라인홀트는 예의 바르게 시피에트에게 허리 숙여 인사했다.

"레이디 보첼."

"경과 같으신 분께 레이디라고 불리니 부끄럽네요. 차라리 시피에트 양이라고 불러주세요."

그야 파스텐 가와 보첼 가는 가문의 격을 비교할 것도 없었다. 그러나 라인홀트는 웃으며 고개를 저었다.

"레이디 보첼은 황후 폐하의 총애를 받고 계시고 정의로운 가문의 훌륭한 교육을 받고 자라셨으니 어떤 칭호를 받으시더라도 부끄러워하실 것이 없습니다."

"이런 곳에서 뵈니 기쁘네요."

부끄러운 찬사에 율리아라면 능숙하게 대답했을 테지만, 시피에트는 뭐라고 해야 할지 알 수가 없어 그냥 다음 인사로 넘어갔다. 라인홀트는 친절하게 동의했다.

"예, 저 또한 무척 기쁩니다. 그런데 연무장에는 무슨 일이신지 여쭈어도 되겠습니까? 산책을 하시기에 적당한 곳은 아닙니다만."

아닌 게 아니라 기사 또는 기사 후보생들이 병장기를 번쩍이며 훈련하는 곳이니 상쾌하다거나 경관이 좋다는 수식어와는 상당히 거리가 있었다. 시피에트는 쓴웃음을 지었다.

"제가 모시는 분의 카드를 태자 전하께 전하러 왔다가 잠시 훈련하는 모습을 보고 싶어 온 거랍니다. 안니카가 있을까 했는데 보이지 않네요."

"아, 그이를 보러 오셨습니까?"

라인홀트는 납득하고 연무장을 죽 둘러보았다. 이미 알고 있는 일이었지만 안네그레트는 지금 이 자리에 없었다. 그러나 귀부인이 난처해하고 있다면 그는 최선을 다해 그녀에게 봉사해야 했다.

"아마 그 사람은 지금 태자 전하 옆에 있을 겁니다. 전하께서 아끼어 자주 부르시니 좋은 일입니다."

놀랍게도 시피에트의 얼굴은 라인홀트의 말에 약간 어두워졌다. 친구가 주인에게 아낌을 받으면 좋은 일일 텐데 어째서 저런 표정일까. 라인홀트는 당황하며 그녀의 얼굴을 바라보았다. 잠시 후 그가 낼 수 있는 가장 그럴 듯한 답이 떠올랐다. 둘이 친구가 아니라 사실은 사이가 안 좋았던 걸까?

시피에트 보첼은 라인홀트가 보기에 상당히 용감하고 유쾌한 아가씨였고, 안네그레트 바이언트는 말할 것도 없이 그가 보기에 가장 이상적인 기사에 가까웠다. 두 사람이 사이가 좋지 않다면 아주 안타까운 일일 것이다. 라인홀트는 자신이 너무 주제넘지 않기를 바라며 헛기침했다.

"안네그레트는 좋은 사람입니다."

"네, 물론이죠."

시피에트는 눈을 동그랗게 뜨며 대답했다. 라인홀트는 조금 더 고민해 보고 덧붙였다.

"기사도의 귀감이라 할 수 있겠습니다. 늘 자신보다 어려운 사람들을 생각하고, 부하들을 아끼고, 주군을 위해 검을 뽑기를 주저하지 않습니다. 그보다 고결한 사람을 꼽기도 힘들 겁니다."

라인홀트의 모든 표현이 진심이었다. 시피에트는 그를 한참 동안이나 바라보았다. 라인홀트는 그 이유를 모르겠기도 하거니와 쑥스러워 얼굴을 살짝 붉혔다.

짧은 침묵 후 시피에트는 문득 부드럽게 미소 지었다.

"안니카를 사랑하시는군요."

그 말은 무거운 철퇴처럼 그의 가슴을 쳤다. 라인홀트는 쓴웃음을 지었다.

"한 사람의 무사로서 존경하고, 한 사람의 누구보다 고결한 마음을 가진 레이디로서 흠모합니다. 하지만 그뿐, 그 이상의 무엇도 바라지 않습니다."

시피에트의 눈이 내리깔렸다.

"흠모에는 얼마나 많은 종류가 있는 걸까요."

"아마 사람의 수만큼 많지 않을까 합니다, 레이디 보첼."

"그보다 옳은 말씀은 없을 거예요. 예, 파스텐 경. 사랑과 존경은 사람의 수만큼, 혹은 그 이상 있겠지요. 한 사람이 여러 종류의 사랑을 동시에 할 수도 있으니까요. 그리고 시피에트라고 부르셔도 좋아요. 레이디 보첼이라고 부르시면 저희 어머니를 부르시는 건지 저를 부르시는 건지 모르겠으니까요."

"현명한 통찰이십니다, 레이디 시피에트. 라인홀트라고 부르십시오. 이 궁정에는 파스텐 경이 너무 많습니다."

둘은 서로의 눈을 보고 빙긋 웃었다. 라인홀트는 머뭇거리다 손을 내밀었다.

"잠시 함께 걷기를 청해도 되겠습니까?"

"예, 기꺼이 함께 걷겠어요, 라인홀트 경."

날이 쌀쌀해 시피에트는 두른 숄을 오른손으로 꼭 붙잡고 왼손을 라인홀트의 팔에 얹었다. 라인홀트는 그녀를 에스코트해 연무장 가장자리를 걸으며 천천히 말을 꺼냈다.

"안네그레트는 생각이 깊고 실력이 뛰어나니 같은 주군을 모시는 선배로서 자랑스럽게 여기고 있습니다."

"감사합니다, 경."

라인홀트는 안심했다. 저 자랑스러운 말투를 들으니 시피에트와 안네그레트의 사이가 좋지 않다는 생각은 정말로 자신의 지레짐작일 뿐이었던 모양이다.

시피에트는 잠시 말없이 앞을 보다가 말을 이었다.

"저는 태자 전하께서 안네그레트를 아끼신다고 생각했는데, 요즘은 그 아낌이 어떤 종류의 애정을 담보하는지 여부에 의문을 품기 시작했어요."

라인홀트는 그 말에 놀랐다. 비록 루트비히가 그에게 직접적으로 말한 적은 없었지만, 라인홀트는 주군이 안네그레트를 연애적인 의미로 사랑한다는 것을 알았다. 평소 그녀를 볼 때의 눈빛을 생각한다면 의심할 수가 없었다. 그와 같이 둔한 자라도 알 정도라면 얼마나 노골적인가. 그리고.

"주군이 종자를 아낄 때에 그 아낌에는 항상 애정이 포함된 것 아니겠습니까? 레이디 시피에트."

"모르죠. 능력만을 아끼고 귀애한다면 그것은 사람을 사랑하는 것과는 다르지 않겠어요?"

"태자 전하께서는 안네그레트라는 한 사람을 아끼고 계십니다."

라인홀트는 확신을 담아 말했다. 그를 올려다본 시피에트의 눈은 이상하게도 우울함을 띠고 있었다.

이상의 흐름에서 라인홀트가 추측할 수 있는 것은 한 가지밖에 없었다. 그는 조심스럽게, 어쩐지 자신의 가슴이 불안하게 뛰는 것을 느끼며 물었다.

"레이디 시피에트, 태자 전하를 사랑하십니까?"

그 말을 듣자마자 시피에트의 표정이 풀렸다. 그녀는 얼굴도 가리지 않고 그대로 웃음을 터뜨렸다. 그 얼굴이 그렇게 사랑스럽다는 것을 라인홀트는 처음으로 알게 되었다.

"아하, 하, 정말 숨이 막히게 웃었어요, 라인홀트 경. 아까 제가한 말에 대해 이런 식으로 복수하실 줄이야."

귀부인에게 복수라니, 말도 안 되는 소리였다. 절대로 그런 것이 아니라 진심으로 물은 것이었는데. 라인홀트는 당황했지만 그녀가 웃었으니 일부러 부정하는 것도 좋지 않을 듯해 입을 다물었다.

시피에트는 아까보다 밝아진 얼굴로 다정하게 말했다.

"제가 그 누구를 사랑한다 하더라도 태자 전하는 아니에요. 그분께는 신하가 응당 가져야 할 의례적인 존경만을 실컷 바치고 있답니다. 자, 라인홀트 파스텐 경. 함께 조금 더 걸어요. 여자의 우정이 얼마나 끈끈하고 뜨거운지에 대해 일장연설을 해야 할 것같군요."

귀부인이 함께 걷자고 하는데 거절하는 것은 그와 같은 기사에게는 있을 수 없는 일이었다. 또한 그 역시 이 활기찬 아가씨와 함께 걷고 싶은 마음이 가득했으므로, 라인홀트는 기꺼이 고개를 숙였다.

"오직 당신이 원하시는 대로, 레디 시피에트. 제가 들어야 할 말이라면 모두 경청하겠습니다."

별과 같이 지지대가 섬세하게 교차하는 궁륭에는 수많은 기사들의 흔적이 오색으로 펄럭이고 있었다.

"저게 얼마 전 크게 활약한 루브 데이하르츠의 문장."

유독 큰 꽃 모양의 문장을 아래에서 가리키며 루트비히는 자랑스럽게 말했다. 안네그레트는 경의를 표하며 고개를 숙였다.

"루브 공이라면 뵌 적이 있습니다. 대단한 분이지요."

"게오르츠 백작만큼은 아니지만 부신 전사의 귀감이지. 성격도 활발하고 제 형에게 충성을 맹세한 가신들에게도 인기가 좋아. 시릴이 결혼을 안 했으니 유사시에는 루브가 데이하르츠 가를 이끈다 해도 아무도 뭐라고 하지 않겠지."

데이하르츠 가의 직계인 시릴과 루브가 모두 수많은 혼처를 뿌리쳤다는 것은 유명한 이야기였다. 안네그레트는 궁금한 듯 눈을 깜박였다.

"그러고 보니 루브 공은 둘째 아드님이시라 결혼을 하지 않았다 하지만, 재상 각하는 가문을 잇고 싶지 않으신 걸까요?"

"그거 말이지."

루트비히는 안네그레트가 궁금해하는 것을 자신이 알려줄 수 있다는 사실에 들떠서 키득거렸다.

"시릴은 사랑하는 여자가 있어. 아주 옛날에 뻥 차였는데도 아직 못 잊는다더군. 그래서 사랑 소리만 나오면 끼어서 아주 대단한 경험자인 척을 하잖아."

"예?"

안네그레트는 곧 안쓰러워하는 표정을 지었다. 루트비히는 궁륭 아래로 뚫린 창으로 햇살이 들어와 그녀의 얼굴을 비추는 것을 보았다. 묘하게 그녀의 얼굴이 까칠했다. 그러고 보니 요즘 부쩍 피곤해하는 것 같았다.

역시 그것은 자신 때문일까. 루트비히는 갑자기 약간 풀이 죽었다. 너무 친근하게 군 걸까? 하지만 그 나름대로는 지금까지와 똑같이 행동했다고 생각하고 있었다.

대체 안네그레트가 좋아하는 사람은 누굴까.

"안네그레트."

어쩌면 지금 이 화제가 나온 것은 좋은 일일지도 몰랐다. 루트비히는 발걸음을 멈추었다. 안네그레트는 주군에게서 두 걸음 반 정도 떨어진 곳에 서 그를 마주 보았다.

"예, 전하."

"강요는 아니고 진짜 궁금해서 그냥 물어보는 건데. 네가 좋아하는 사람이라는 게 누구야?"

안네그레트는 한눈에 보기에도 노골적으로 찔끔했다. 루트비히는 속이 뒤집어지는 것을 느끼며 한숨을 참았다.

"내가 어떻게 하겠다는 게 아니잖아. 그냥, 그냥 궁금해서 그래."

안네그레트는 오히려 이상하다는 얼굴을 했다. 그런 것을 왜 알고 싶냐는 걸까? 루트비히는 고개를 저었다.

"아니, 됐어. 네가 말하고 싶을 때가 오면 말해도 되고."

아니어도 되고. 만약 그녀가 진심으로 누군가를 사랑한다면 언젠가는 그게 누구인지 그 또한 알게 될 것이다. 지금 저 눈치를 봐서는 그 자신이 아닌 것 같아 초조했지만. 아니, 하지만 그 자신일 수도 있지 않은가. 테다인의 지적은 분명히 옳았다.

요즘은 이렇게 초조함과 들뜸과 절망의 연속이라 자기 자신도 기분을 종잡을 수가 없었다. 루트비히는 먹구름이 낀 얼굴로 돌아서서 다시 걷기 시작했다. 궁륭 아래로 셀 수 없는 문장과 깃발이 휘날렸다.

침묵이 너무 오래 이어져 마음이 불편해졌다. 루트비히는 조금 더 햇살이 잘 들어오고 벽에 여러 장식용 갑옷이 전시된 넓은 복도로 접어들자 화제를 돌렸다.

"저 금으로 줄무늬 장식을 한 건 내 할아버님 때에 만든 거지. 위엄을 보이는 걸 좋아하는 분이셨다던가? 온 천궁의 옛 자스라풍 조각들도 다 그분이 꾸미신 거야. 폐하께서 결혼을 늦게 하셨으니 내가 기억하는 선제께선 그렇게 정력적으로 뭔가를 하실 것 같은 모습은 아니었지만."

현 황제 오이겐은 죽은 선제에 대해 이야기하는 걸 좋아하지 않았다. 루트비히는, 만약 오이겐이 선제로부터 자식을 대하는 태도를 보고 배운 거라면 충분히 그럴 만도 하다고 이해했다. 부모에 대한 따뜻한 추억과 애착을 이야기하는 건 황실의 방식은 아니었다.

안네그레트는 온 천궁의 조각에는 관심이 없는 것 같았지만 금으로 줄무늬 장식을 해 넣은 번쩍거리는 판금 갑옷은 주의 깊게 보았다. 그녀는 잠시 후 고개를 끄덕였다.

"확실히 예장용으로는 훌륭하군요. 광택을 보니 대단히 좋은 강철을 사용해 만든 것 같습니다. 경첩도 아주 정교합니다."

"입고 움직일 만한 물건은 아니지만 아주 장난감으로 만든 것도 아니지. 한 번은 입으셨다나 봐."

한 번이라는 말에 안네그레트는 루트비히가 원했던 대로 옅은 미소를 지었다. 역시 그녀를 여기로 데려오길 잘했다. 어차피 날이 추워져 밖을 산책하기 적합하지 않기도 했지만, 이런 물건들을 보니 그녀가 기뻐하지 않나.

"저기 저건 울리히 4세께서 입으셨던 갑옷. 실제로 입고 싸웠던 물건이라 여기저기 해지고, 부속이 하도 벗겨져서 기름칠을 해도 자꾸 녹이 슬어. 저건 이제 진짜 장식품이지. 미적인 가치는 없는 장식품."

루트비히는 이번에는 여섯 대인가 전의 황제가 입었던 갑옷을 가리켰다. 판금으로 약한 부분을 보강했지만 전체적으로는 사슬갑옷 그대로인 낡아빠진 물건이었다. 아마 갑옷 안에 입혀둔 배틀 셔츠가 아니었다면 형체를 알아볼 수 없었을 것이다.

그러나 안네그레트는 그쪽이 더 마음에 드는지 갑옷에 한 걸음 다가서 위아래를 진지하게 살폈다.

"하오나 그분께서 얼마나 몸을 아끼지 않고 싸우셨는지, 얼마나 용감하게 병사들을 이끄셨는지가 드러나는 물건이니 이거야말로 보물이라고 생각됩니다."

"그래?"

안네그레트라면 그렇게 말할 것도 같았다. 루트비히는 쓴웃음을 지었다. 그는 어릴 때부터 이렇게 전시된 갑옷들을 계속 보았기 때문에 별 관심이 없었지만 그녀가 기뻐하니 이 자리에 조금 더 있어도 좋을 것 같았다.

"확실히 여기저기 사슬이 떨어졌지. 전해오는 이야기에 따르면 울리히 4세께선 이 갑옷을 자주 입으셨는데 저 비탄의 전투 이후로 이건 벗어버리고 다른 갑옷을 만들게 하셨다더군. 그래서 이 녀석은 여기서 후세에게 당시 그분이 얼마나 용감하게 싸우셨는지, 그래, 네 말대로 보여주고 있어."

"이렇게 보고 있으니 제가 그 전투 현장에 있는 것 같은 기분이 듭니다."

안네그레트는 열중한 눈으로 갑옷 고리가 떨어져 나간 부분을 보았다. 비탄의 전투는 부신 내의 반란군과 울리케 4세가 정면으로 맞부딪친 전투로 황궁에는 당시를 묘사한 그림이 꽤 걸려 있었다. 안네그레트도 물론 그 전투에 대해 잘 알 터였다.

햇살이 갑옷에 닿아 둔하고 오싹한 빛을 냈다. 루트비히는 안네그레트가 실컷 울리케 4세의 갑옷을 구경하게 둔 다음 걸어서 또 다른 갑옷에 다가갔다.

"이건 내가 제일 좋아하는 거."

철광석을 캐내 녹여서 만든 철이 아니라, 우연히 발견되는 운철로 만들어 녹슬지 않고 빗살 같은 무늬가 저절로 새겨진 아주 귀한 물건이었다. 안네그레트가 얼른 따라와서 그 갑옷을 보며 감탄하자 루트비히는 헛기침을 했다.

"네가 서임을 받을 때 나는 이걸 입을까 하는데, 어때?"

온몸을 운철로 감싼 갑옷은 온 세상을 뒤져 봐도 몇 개 없다. 재료만으로도 같은 무게의 황금과 비교할 수 없을 만큼 값비싼 보물이었다. 하지만 그 무거운―여러 가지 의미에서―물건은 원래 전투 민족의 연합에서 시작된 이 제국을 상징하는 최고의 자랑거리이기도 한 것이다.

안네그레트는 루트비히를 깜짝 놀란 얼굴로 보았다.

"전하, 어찌 이런 귀한 물건을. 당치 않습니다."

"뭘, 준다는 것도 아니고 내가 입는 건데."

"이런 황실의 보물을 일개 기사의 서임식에서 갖춰 입으시면 편애라는 소문이 돌 겁니다."

"뭐 어때? 네가 이번 전쟁에서 세운 공은 이 정도는 돼."

"하오나."

안네그레트가 정말로 안 될 것 같다는 표정을 지어 루트비히는 약간 낙담했다. 이왕이면 그녀의 서임식은 역사에 남을 정도로 가장 좋은 것들만 갖춰서 해주고 싶었다.

"싫어?"

"싫을 리가 있겠습니까. 그저, 저에게는 너무나 분에 넘치는 영광인지라."

"뭣하면 다른 사람들 서임식에도 내가 가끔 저걸 입으면 되지, 뭐. 비싼 걸 만들어놓고 전시만 해두면 아깝잖아."

서임식은 봄에 하면 좋을 것이다. 겨울은 너무 많은 귀족들이 자기 영지로 돌아가기도 하니. 따스한 봄 햇살 아래서 저 백금처럼 아름다운 갑옷을 입고, 갓 움트는 새싹처럼 생생한 초록색 망토를 두르고, 그녀의 눈과 같은 검은 보물을 상으로 내리면서……

상상만 해도 즐거웠다. 다만 문제는 안네그레트가 서임식을 마친 다음 어떻게 하느냐였다. 루트비히는 이미 자신이 해둔 말들이 있었기 때문에 고민하다가 슬쩍 떠보았다.

"그래서 말인데, 서임식을 마치고도 조금 더 황도에 있으면 좋지 않을까? 모처럼 기사 자격을 얻는 거니까 마상 창 시합에 참가하는 것도 좋을 것 같고, 사교계에 얼굴을 좀 알리고 가야지. 그간엔 내 종자 일에 바빠서 아무 데도 못 갔잖아. 저번 무도회에서도 새로 인사한 사람은 별로 없는 것 같고."

물론 그것은 그 자신이 안네그레트를 빨리 채갔기 때문이기도 했지만 루트비히는 그 사실을 모르는 척하기로 했다. 그녀는 약간 내키지 않는다는 얼굴을 했다.

그 얼굴을 보자 불안해졌다. 루트비히는 일단 생각나는 대로 종알거렸다.

"그냥 내 생각인데, 괜찮지 않아? 어차피 언젠가 게오르츠 백작이 될 거라면 얼굴을 두루 익혀두는 게 좋잖아. 율리아 피츠콜과 시피에트 보첼이라면 좋은 모임도 많이 소개해 줄 테고. 그래,

기사 서임을 받을 때 아예 네 가족을 초대하는 건 어때? 나도 오랜만에 백작 부인을 보고 싶어. 네 동생의 연주도 듣고 싶고."

입에서 나오는 대로 주워섬긴 것이었지만 말을 하다 보니 자신이 생각하기에도 그럴 듯해졌다. 루트비히의 말에 안네그레트는 미소를 지었다. 그러나 그 미소는 한눈에 보기에도 일그러지고 어색했다.

"전하."

심장이 덜컥 내려앉았다. 루트비히는 마침내 대단히 풀이 죽고 심각해져서 대답했다.

"응."

그녀가 원하는 게 뭘까.

그녀가 사랑하는 사람은 누구일까. 이만큼이나 말을 했는데도 저런 표정을 짓는 것을 보아 그녀는 아무래도 그를 사랑하지 않는 것 같았다. 그렇다면 대체 상대가 누구일까. 키르시? 하일러? 설마 라인홀트? 그들도 아니면, 그녀를 레이디로 모신다고 귀찮게 해대던 멍청한 기사놈들 중 하나일까?

누구를 향하는지도 모를 질투와 분노에 루트비히는 이를 악물었다. 안네그레트의 눈을 햇살이 투과했다. 그녀는 그러면서도 새까만, 무척이나 검은 눈을 가지고 그를 바라보았다.

안네그레트의 입술이 떨렸다.

"전하. 저는……."

그때였다.

갑자기 날카롭게 일그러진 안네그레트의 눈을 보고 루트비히는 숨을 들이켰다. 그녀는 검을 뽑아 루트비히의 앞에 버티고 섰다. 바로 다음 차례의 갑옷 옆에서 시종 한 명이 나타났다.

그 시종은 궁의 시종들이 보통 하는 차림을 하고 있었지만 다른 시종들은 보통 갖추고 있지 않은 물건을 들고 있었다. 그 손에 들린 날카로운 검을 보고 루트비히도 자신의 단검에 손을 댔다. 제길, 이런 대낮에, 게다가 황궁 안이다.

"눈치가 빠르군."

검을 든 시종은 안네그레트를 보고 인상을 썼다. 안네그레트는 무뚝뚝하게 대답했다.

"내 일이니까."

"귀족 출신 기사라면 말 타고 묘기 부리는 거나 잘하면 되지, 직접 호위도 하나?"

"기사는 광대가 아니니 묘기를 잘 부리면 된다는 말은 틀렸다. 기사는 지키는 자다."

"옛이야기에서 튀어나온 것 같다는 소문은 익히 들었지."

검을 든 시종은 눈으로 이쪽을 살폈다. 루트비히는 단검을 든 채 입술을 비틀었다.

"로세드가 보냈을 테지?"

"그런 걸 말하는 멍청이가 있겠습니까, 고명하신 태자 전하?"

"얼마 전 바깥과 접촉했다기에 고맙게 그와 손을 잡은 방자한 놈들의 목록을 만들고 있었지. 곧 싹 잡아들일 거야. 그때가 되면 내 목 값을 줄 놈도 없을 텐데?"

"저는 고용주의 미래 전망에는 관심이 없습니다. 그전에 일한 몫을 받으면 끝이니까요."

그렇게 말한 시종이 두어 걸음 다가왔다. 그 동작을 본 안네그레트와 루트비히는 동시에 상대의 실력이 만만치 않다는 것을 짐작하고 긴장했다. 챙! 순식간에 안네그레트가 시종의 검을 미끄러뜨렸다.

시종은 안네그레트를 보고 혀를 찼다.

"제법이란 소문도 들었지."

"그렇다면 감히 살아 돌아갈 생각은 하지 않는 게 좋을 것이다."

안네그레트는 루트비히에게서 떨어지지 않도록 주의하며 검을 휘둘렀다. 암살자는 묘하게 어중간한 길이의 검을 사용했는데, 무게 중심이 보통의 검과는 다른 것인지 받아내는 동작이 그야말로 묘기처럼 특이했다.

"제대로 된 검은 다룰 줄 모르나?"

검이 맞부딪친 상태에서 안네그레트는 쌀쌀맞게 물었다. 암살자는 눈썹도 꿈쩍하지 않았다.

"도발은 해본 적이 없나 보군. 여자가 그렇지."

이거야말로 단순한 도발임을 알았지만 안네그레트는 정말로 발끈해서 눈을 가늘게 떴다. 암살자의 판단이 옳았다. 그녀는 도발을 해본 적이 없었다.

"네 말이 옳다. 굳이 도발할 필요가 없었지."

"다른 기사들이 대신 싸워줬다는 건가, 검의 솜씨만으로 이겨왔다는 건가?"

"후자다."

안네그레트는 발로 암살자의 정강이를 걷어차려 했지만 저쪽이 피하는 게 더 빨랐다. 자연스레 스릉 소리를 내며 어긋난 두 자루의 검은 각자의 주인의 손에서 햇빛을 반사하며 잔인한 빛을 뿌렸다.

"후우!"

안네그레트는 숨을 내쉬며 검을 크게 질렀다. 암살자는 그 궤도에서 벗어날 방법을 찾을 수 없자 검날로 그 궤도를 미끄러뜨렸다. 그리고 바로 훅 파고든 칼날에 안네그레트는 발 위치를 바꿔 아슬아슬하게 자신을 지켜냈다.

"이래서야 믿기 어려운데."

암살자는 담담한 투로 말했다. 안네그레트는 눈을 한 번 깜박이고 그대로 걸음을 옮겼다.

"이런."

이를 악문 암살자의 얼굴을 보고 그를 힘으로 밀어붙인 안네그레트는 아까의 그와 똑같이 담담하게 말했다.

"믿든 말든 상관없다."

암살자는 식은땀을 흘렸다. 안네그레트는 검을 비틀어 그의 귀와 뺨에 칼날을 눌렀다. 붉은 피가 방울져 흘렀다.

챙강. 암살자는 검을 바닥에 던지고 양손을 들었다. 루트비히는 혀를 차며 그것을 주워들었다. 언제 보아도 대단한 솜씨였다.

"제법인데 상대가 나빴어. 거기 누구 없나!"

물론 밧줄 따위는 가지고 있지 않았다. 훈련받은 암살자를 검 한 자루로 위협하며 감옥까지 데려갈 수는 없는 법이었다. 루트비히가 배에 힘을 넣고 소리치자 저기 복도 끝에서 두어 명의 시종이 달려왔다. 루트비히와 안네그레트는 그들이 도착할 때까지 기다렸다.

그러니까, 그 시종들이 달려오며 검을 뽑아드는 것을 볼 때까지 기다렸다는 말이었다.

시종 복장의 두 남자가 험악한 얼굴로 검을 달려들자 안네그레트는 어쩔 수 없이 본인이 잡고 있던 암살자의 얼굴에서 검을 뗐고 루트비히는 주운 검으로 자신을 지킬 생각을 하니 불편해 인상을 썼다. 챙강, 챙강.

일 대 이와 이 대 삼은 아주 다른 것이었다. 안네그레트와 루트비히는 아까와 달리 등을 맞댔고 세 암살자는 둘을 둘러쌌다. 검을 뺏긴 암살자는 품에서 단검을 꺼내 들었다.

"대체 이 궁의 경비가 언제부터 이렇게 허술해진 거야?"

루트비히는 농담처럼 투덜거렸다. 안네그레트는 주변을 침착하게 파악하려 애쓰며 대답했다.

"……확실히, 이후 책임자를 문책하심이 좋을 듯합니다."

안네그레트가 그렇게 말하지 않았더라도 루트비히는 관련자 상당수를 잡아다가 역시 상당히 힘든 며칠을 보내게 해줄 생각이었다. 특히 시종장은 절대로 가만히 두지 않을 것이다.

살아 나간다면.

"검은 머리 계집애가 제법이니 조심해라."

검을 빼앗긴 암살자가 동료들에게 주의를 주었다. 포위망이 서서히 좁혀지자 안네그레트는 틈을 보아 검을 넓게 휘둘렀다. 좁게 몰려 서 있던 암살자 두 명이 흩어지고 그녀의 검의 범위 밖에 있던 자는 루트비히에게 검을 내려쳤다. 서컹! 검날이 서로를 훑어 내리는 기분 나쁜 소리가 났다.

"내가 이날 이때껏 이런 대접을 받으려고 열심히 산 게 아닌데 말이야."

루트비히에게 검을 내려쳤던 암살자는 기분 나쁜 얼굴로 다음 공격을 이어갔다. 루트비히는 간신히 그것을 어떻게든 막아냈지만 확실히 밀리고 있었다. 안네그레트는 귀를 기울여 주군 쪽의 동태를 파악하면서 두 명을 침착하게 상대했다.

세 암살자는 함께 훈련을 받은 것 같지는 않았지만 서로를 방해하지 않는 범위 내에서 능숙하게 공격해 왔다. 루트비히의 얼굴에 단검이 스쳤다. 그는 선명한 통증 때문에 윽, 하고 신음했다.

"전하!"

안네그레트는 놀라 소리쳤다. 루트비히는 얼른 자신을 수습했다.

"아냐, 좀 놀랐어. 별거 아니야."

단검이 얼굴에 상처만 내고 지나간 것이 어지간히 아쉬웠는지 루트비히를 공격한 암살자는 혀를 찼다. 다른 암살자 한 명이 무뚝뚝하게 채근했다.

"시간을 너무 오래 끌면 병사들이 올 거다. 어서 끝내고 가자."

"누가 보내준대?"

루트비히는 퉁명스럽게 말하고 아까 빼앗은 검을 휘둘렀다. 손에 묵직한 느낌이 스치며 암살자 중 한 명이 신음을 흘렸다.

"내 주인께서 너희를 보내지 않으시겠다는구나."

안네그레트는 어느새 침착하고 낮은 목소리로 암살자 중 한 명의 배를 그었다. 피가 배어나오는 것을 잡고 그가 웅크렸다. 남은 한 명의 암살자는 상황이 불리해진 것을 파악하고 초조한 눈빛을 했다.

"문초는 한 명만 있어도 할 수 있겠지. 남은 한 명은 누가 될까?"

루트비히는 여유로워진 목소리로 암살자에게 말했다. 암살자는 부상을 입은 동료들을 보다가 그대로 몸을 피하려 했다. 안네그레트는 그 틈을 놓치지 않고 단검을 던졌다. 날아간 단검은 엉덩이 한쪽에 그대로 박혔다.

부상을 입어 절뚝거리는 남자 한 명 정도는 어려운 상대도 아니었다. 안네그레트는 그를 신속하게 붙잡아 끌고 왔다.

아름답게 반짝였던 황궁 복도의 바닥이 피와 흙으로 흥건해졌다. 안네그레트와 루트비히는 배의 부상 때문에 죽어가는 암살자 한 명과 비교적 경미하지만 더는 싸울 수 없는 암살자 두 명을 한 자리에 앉혀놓고 그들을 어떻게 처리할지 고민했다. 안네그레트가 고민 끝에 옷을 찢으려 한 그때였다.

짝, 짝, 짝.

지금의 상황에 듣기에는 무척이나 이질적인 소리가 복도에 울려 퍼졌다. 루트비히는 매복한 암살자가 또 있는 게 아닐까 하고 경계하며 주위를 살폈지만 안네그레트는 그대로 동작을 멈추었다.

"안네그레트?"

안네그레트의 그런 행동에서 어쩐지 위화감이 느껴졌다. 루트비히는 멍하니 그녀의 이름을 불렀다. 안네그레트의 얼굴이 납처럼 차갑고 딱딱하게 굳었다.

언제부터 그 자리에 있었던 것일까, 아까 지나친 화려한 갑옷 뒤에서 모자를 눌러써 얼굴을 가린 한 남자가 나타났다. 안네그레트는 그에게 고개 숙여 인사했다.

"안네그레트 바이언트, 부신의 위대하신 황제 폐하의 명을 받들어 태자 전하를 호종하였습니다."

"예, 잘했습니다. 이제 됐습니다. 나머지는 제가 처리할 테니 이만 가보아도 됩니다."

루트비히는 무슨 일이 일어나고 있는 것인지 알 수 없었다. 저 남자가 누군지는 안다. 뭇 사람들에게 전설의 암살자라는 이름으로 남아 있는 그자였다. 지금은 뭘 하는지 아무도 모른다지만 루트비히는 그가 아버지, 황제의 부하라는 것을 대강 짐작하고 있었다.

그런데 황제 폐하의 명이라고? 이제 됐다고?

"그게 무슨 소리야?"

그가 무엇을 묻든 항상 루트비히의 눈을 보고 성의껏 대답하던 안네그레트는 놀랍게도 주군의 질문을 들은 척도 하지 않았다. 루트비히는 전설의 암살자의 멱살이라도 붙잡고 싶었다.

황제 폐하의 명에 따라 호종했다고?

"그게, 무슨 말이냐고."

루트비히의 말에 대답하는 사람은 없었다.

그 어떠한 설명도 없이, 안네그레트는 미칠 듯이 담담한 눈으로 그 자리를 떠났다.

"폐하를 왜 못 뵙는다는 거지?"

황제를 만나고자 하는 사람은 항상 많았고 그런 사람들을 신분과 용건의 중요도에 따라 각자 다른 방에서 기다리게 하는 건 황궁의 질서를 유지하는 데 아주 중요한 일이었다. 그러나 그 일을 재상이 직접 하는 경우는 많지 않았고, 시종장은 태자의 험악한 얼굴과 시릴 재상의 담담한 얼굴을 흘끔거리며 목 타 했다.

루트비히는 당장 누구라도 후려칠 태도였지만 시릴은 그가 그럴 것을 짐작이라도 했다는 듯 평온한 얼굴이었다. 시릴은 그가 자주 들고 다니는 책을 안은 채 말했다.

"말씀 올렸다시피, 전하. 황제 폐하께선 지금 바쁘십니다."

"아들이 급히 뵙자는데 얼굴 한 번 못 비추실 만큼?"

"광대한 제국을 다스리시는 폐하께 사적인 용무를 보실 시간은 아무래도 남보다 적기 마련이 아니겠습니까?"

"그런 것치고는 쓸데없는 참견을 해놓으신 것 같던데."

루트비히는 화가 나서 붉어진 얼굴로 이를 갈았다. 시릴은 뭔가를 깨닫고 한숨을 쉬었다.

"잔을 만나셨습니까?"

잔? 그래, 전설의 암살자의 본명이 그거라고 어디서 주워들은 기억이 났다. 루트비히는 눈을 시퍼렇게 불태웠다.

"자네도 공범이야?"

"공범이라뇨. 딱히 범죄를 저지른 기억은 없습니다만."

"나한테 몇 달 동안이나 새빨간 거짓말을 해댔잖아."

"저는 따로 거짓말을 한 기억이 없습니다만."

기술적으로는 옳은 말이었지만, 거짓말을 한 것과 뭐가 다르단 말인가. 루트비히는 속이 타 본인의 가슴을 쳤다.

"좋아, 폐하를 보여줄 생각이 없으면 자네라도 말해보라고. 대체 안네그레트를 내게 보낸 이유가 뭐야? 뭐야, 안네그레트도 제 아버지처럼 황제 폐하한테 이미 충성 맹세라도 한 거냐고? 그래서 나한테는 그렇게 아무렇지도 않게 거짓말을 하면서 따르는 척할 수 있었던 거냐!"

시릴은 짐짓 놀라는 얼굴을 했다. 밉살맞은 표정이었다.

"따르는 척이라니요. 안네그레트가 아무렇지도 않게 거짓말을 할 수 있는 성품이라 생각하십니까?"

"아니라고 생각했으니까 지금 내가 여기서 이러는 거 아냐!"

안네그레트는 거짓말을 끔찍하게 못한다. 그런데도 불구하고 그간 그만을 충심으로 따르는 것처럼 행동했다.

그래서 더 믿을 수가 없었다. 황제가 안네그레트에게 뭐라고 했길래, 뭘 약속했길래.

루트비히가 입을 다물고 주먹을 쥐자 시릴은 한숨을 쉬고 조금은 부드러운 표정을 지었다.

"안네그레트는 정말로 태자 전하를 무척 존경하고 따랐습니다. 다만 더 상위의 명령이 있어 말씀드리지 못한 게 있을 뿐이지요."

"상위의 명령?"

"황제 폐하께서 따로 내리신, 태자 전하를 일정 기간 동안 비밀스럽게 호위하라는 명령 말입니다."

"내게 호위가 부족해 보였어?"

"이번에 안네그레트가 없었으면 어쩔 뻔했습니까? 그만큼 강하면서 다른 일을 돌보지 않고 오직 전하 옆에만 있을 수 있는 호위를 구하기는 힘들지요."

그 말이 너무도 뻔뻔해 루트비히는 폭발할 뻔했다. 시종장은 주눅이 들어 그 자리에서 사라지고 싶었다. 굳게 닫힌 황제의 집무실 안쪽에서는 아무 소리도 들려오지 않았다.

루트비히는 이를 갈았다.

"그래서, 온갖 박대와 멸시를 받아가며 내 옆에 있었다는 거야? 나를 호위하느라?"

그래서 베겔레브란 땅에 다녀오라는 명을 따르지 않은 것이다. 전쟁 중에야 전군이 그의 천막을 가장 우선해 지켰으니 잠시 그녀가 자리를 비워도 된다고 판단했을 테고.

다리에서 힘이 풀렸다. 루트비히가 한숨을 푹 쉬자 시릴은 시종장에게 손짓했다.

"그렇게 화를 내시는 것은 건강에 좋지 않습니다. 목마르지 않으십니까? 새 와인 좀 드시고 진정하시지요."

"내가 어떻게 진정해? 폐하를 뵙고 해명을 들어야겠다니까!"

시종장은 목숨을 걸고 당장 와인을 가져왔다. 시릴은 와인에 물도 섞지 않고 그것을 바로 상아로 만든 잔에 따라 루트비히에게 건넸다. 그는 와인을 숨도 쉬지 않고 꿀꺽꿀꺽 넘겼다.

기분은 나아지지 않았다.

"제국의 태양이신 황제 폐하께서 일개 종자 한 명에 관한 일을 해명하려 바쁜 집무를 멈추실 수는 없지 않겠습니까? 제게 묻고 싶은 게 있으시다면 다 여쭤십시오. 숨김없이 말씀드리겠습니다."

"이런 식으로 알려지기 전에 미리 알려줬어야지!"

"그러면 비밀 호위가 아니게 되지 않겠습니까? 전하께서도 안네그레트를 신뢰하지 못하셨을 테고요."

"내가 왜 안네그레트를 신뢰하지 못해!"

"전하께선 폐하의 사람은 일단 신뢰하지 않고 보시잖습니까?"

그건 사실이었지만, 그렇다고 해서 저 능구렁이들―황제, 재상, 그리고 전설의 암살자와 어쩌면 게오르츠 백작까지―이 짠 사악한 각본이 천사의 선행으로 느껴지는 것은 아니었다. 루트비히는 와인 한 잔을 더 마시고 가까운 곳에 있던 호화로운 흑목 의자에 털썩 앉았다.

루트비히는 얼굴을 짚고 중얼거렸다.

"……다 모르겠어."

안네그레트는 지금까지 어떤 마음으로 그의 옆에 있었던 것일까.

그가 홧김에 했던 사랑 고백이 그녀에게는 난처하고 거추장스러울 만도 했다. 때가 되면 끝날 임무를 띠고 있는데 곁에 머무르라니.

시릴은 같잖게도 다정하게 말했다.

"안네그레트는 이번 호위가 끝나면 황제 폐하께 기사 서임을 받기로 되어 있었으니 앞으로도 볼 일이 또 있으실 겁니다. 나쁜 마음으로 그런 것이 아니니 넓은 마음으로 좋게 봐주십시오. 폐하께서도 전하를 걱정하시어 일부러 밀지까지 내리신 것이니 모쪼록."

"내가 왜!"

루트비히는 문득 버럭 소리치며 의자에서 일어났다. 그가 놓친 상아 잔을 시종장은 온몸을 던져 잡아냈다. 그 상아 잔은 아주 멀리서 들여 온 물건으로 최고의 장인이 보석을 박아 장식한 보물이었다.

"당장 안네그레트도 불러오겠어. 당신이 멀리서 불러올리신 거니 설마 안네그레트도 안 만나주시진 않겠지. 사자대면, 아니, 전설의 암살자인지 잔인지 얀인지도 불러서 오자대면을 하자고! 기사 서임? 그걸 왜 폐하께서 하시나! 지금까지 내 종자로 일했으니 서임은 내가 할 거야! 그래, 그렇게 원하던 서임! 그거 당장 내일이라도 해준다고!"

다, 다 폐하 타령이다! 루트비히의 성질이 폭발하는 것을 보고 시릴은 어깨를 으쓱했다. 숫제 아무래도 자신에게는 상관없다는 태도였다.

"안네그레트를 불러오는 건 상관없고, 잔도 이제 황제 폐하를 호위하느라 계속 옆에 있을 테니 볼 수야 있습니다만, 굳이 그럴 이유가 있겠습니까?"

"시끄러워! 내가 꼭 그렇게 해야겠다고!"

언제 불호령이 자신에게 떨어질지 몰라 벌벌 떨며 상아 잔을 닦아 갈무리하던 시종장은 누군가 소리치며 뛰어오는 것을 보고 인상을 썼다. 저 태자가 일촉즉발인 상황에 누가 감히 소란을 피우는지 모를 일이었다. 게다가 자세히 보니 이, 황제의 집무실 바로 앞에 마련된 방까지 마음대로 들어올 수 있는 신분인 자도 아니었다. 헤크볼트 가의 키르시지 않나.

"전하, 전하! 큰일 났습니다!"

키르시가 반복해서 외치는 목소리를 겨우 캐치한 루트비히는 입을 다물었고 시릴은 미소를 지었다. 시릴과 시종장이 자기에게 눈길을 주는지 마는지도 모르고 키르시는 숨을 헐떡이며 달려왔다. 시종장은 눈살을 찌푸리며 그를 내쫓으려 했지만 루트비히는 키르시에게 퉁명스럽게 말을 붙였다.

"무슨 일이야? 무슨 큰일? 내가 암살당할 뻔한 일이라면 내가 먼저 알았는데."

그렇다. 그보다 큰일이 있을 수 있단 말인가? 시릴은 상당히 흥미로워하며 키르시를 보았다. 그가 아는 키르시 헤크볼트는 권위를 무시할 때도 자신에게 주어지는 허용 범위가 얼마큼인지 정확히 알고 행동했다. 황제의 집무실 앞까지 뛰어올 정도라면 어지간히 혼을 쏙 빼놓는 일이 아니라면 안 될 것이다.

루트비히의 분노해 벌겋고 퉁명스러운 얼굴에 대고 키르시는 손을 저으며 연극처럼 소리쳤다.

"전하, 안나가 없어졌어요! 안나가 짐을 싸서 나갔다고요! 마구간에도 블리츠가 없고, 세상에, 방에도 물건이 하나도 없어요!"

사랑하는 어머님께,

어머님, 얼마 전에 황궁에는 첫서리가 내렸습니다. 요새는 아침에 일어나 창을 보면 성에가 끼어 있어 뿌옇습니다. 보기엔 아름다우나 이 겨울에 추위로 고생할 가난한 이들을 생각하면 가슴이 아프기도 합니다. 올여름에 그토록 많은 사람이 죽었는데 집과 밭이 회복되기도 전에 겨울을 맞이하면 살아남은 이들은 어떻게 할까요. 가난한 자들이 살 수 있도록 음식과 땔나무를 많이 나누어주어야겠습니다.

예, 어머니. 라이헤르타 남작령의 제 백성들을 이번 겨울에도 제가 구휼할 수 있을 것 같습니다.

갑자기 이런 편지를 받으시고 어머님께서 당황하시는 모습이 눈에 선합니다. 제가 영영 황도에 있지 않으리라는 것은 어머님께서도 아셨을 테지만 설마 이렇게 제 여정이 빨리 끝날 줄은 저도 몰랐으니까요. 가족들은 모두 건강한지, 그간 어떤 것을 하고 지냈는지, 돌아가서 직접 얼굴을 보고 물을 생각에 가슴이 설렙니다.

아아, 어머님. 지난겨울의 끝자락에 황제 폐하께서 보내신 친서가 아직 눈에 선합니다. 그 친서를 황공하옵게도 제가 수령한 것이 이 모든 일의 시작이었지요.

위대하신 황제 폐하께옵선 제게 감히 태자 전하를 모략하려는 세력이 있음과 그들로부터 귀하신 아드님을 지키기 위해 그분 곁에 있어줄 호위가 필요함을 알리셨지요. 제국의 신하로서 황제 폐하께서 내리시는 명을, 심지어 그렇게나 올바르고 애틋한 명을 따르지 않을 자가 어디에 있다는 말입니까?

그리 명을 받들겠다는 답서를 올릴 적에는 그저 한 사람 몫을 하는 무사로서 황제 폐하의 명을 받들 수 있다는 사실만 기뻤지요.

오랜만에 태자 전하와 황녀 저하를 뵐 수 있으리라는 기대 또한 있었고요. 또 모든 일이 성공적으로 끝나면 정식 기사로 서임해 주시겠다니 이 얼마나 꿈같은 기회였던지요.

그러나 황도에서 태자 전하를 모시며 했던 종자 생활은 저에게 생각지도 못한 것을 많이도 가져다주었더랬습니다. 기사도의 일곱 가지 예를 제가 암송할 줄이나 알았지, 어찌 그 안에 담긴 뜻과 실천하는 어려움을 알았겠습니까? 약한 자를 돕고 주군의 명을 따르는 것이 때로는 어떤 장애물에 부딪치는지 제가 또 언제 경험을 해 보았겠습니까? 시간을 돌려 다시 이 경험을 하겠냐고 묻는다면 저는 백 번이라도 다시 하겠다고 대답할 겁니다.

아아, 하지만 어머니. 저는 이제야 제가 저지른 큰 실수를 깨달았습니다. 제 입으로 암송하고도 기사도의 일곱 번째 예를 지킬 줄 몰랐으니 제가 어찌 검을 좀 휘두른 것으로 잘했다 칭찬받고 감히 기사 서임을 받겠습니까.

저는 태자 전하께 거짓말을 했습니다. 처음부터 끝까지 거짓말을 했습니다.

그것이 이제 와 이토록 가슴이 아프니 참으로 우스운 일입니다. 가슴 아플 일이고 잘못된 일이라면 하지를 말 것이지, 어찌 저질러 놓고 제가 피해자인 것처럼 속상하단 말입니까? 이토록 뻔뻔하고 거짓말을 많이 한 저에게는 기사 서임을 받을 자격이 없습니다.

그래서 어머님, 죄송하지만 집에 가는 저는 기사의 자격이 아니라 맨 처음 종자의 서약을 하기 전의 안네그레트 바이언트 폰 라이헤르타, 라이헤르타 남작의 자격으로 갑니다. 또한 어찌할 바를 몰라 잠시 위안과 휴식이 필요한 어머님과 아버님의 자녀로 갑니다. 그리고 한동안 기도하며 죄를 갚고자 하는 신의 자녀로 가는 것입니다.

이 편지는 가장 빠른 교대편으로 보내는 것이니 저보다는 조금 먼저 도착하겠지요. 하오나 저 또한 최대한 급히 말을 달리려 합니다. 더 추워지면 여행하기에도 곤란하고, 또 눈이 내리기 전 영지민들을 돌보아야 하니까요. 황도의 집에 고용해 둔 사람들을 제대로 돌보지 못하고 그들에게도 편지를 남기고 내려갑니다.

알비와 페밀라, 포르에게 줄 선물은 가져갑니다만 선물이 있다고 미리 가르쳐 주지 않으시면 좋겠습니다. 놀라게 해주고 싶으니까요. 물론 어머님과 아버님을 위해서도 선물을 가져갑니다만 두 분께서는 필요한 것을 모두 가지고 계시니 어떤 걸 준비해야 할지 몰라 제 이야깃거리를 가져갑니다.

아아, 참으로 드릴 말씀이 많습니다만 그 모든 이야기는 직접 얼굴을 뵙고 해야겠습니다. 지금은 글을 쓰는 제 눈앞에 눈물이 번지고 손이 떨려 모두 담을 수가 없습니다. 또 한시도 지체하지 않고 떠나기로 마음을 굳혔으니 괜히 책상 앞에서 종이를 낭비할 필요가 없겠지요.

머지않은 시일 내로 건강한 모습을 뵙길 바라겠습니다. 가족들 모두에게 따뜻한 행복이 함께하기를. 그리고 또한 우리 태자 전하께서도 모쪼록 신의 돌보심 안에서 언제나처럼 강건하시기를.

신의 이름에 영광 있으라.

사랑을 담아, 불민한 딸 안네그레트.

Chap.7

거짓말하지 않을 것

창밖으로 함박눈이 내리는 것을 보며 살롱의 참석자들은 조용히 담소를 나누었다. 그 끔찍했던 여름과 가을이 지나고 드디어 생활이 안정되었다는 사실 때문에 많은 사람이 관대해져 있었고, 덕분에 살롱에서 베푸는 음식은 풍족했다. 이 살롱은 정기적으로 자선 활동도 하고 있으니 사람들의 마음에 여유가 돌아온 것은 좋은 일이었다.

그리고 살롱 참석자들의 입에 오르는 소문도 어디서 전쟁이 있었다더라 따위가 아니라 사교적인 화제에 집중되어 있었다. 최근 단연 화제가 되는 것은 안네그레트 바이언트, 사교계 최고의 신붓감의 갑작스러운 실종이었다.

"그러니까 실종이 아니라니까요."

율리아는 자기를 따르는 어린 남작 부인의 지친 목소리를 들으며 본인도 기운이 빠져 한숨을 쉬었다. 남작 부인과 대화를 나누던 백작가의 젊은 딸은 겨울에 어울리게 털 장식이 잔뜩 된 부채로 뺨을 가리며 입을 오물거렸다.

"하지만 아무에게도 행선지를 말하지 않고 떠났다잖아요? 실종된 거나 다름이 없죠."

"그런 건 실종이라고 부르지 않죠. 그냥 떠난 거잖아요."

"어디 있는지 아무도 모르고 소식이 없으면 그게 실종이지 뭐겠어요? 세상이 어떻게 되려고 이러는지……."

옆에서 그 이야기를 듣던 약간 주책없는 모 자작은 잠적이라는 단어를 알려주고 싶었지만 끼어들 시기를 아직 잡지 못해 눈을 굴리고 있었다. 율리아는 차의 향기를 맡으며 눈을 감았다.

안네그레트는 율리아와 시피에트에게 짧은 쪽지를 한 장씩 남기고 떠났지만, 그 쪽지에는 친구가 어째서 그렇게 급히 황도를 떠나야 했는지에 대한 설명이 없었다. 시피에트는 안네그레트가 실연 때문에 속상해하고 있었다는 말을 해주었지만 율리아는 그 말을 완전히 믿지는 않았다. 율리아는 루트비히 태자가 안네그레트를 어떻게 바라보았는지, 그녀에게 어떻게 말을 걸었는지 기억했다. 설령 그것이 아직 자각하지 못한 호감에 불과하더라도 루트비히가 그렇게 덜컥 안네그레트를 거절할 거라는 생각은 들지 않았다.

하지만 안네그레트가 사라지고 나서 루트비히가 보인 태도는 분명히 이상했다. 최근까지 별일이 없어도 꼭 옆에 부르고 무도회 때는 단둘이 함께 있으면서도, 그는 꼭 안네그레트가 없더라도 별 상관이 없는 것처럼 태연하게 행동하고 있었다. 율리아는 그 사실이 시사하는 바가 무엇일지 몇 번이나 추측하려 해보았지만 무언가를 짐작하기에는 정보가 너무 부족했다.

함박눈이 어지러이 날려 창틀에 쌓였다. 약속이나 한 것처럼 잠시 살롱의 모든 대화가 끊겼다가, 젊은 자작부인이 명랑하게 입을 여는 것으로 그 침묵이 깨졌다.

"어머나, 눈이 많이 오네요. 오늘 밤은 돌아갈 때 고생하겠어요."

"질척한 눈길이 싫으신 분들은 얼마든지 자고 가셔도 된답니다. 저는 늘 환영이에요."

살롱의 주최자이자 얼마 전 남편을 잃은 총명한 백작 부인이 후후 웃으며 말했다. 백작 부인과 가까운 사람들이 너도나도 그러면 자신도 자고 가겠다며 말을 꺼냈다.

이윽고 거취를 밝힐 순서가 율리아에게 돌아왔다. 그녀는 먼저 자신과 마주 앉아 있던 사람에게 눈길을 주었다. 아무래도 신분이 높은 사람이 먼저 말하는 것이 보기 좋을 터였다.

드란힐트는 픽 웃고 율리아에게 먼저 물었다.

"어떻게 할 건가요, 피츠콜 양?"

정말이지 순순히 말을 들어주지를 않는다. 율리아는 쓴웃음을 마주 짓고 말했다.

"제 마차는 아까 돌아가 버렸지 뭐예요. 저도 죄송하지만 백작 부인께 신세를 져야 할 것 같아요."

율리아 피츠콜이 머물러 준다면 어느 사교 모임에서도 자랑스러운 일이 될 것이었다. 백작 부인은 기쁜 얼굴을 했지만 드란힐트가 먼저 부채로 입을 가리며 말했다.

"어머, 그런 거라면 내 마차를 함께 타지요. 피츠콜 양이 집이 아니라 다른 데로 가는 게 아니라면, 우리는 거의 같은 방향으로 돌아가지 않나요?"

율리아와 밤새 즐겁게 놀 생각에 들떠 있던 사람들은 섭섭해하면서도 의외라는 얼굴을 했다. 저 드란힐트 하슐레타와 율리아가 언제부터 마차를 같이 탈 정도로 친했던가? 아니, 하슐레타 백작부인이 대체 언제부터 누구에게 함께 마차를 타자는 제안 같은 걸 했던가?

율리아는 그들의 합리적인 의심에 매우 동감이었지만 오늘은 무척 피곤했다. 남의 집에서 잠옷 파티를 할 기분이 아니니 선택의 여지가 없었다.

"그러면 황송하지만 신세를 지겠어요, 하슐레타 백작 부인. 감사합니다."

"별말씀을."

드란힐트는 생긋 웃었다.

곧 눈보라가 잠시 소강상태에 접어들자 오늘 밤을 백작 부인의 저택에서 보내지 않기로 결정한 사람들은 부산하게 떠날 채비를 했다. 차례로 포옹과 키스가 이어지고 다정한 인사를 몇 번이나 반복하고 나서 율리아는 드란힐트를 따라 그녀의 마차에 탔다.

푹신한 마차에는 말끔한 유리창과 화려한 수가 놓인 커튼이 붙어 있었다. 율리아는 드란힐트의 맞은편에 앉아 다시 감사 인사를 했다.

"이렇게 마차를 태워주셔서 정말 감사드려요, 백작 부인."

"뭘요."

드란힐트는 마차에 일단 들어와 주위에 보는 사람이 없어지자 무뚝뚝한 얼굴을 했다. 아마 율리아를 태워주기로 결정한 것도 그 자리에 있는 사람들의 산통을 깨고 싶어서였으리라. 율리아는 쓴웃음을 지었다.

마차는 튼튼하고 짝이 잘 맞는 바퀴를 타고 흔들림 없이 출발했다. 드란힐트는 커튼을 열고 말없이 밖을 보았다. 흰 눈이 쌓인 거리는 밤인데도 밝았다.

마차가 시가지에 접어들었을 때 율리아는 뭔가 사교적인 말을 하는 것이 좋겠다고 판단했다.

"이번 겨울에는 계속 황도에 계실 건가요, 백작 부인?"

"글쎄요,"

드란힐트는 창에서 시선을 떼지 않고 심드렁하게 대답했다.

"너무 추우면 내려갈 수도 있어요. 피츠콜 양은 계획이 어떤가요?"

"저는 황도에서 겨울을 날 것 같아요."

집안 사정상 따뜻한 요양지로 가서 사치스럽게 돈을 쓸 여유는 없었다. 드란힐트는 짐작했다는 듯 대충 고개를 끄덕였다.

"그래요. 웬만하면 이번 겨울엔 황도에 있는 편이 재미있을 거예요."

"그런가요?"

율리아의 입장에서는 오랜만에 본 안네그레트는 제 영지로 가 버렸고 남자친구와 헤어진 지도 얼마 되지 않았으니 황도가 재미있을 일이라곤 없었다. 게다가 사교 시즌도 아닌데. 드란힐트는 마침내 창에서 눈을 떼고 율리아의 눈을 보며 빙긋 웃었다.

"빌텐바룽 공작이 이혼하고 우리 황도를 방문한다는군요. 제 영지로 돌아갔던 귀족들도 당장 뛰어올 만하지 않나요? 벌써 다섯 번째 이혼이라죠?"

율리아는 잠시 숨을 어떻게 쉬는지 잊었다. 빌텐바룽 공작이라고? 저 유노아의 공주이자 오 년쯤 전에는 이 부신에서 온갖 화려한 스캔들을 일으켰던 바로 그?

태자의 연인으로 알려졌다가 갑자기 결혼해 멀리 떠났던 그?

율리아의 얼굴을 보고 드란힐트는 만족한 듯 깔깔 웃었다.

"우리 오라버님도 너무 오랫동안 결혼하지 않고 버티셨죠. 나는 이번에는 오라버님도 결혼하게 되지 않을까 점치는데, 어떻게 생각해요?"

할 말이 없었다. 율리아는 당황해 눈을 굴리다가 일단 마음 속의 우정을 위해 반박했다.

"빌텐바룽 공작이 태자 전하께 청혼하러 오는 게 아니라면 꼭 그렇게 생각할 필요는 없지 않을까요? 또 다섯 번 이혼한 사람을 믿고 태자비로 들일 수 있는지도 문제가 될 것 같은걸요."

"아이."

드란힐트는 또 깔깔 웃었다.

"오 년 전엔 이미 네 번 이혼하고 아이도 있는 사람을 감당하기엔 우리 오라버님이 너무 어리셨죠. 하지만 지금은 그 정도의 자유분방함은 감당하실 수 있는 어른이니까. 그때 아쉬웠던 공작이 이번에야말로 로맨스를 완성하러 오는 게 아니겠어요?"

빌텐바룽 공작이라면 너무나 있을 법했다. 율리아가 당황하는 것을 보고 드란힐트는 어깨를 으쓱했다.

"뭐, 또 이혼하면 어때요. 오라버님도 결혼 한 번 정도는 경험을 해보셔야 하나뿐인 사랑에 바보 같은 집착을 안 하시죠."

"하나뿐인 사랑이요?"

루트비히 태자가 그런 걸 원했던가. 율리아가 이상한 표정을 짓자 드란힐트는 부채로 얼굴을 가리고 눈웃음을 보였다.

"정말이지, 우리 집안 남자들은 왜 그러는지 모르겠어요. 하나

뿐인 사랑에 너무 집착해 두 여자를 동시에 불행하게 만들질 않나, 그 나이 먹도록 눈이 높아서 결혼도 안 한 주제에 자기는 감정과 상관없이 정략결혼을 할 거라고 우기지 않나. 차라리 공작 정도 되는 사람이어야 그렇게 이상 높은 남자와 균형이 맞을 거라고 생각 안 해요?"

드란힐트가 저 유명한 아샬레아의 이야기를 꺼내는 것을 율리아는 처음 들어보았다. 그만큼 황녀는 자기를 어릴 때 돌봐준 여자가 마치 존재하지 않는 것처럼 행동하곤 했던 것이다.

드란힐트는 놀라워하는 율리아에게서 시선을 떼고 다시 창밖을 보았다. 충동적으로 꺼낸 말이었지만 후회하지는 않았다. 상대가 상대이기 때문일까.

"내가 이런 말 했다고 어디 가서, 물론 당신이 그럴 리도 없겠지만, 말하지 말아요. 나는 사람들이 우리 아버님의 정부에게 동정심을 느끼기를 바라지 않으니까요."

율리아의 시선을 느끼며 드란힐트는 눈을 감았다.

아샬레아는 결국 죽을 때까지 황제를 향한 비난의 태반을 떠안았고 그만큼 화려하게 살다가 갔다. 그녀는 항상 최고로 아름다웠고 모두의 비밀스러운 동경의 대상이었다. 다른 군주들의 정부가 적당히 사랑받다 적당히 잊혀지는 것과는 달리 그녀와 황제의 관계는— 적어도 한쪽의—평생에 걸친 것이었다.

하지만 아샬레아가 황제를 사랑했는지, 드란힐트는 확신할 수가 없었다.

그러므로 안 되는 것이다. 이 집안의 남자들이 가진 웃기지도 않는 사랑의 이상을 귀엽게 봐줄 생각은 없다.

아름다운 검은 머리의 그림자는 이제 깨끗이 치울 때가 되었다.

"으악, 전하!"

키르시는 깜짝 놀라 그 자리에 주저앉을 뻔했다. 어두운 거실에 말도 없이 앉아 있던 루트비히는 키르시를 지친 눈으로 보았다.

안네그레트가 떠나고 나서는 줄곧 저렇다. 반쯤 미친 사람 같다고, 키르시는 차마 입 밖으로 낼 수는 없는 평가를 하고 있었다. 남들이 보는 곳에서는 오히려 너무할 정도로 평소와 똑같이 행동하면서 가까운 사람들만 남으면 완전히 입을 다물고 혼자만의 생각에 빠져 버리는 것이다.

차라리 예전에 그러던 것처럼 술 마시고 뻗어서 주정이나 부렸으면 하는 마음을, 인정하지는 않았지만 테다인 또한 품고 있을 것이다. 키르시는 주저하다가 루트비히에게 다가가 친절하게 물었다.

"왜 그렇게 혼자 앉아 계세요?"

벽난로의 불빛을 등진 루트비히의 표정은 제대로 보이지 않았다. 그러나 키르시는 그가 인상을 썼을 것 같다는 추측을 했다.

"혼자 앉아 있지, 그럼 여럿을 데리고 앉아 있어야 한다는 거야?"

"아뇨, 그게 아니라. 촛불이라도 좀 켜고 계시지."

"잔소리하려고 들어온 거면 들었으니 이제 그만하고 가봐."

"아뇨, 저는 그냥 놓고 간 게 있어서 가지러 온 겁니다."

"놓고 간 게 뭔데?"

루트비히는 키르시에게 더는 흥미가 없다는 듯 손으로 턱을 괴었다. 키르시는 어두운 주위를 둘러보다 벽난로 불빛으로 겨우 원하던 물건을 찾았다.

"도장이요. 아, 여기 있어서 진짜 다행이네요. 잃어버린 줄 알았는데."

낮에 이 방에서 도장을 찍고는 그대로 잊어버렸던 모양이다. 키르시는 신이 나서 반지를 불빛에 비추어 몇 번이나 확인해 본 다음 그것을 줄에 꿰어 목에 걸었다. 루트비히는 한숨처럼 중얼거렸다.

"그거 새로 판 거잖아. 잘 챙겨."

"예, 전하. 앞으로는 아예 목에서 안 떼어놔야겠습니다."

"그래."

한숨.

바로 몸을 돌려 나가려던 키르시는 그 자리에 멈춰 서서 머뭇거렸다. 루트비히는 그가 그러거나 말거나 생각에 잠긴 얼굴이었다.

에이, 역시 이렇게 두고 갈 수는 없지. 키르시는 루트비히에게 다가가 그의 등 뒤에 섰다. 굳이 얼굴을 마주 보지 않는 것이 그의 배려였다.

"안나가 종자 생활을 재미있어했다고는 생각해요."

루트비히는 움찔했다. 키르시는 자신이 굉장히 쓸데없는 참견을 한 것 같아 벌써 후회가 들었지만, 역시 이대로 그를 놓고 나가는 것도 뒤가 찜찜할 것 같았다. 아무튼 그는 지금의 주인에게 만족하고 있었고 한솥밥을 먹은 지도 오래다.

"저도 솔직히 배신감도 느꼈고, 그동안 완벽하게 자기의 원래 신분을 버리고 전하의 종자 노릇을 하던 그건 장난치는 거였나 하는 생각도 들었어요. 젠장, 생각하니 또 열받네요."

하일러가 이 자리에 없어서 다행이었다. 아마 있었다면 호되게 머리든 옆구리든 맞았을 테니까. 키르시는 속으로 안도의 한숨을 쉬며 다시 그의 방식대로 말을 이었다.

"뭐가 기사도고 뭐가 종자의 맹세예요. 제길, 그럼 처음부터 말을 하든가. 애초부터 다른 주군을 모시고 있었던 거잖아요. 전하께서 어쩔 줄 모르시는 거 다 이해해요."

첫 만남에 되게 얻어맞은 건…… 솔직히 억울할 일은 아니었지만. 하지만 계속 생각나는 걸 어떻게 하나.

"그래도 있잖아요, 안나가 지금까지 우리랑 같이 생활하면서 보인 모습이 그럼 다 거짓말이고, 다 자기하고는 상관없는 일이라 그렇게 잘난 소리를 할 수 있었던 걸까 하면…… 그건 아닌 것 같거든요."

정말로 아무래도 상관이 없었다면, 진짜 자기 자리로 가기 전에 거치는 잠시 간의 연극 무대 같은 거였다면, 그렇게까지 헌신적일 수는 없었다.

잠시 기다려 보았지만 루트비히는 꿈쩍하지 않았다. 키르시는 지금 더 밀어붙여 봐야 누구에게도 좋을 것이 없다고 그답게 재빨리 판단하고 몸을 돌렸다.

"그냥 제 의견은 그렇다고요. 그럼 전 가보겠습니다. 쉬십쇼."

요즈음 꿈에는 한 사람밖에 나오지 않았다.

끔찍하게 반복되는 술래잡기와 항상 맞이하는 불만족스러운 결말에 시달리며 루트비히는 수면 부족이 사람에게 미치는 영향을 한 단계씩 착실히 겪어나가고 있었다. 만성적인 피로감, 우울감, 건망증, 이유 없는 통증, 두통…….

밤잠을 계속 설치다 보니 낮에는 일을 하다 말고 졸기 일쑤였다. 테다인은 잠을 못 자는 게 주정보다 나쁠 거라며 궁정 의사의 수면제와 술을 가져왔고 루트비히는 명백히 후자를 선호했다. 결과적으로 두통은 점점 더 심해졌다.

점점 추워지는 날씨에 망토를 두르고 집무실의 벽난로 앞에 대강 드러누워 서류를 보던 루트비히는 한숨을 쉬며 눈을 감았다. 눈알이 뻣뻣하고 건조했다.

똑똑.

"들어와."

테다인이 서류 한 꾸러미를 안고 들어와 책상으로 갔다. 루트비히는 그것을 곁눈질로 보고 상당히 진심을 담아 불평했다.

"왜 이렇게 일이 안 끝나?"

"전하의 결재가 느리기 때문입니다. 오늘 세 장 처리한 것 아십니까?"

그러고 보니 지금 든 서류를 얼마 전부터 읽고 있었는지 기억이 나지 않았다. 루트비히는 한숨을 쉬고 몸을 일으킨 뒤 서류를 바닥에 집어 던졌다. 테다인은 태도를 바꿔 친절하게 주인을 얼렀다.

"어서 끝내시고 한숨 주무십시오. 수면제 남은 것 있습니다."

"아니, 수면제를 먹으니까 종일 늘어져서 안 되겠어. 오늘 저녁에 당장 누구더라, 아무튼 누구 백작가의 파티에 가야 해."

"빌 아데스 가의 장남이 새 그림을 자랑한다고 파티를 연다지요. 고귀한 분들이 많이 오신답니다."

"제기랄, 다시 듣고 나니 가기 더 싫어지네. 어떻게 그렇게 듣기만 해도 시시한 파티가 있을 수 있지?"

그렇게 말하면서도 루트비히는 벽난로 위의 시계를 보았다. 테다인은 쓴웃음을 지었다.

"아직 좀 남았습니다. 눈을 좀 붙이고 가셔도 됩니다."

"아니야. 전에 약 기운이 남은 상태로 파티에 갔더니 내가 무슨 말을 하는지도 모르겠더라고. 내가 불쌍하면 뭘 줘야 하는지 알지?"

"술주정을 부리실 때는 무슨 말을 하는지 아십니까?"

"비교적?"

테다인은 고개를 저으며 찬장으로 갔다. 루트비히는 간신히 자신이 아까부터 보고 있던 서류의 내용을 이해했다. 태자궁 대청소 및 바닥 공사에 대한 임금 지급 품의였다. 금방 서류 옆에 붉은 음료로 반쯤 채워진 뿔잔이 다가왔다.

"고마워."

루트비히는 테다인이 내미는 대로 인장에 잉크를 묻혀 서류에 찍었다. 그리고 뿔잔을 들어 안에 있는 것을 마시자 잠시 통증이 가셨다.

그래, 통증이 있었다. 루트비히는 고개를 갸웃했다. 딱히 어디가 아프다는 생각을 한 적은 없는데, 막상 술을 마시니 어떤 지속적이고 가벼운 통증이 일시적으로 사라지고 편안한 감각이 들었다. 몸이 안 좋은 것일까?

그야 요즘은 계속 잠을 제대로 자지 못했으니 당연히 몸이 좋지 않았다. 어려울 것도 없는 임금 지급 품의서를 한참 붙잡고 돌아다녔다는 것만 보아도 명백했다. 루트비히는 짜릿한 목의 감각이 사라지자 다시 그 통증이 돌아왔다는 것을 이번에는 분명하게 느꼈다. 고통스럽다기보다는 짜증이 났다.

"쉬긴 쉬어야겠어."

루트비히는 서류를 테다인에게 주고 벽난로 앞 소파에 아까처럼 드러누웠다.

안네그레트도 지금 이렇게 벽난로 앞에 있을까.

목에 뜨거운 것이 울컥 차며 대단히 피로해졌다. 루트비히는 지금도 안네그레트를 생각하는 자신이 어이가 없었다. 속았다. 그동안 그녀가 그에게 보였던 모습 중 얼마만큼이 진심이고, 얼마만큼이 거짓이었을까. 거짓말을 할 줄 모른다고만 믿었는데, 사실은 처음부터 모든 것이 거짓이었다.

그런데도 따져 보면 안네그레트에겐 잘못이 없었고 루트비히는 그녀가 없는 자리가 허전해서 견딜 수가 없었다.

빌 아데스 백작가의 파티에 가면 안네그레트의 소식을 들을 수 있을까. 빌 아데스 백작 부인은 자기 대녀에 대해 과연 이야기할까. 이번 파티의 주인공은 백작 부인의 아들이었고 설령 그렇지 않다 해도 백작 부인이 갑자기 자기 대녀에 대한 이야기를 꺼낼 개연성은 무척 낮다는 것을 알고 있었지만, 루트비히는 작고 꺼질 것 같은 희망이라도 버릴 수 없었다. 그녀는 물론 자기 고향에 잘 도착했을 것이다. 하지만 언제? 건강하게? ……다시 돌아올 마음은?

한숨이 나왔다. 루트비히는 지겨워서 망토로 자신의 얼굴을 가렸다. 요즘 자주 그러듯 눕자마자 잠기운은 멀어졌다.

"안니카한테 편지가 왔어?"

율리아는 반가운 얼굴로 되물었다. 시피에트는 라인홀트에게 눈짓했다. 요즘 노골적으로 시피에트와 함께 있는 일이 잦아진 라인홀트 파스텐은 품에서 편지 한 통을 꺼냈다.

편지봉투에 붙은 밀랍과 봉투에 쓰인 글씨는 눈에 익은 것이었다. 율리아는 기쁘게 그 편지를 받았지만 물건을 건네주는 라인홀트의 태도가 너무 당당하다는 사실에는 조금 신경이 쓰였다. 라인홀트는 마침 일어나 시피에트와 율리아에게 예의 바르게 말했다.

"두 분이 드실 음료라도 가져오겠습니다."

"고마워요, 라인홀트 경."

"배려 감사합니다, 라인홀트 경."

라인홀트의 말이 끝나자마자 새처럼 사랑스럽게 대답하는 시피에트를 보고 율리아는 걱정이 되어 이맛살을 찌푸렸다. 시피에트는 입을 비죽였다.

"편지가 마음에 안 들어?"

율리아는 시피에트 쪽으로 상체를 조금 더 숙였다.

"편지는 고마워. 하지만 그건 그거고, 파스텐 경하고 너는 어떻게 된 거야? 너희 둘의 소문에 대해 모른다고 하지는 않겠지?"

시피에트는 입을 조금 더 내밀며 어깨를 으쓱했다. 율리아는 친구의 이마에 딱밤을 먹였다. 탁!

"아야!"

"모르는 체하지 말고. 확실히 말해봐. 너희 사이를 파스텐 가에서도 공인한 거야? 라인홀트 경이 카르가링겐 후작위를 계승하기엔 상속 순위가 멀지 몰라도 명실공히 통치 가문의 아드님이잖아. 경이 평생 혼자 산다면 모르되 결혼을 할 거라면 그 상대를 가문에서 모른 척하지는 않을 것 아냐."

보첼 가는 황제의 관료를 역임하고 있었으므로 가문의 상속 재산을 처분할 때 비교적 자유로웠지만 파스텐 가와 같이 유서 깊은 귀족가는 다른 것이다. 상속 재산은 대다수가 가문의 정통 후계자—일반적으로 당시 카르가링겐 후작의 장남, 후작에게 아들이 없다면 후작의 남자 형제의 장남—에게 영지와 함께 귀속되었고 평화로운 계승에 방해가 될 만한 요소에 가문 내의 모든 사람들은 민감하게 반응했다. 시피에트도 그런 점은 잘 알고 있었다. 아니, 당장 그녀의 아버지와 할아버지에게 들어오는 소송 건의 상당수가 상속권 분쟁인 것이다!

"우리 아직 그런 사이는 아니야."

"뭘 그런 사이가 아니야. 말했잖아? 소문이 있다고. 라인홀트 경이 너에게서 떨어질 줄을 모르더라는 목격자가 한둘이 아니야, 얘."

시피에트는 얼굴을 새빨갛게 붉혔다. 율리아는 그러나 그 표정이 순전한 쑥스러움에서 나온 것이라기에는 부자연스럽다고 생각했다. 자연스레 율리아의 목소리는 심각해졌고 나지막해졌다.

"왜?"

"뭐가?"

"뭔가 문제가 있잖아. 보면 알아."

"넌 정말. 혹시 내 마음이 들리니?"

"거의?"

시피에트는 킥킥 웃고 본인의 얼굴에 부채를 부쳤다. 부채 끝에 늘어뜨린 거북이 등껍질 장식 향갑에서 좋은 향기가 났다.

"라인홀트 경하고 잘 되어가는 게 아니야?"

"어떻게 보면 잘 되어가는 거지. 우리 둘이 다 참석한 파티가 있으면 주로 둘이서 시간을 보내고, 무도회에선 우리 둘이 두 번

이상 춤을 추고, 가끔 살롱에 참석하면 옆에 앉곤 하니까."

"그 정도면 완벽하게 잘 되어가는 거 아니야?"

"하지만 생각을 해봐, 네가 한 말처럼 우리는 집안의 격이 다르잖아. 그래서 그런지 라인홀트 경도 나하고 특별한 사이가 될 생각이 있다는 그런 마음의 표현을 확실하게 안 한다고 할까. 그리고 무엇보다……."

"오래 기다리셨습니다."

마침 그때 양손에 발포 음료를 든 라인홀트가 돌아왔기 때문에 두 사람의 대화는 거기서 화제를 돌려야 했다. 시피에트는 음료를 받아들고 자기 옆에 앉은 라인홀트에게 방긋 웃어 보였다.

"감사합니다, 라인홀트 경."

"혹 입이 궁금하시면 과자도 조금 가져올까요? 저쪽에 아주 예쁜 파이 내놓은 것이 있더군요."

"아니에요, 경. 예쁜 파이는 다른 아가씨들에게 먼저 양보하도록 하죠. 마음 써주셔서 감사드려요."

라인홀트는 시피에트의 그 말에 흐뭇한 미소를 지었다. 율리아는 그 표정을 보고 부채를 펼쳐 몰래 쓴웃음 지었다.

'마음의 표현을 확실하게 안 한다고, 시프?'

시피에트는 친구의 그 눈빛을 알아차리고 음료를 한 모금 마셨다.

"어머나, 이거 참 맛있네요. 율리, 너도 어서 마셔봐. 그리고 언제까지 기다리게 할 거니? 안니카의 편지는 나도 아직 안 뜯어봤어. 같이 읽자."

"아, 그러네. 미안해."

율리아는 시피에트의 옆으로 자리를 옮겼다. 라인홀트가 작은 칼을 꺼내주었다.

"이걸로 뜯으십시오."

"네. 고마워요, 경."

라인홀트가 빌려준 칼에는 정교한 청동 세공과 역시 정교한 카르가링겐 후작가의 문양이 새겨져 있었다. 율리아는 편지봉투를 얼른 뜯고 칼을 라인홀트에게 돌려주었다. 시피에트가 율리아의 어깨에 머리를 기대고 왼팔을 꼭 끌어안았다.

"그럼 읽는다. 사랑하는 내 친구 시피에트, 그리고 율리아에게. 잠깐, 왜 나한테는 안 보내고 너한테만 보낸 거지?"

율리아는 갑자기 떠오른 생각에 눈을 흘겼다. 시피에트는 쓴웃음을 지으며 애교 있게 둘러댔다.

"우리 둘 다한테 보내는 거잖아."

"내 이름이 뒤에 쓰여 있잖아."

"내가 너에게 전해줄 테니까 그 수고에 대한 감사의 의미인가 보지."

율리아는 그쯤에서 넘어가기로 하고 다음을 읽었다.

"알았어. 그럼 다시 읽을게. 먼저 너희에게 제대로 된 인사도 없이 갑자기 떠났던 것에 대해 다시 사과할게. 짧은 메모만 남기고 바로 자리를 비워서 너희도 많이 당황했지? 떠날 당시에는 정신이 없었는데 집에 돌아와서 곰곰이 생각해 보니 정말 미안하더라. 부디 나를 용서해 줄래?"

글쎄, 용서할지 어떨지는 앞으로 어떻게 하는지를 보고 판단해야지. 율리아는 입을 비죽거렸고 시피에트가 채근하듯 그 다음을 읽었다.

"그간 황도에 있으면서도 너희를 챙겨주지도 못하고 소홀하기만 했던 것이 마음이 아프고 또 미안해. 일 때문에 어쩔 수 없었다지만 회상할수록 너희가 내게 잘해준 것만 생각나. 항상 고마워, 시프, 율리. 내 땅에는 어제 첫눈이 내렸는데 황도는 어떤지 모르겠다. 부디 따뜻하게 입고 다니고 건강하길. 몸은 떨어져 있지만 항상 너희를 사랑해. 나도 사랑해, 안니카."

맨 뒤의 말은 편지에 쓰인 문구가 아니었다. 율리아는 결국 표정을 풀고 킥킥 웃었다.

"나도야, 안니카."

"우리 어머님도 너희 안부를 물으시는구나. 내가 황도의 많은 분들께 신세를 졌으니 내년쯤 우리 가족이 다 함께 황도로 올라가 파티를 열까 하는 이야기를 하고 있어. 나는 그것도 나쁘지 않다고 생각하지만, 사실은 게오르츠 땅에 있는 오래된 성에서 무도회를 여는 게 더 좋지 않을까. 너희도 오랜만에 내려와서 한두 달이라도 머물 수 있도록. 그러면 옛날처럼 같이 정원을 탐험하고, 시프도 우리 기사단 사람들과 말을 탈 수 있지 않겠어?"

시피에트의 목소리가 점점 작아졌다. 율리아는 왼팔은 그녀에게 붙잡혀 있고 오른팔은 편지를 읽기 좋은 위치에 고정하느라 들고 있었기 때문에 어떻게 할 수 있는 게 없었다. 시피에트가 잠시 후 다시 명랑한 목소리를 냈다.

"얘가 올라오기 싫은가?"

"고생하다 갔으니 집이 좋은가 보지."

하긴 그렇다. 천인공노할 태자의 암살 미수 사건과 안네그레트의 갑작스러운 귀향에 대해 그녀들은 대강 내막을 알고 있었고, 안네그레트가 당분간 황도로 돌아오고 싶어 하지 않으리라는 짐작도 되었다. 부끄럽고 미안할 것이다.

그렇게까지 부끄러워하지 않아도 되는데. 부끄러워할 사람은 거짓말을 하라고 시킨 어느 능구렁이 아저씨들이다. 율리아는 속으로 뾰족하게 투덜거렸지만 겉으로는 눈만 새침하게 내리깔았다. 시피에트는 한숨을 푹 쉬었다.

"나는 황후께서 같이 내려가시지 않는 한 한두 달은 무린데."

아까부터 조용히 듣고 있던 라인홀트가 잠시간의 침묵을 틈타 차분하게 물었다.

"휴가를 받으실 수 없습니까? 레이디 시피에트. 그 어떤 직업을 가진 사람이라 해도 적당한 휴가가 필요하다고 생각합니다만."

"저희 부모님이 안 좋아하실 거예요, 경."

라인홀트는 미간을 좁혔다.

"어째서 안 좋아하신다는 겁니까, 레이디 시피에트?"

"제가 황후 폐하 곁에서 황도 사교계에 계속 발걸음을 하길 원하시니까요. 게오르츠 백작 부인께서 황궁에서 벌이는 것보다 더 큰 파티를 열 만한 분은 아니시잖아요?"

분명히 안네그레트가 편안하게 생각할 정도로 작고, 정말 좋아하는 사람들만 모인 따뜻한 자리일 것이다. 마음으로야 무척 가고 싶지. 라인홀트는 눈을 껌벅였다.

"아, 저는 레이디 바이언트에 대해 잘 모릅니다. 아주 훌륭한 분이시라는 말씀은 들었습니다만."

"귀부인의 표본 같은 분이죠. 우아하고 총명하시면서 백성들을 많이 생각하는 분이시랍니다. 가난한 백성들을 구휼할 때마다 기부금을 대단히 많이 내놓으실 뿐 아니라 몸소 나서신다고 신전에서도 좋은 평판이 자자하셔요."

"대단하시군요. 과연 라이헤르타 남작 같은 따님을 둔 분이시니만큼."

라인홀트는 그쯤에서 말을 끊었다. 시피에트의 얼굴이 약간 우울해졌다.

율리아는 편지를 무릎에 내렸다.

"팔이 아프니 나머지는 나중에 읽죠. 그보다 귀한 손님이 도착하신 것 같은데, 가서 인사를 드려야 하지 않겠어요?"

과연 빌 아데스 백작저의 입구가 시끌시끌해 손님들이 하나둘씩 입구로 눈길을 옮기고 있었다. 오늘 파티의 주최자이자 빌 아데스 백작의 큰아들이 냉큼 달려나가는 것을 보니 도착한 사람이 누구인지는 뻔했다.

잠시 후 시종과 함께 파티를 즐기는 무리에 들어온 루트비히 태자를 보고 율리아는 새침하게 일어섰다.

"오길 잘하셨지요?"

테다인의 물음에 루트비히는 눈길도 돌리지 않고 무심하게 대꾸했다.

"잘하고 말 게 뭐 있나."

"저기 레이디 율리아와 보첼 양이 있잖습니까."

"그래서, 가서 안네그레트의 안부라도 물어보면 되는 거야?"

"원하신다면."

루트비히는 쯧 하고 혀를 찼고 테다인은 미소를 지었다. 그들의 모습을 발견한 빌 아데스 백작과 그 아들이 다가와 기쁜 얼굴로 절했다.

"어서 오십시오, 태자 전하."

"위대한 황실에 세세토록 신의 영광이 함께하기를!"

저 남자를 안네그레트는 라트 오라버니라고 부른다고 했던가. 루트비히는 새삼 이 집 사람들의 얼굴을 살피며 한발 늦게 다가온 빌 아데스 백작 부인의 손등에 키스했다. 나이든 백작 부인 역시 기쁜 표정이었다.

"늦어서 미안합니다, 빌 아데스 백작 부인."

"그 무슨 황송한 말씀을. 몸소 와주신 것만으로도 저희 가문의 기쁨임을 전하께서 아십니다."

"그래, 그 새로 그렸다는 그림부터 한번 보지요. 경?"

루트비히가 눈길을 한 번 주자 빌 아데스 백작의 장남은 신이 나서 그를 갤러리로 인도했다.

대강 집안의 역사, 집안의 자랑, 그리고 이번에 새로 그렸다는 풍경화까지 구경하고 나서 루트비히는 대강 예의는 차렸다고 판단하고 다른 손님들이 담소를 나누는 작은 방 하나를 골라 들어갔다. 물론 아무 기준 없이 선택한 것은 아니었다.

"태자 전하."

"전하."

율리아 피츠콜과 시피에트 보첼, 그리고 라인홀트가 금세 예의 바르게 그를 맞아주었다. 루트비히는 라인홀트가 마련해 주는 의자에 푹 늘어져 한숨을 쉬었다.

"뭘 하고 있었어?"

그냥 한 말이었는데 라인홀트가 갑자기 굳은 표정을 지었다. 테다인은 지나가던 이 저택의 시종에게서 음료를 받아 주인에게 쥐어주며 말했다.

"제대로 인사부터 하셔야지요, 전하."

"아, 그렇지. 미안해. 내가 요즘 정신이 없어서."

루트비히는 의자 등받이에 파묻었던 상체를 들고 율리아와 시피에트의 손을 끌어와 손등에 입을 맞췄다. 그리고 다시 의자에 늘어지며 재차 물었다.

"뭐 하고 있었어? 요즘 어딜 가도 세 명이 같이 있는 것 같아."

율리아는 쓴웃음을 지었고 라인홀트와 시피에트는 눈을 동그랗게 뜨며 주위를 둘러보았다. 루트비히는 대강 소문으로 듣고 있었던 것을 사실로 확인하고 속으로 혀를 찼다. 어떻게 아슬아슬하게 안 될 건 없지만, 집안의 격을 따지고 올라가자면 반대할 사람이 많은 연애다. 그보다 라인홀트는 안네그레트를 좋아하는 줄 알고 있었는데.

그 생각을 하자 본인도 지긋지긋할 정도로 마음속 어딘가에서 좋은 기분이 들었다. 루트비히는 자신에게 짜증을 느끼며 손을 저었다.

"본인들은 몰랐어? 뭐, 훌륭한 집안의 훌륭한 젊은이들끼리 가깝게 지내는 건 좋은 일이지. 별생각 없이 한 말이니 신경 쓰지 마."

그러나 라인홀트는 약간 얼굴을 붉히며 시선을 내리깔았다. 루트비히는 음료를 마셔보았다. 피곤해서 그런지 맛을 칭찬할 기분은 들지 않았다.

"전하, 피로해 보이십니다."

율리아가 예의 바르게 말했다. 루트비히는 음료수 잔을 테다인에게 건넸다.

"그래?"

"예. 혹 날씨가 안 맞으시는 게 아닌지."

자신이 왜 이런 꼴인지 저 눈치 빠른 율리아 피츠콜이 모를 것 같지는 않았다. 루트비히는 불쾌한 기분으로 얼버무렸다.

"딱히 안 맞을 게 있나. 한두 해 겪은 겨울도 아니고. 그보다 피츠콜 양은 뭐 좋은 일이 있는 모양이지? 얼굴이 밝아."

"예, 전하. 그렇답니다."

역시 그런 얘기가 하고 싶어서 말을 꺼낸 모양이었다. 머리가 아파서 집중이 잘 안 되긴 했지만 못 들어줄 것도 없었다. 루트비히는 눈썹을 들었다.

"그래, 그거 축하해. 무슨 일인데?"

"그게 말이죠, 전하."

율리아는 아름다운 부채를 펴서 얼굴을 반쯤 가리고 생긋 웃었다. 시피에트의 얼굴이 살짝 구겨졌다.

"친한 친구에게서 소식을 들었답니다."

순간 심장이 멎는 것 같았다.

루트비히는 자신이 들은 말을 소화하기 위해 세 번이나 깊은 호흡을 해야 했다. 율리아는 테다인에게 시선을 옮겼다.

"테다인 경, 제게 편지를 보낸 사람이 누굴지 맞춰보세요."

다행히 테다인은 가뭄에 콩 나듯 얼굴을 드러내는 의리를 발휘해 주었다.

"글쎄요, 잘 모르겠습니다만, 레이디 율리아."

"그러니 맞춰보셔야죠."

"저도 아는 분입니까?"

"그럼요."

율리아는 또다시 생긋 웃었다. 루트비히는 그 자리에 있던 다른 모든 사람들과 같이 이미 답을 알고 있었지만, 자신이 그 정답을 확인하고 싶은지 아닌지 알 수 없었다. 테다인은 어쩔 수 없이 고개를 저었다.

"레이디의 사생활에 대해 잘 아는 체하는 것은 무례함 중에서도 질이 나쁜 것인데, 제가 어떻게 감히 맞추려 할 수 있겠습니까?"

"모른다는 건가요, 모르는 척하겠다는 건가요? 남자들은 항상 변명이 많죠."

"실례했습니다, 레이디 율리아. 실제로 모르고, 안다 해도 모르는 척하겠습니다."

"좋아요. 힌트를 드릴 테니 조금 더 의욕적으로 해보실래요? 편지를 보낸 사람은 여자예요."

루트비히는 땅이 꺼지는 듯한 우울함을 느꼈다. 그래도 편지를 보냈다면 정말로 잘 도착한 모양이니 다행이었다.

테다인의 눈이 흔들렸다.

"예, 레이디 율리아는 미혼이시니 남성분이 보낸 편지라면 저희 앞에서 이렇게 당당하게 말씀하지 않으셨겠지요."

"어머, 논리적이시네요. 그러면 다음 힌트예요. 검은 머리에 키가 크고, 아름답고 멀리 자기 영지를 가지고 있답니다."

피할 구석이 없었다. 루트비히는 테다인이 꼼짝없이 자기를 놀리는 도구로 사용되는 것을 고소해해야 할지 슬퍼해야 할지 울적하게 고민했다. 테다인은 조금 분한 듯 얼굴을 굳혔다가 가벼운 한숨을 쉬었다.

"……라이헤르타 남작님을 말씀하십니까?"

"맞았어요. 경의 지혜로움에 박수를 보낼게요."

율리아는 정말로 부채를 내리고 두어 번 손뼉을 쳤다. 루트비히는 살짝 뿔이 난 눈치인 테다인 대신 직접 나섰다.

"뭐라고 왔는데?"

"어머, 그건 여자들끼리의 비밀이니 가르쳐 드릴 수가 없죠, 태자 전하."

그럴 거면 말을 꺼내지 말든지. 루트비히는 이를 갈았다. 그 소리를 명백히 들었을 텐데도 율리아는 표정 하나 바꾸지 않고 이쪽을 응시했다.

"뭘 원하는데?"

"제가 원하긴 뭘 원하겠어요, 전하."

이래서 율리아 피츠콜은 상대하기 싫다. 루트비히는 이 심술궂은 분위기가 어쩐지 익숙해 고민하다가 자신의 첫째 여동생을 떠올리고 속으로 기겁했다. 딱히 원하는 것도 없으면서 괜히 상대를 괴롭히고 싶어서 이것저것 말을 꺼내고 반응을 재는 저 말투라니! 이 세상에 둘은 없길 바랐는데.

"아니, 말해봐. 내가 피츠콜 양한테 뭘 잘못했나? 무슨 말이 하고 싶은 건데?"

"저는 그저 사랑하는 친구에게서 편지가 온 게 기뻐 자랑했을 뿐인데, 제가 자랑하는 것이 싫으셨나요, 전하?"

라인홀트는 숨도 쉬지 못하고 율리아와 루트비히를 번갈아 가며 보았다. 시피에트가 이내 엄격한 표정을 지었다.

"그만해, 율리아. 태자 전하께서 헷갈리시잖아. 전하, 얼마 전까지 전하의 곁에서 종자로서 임무를 수행하던 안네그레트 바이언트가 저희에게 안부 편지를 보냈답니다. 내년쯤 게오르츠 땅에서 손님을 많이 초대해 여러 기사들과 말을 타고 검을 나누는 것이 어떨까 하는 내용이었으니 괘념치 마셔요."

뭐? 말과 검? 루트비히와 테다인의 얼굴이 동시에 심각해졌다.

말을 타고 검을 나눈다니, 말이야 즐거운 스포츠처럼 했지만 결투를 말하는 것이 아닌가. 안네그레트가 황도에서의 임무를 다했으니 자기 땅에서 강한 기사를 만나 적당히 자기 아버지의 뒤를 잇는다면!

루트비히가 저도 모르게 벌떡 일어나려는 것을 테다인이 얼른 어깨를 눌러 막았다. 율리아는 천연덕스럽게 눈을 깜박였다.

"어머, 그런 내밀한 대화를 전하 앞에서 밝히면 어떻게 하니, 시프. 하지만 다 네 충심에서 비롯된 일이니 뭐라고 비난할 수가 없구나. 그러고 보니 슬슬 플로어에서 춤곡이 나오지 않을까? 어떻게 생각하세요, 라인홀트 경?"

당황해서 시피에트의 눈치를 우선 본 라인홀트는 테다인과 루트비히에게 시선으로 구원을 요청했다. 루트비히는 그 요청을 무시했지만 테다인은 그럴 입장이 되지 않았을 뿐더러 의외로 선뜻 나섰다.

"춤은 좋은 사교 활동이지요, 레이디 율리아. 혹 천하게 여기지 않으신다면 오늘의 첫 춤에서 제 손을 잡아주시겠습니까?"

"좋죠, 테다인 경. 경과 같이 사려 깊은 신사분이라면 오히려 제가 영광이랍니다."

루트비히는 하일러에 대해 생각하고 조금 더 서글퍼졌다. 그가 우울하게 안네그레트의 편지에 뭐가 쓰여 있을지 생각하는 동안 저택 입구에서 시끄러운 소리가 들렸다.

본인이 오늘의 파티에 가장 늦었을 거라고 생각하고 있었기 때문에, 이제 와서 저택 입구에서 누구를 맞이하는 소란이 일어나는 것은 아주 의외의 일이었다. 루트비히는 물론이고 다른 사람들도 그 소란을 이상하게 생각하며 하던 일을 멈췄다.

"감히 전하보다 늦게 오는 분이 계시는군요."

테다인이 짧게 말했다. 다른 사람들은 입을 열지는 않았지만 그 의문에 동의했다. 이내 저택 입구 쪽에서 사람들이 깜짝 놀라는 소리가 들렸다.

멀리 나가 있던 사람이라도 돌아온 걸까? 루트비히는 저도 모르게 그 소리에 귀를 기울였다. 아니, 그럴 리는 없었다. 방금도 저 심술궂은 친구들에게 편지를 보내서 내년에 파티가 어쩌고 했다지 않은가.

하지만 이 집은 안네그레트의 대모가 사는 집이었다. 그녀가 만일 황도에 올라온다면, 차갑고 사용인도 없을 자기 별장 대신 우선 여기로 와서 몸을 녹이고 싶어할 거라는 추측이 그저 희망에 불과한가?

갑자기 가슴이 뛰었다. 루트비히는 당장에라도 홀로 나가고 싶은 것을 참고 침을 삼켰다. 그의 날카로운 눈초리를 보고 테다인은 속으로 혀를 찼고 율리아는 기묘한 얼굴을 했다.

마침내 소란이 이 작은 방으로 이동했다.

"어머나, 저분은……."

비교적 방의 입구와 가까운 곳에 서 있던 귀부인들이 입을 부채로 가리고 서로에게 눈짓했다. 그 반응을 보고 루트비히는 안네그레트가 온 것이 아닐까 하는 희망을 조금 더 강하게 품었다. 실종이네 뭐네 별 소리가 다 나오고 있다는 것을 그 자신도 알고 있었다. 그러니 그녀가 갑자기 다시 황도에 나타난다면 그야 저렇게 다들 놀랄 만도……

"잘 지내셨나요, 여러분!"

들뜨고 짜랑짜랑한 목소리가 방 안을 울렸다.

들어온 사람은 진한 금발의 매혹적인 여성으로, 키는 상당히 작았지만 그녀의 분위기만으로도 그 자리를 압도하는 분위기가 있었다. 흰 가슴이 드러나도록 깊이 판 스토마커는 확 졸라맨 허리와 대단히 잘 어울렸고 목에는 그녀의 새파란 눈과 잘 어울리는 푸른 보석이 찬란하게 반짝였다.

루트비히는 그녀의 이름을 알고 있었다. 몇 년 전만 해도 그녀는 이곳의 사람과 같게 느껴졌고, 지금처럼 아무렇지도 않게 어느 파티에나 얼굴을 내미는 그녀의 모습은 흔한 풍경에 속했다. 그러나 지금 이 자리에서 그녀가 나타날 거라는 예상을 그는 한 번도 한 적이 없었다.

그때 결혼해서 떠난 것은 그녀 자신의 결정이었지 않나.

멍한 루트비히를 그 여성은 한눈에 찾아냈다. 그녀는 매혹적인 미소를 지었다. 그녀의 미소가 노골적이라고 불평하는 사람들은 많았지만 그 매력을 부정하는 사람은 별로 없었다. 당장 그녀에게 빠져들어 구혼한 남자만 최소 다섯 명이지 않나.

곧 그녀는 굴러내리듯 경쾌하고 재빠른 발걸음으로 루트비히에게 다가가 그를 꼭 끌어안았다.

"오랜만이에요, 내 친애하는, 친애하는 루트비히! 세상에, 키 큰 것 좀 봐! 완전히 남자가 다 돼버렸네!"

오 년 전에는 남자가 아니라 버리고 갔던 모양이라고 테다인은 속으로 의심을 굳혔다. 루트비히는 한참이나 굳어 있다가 그녀의 얼굴을 보았다. 그녀는 장밋빛 입술로 깔깔 웃었다.

"나예요, 나. 왜, 안 믿겨져요? 그동안 결혼도 안 했다면서. 이리 까탈스러우면 여자한테 인기 없을 거라고 내가 그렇게 말했는데, 얼굴 보니까 내 예언이 맞았네."

루트비히는 그 말투에 자신의 어깨를 잡은 사람이 그녀임을 간신히 확인했다. 그는 믿을 수 없어하는 눈으로, 떨리는 입술로 말했다.

"……달리체."

오래된 돌벽 위로 에일 듯한 찬바람이 부는 계절이었다.

어제까지만 해도 함박눈이 쌓이더니 오늘은 하늘이 개어 푸른 색과 흰 양떼구름이 보였다. 눈도 꽁꽁 얼려는 것이 아니라 녹아 흐르고 있어 성벽 아래의 일꾼들이 분주했다. 그 모습을 내려다 보던 검은 눈이 상아처럼 매끈한 눈꺼풀에 덮였다.

안네그레트는 한참이나 그대로 바람 소리를 들었다.

두꺼운 망토를 입고 있었기 때문에 춥지는 않았다. 안네그레트가 걸터앉아 있는 성벽의 돌도 오랫동안 그녀의 체온으로 데워져 미지근했다. 언제까지라도, 언제까지라도 그 자리에 그저 그대로 앉아 있을 수 있을 것만 같았다.

삐이걱. 여러 층으로 된 성벽은 각자로 통하는 문과 통로가 있었고 그 모든 구조는 복잡하다는 단어만으로는 설명할 수가 없었다. 그러나 어릴 때부터 이 성에 산 영주 가족과 성을 지키는 경비대는 제집처럼 성의 곳곳을 드나들었다. 이 작고 높은 곳으로 통하는 작은 나무문을 열고 보라색 망토를 입은 소년이 얼굴을 내밀었다.

"누님, 여기 계셨네요."

안네그레트는 천천히 눈을 떴다. 작은 문을 통과하느라 허리를 숙였던 소년은 성벽 위에서 허리를 쭉 펴고 망토를 고쳐 여몄다. 그는 안네그레트와 꼭 같은 검은 머리와 검은 눈을 가지고 있었다.

"으, 춥네요. 이런 곳에 어떻게 앉아 계세요? 돌이 차갑지 않으세요?"

안네그레트는 엷게 웃었다.

"망토가 두껍고, 오래 앉아 있었더니 괜찮구나."

"그래도 추운 데 너무 오래 계시면 몸에 안 좋아요."

"훈련을 했더니 춥기는커녕 더워서 땀을 좀 식혔다. 이제 들어가야지."

"어머님이 그러시잖아요. 땀을 흘린 다음에 갑자기 땀을 식히면 그게 바로 병에 걸리는 지름길이라고."

아버지를 닮아 말이 없다는 평을 듣는 안네그레트에 비해 이 동생은 어머니처럼 상냥하고 걱정이 많았다. 동생과 입씨름으로는 도저히 이길 자신이 없었던 그녀는 순순히 일어섰다.

"알았다. 들어가자, 알비."

"헤헤."

알브레히트는 누나가 자신이 원하는 대로 일어서자 빙긋 웃었다. 그 얼굴이 너무나도 온화해 안네그레트는 문득 부럽다고 생각했다. 저렇게 부드럽고 자연스럽게 웃을 수 있는 동생은 성 안팎으로 누구하고나 친했다. 처음 율리아와 친해졌던 것도, 자신의 기억이 맞다면 알브레히트가 다리를 놓았기 때문이었다.

"요즘 바람을 자주 쐬시네요."

가벼운 말에 안네그레트는 쓴웃음을 지었다.

"마음에 걸리는 것이 있구나."

"마음에 걸리는 거요?"

"못 지킨 약속이 있단다."

"누님이요? 어떤 약속인데요?"

"별걸 다 궁금해하는구나."

얼버무리며 안네그레트는 웃음 지었다.

"그런데 왜 여기까지 왔니? 날 찾으러 온 거니?"

안네그레트가 성큼성큼 걷자 알브레히트는 그 옆으로 얼른 따라붙었다. 그는 또래에 비해 작은 키가 아니었지만 아직 더 크고 싶은 야망을 숨기지 않고 있었다. 그래도 아직은 누나보다 조금 작으니 아쉬운 일이었다.

"예, 누님. 랑케 할멈이 곧 눈이 다시 올 거라고 했어요."

하늘이 이렇게 맑은 지금은 믿기 힘든 말이었지만, 이 지방에서 가장 오래 산 사람 중 하나인 랑케 할멈이 그렇게 말했다면 틀림없을 것이다. 안네그레트는 고개를 끄덕였다.

"그래, 문단속은 아직 안 했지?"

"예. 그걸 지휘해 주셔야 해서 누님을 찾은 거지요."

이 오래된 옛 자스라 양식의 성을 지키는 최종 책임자는 물론 영주인 루젤 바이언트였지만, 성의 일상적인 점검과 생활은 경비 대장과 안네그레트가 나누어 맡고 있었다. 그녀가 본인의 영지인 라이헤르타 남작령에 가 있는 등의 이유로 자리를 비우면 그때 그녀 대신 일하는 것이 알브레히트였다.

안네그레트는 쓴웃음을 지었다.

"네가 단속하기 귀찮아서 나를 찾은 게로구나."

"저는 오늘 저녁을 위해서 열심히 연습해야죠."

"알았다. 나는 가족들의 귀나 눈을 즐겁게 해주지 못하니 따뜻하게라도 해줘야겠구나."

이런 한겨울에는 영주성도 한가하다. 오늘 저녁 어머니와 알비가 함께 클라비어를 연주하기로 한 것을 떠올리며 안네그레트는 성의 문과 창문, 그리고 아직 수리되지 않은 틈새 따위를 빈틈없이 떠올렸다. 전부 단단히 막아두지 않으면 이 오래된 성에 사는 모두가 감기에 걸리고 말 것이다.

나무 문 안으로 들어서 일단 그것부터 판자로 단단히 막는데 저 아래쪽, 좁고 가파르고 둥근 돌계단 아래서부터 아이 발소리가 들렸다. 알브레히트는 짚이는 것이 있는지 먼저 그 아래쪽에 대고 소리쳤다.

"포르! 우리 이제 내려갈 거야! 올라오지 마!"

어린애의 반색하는 목소리가 들렸다.

"누나 거기 있어어?"

"응, 계셨어! 거기 있어! 넘어지지 말고!"

아이는 으응, 하고 콧소리를 길게 냈다. 알브레히트는 속삭이듯 투덜거렸다.

"누님이 안 계실 때는 좀 의젓해지나 했더니, 완전히 그대로가 됐어요. 아주 누님 없으면 안 돼요."

"포르가 의젓하게 행동하는 모습은 상상이 되질 않는구나."

"진짜예요. 페밀라 못지않더니 완전히 애기로 돌아갔어요. 막내라서 그런가, 페밀라하고 너무 차이가 나지 않아요?"

쌍둥이로 태어났지만 훨씬 의젓하고 똑똑한 여자아이 쪽을 이야기하며 알브레히트는 어깨를 늘어뜨렸다. 아무래도 자신이 황도에 가 있는 동안 아이들을 돌보는 역할이 고스란히 알브레히트의 몫이 되었던 모양이었다. 안네그레트는 미안한 마음으로 중립 선언을 했다.

"글쎄, 사람마다 다 다르다잖니. 나에 비해 너는 어릴 때부터 주위 사람들의 기분을 잘 살피는 일에 항상 뛰어났으니, 그것과 같은 것 아닐까."

"그건 누님이 주위를 살피지 않아도 될 만큼 항상 뛰어나셨으니까 그렇죠. 저는 사람들 기분을 못 살피면 아무도 존재를 몰랐을걸요."

"네 클라비어 솜씨를 모르는 사람이 있었으려고."

"누님은 연습을 안 해서 그러시는 거라니까요? 조금만 연습하시면 저보다 금방 잘하실걸요."

"글쎄다, 그거 내가 네 검술 실력에 대해 늘 하는 것과 같은 말로 들리는구나."

알브레히트는 입술을 비죽이며 두 손을 들었다.

"누님은 너무 겸손하세요. 제 클라비어 솜씨 같은 건 아무것도 아니에요. 그에 비해서 누님은 또래 중에 따라올 사람이 없으니까, 그렇게 비교하시면 저 마음 상해요."

잘 이해할 수 없었지만, 동생의 기분을 상하게 했다는 사실은 확실한 것 같았다. 안네그레트는 고개를 끄덕였다.

"알았다, 미안하다. 포르가 기다리니 어서 내려가자."

"네, 누님."

알브레히트는 사과를 받고 금세 생긋 미소 지었다.

계단은 한 번에 두 사람이 내려가기에는 적당하지 않은 너비였으므로 곧 안네그레트는 알브레히트를 몇 걸음이나 앞서게 되었다. 알브레히트는 그 뒤를 웃으며 보다가 곧 눈을 반짝였다.

한참 만나지 못하는 동안 누님은 한숨을 쉬거나 혼자 있을 수 있는 곳에서 홀로 하늘을 보는 경우가 많아졌다. 알브레히트는 어려서부터 다수의 짝사랑 경험이 있어―주로 그 상대는 장미닝

쿨이나 샛노란 새, 푸른 하늘 등이었다―그게 무슨 의미인지 알고 있었다.

저 누님을 놓쳐서 저렇게 혼자 한숨짓게 만드는 남자라니, 분명히 시시하고 멍청한 남자임이 틀림없을 테지.

가족의 이름으로 그런 남자는 용서할 수 없었다. 누님이 다시 오길 바란다면 무릎 꿇고 빌어보라지. 알브레히트는 절대로, 절대로 누님을 이 땅에서 내보낼 생각이 없었다. 그리고 그걸 위해서라면 동생들을 핑계로 댈 수도 있었다.

루트비히의 얼굴을 보고 테다인과 키르시와 하일러는 모두 딱한 표정을 지었다.

"그래, 카드야 항상 끊이지 않고 왔지."

루트비히는 초점이 맞지 않는 눈으로 넋두리했다.

"무도회, 다도회, 살롱, 음악극, 그외 온갖 모임, 이 황도에서 열리는 모임이라면 나를 초대하지 않는 게 이상하겠지. 그리고 내 몸은 한 개잖아? 그래서 나는 정말 유감스럽지만으로 시작하는 거절 편지를 쓰는 데 익숙해져 있다고."

물론 그 편지를 직접 쓰는 것은 테다인이었고 대부분의 경우 태자의 도장을 찍는 것 또한 테다인이었지만 아무도 그런 사실을 지적하지는 않았다.

"그런데 빌텐바룽 공작이잖아. 제길, 이 나라의 공작도 아니고 외국의 군주잖아. 형제자매도 다 어디의 백작, 후작부인, 왕비잖아. 나하고도 멀게는 친척이잖아? 그걸 아니까 그 카드에 다 그 이름을 쓰고 있는데, 나보고 어떻게 하라고. 원래는 안 갈 거였는데 빌텐바룽 공작이 내가 오는 것을 크게 기대하고 있으니까 가라고? 심지어 왜 이렇게 많은 모임에 참석하는 건데?"

키르시는 슬쩍 테다인을 보았고 테다인은 구체적인 숫자를 말해주었다.

"빌텐바룽 공작이 이번에 오시고 나서 참석한 모임이 스물세 개, 지금 빌텐바룽 공작의 참석을 알리며 태자 전하의 동반참석을 종용하는 초대장이 서른한 개, 공작님 본인이 직접 초대하신 음악극과 무도회가 각각 하나씩입니다."

사교 모임을 불편해하는 하일러는 눈이 커졌고 키르시는 어지러운 척 이마를 짚었다.

"와, 스물세 개? 서른한 개? 어떻게 그렇게 가신대요?"

"제길, 나도 몰라. 몸을 한 다섯 개쯤으로 늘리는 비법이 있다면 배워야겠어."

그 말은 진심이었다. 아니, 황도에 대체 언제부터 이렇게 모임이 많았었지? 루트비히는 도저히 믿을 수가 없어 두 눈을 손으로 감쌌다.

"달리체가 원래 이랬나?"

"원래 이렇게 활달하셨는지 여쭈시는 거라면, 예, 제 기억으로는 그렇습니다."

테다인은 진지하고 담백하게 대답했다. 루트비히는 입으로 푸푸푸 소리를 내며 바람을 뺐다. 키르시가 인상을 쓰고 물었다.

"전하, 제가 이런 걸 여쭙는 건 좀 주제넘을지도 모르겠는데요."

"뭔데."

"이분하고 결혼하실 겁니까? 으악!"

루트비히는 누가 키르시를 쥐어박았는지 궁금하지도 않았다.

테다인이 흠흠 헛기침했다.

"본인이 주제넘다 생각하시는 질문은 안 하시는 게 좋겠습니다, 키르시 경."

"왜 때려! 아니, 그렇잖아요! 둘이서 무도회도 가고 음악극도 가자고 하고, 전에 진지하게 사귀셨고, 전하는 결혼할 나이가 지나셨고! 악!"

이번에는 아무래도 입을 틀어막은 모양이었다. 루트비히는 그 사실에 기뻐해야 하나 말아야 하나 판단할 수가 없었다. 사실 계속 미루고만 있을 문제는 아니었다.

루트비히가 한참 동안 아무 말도 하지 않자 이번에는 테다인이 슬쩍 운을 뗐다.

"일반적인 옛 친구의 정회로 보기에는 여러 애로사항이 있는 것이 사실입니다."

자기가 머무는 집에서 여는 무도회에 대한 초대야 그렇다 쳐도, 음악극을 둘이서 보러 가자고 하는 것에는 확실히 그런 뉘앙스가 있었다. 루트비히는 얼굴을 책상에 묻고 거하게 한숨을 쉬었다. 테다인은 잠시 기다리다 덧붙였다.

"혈통과 재산, 지위 모두를 고려할 때 사실상 전하께 이보다 적합한 상대는 없기도 합니다."

'늘 정략결혼을 꿈꿔오지 않으셨습니까?'라고 덧붙이지 않은 것은 테다인에게 있어 대단히 아량을 베푸는 행동이었다. 루트비히는 헛소리를 해온 지난날의 자신을 몹시 때려주고 싶어졌다.

루트비히는 한참 후 투덜거리듯 대답했다.

"결혼 안 해. 달리체하고는 한참 전에 끝났어."

그리고 저쪽이 지금 이렇게 당당한 걸 보면 저쪽은 당시 시작도 안 했던 걸지도 모른다. 뭐? 남자가 다 됐어?

원래대로라면 상당히 모욕감을 느껴야만 했던 평가일지도 모르지만, 신기하게도 루트비히는 아무 감흥이 없었다. 사실 요즘은 상당히 많은 일에 감흥이 없었다. 누적된 피로 덕분이었다.

"하지만 가만히 계시면 혼담이 오갈지도 모릅니다."

하일러가 조용히 지적했다. 그답지 않은 참견에 루트비히는 잠깐 그 기저에 깔린 변화가 뭘까 생각하려다 그만두었다. 그럴 기운이 없었다.

"그런가?"

"예. 전하께서 적령기를 지나신 것은 사실이고, 테다인 경의 지적도 옳습니다. 빌텐바룽 공작은 현재 신분상 전하와 잘 어울리는 상대잖습니까. 전하께서 확실한 태도를 취하시지 않으면 제국의 신민들은 이 결합을 확실한 것으로 믿을지도 모릅니다."

그 지적은 깊이 생각할 것도 없이 옳게 느껴졌다. 루트비히는 고개를 들고 심각하게 물었다. 그 눈의 흰자위는 시뻘겋게 충혈되어 있었다.

"어떻게 하지?"

"그건 물론 전하께서 뭘 원하시느냐에 따라 다릅니다."

전에도 이런 말을 듣지 않았던가? 루트비히는 다시 고개를 책상에 묻었다. 차가운 책상의 감촉은 뺨 때문에 잠시 후 흐릿해졌다.

"달리체한테는 관심 없어. 적당히 놀다 가라고 해."

"어째서입니까?"

"뭐가 어째서야."

"평생 결혼 안 하실 겁니까? 전에는 조건이 맞는 사람을 찾으신다고 했잖습니까. 지금 이 기회를 놓치면 평생 이보다 좋은 조건은 없을지도 모릅니다만."

"누가 달리체 조건 좋은 거 몰라서 이래?"

루트비히는 벌떡 몸을 일으켰다. 그리고 테다인의 얼굴을 보고 깨달았다.

"······일단 도장 여기 줄 테니까 전부 거절 편지 보내. 나는 잠깐 폐하를 뵙고 와야겠어."

솔직히 오 년 전의 기억 속에서 빌텐바룽 공작은 악역에 가까웠다. 대단히 아름답고 모두의 주목을 받으면서 재능도 뛰어난 여자가, 국내 최고의 신랑감과 시끄럽게 연애하다가 갑자기 홀로 떠났으니. 지금은 그것도 그녀의 삶의 방식이라고 이해하지만, 결벽한 어린 시절에는 어떻게 그럴 수 있냐고 흉도 봤었더랬다.

율리아는 생각지도 못하게 같은 사교계에 몸을 담게 된 빌텐바룽 공작이 볼수록 대단하게 느껴져 요즘 솔직히 분해하고 있었다. 심지어 공작은 성격도 시원시원했다. 나이대가 비슷했다면 친해지고 싶어서 어쩔 줄 몰랐을 것이다.

물론 그것은 빌텐바룽 공작이 순수하게 곱게 보인다는 의미는 아니었다.

닐라 헤이라가 주연을 맡았다는 음악극을 보기 위해 개막을 기다리던 귀족들은 저 멀리 황실의 테라스에 앉은 태자와 빌텐바룽 공작을 흥미롭게 곁눈질했다. 율리아는 기분이 상했고 황실의 테라스에서 황후의 시중을 드는 시피에트 또한 그런 것 같았다. 오늘 공연은 황실 식구 전부가 나와보는 것이라 루트비히 태자도 거절할 수 없었겠지만, 꼭 저렇게 옆에 앉아야 했던 걸까?

어린 남작 부인이 흐뭇한 얼굴로 부채를 부쳤다.

"저렇게 함께 계시니 참 잘 어울리시는 한 쌍이네요."

빌텐바룽 공작은 하슐레타 백작 부인과 뭐라고 속삭이더니 깔깔 웃으며 루트비히에게 고개를 돌렸다. 루트비히는 무뚝뚝하게 고개만 끄덕이고 말았다. 율리아는 그 모습에마저 짜증이 나는 것을 느꼈다. 여성에게 저게 무슨 예의란 말인가? 물론 다정하게 맞장구를 쳤으면 더 화가 났을 테지만.

"부끄러워하시는 걸까요?"

희망적인 후작 영애 하나가 고개를 갸웃했다. 율리아는 생긋 웃었다.

"무례함을 부끄러움으로 포장하는 건 다섯 살짜리의 기술 아닌가요?"

"그건 물론 그렇지요."

후작 영애는 얼른 꼬리를 내렸다. 사람들의 시선이 이번에는 다른 쪽으로 옮겨갔다.

"그보다 오늘 라인홀트 파스텐 경이 아주 멋있군요."

궁정백작 한 명이 콧수염을 쓰다듬으며 평했다.

"역시 명문가의 후손답게 멋진 차림을 하고 계십니다."

"잘 보이고 싶은 분이 계신 거겠죠."

시피에트와 라인홀트가 요즘 부쩍 친하다는 소문을 모르는 사람은 없었다. 소리도, 표정도 없는 쓴웃음이 지나갔다. 율리아는 부채를 부치며 한숨을 쉬었다. 그 한숨에 어린 남작 부인이 당장 열렬하게 응답했다.

"어머나, 레이디 율리아. 왜 한숨을 쉬시나요? 불편한 곳이라도 있으세요?"

"아뇨. 그저 오늘 공연의 내용을 생각해 보았더니 사랑이 얼마나 위대한지 새삼 느껴졌을 뿐이랍니다."

솔직히 오늘 하는 공연은 옛이야기를 바탕으로 만든 것이 아닌 극작가의 오리지널이었고 율리아는 그 내용이 전혀 떠오르지 않았지만, 이런 식으로 말하면 대강 뭐든 맞기 마련이었다. 과연 어린 남작 부인은 찬탄했다.

"레이디 율리아는 정말 훌륭한 말씀을 하셔요."

"초대장에는 연인이 이십 년 동안 신들의 분노를 피해 도망 다녔다고 되어 있었던 것 같은데, 제 기억이 맞습니까?"

"예, 공. 서로 앙숙인 신을 모시는 두 신관의 아름다운 사랑 이야기라고 하지요. 아아, 정말 기대돼요. 닐라 헤이라가 어떤 연기를 보여줄까요!"

"그러고 보면 요즘 닐라 헤이라가 전보다 살찐 것 같지 않습니까?"

"경, 이런 자리에서 그렇게 저속한 말씀을 하시다니. 너무하셔요."

"하지만……."

다행히 귀족석 사람들은 공연의 내용과 주연 배우들이 요즘 살이 쪘는지 아닌지에 대한 토론에 빠져들어 금세 황실 테라스에서 눈을 뗐다.

율리아는 일어서 사람들에게 양해를 구했다.

"실례지만 잠시 자리를 뜰게요. 제가 돌아오기 전에 막이 오르려고 하면 꼭 막아주셔야 해요, 네?"

"걱정 마십시오."

율리아를 레이디로 모시고 있는 기사 청년이 기쁜 얼굴로 고개를 숙였다.

"보첼 양."

잠시 자리를 비우겠다던 동료 시녀는 테라스로 다시 돌아오자마자 슬쩍 시피에트의 손에 뭔가를 쥐어주었다. 시피에트는 어리둥절해하며 감사 인사를 했다.

"감사합니다."

나이 지긋한 귀부인인 동료 시녀는 찡긋 눈짓하고 황후의 곁으로 갔다. 시피에트는 슬쩍 테라스 한쪽의 커튼 뒤로 돌아가 손에 들어온 쪽지를 펴보았다. 쪽지에는 '화장실에서 보자'고 쓰여 있었다.

그 글씨체가 낯익었기 때문에 시피에트는 화장실에서 튀어나온 율리아의 모습을 보고도 놀라지 않았다.

"무슨 일이야, 율리?"

율리아는 인상을 쓰고 있었다. 시피에트는 그 미간의 주름을 보고 쓴웃음을 지었다.

"예쁜 얼굴에 왜 인상을 쓰고 있어. 무슨 일 생겼어?"

"나는 아니고 너에게, 시프."

"응?"

시피에트는 눈을 동그랗게 떴다. 그러나 친구가 무슨 말을 하려는지 짚이는 곳이 전혀 없지는 않았다…….

율리아는 시피에트를 꼭 끌어안았다.

"시프, 그 남자를 사랑하니?"

순식간에 가슴이 가시로 꿰뚫리는 것처럼 고통스러워졌다. 시피에트는 그 부드러운 품에서 속삭여 진실을 말했다.

"응."

"얼만큼 사랑하니?"

"그게 중요해?"

"사랑이라는 건 있지, 시프. 이쪽에서 멋대로 시작하는 거지만 상대와 오랜 시간을 보내면서 덩굴 뿌리처럼 점점 강하게 얽히는 거기도 하거든. 더 상처받기 전에, 가능한 한 뿌리가 어릴 때 쳐내는 것도 나중에 돌이킬 수 없는 사태가 일어나지 않도록 하는 기술이야."

"돌이킬 수 없는 사태가 일어날 것 같니?"

"너도 잘 알잖아."

그렇다.

아, 사람들이 얼마나 남의 이야기를 좋아하는지. 그리고 결국 버림받는 여성에 대해서 얼마나 잔인한지. 시피에트는 지금까지의 궁정 생활에서 수많은 귀부인이 다시는 얼굴을 들고 돌아다니지 못하게 되는 것을 보아왔다. 차라리, 차라리 나서서 결혼하고 이혼하는 편이 나을 것이다.

시피에트가 대답하지 못하자 율리아는 포옹을 풀고 친구의 얼굴을 들여다보았다. 그 얼굴에 담뿍 담긴 순수한 염려에 시피에트는 미소 지었다.

"웃을 때니?"

"웃고 싶은걸."

"그래, 많이 웃는 건 좋은 거지."

"우는 것보다 늘 낫지."

"가끔은 울음도 무기로 쓸 수 있지만 나는 추천하지 않으니 네 말이 맞아. 우는 사람은 처음에는 위로받지만 나중에는 결국 우스운 사람이 되거든."

"내가 많이 울까?"

시피에트는 노래처럼 읊조려 물었다. 율리아는 고개를 저었다.

"나도 모르겠어. 그분은 널 어떻게 생각하고 있니? 널 사랑한다는 말을 들은 적이 있니?"

"아니. 그분은 항상 기사다운걸. 내게 더할 나위 없이 정중한만큼 다른 모든 여성에게도 그래. 내게 하는 행동을 보고 말없이 믿어야 하는 걸까?"

율리아는 다시 고개를 저었다.

"아니, 말없이는 믿지 마. 말보다 행동이 중요하다지만, 말 없는 행동은 결국 도장을 찍지 않은 계약서야. 그보다 시프, 혹시 전에 말했던 제일 큰 문제는……."

"어떡하지, 율리."

시피에트는 율리아가 대강 짐작했다는 것을 알고 슬픈 얼굴을 했다. 애써 감춰왔던 서러움은 잠시 고삐를 놓자 미친 말처럼 그녀를 온통 뒤흔들었다.

"그분은 안니카를 사랑하셨어."

"본인이 그랬어?"

"인간적으로, 동료로서 사랑한다고. 하지만 나는 그 말을 믿지 않아. 믿고 싶지만 믿을 수 없어. 사랑하는 남자가 다른 여자를, 심지어 내가 그 남자보다도 더 사랑하는 친구를 인간적으로 사랑할 뿐이라고 하면, 나는 어떻게 해야 하지? 응? 율리."

율리아는 잠시 아무 대답도 하지 못했다. 시피에트는 율리아의 가슴에 파고들었다.

"나를 배신자라고 생각하니? 친구의 남자에게 마음이 있다고."

"아니야. 그 사람이 어떻게 안니카의 남자니?"

"안니카를 좋아한 사람이잖아."

"안니카는 전혀 몰랐을걸. 말해도 안 믿을지도 몰라."

루트비히 태자와의 관계에 대해 안네그레트가 보인 태도를 생각한다면 그럴 확률이 정말 높았다. 시피에트는 신경질적으로 웃음을 터뜨렸다.

"정말로? 나를 경멸하지 않아?"

"응, 전혀. 시프, 너는 의리 있고 착한 애야. 나는 네가, 네가 사랑하는 좋은 남자를 만나서 아무 거리낌 없이 행복했으면 좋겠어."

아무 거리낌 없이 행복할 수 있다면, 그러면 정말로 얼마나 좋을까. 시피에트는 율리아의 가슴에 얼굴을 꼭 누르고 한참 그저 숨을 쉬었다. 머리가 어지러웠고 멀리서는 음악 소리가 들리기 시작했다.

율리아가 실바람처럼 속삭였다.

"이제 극이 시작하려나 봐."

"응."

"우니?"

"……조금?"

"옆에 있을게."

"아냐."

시피에트는 율리아를 놓고 자신의 눈을 문질렀다.

"먼저 가 있어. 네가 자리를 오래 비우면 너무 눈에 띄어."

맞는 말이었다. 율리아는 손수건을 주고 시피에트의 등을 몇 번 두드려 준 뒤 자리를 떴다. 시피에트는 그 자리에서 한참 동안 소리 없이 울며 자신의 모든 불행에 대해 통탄했다. 그리고 그 모든 것이 바보처럼 느껴지고 마음이 가벼워지자 얼굴을 정돈하고 화장실 밖으로 나왔다.

여자 화장실에서 황실 테라스로 통하는 문 사이의 복도에 낯익은 남자가 서 있었다.

이런 모습을 들키다니 운이 없었다. 시피에트는 복도 한가운데 우뚝 선 라인홀트에게 웃으며 농담을 던졌다.

"어디서 괴물이라도 쳐들어오나요? 혼자 복도를 지키고 계신 걸 보니 그런 것 같네요."

라인홀트의 얼굴은 딱딱하게 굳어 있었고 그의 눈은 시피에트의 얼굴을 샅샅이 살폈다. 그녀는 쓴웃음을 흘렸다. 정말로, 다 끝났나 보다.

"다 들으셨어요?"

"우시는 소리를 들었습니다."

대화 내용을 못 들었다니 다행이었다. 라인홀트는 시피에트에게 몇 걸음만에 성큼 다가왔다. 그리고 그녀에게 진지하고 상냥하게 물었다.

"레이디 시피에트, 무슨 일이 있으셨습니까? 뭐든 제가 힘이 되어드릴 수 있는 거라면 말씀해 주십시오. 당신의 명예를 위해 목숨을 아끼지 않겠습니다."

시피에트는 그 말에 함빡 웃었다.

"바보 같은 분. 우는 여자를 보고 침해받은 명예를 생각하는 건 남자들의 머릿속이라 가능한 거겠죠."

"예?"

라인홀트의 눈이 놀라움으로 커졌다. 시피에트는 그를 올려다보다가 눈이 부셔 인상을 찌푸렸다. 아무래도 사랑하는 사람은 이렇게 보이는 모양이었다.

"저는 제가 원하는 게 이루어지지 않아서 서러워서 울었어요. 남이 침해한, 싸움으로 다시 빼앗아 올 수 있는 명예 때문이 아니라요."

"하시면."

라인홀트는 곧 머뭇거리다 시피에트의 오른손을 잡았다. 서로 장갑을 끼고 있었지만 그 감촉은 불에 덴 듯했다.

"원하시는 게 뭐든, 제가 해드릴 수 있는 거라면 하겠습니다."

시피에트는 가슴이 터질 것 같아 고개를 저었다. 그친 줄 알았던 눈물이 다시 주르륵 흘러내려 뺨을 적셨다.

"저는 제가 원하는 걸 누가 대신 해주길 바라지 않아요. 저는 언제나 제 몸 하나로, 제 손으로 원하는 걸 얻고 싶었죠. 드래곤의 죽음이나 아름다운 공주님의 탈환 같은 거 말이에요. 이제는 그렇게 위대한 것은 이룰 수 없게 되었지만 지금도 기본적인 생각은 같답니다. 하지만 그래서 저는 사교계에서 인기가 없는 거겠죠."

하지만 이것만은, 시피에트가 만약 어릴 때 원하던 대로 기사가 되었다 해도 마음대로 얻을 수 없을 것이다.

어쩔 줄 몰라 하는 라인홀트를 올려다보며 시피에트는 물었다.

"경, 경이 저를 사랑하신다면 저는 남들이 하는 말 같은 건 아무렇지도 않게 듣고 살 수 있어요. 단지 그것만 말씀해 주세요. 저를 사랑하시나요?"

라인홀트는 조금 더 어쩔 줄 몰라 했다. 아마도 서곡의 연주가 모두 끝날 때까지였을 것이다.

그러나 라인홀트는 금세 시피에트의 앞에 한쪽 무릎을 꿇었다.

"레이디 시피에트, 당신이 여쭈시니 말씀드리겠습니다. 이런 감정을 느껴보는 것은 처음입니다. 따라서 확인할 방법은 없습니다만, 저는 제가 당신을 사랑한다고 확신합니다."

시피에트는 주저앉아 라인홀트의 목을 끌어안았다.

"촛불은 왜 켜고 계십니까?"

은발의 영리한 재상은 진홍색 커튼을 걷었다. 한낮의 햇살이 기다렸다는 듯 눈부시게 쏟아져 들어왔다. 책상 앞에 앉아 있던 루트비히는 눈살을 있는 대로 찌푸렸다.

"안 끈 거야."

"어젯밤부터 계속 켜놓으신 겁니까? 불납니다."

"안 나. 내가 계속 지키고 있었으니까."

시릴은 루트비히를 돌아보고 기묘한 표정을 지었다.

"밤새 안 주무셨습니까?"

"그래. 누구 덕분에."

"폐하께서 딱히 시간제한을 드리지는 않으신 걸로 압니다만."

"할 일이 있으니까 잠이 안 와."

"그건 좋은 습관이 아닙니다. 몸이 피곤하면 일의 효율이 떨어지니까요."

"어쩌라고."

루트비히는 투덜거리면서도 경쾌하게 펜을 놀렸다. 그 옆에 쌓인 서류로 다가가 허리를 숙여 본 시릴은 상당히 놀라워했다. 그의 입술에 미소가 걸렸다.

"한동안 서류 처리가 안 되고 있다고 테다인 경에게 들은 바가 있습니다만, 벌써 다 하셨습니까?"

"어제 낭비한 시간을 생각하니까 화가 나서 진도가 나가더라고."

시릴은 후후 웃었다.

"음악극이 재미 없으셨던 모양이지요?"

"앞으로 석 달 치 계획을 다 짜놓아야 하는데 공연이나 보게 생겼어?"

"해외에서 귀한 손님이 오셨는데 접대하는 데 태자의 모습이 없어서야 안 되잖습니까."

"하슐레타 백작 부인이 좋아하던데 둘이 놀라고 해."

"공작은 전하와 친교를 다지고 싶어하는 것 같았습니다만."

"일 없어."

남은 서류는 다섯 장 가량이었다. 루트비히는 시릴과 입씨름을 하면서도 빈틈없이 펜을 놀렸다. 시릴은 그 모양새를 살피면서 놀리듯 말했다.

"사랑은 이렇게 골치 아프고 비이성적인 법이랍니다."

"그래? 자조하는 거면 지금 나가고, 조언이 있으면 하고 나가."

"제 조언을 원하시는 겁니까?"

"지금 내 주변에 성공적인 사랑을 하고 있는 사람이 아무도 없어. 잠깐, 그건 재상도 마찬가지였지?"

"이런, 제법 맵군요."

시릴은 두어 걸음 떨어져 이맛살을 찌푸렸다. 루트비히는 과장되게 안타까워하는 표정을 지었다.

"안되셨어."

"뭐, 아무튼 전하의 주변에 성공적인 사랑을 하는 사람이 아주 없는 것은 아닙니다. 오늘 아침에 라인홀트 파스텐 경이 보첼 가를 찾아갔다더군요."

"그래?"

빠르든 늦든 그렇게 될 줄 알고 있었다. 루트비히는 잠시 펜을 놓고 성의 없이 손뼉을 쳤다. 시릴은 촛불을 하나둘씩 뚜껑으로 덮어 껐다.

"잘됐네. 둘 다 나이도 있고, 하려면 오는 봄이나 여름에 결혼해도 좋겠어."

루트비히는 다시 펜을 잡고 서류의 몇 부분에 선을 그었다. 그 손가락에서 펜이 까딱거리는 것을 보고 시릴은 도로 부드럽게 웃었다.

"석 달간 성을 비우겠다고 선언하셨다면서요? 전하가 안 계신 동안 제가 황도를 돌볼 생각을 하면 벌써부터 마음이 무겁습니다."

"불만이면 재상도 휴가 받아."

"저도 물론 그러고 싶은 마음은 굴뚝같습니다만, 폐하께서 도저히 절 놓아주지 않으시는지라."

그쪽과 달리 나는 이 나라에 잠시라도 없으면 안 되는 사람이라서, 라는 그 의미를 루트비히는 틀림없이 알아들었다. 그러나 받아칠 생각은 들지 않았다. 루트비히는 종이를 넘겼다. 이제 남은 건 네 장.

루트비히는 문득 입을 열었다.

"솔직히 말해봐, 재상. 안네그레트를 실컷 아끼는 척하던데, 조금이라도 예뻐하긴 했어?"

"이런, 섭섭한 말씀을 하시는군요."

시릴은 외알 안경의 테를 반짝였다. 햇살을 가득 받은 그의 얼굴은 기분 나쁠 정도로 평화로웠다.

"저는 그 아이가 어릴 때부터 싫지 않았답니다."

시릴에게 있어 그 말은 대단한 칭찬이었다. 루트비히는 한숨을 쉬었다.

"아끼는 애한테 실컷 거짓말을 하게 만들다니, 취향도 참 이상하지."

"제가 명령한 임무는 아니었습니다."

"자네가 발안했을 것 같은데?"

시릴은 이 말에 대답하지 않았다. 루트비히는 자신의 짐작이 맞았음을 알고 진저리를 쳤다. 부황은 능구렁이이긴 하지만 이 정도로 비틀린 취향은 재상의 것이다.

"나는 여전히 납득이 안 돼. 왜 하필 안네그레트였어? 비밀 호위를 붙일 거면 다른 집안에도 기사 후보생은 많잖아."

"하지만 그 아이만큼 실력이 확실하고 아직 소속이 정해지지 않은 사람은 찾기 힘듭니다."

확실히 그렇다. 그 정도의 실력이 있고 신분이 확실하면서도 아직 누군가에게 기사 서임을 받지 않은 사람이 얼마나 있을까. 루트비히는 안네그레트가 얼마나 확실하게 이용당했는지 새삼 느끼며 이를 갈았다.

"그렇게 철저한 비밀 호위를 굳이 붙일 이유는 있었고?"

"실제로 의미가 있었잖습니까."

그랬다. 아마도 로세드 슈빔마렌의 야망을 경계한 부황과 재상이 이런 계획을 짜고 실행한 것일 테지. 의미는 있었다. 안네그레트가 그때 함께 있지 않았다면 실제로 큰일이 날 뻔했으니까.

세 장.

"게오르츠 백작 부부도 알아?"

"물론 백작과 백작 부인도 다 압니다. 딸의 결정에 따르겠다더군요. 전에도 말씀드린 것처럼, 안네그레트에게는 원래 기사 서임을 해주겠다고 약속했으니 다음에 올라오면 서임식을 준비할 생각입니다."

뻔뻔한 것도 정도가 있다. 두 장. 루트비히는 이제 슬슬 대강해도 될 것 같다는 생각이 들었다. 어디 앞사람이 제대로 안 하고 넘긴 일을 수습하는 고생을 실컷 느껴보라지.

"그렇다고 사람에게 거짓말을 시키면 안 되지. 그게 진정한 기사 정신을 배우는 거겠어?"

"그 점에 대해서는 저도 무척 유감으로 생각합니다. 하지만 본인은 황제 폐하의 명에 충실하게 따른 것뿐이니 너무 섭섭하게 생각지 마십시오. 다 전하를 위한 거라는 말에 그녀도 동의한 것 아니겠습니까?"

한 장.

막상 이렇게 되고 보니 인내심이 탈 대로 다 타서 한계였다. 루트비히는 마지막 남은 서류의 제목을 다시 한번 읽었다. 죄인의 사형에 대한 재심 청구. 좋아. 이건 반려다. 끈질기기도 하지.

마지막 서류까지 확인해서 분류하고 나자 몸에서 이상하게 기운이 났다. 루트비히는 벌떡 일어나 망토를 걸쳤다. 시릴은 그 뒷모습을 돌아보고 물었다.

"뭘 하러 가시는 겁니까?"

"거짓말 수습하러."

루트비히는 짧게 대답하고 신경질적으로 걸어 나갔다.

흰 말의 기수가 초록색 망토를 휘날리며 달려가는 모습을 율리아는 반쯤 내리깐 눈으로 지켜보았다. 황궁의 새로 단장한 창틀에 괸 팔꿈치는 섬세한 수 장식에 눌려 금세 가벼운 통증을 호소했다. 그러나 율리아는 한동안 그 자리에서 전혀 움직이지 않았다.

가볍고 경쾌한 발소리가 율리아의 옆으로 다가왔다.

"떠나셨군요."

흰 말은 여전히 점처럼 보였다. 율리아는 시선을 돌리지 않고 심드렁하게 대답했다.

"예, 떠나셨네요."

"좀 더 기뻐하실 줄 알았습니다."

흰 말의 기수를 여러 대의 마차가 가렸다. 이제는 그 모습이 보이지 않았지만 율리아는 여전히 시선을 돌리지 않았다.

"기쁘지 않은 건 아니지만, 기쁜 것도 아니네요."

"어느 쪽입니까?"

"맞춰보세요."

상대는 고민하는 시늉도 하지 않았다.

"반반입니까?"

"그런 걸로 해두죠."

웃는 소리가 났다. 이제는 아무리 노력해도 흰 말과 기수의 행방을 찾을 수가 없었다. 율리아는 그제야 창틀에 괴었던 양손을 떼고 자기 옆으로 온 사람을 보았다.

율리아의 얼굴에 사교적인 미소가 떠올랐다.

"함께 가지 않으셨네요, 테다인 경."

"한겨울에 숲을 몇 개나 지나가는 여정은 사양입니다."

"진심은요?"

테다인은 율리아를 흉내 내 미소 지었다. 그리고 율리아의 손을 청해 그녀의 손등에 키스했다.

"맞춰보십시오."

부채는 지금 들고 있지 않았지만, 율리아는 마치 사교 파티에서 그러는 것처럼 우아하고 새침하게 말했다.

"그냥 대답해 주세요. 그리고, 저는 말을 잘 듣는 남자가 좋아요."

"우리 전하께도 혼자만의 시간이 좀 필요할 것 같아서 말입니다."

테다인은 냉큼 대답했다. 율리아의 얼굴에 떠오른 미소가 짙어졌다. 그 명랑하고 사랑스러운 모습에 그는 할 생각이 없었던 부연까지 길게 덧붙였다.

"항상 그분 옆에는 어떻게 행동하는 것이 태자다운가에 대한 지침이 주어져 있었지요. 그리고 그분이 그 지침을 수행하는지 감시하는 시선이 따라다녔고요. 하지만 절대군주가 내리는 결정이라 해도 그 안에는 사람이 있지 않습니까?"

"사람이 있지요."

율리아는 생긋 웃으며 선언하고 창문 옆에 기댔다. 그녀의 눈길이 복도 너머의 그림에 닿은 것을 보고 테다인은 초조함을 느꼈다. 그도 그의 주군처럼, 원하는 것은 대부분 주어지는 삶을 살아왔던 것이다.

"레이디 율리아가 아직 결혼하지 않은 것에 대해 이상하게 생각하는 사람들이 있더군요."

"이만큼 인기가 많으면 누군가는 청혼했을 거라고 다들 생각하니까요."

"그렇지 않습니까?"

율리아의 목소리가 다시 심드렁해졌다.

"통치 가문의 혈연을 이용하기에는 너무 빛을 잃은 집안의 딸이면서 도박으로 한없이 빚이 늘어나는 부모님을 둔 여자는 정작 청혼하기에는 꺼려지는 상대죠."

"사랑에는 눈이 먼다고들 하지 않습니까?"

"각자 다른 사람과 결혼한 후에 불타는 사랑을 하면서 눈이 멀고 싶어 하긴 하더군요."

"참으로 무례한 사람들이군요."

"그런가요? 저는 합리적이라고 생각하는데요."

율리아는 어깨를 으쓱했다. 테다인은 쓴웃음을 지었다.

"레이디 율리아의 절친한 친구분이자 제 주군을 잠시 모셨던 어떤 기사의 말이 생각나는군요. 설령 완벽히 지키는 것이 불가능할지라도, 그것이 기사도를 비웃는 행동에 당위성을 제공할 수는 없다던가요."

율리아는 쿡쿡 웃었다. 그 얼굴에 떠오른 반가운 표정에마저 테다인은 질투를 느꼈다. 대체 라인홀트 파스텐은 이걸 어떻게 참는단 말인가?

"안니카가 그런 말을 했나요? 그 애답네요."

"따라서 저는 생각합니다."

세 걸음 정도 떨어져 있던 거리를 테다인은 한 걸음 좁혔다. 율리아는 그를 보며 초연하게 웃었다. 창으로 들어온 햇살이 그녀의 우아한 치마를 모래사장처럼 반짝이게 했다.

"설령 아무도 지키지 않는다 하더라도, 신성한 결혼의 맹세에 따라 저는 제 아내를 사랑하고 싶습니다. 제 아내가 훌륭할수록 쉬운 일이겠지요."

"그럴까요? 많은 남자는 잘난 여자를 보고 자기 자신에게 느끼는 환멸을 견디지 못한다더군요."

"그것은 자기보다 잘난 사람을 보고 질투 외에는 할 생각이 없는 게으르고 못난 자들의 경우입니다. 저에겐 저와 함께 앞으로 나아갈 사람이, 위로 올라갈 여성분이 필요합니다. 특히 궁정 사정에 밝고 사교적이며 현명한 분이라면 과분할 정도겠지요."

율리아는 고민하는 표정을 지었다. 테다인은 그녀가 지금은 그를 생각하고 있으리라는 생각에 유쾌해졌다. 그는 그녀와 같이 강한 사람을 무척 좋아했다.

테다인은 한쪽 무릎을 꿇었다. 딱히 기사들을 따라하는 것은 아니었다.

"그러니 모쪼록 진지하게 고려해 주십시오, 레이디 율리아. 비록 제가 통치 가문의 후예가 아니라 보시기에 부족할지 모르나, 후회하시지는 않을 겁니다."

루트비히 태자가 황도를 떠났다는 소식은 황궁을 들끓게 했다. 궁정에 드나드는 모든 사람이 그의 갑작스러운 부재의 이유를 궁금해했고 어떤 이는 이번에야말로 암살당한 것이 아니냐는 헛소문까지 퍼뜨리고 다녔다. 그가 석 달치의 일을 미리 해놓고 황제의 윤허를 얻어 자리를 비웠다는 것이 알려지자 다행히 가장 부정적인 소문들은 수그러들었다.

그러나 그 사실이 태자의 부재에 대한 부정적인 관점마저 수그러들게 한 것은 아니었다.

"손님을 모셔놓고 뭐 하는 짓인지 모르겠어요. 정말 미안해요, 달리체."

하슐레타 백작 부인 드란힐트는 노골적으로 화를 내며 빌텐바룽 공작 달리체에게 사과했다. 달리체는 명랑하게 웃었다.

"뭐 어때요. 우리 루트비히가 나를 초대한 건 아니잖아요? 바쁜 일이 있으면 다녀와야죠."

"아무리 그래도 손님이 오셨으면 좀 자중해야죠. 당신이 오는 걸 기대하고 있었는데 이게 뭐람."

"어머나."

달리체는 수레국화처럼 파란 눈을 반짝였다.

"여전히 자기는 오빠를 좋아하는군요."

그 자리에서 조용히 두 귀부인의 대화를 듣고 있던 모든 사람은 자신의 귀를 의심했다. 드란힐트의 표정 또한 잠시 후 일그러졌다.

"왜 그렇게 생각하죠?"

"아까부터 당신 오빠 얘기만 하고 있잖아요."

옆 테이블에서 차를 마시던 율리아는 소리 없이 웃었다. 그 모습을 본 어린 남작 부인이 눈을 반짝이며 물었다.

"레이디 율리아, 뭐 좋은 일이라도 있으신가요?"

"차가 맛있네요."

율리아의 둘러댐은 완벽하게 먹혀들었다. 그녀와 같은 테이블에 앉은 모든 사람이 오늘 열린 이 티 파티의 차 맛이 얼마나 훌륭한지, 또 그 그릇과 꽃 장식을 고른 안주인의 취향이 얼마나 고상한지 한차례 논했다.

"온실에 한번 가볼까요?"

그렇게 차를 마신 뒤 오늘 파티를 주최한 모 후작 부인의 우아한 제안에 따라 파티 참석자들은 자리를 옮겼다.

이 저택은 신식으로 개축한 부분이 널찍하고 햇빛이 잘 들었으며 차가운 바람이 느껴지지 않았다. 후작 부인은 온실에서 이번에 키워내는 데 성공한 푸른 식물에 대해 자랑했고 회색으로 시든 겨울 풍경에 질린 귀부인들은 적절한 찬사를 던졌다. 온실로 향하는 도중에 후작 부인의 설명에 귀를 열심히 기울이는 사람들과 그렇지 않은 사람들은 자연스레 무리를 나눴다.

바로 옆으로 다가온 드란힐트에게 율리아는 점잖게 말했다.

"남매 사이가 그렇게 좋으신 줄 몰랐네요."

"놀리지 말아요."

드란힐트는 쌀쌀맞게 투덜거렸다.

"그보다 말해봐요. 우리 오라버님의 원정을 어떻게 충동질했죠?"

"충동질이라뇨, 제가 그런 행동을 할 리가 없잖아요, 백작 부인. 제가 태자 전하께 어떤 영향력이 있다고요?"

율리아는 생긋 웃었다가 짐짓 고민하는 체 말을 이었다.

"음, 만약 태자 전하의 실종에 영향을 끼친 사람이 있다면 짐작 가는 이가 있기는 해요. 태자 전하와 빌텐바룽 공작님의 사이를 공인된 것처럼 소문 내셔서 전하를 질리게 하신 게 누군지 혹시 아시나요?"

드란힐트는 무례한 말을 들은 사람처럼 눈썹을 들었다. 그 천연덕스러운 표정을 보고 율리아는 후후 웃었다. 이번에는 진심으로 유쾌해서 지은 웃음이었다.

"태자 전하도 성인이시니 결혼 상대 정도는 스스로 고르셔도 좋지 않겠어요? 어떻게 생각하세요, 백작 부인?"

드란힐트가 뭐라고 대답하기도 전에 짙은 향기와 함께 보라색 벨벳으로 덮인 아름다운 팔이 두 사람의 팔을 동시에 껴안았다. 드란힐트는 시선을 피하며 입술을 비죽였고 율리아는 정말로 놀라 잠시 눈을 동그랗게 떴다.

"두 분, 무슨 이야기를 그렇게 재미있게 나누시나요?"

달리체 폰 빌텐바룽이 웃으며 둘에게 물었다. 율리아는 어떻게 둘러댈지 고민하느라 잠시 멈칫했지만 드란힐트는 익숙한 만큼 빠르게 대처했다.

"남편이 있는 여자가 아직 결혼하지 않은 여자에게 할 수 있는 가장 확실한 조언을 하고 있었죠. 결혼에 대한 이야기예요."

"어머, 그거라면 나도 할 말이 정말 많은데!"

달리체는 자신의 수 번에 걸친 결혼 및 이혼에 대해 전혀 거리 낌없이 말하곤 했다. 율리아는 이 신분 높은 여성을 어떻게 대할지 잠시 기다리며 생각하기로 했다. 그러나 달리체는 아름답게 웃으며 율리아에게 바로 물었다.

"레이디 율리아는 아직 미혼이었죠? 약혼자가 있나요?"

율리아는 멈칫했다가 고개를 저었다.

"아뇨, 아직은 없답니다."

"어머나, 눈치를 보니 연인은 있군요? 그래, 그 남자가 청혼하지 않는 게 고민인가요? 아니면 청혼했는데 받아들일지 말지 고민하고 있나요?"

상대 파악이 너무 빠른 것 아닌가. 달리체의 목소리를 들은 귀부인들이 이쪽을 돌아보며 비상한 관심을 보였다. 율리아는 그녀답지 않은 긴장을 느꼈다.

"말하기가 좀 그런걸요."

"어머나."

달리체는 파랗고 깊은 눈을 몇 번이나 깜박였다. 그 금빛의 속눈썹이 그녀의 보드라운 뺨에 투명한 그림자를 드리웠다.

"내가 돌아오고 나서 레이디 율리아에 대한 찬사를 몇 번이나 들었는지, 세볼 때마다 내 머리를 하나씩 뽑았으면 난 지금쯤 대머리가 됐을 거예요. 그런데도 상대 남자가 별 볼 일 없나요? 아니면 상대가 너무 좋은 사람이라 당신 자신에게 자신이 없는 건가요?"

정말로 할 말이 없다. 대머리 어쩌고 하는 말에 드란힐트는 깔깔 웃음을 터뜨렸고 율리아는 한숨을 쉬었다. 달리체는 두 사람의 팔을 꽉 껴안은 채 새가 노래하는 듯한 목소리로 종알거렸다.

"어느 쪽이든 걱정 말고 잡아버려요. 사랑하는 사람하고 살아보는 게 대단한 죄를 짓는 건 아니잖아요? 그리고 마음에 안 들면? 이혼해요! 많은 아가씨들이 어릴 때부터 결혼식에 입을 예복에 대해 고민하죠. 하지만 이렇게 하면 입어보고 싶은 예복을 종류별로 지어 입을 수 있답니다."

그건 말하는 사람이 빌텐바룽 공작이기 때문에 가능한 것이다. 율리아는 결국 웃음을 흘리고 말았다.

함박눈이 얼어붙은 들판은 오가는 사람 없이 그저 고요했다. 새까맣게 젖은 침엽수림과 말라 바스러지는 잡초의 마른 대궁이 눈을 뚫고 비죽비죽 올라왔다. 유리처럼 맑은 하늘은 햇살을 받아 눈부시게 밝았다.

눈이 얼기 전 오갔던 수레의 자국이 거칠게 남은 채 길은 반쯤 희고 반쯤 검은 눈을 둘렀다. 이렇게 추운 날 나다니는 사람은 정말로 급한 볼일을 보는 몇몇뿐이었다. 개를 데리고 나오는 아이들의 웃음소리가 멀리서 종종 메아리치기는 했지만 정말로 그뿐이었다.

때문에 멀리서 말을 타고 다가오는 초록색 망토의 남자는 상당히 눈에 띄었다.

성벽 위에서 언 손을 호호 불던 경비병은 깜짝 놀라 탑으로 뛰어들어 갔다. 잠시 후 탑 안에서 모닥불을 피우고 둘러앉아 술을 마시던 다른 병사들도 모두 성 밖으로 뛰어나왔다. 그들은 서로의 얼굴을 보고 이상하다는 얼굴을 했다.

워낙 멀리 있을 때부터 그 모습이 눈에 띈 데다가 길이 얼어 천천히 말을 몰던 남자는 경비병들이 상당히 지루함을 느낄 때 즈음에야 목소리가 들릴 만한 거리에 들어왔다. 두터운 털을 두른 고급 망토는 물론이고 그 안으로 슬쩍 보이는 수놓인 옷을 보니 신분 높은 사람임에 틀림없었다.

목소리가 큰 병사가 소리 높여 말을 걸었다.

"정지! 신분을 제시하십시오!"

남자는 고개를 들었다.

망토에 달려 있던 초록색 후드를 내린 남자는 오늘 보이는 햇살처럼 밝은 금발과 날카로운 초록색 눈을 가지고 있었다. 이 근방의 귀족은 확실히 아니었다. 그는 병사들에게 지친 목소리로 마주 소리쳤다.

"제국을 비추는 태양, 아드라펠라네의 백작이자 베겔레브란 남작, 그리고 너희 주인인 루젤 바이언트의 충성을 받는 저 위대하신 황제 폐하의 후계자인 내 이름은 루트비히다! 내 신분을 묻는 너희는 누구냐!"

병사들의 얼굴이 시체처럼 뻣뻣해졌다. 목소리 큰 병사가 아무리 찔러봐도 반응이 없었기 때문에 그나마 연차가 제일 높은 중년의 병사가 더듬거리며 대답했다.

"저희는 돌프 성의 병사입니다! 우, 위대하신 황제 폐하 만세! 또 그분의 아들이시자 음 저, 루트비히 황자님 만세!"

"태자 전하라고 불러라."

태자는 씩 웃으며 호칭을 알려주었다. 병사들 중 절반은 성벽 위에서 꾸벅 절했고 나머지 절반은 탑으로 다시 뛰어 들어갔다. 그들이 내려가기를 기다리며 성벽에 남은 병사들은 어떻게든 태자와의 대화를 이어나갈 필요성을 느꼈다. 아무튼 저기에 그냥 세워두기만 할 수는 없지 않은가?

"저, 실례지만 저희는 상부에서 따로 손님이 오신다는 기별을 받은 적이 없습니다! 저, 전하!"

"당연하지!"

태자는 웃는 얼굴 그대로 기세 좋게 소리쳤다.

"예의에 어긋나는 것은 알지만 예고 없이 온 거니까!"

성벽 위의 병사들은 어쩔 줄 몰라 했다. 대체 그들의 존경하는 영주이자 전설적인 기사인 루젤 바이언트 폰 게오르츠가 예고 없이 태자의 방문을 받을 일이 뭐가 있단 말인가? 설마 이번 가을처럼 태자는 이 땅도 치려는 것일까? 하지만 저 뒤의 지평선을 아무리 보아도 병사들을 잔뜩 이끌고 온 것처럼은 보이지 않는다.

남들보다 호기심이 강한 병사가 입술을 떨며 소리쳐 물었다.

"어, 어어어어쩐 일로 여기까지 오셨습니까?"

야, 누구한테 그런 걸 물어, 목숨이 세 개냐? 대략 그런 의미의 웅얼거림이 성벽 위에서 몇 번이나 오갔지만 루트비히는 모른 척했다. 온갖 고생을 해서 여기까지 왔다. 혼자 생각할 시간은 넘치도록 있었고 그의 입장에 대해서도 정리가 끝난 차였다.

"남자 혼자 말을 달려 이 멀리까지 오는데 무슨 이유가 또 있겠나!"

생전 처음으로 며칠씩 건조식량을 식사 대신 이용한 루트비히의 배는 상당히 좋지 않은 상태였지만 기분은 이상하게도 좋았다. 어쩌면 아주 오래 전에 이랬어야 하는 건지도 모른다.

병사들의 이상한 얼굴을 보며 루트비히는 부연했다.

"너희 영주이자 폐하의 충성된 신하, 고귀한 혈통을 가진 루젤 바이언트와 서울 땅의 공주이며 신의 가호를 받는 귀부인인 유나 바이언트의 딸, 안네그레트 바이언트 폰 라이헤르타를 만나러 왔다! 그 어떤 위협도 강제도 없이 오직 사랑과 충심으로 그녀에게 청혼하러 왔음을 가서 전해라!"

성벽 위의 병사들은 입을 딱 벌렸고 사람들이 모여들기 시작했다. 루트비히는 시원하게 소리치고 나서 심호흡했다. 겨우 탑 아래로 뛰어 내려간 병사들이 달려와 루트비히에게 절했다.

"황자님! 아, 아니, 태자 전하!"

"여, 영광이옵니다. 저, 저희 성주를 당장 불러오겠삽나이다!"

말투가 엉망이었지만 이렇게 궁정과 먼 지방이니 당연한 일이었다. 루트비히는 그 와중에도 임무를 다하기 위해 다가온 막내 병사에게 자신의 목걸이를 보여주었다. 목걸이에 그려진 황가의 문장을 확인하고 막내 병사는 입에 거품을 물 듯한 표정으로 물러났다.

"여기까지 왔으니 성주에게 나를 알현하는 영광을 주는 것도 군주의 자비일 터. 너희 성주가 있는 곳으로 나를 안내해라! 내 많은 숲과 골짜기를 지나와 목이 마르고 발이 얼었구나. 내가 너희 성주가 거하는 곳에서 먹고 마시고 쉴 것이다!"

이미 성벽 위에서는 긴급을 의미하는 깃발이 미친 듯이 좌우로 흔들리고 있었다. 루트비히는 그 깃발 너머로 펼쳐진 하늘을 올려다보았다.

눈부시게 아름다운 하늘과 눈부시게 아름다운 땅이었다. 안네그레트가 황도로 올라올 때도, 다시 고향으로 내려올 때도 이 돌프 성의 성문을 지나쳤을 것이다. 혹 그녀가 남겼을 흔적을 볼 수 있지는 않을까.

물론 그 후로 황도에도 몇 번이나 눈이 내리고 비가 내렸으므로 그런 생각은 그저 희망일 뿐이었다. 병사들은 당황해 떨리는 다리로나마 루트비히와 그의 말을 인도하기 시작했고 그는 말의 흰 갈기를 쓰다듬으며 앞을 보았다. 정수리까지 올라오는 진동에 절로 눈이 감겼다.

"태자 전하가 오셨다고?"

오랫동안 아버지의 친구였으며 게오르츠 땅을 지키는 훌륭한 기사인 레르너의 종자는 면구스러운 얼굴로 확인해 주었다.

"예, 도련님."

알브레히트는 생각하는 얼굴로 입술을 내밀었다. 소년의 그런 얼굴은 존경하는 누나에게는 잘 보이지 않는 그의 비밀스러운 모습 중 하나였다—물론 그것은 그 혼자만의 생각이었고, 누나는 그가 어릴 적 그런 표정을 짓는 것을 자주 보았다—.

"흠, 태자 전하였으면 좀 곤란한데."

레르너의 종자는 알브레히트를 어릴 적부터 자주 봐왔으므로 친근하게 슬쩍 물을 수 있었다.

"저어, 도련님. 뭐가 곤란하시다는……?"

"태자 전하는 볼기짝을 쳐서 내쫓을 수 없잖아."

다른 신분이었으면 볼기짝을 쳐서 내쫓을 거라는 말인가. 종자는 기겁했다.

"도련님, 어떻게 그렇게 무서운 말씀을 하십니까!"

"저기 말이야, 요나스."

알브레히트는 진지한 얼굴로 손짓했다. 종자는 주군의 아들이 시키는 대로 귀를 가까이 댔다. 소년은 속삭였다.

"우리 누님을 황도에서 쫓아내신 게 이 태자 전하인 것 같단 말이지. 얼마나 속상하셨으면, 봐, 요즘 맨날 한숨만 쉬신다고 연병장에서도 그런다며."

종자는 질겁했다. 대체 어떤 천인공노할 자가 착하고 친절하고 성실한 우리 아씨를 속상하게 하고 심지어 쫓아내기까지 했단 말인가? 아니, 잠깐.

"한데 청혼을 하러 오셨다잖습니까요?"

"바로 그거야. 음, 그러니까, 누님은 태자 전하의 청혼이 싫었던 거야. 하지만 태자 전하가 직접 하신 청혼을 거절하면 우리 아버님이신 백작님의 입장이 난처해질까 봐 집으로 돌아오신 거지!"

알브레히트가 대강 꾸며낸 말에 종자는 홀라당 넘어갔다. 세상에, 어떻게 그렇게 파렴치할 수가 어쩌고 중얼거리는 종자가 눈앞에서 뭐라고 하든 알브레히트는 생각에 잠겼다. 그리고 잠시 후 불쌍한 얼굴로 종자의 주의를 끌었다.

"솔직히 생각해 봐, 요나스. 우리 누님이 어릴 적부터 얼마나 기사가 되고 싶어하셨어? 그리고 말이야 바른 말이지, 솔직히 우리 누님보다 더 기사 같은 기사가 이 세상에 어디 있겠어? 이게 내가 가족이라 이렇게 생각하는 게 아니지?"

"아무렴요."

예의 아씨에게 검술과 창술에 대한 지도를 받은 적도 있는 종자는 깊이 공감하며 고개를 끄덕였다. 알브레히트는 한숨을 섞어 말을 이었다.

"그런데 누님이 세상에, 이제야 겨우 정식 기사가 되려고 저 황도까지 올라가서 혼자 고생하셨는데 남자 때문에 서임도 못 받고 급히 돌아오시다니. 나는 물론 황제 폐하의 충신이지만 좀 너무하지 않아?"

"그러믄입죠. 말도 안 되는 일이고말고요."

종자는 너무 고개를 열렬하게 끄덕인 나머지 머리가 어지러워졌다.

"그런데 아직도 포기 못 하고 여기까지 와서 공개 구혼이라니, 누님이 얼마나 난처하겠어. 안 그래?"

"태자 전하도 정말 너무하시는구만요."

종자는 개탄했다. 알브레히트는 쓸쓸하게 웃으며 결정타를 날렸다.

"그러니까 일단 이 얘기는 우리끼리만 알고 있자, 응? 그리고 레르너 경한테는 태자 전하의 걸음을 최대한 붙잡아달라고 전해 줘. 알았지?"

"예, 알겠습니다!"

백작 부부가 알면 기함할 음모를 세운 두 사람은 열렬한 눈빛을 나누며 이별을 고했다. 레르너의 종자가 홀을 나서자 알브레히트는 그대로 텅 빈 홀에 메아리가 칠 만큼 깊은 한숨을 쉬었다.

그때였다.

"오빠!"

"으악!"

갑자기 등 뒤에서 들려온 짜랑짜랑한 목소리에 알브레히트는 깜짝 놀라 돌계단에서 굴러 떨어질 뻔했다. 그는 기겁하며 뒤를 돌아보았다. 홀 한쪽, 그가 지금 앉아 있는 돌계단 위에 놓인 성주의 의자 뒤에서 파란 망토를 입은 여자아이가 얼굴을 쏙 내밀었다.

"페밀라! 너 언제부터 거기 있었니?"

망했다. 알브레히트는 속으로 몇 번이나 중얼거리며 확인했다. 알브레히트와 꼭 같은 검은 머리를 가진 페밀라미르는 그에게 다가와 짓궂게 웃었다.

"오빠, 언니 손님 왜 못 오게 해?"

처음부터 다 들었구나. 하긴 대화 도중에 들어왔으면 아무리 그래도 알았을 것이다. 알브레히트는 깊은 한숨을 쉬었다. 그의 앳되고 섬세한 얼굴에 그 한숨은 제법 잘 어울렸다.

"손님 아니야. 언니를 괴롭히는 나쁜 사람이야."

"진짜? 왕자님 아니야?"

페밀라미르는 눈을 깜박였다. 저, 어머니와 꼭 빼닮은 얼굴은 보는 사람마다 놀라워하곤 했다. 그리고 저 얼굴을 이 성에서 제일 좋아하는 사람은…… 알브레히트는 뭔가를 떠올렸다.

"왕자님인데 나쁜 왕자님도 있어. 태자 전하가 오시면 언니를 괴롭혀서 언니가 또 멀리 가버리고 그럴걸. 그래도 좋아?"

"싫어! 안 돼! 못 그러게 해!"

페밀라미르는 질색하는 표정을 지었다. 알브레히트는 엄숙하게 고개를 끄덕였다.

"그래, 그래서 지금 오빠가 생각하고 있었어. 그러니까 어머님 아버님께 손님이 온다는 얘기 하면 안 된다, 알았지?"

"알았어!"

어린애의 약속이 얼마나 믿을 만한지는 알 수 없었지만, 그는 일단 여기서 만족하기로 했다. 어차피 그가 이 똑똑한 동생에게 진짜 하고 싶은 말은 따로 있었다.

"그리고 혹시 태자 전하가 도착하면 아버님께 말씀드려. 왕자님이 너무너무 싫다고. 왕자님 때문에 언니가 속상해서 진짜진짜 싫다고. 페밀라도 왕자님 싫지, 그치?"

"착한 왕자님은 좋은데?"

"그건 나중에 착한 왕자님 오면 얘기하자."

"착한 왕자님 언제 오는데?"

"나도 몰라. 페밀라가 언니 되면 오지 않을까?"

"진짜지? 착한 왕자님 안 오면 아빠한테 이른다?"

일러봤자 어차피 이 나라에는 루트비히 태자 외에는 군주의 아들이랄 만한 사람이 없었다. 외국에는 몇 명 있겠지만 과연 이 동생과 나이가 맞을 만한 사람이 몇이나 될까. 알브레히트는 일단 고개를 끄덕이기로 했다.

"그래. 아빠한테 착한 왕자님 데려다 달라 그래."

"알았어!"

페밀라미르는 신나 하며 알브레히트의 목에 매달려 뺨에 뽀뽀했다. 알브레히트는 다시 한숨을 쉬며 고민했다.

"있지, 페밀라. 오빠는 정말 고민돼. 나쁜 왕자님을 영영 막을 수는 없는데, 혹시 왕자님이 오면 누님께는 뭐라고 말씀드리지?"

"그래?"

어린 얼굴을 구기며 페밀라미르는 오빠를 따라 고민했다. 그녀는 잠시 후 씩 웃었다.

"나쁜 왕자님이 오면 우리가 언니 눈 가리자. 그리고 나쁜 왕자님 가면 눈 가린 거 풀어주자, 어때?"

알브레히트는 그걸 말이라고 하냐고 하려다가 갑자기 큰 깨달음을 얻었다. 그리고 동생을 끌어안고 이마에 키스하며 진지하게 물었다.

"너 혹시 천재니?"

게오르츠 땅의 기사 중 하나라는 자가 내민 투구를 보고 루트비히는 한쪽 눈썹을 들었다.

"이건 뭐지?"

기사는 대단히 엄숙하고 진지하게 말했다.

"투구입니다."

"그건 보면 알아. 내 말은, 왜 이백 년은 된 것 같은 구식 투구를 나한테 주냐는 거야."

엄청나게 녹이 슨 것은 물론이거니와 눈구멍도 작다. 솔직히 말해 루트비히는 저렇게 낡은 투구가 눈앞에 있으면 그걸 피해서 간 뒤 존재를 잊을 것 같았다. 그런데도 이 기사는 그 투구를 마치 소중한 보물이나 되는 것처럼 쿠션에 받쳐 들고 있었다.

"정확히 백사십칠 년 되었습니다."

애초에 이런 걸 왜 아직 녹이지 않고 내버려 두었을까. 혹시 이 기사의 가문에 내려오는 보물일까? 루트비히는 약간 더 예의 바르게 행동하기로 하고 진지하게 투구를 훑어보았다.

새로운 정보는 없었다.

"흠흠, 그래. 그래서 경……."

"레르너입니다, 전하."

"그래, 레르너 경. 레르너 경이 이 투구를 나한테 주는 이유가 뭐라고?"

레르너는 황공하다는 듯 고개를 한 번 숙였다.

"예, 전하. 전하께서 제 주군의 따님이시자 라이헤르타 땅의 공인된 주인이신 안네그레트 아가씨께 청혼하러 오셨다고 들었기 때문입니다."

루트비히의 눈이 꿈틀거렸다. 설마.

"이거 쓰고 결투하래? 안네그레트가?"

그 말투에 레르너는 헛기침을 한 번 했다.

"전하, 저 따위가 감히 위대하신 태자 전하께 함부로 말씀 올릴 수는 없습니다만, 바이언트 가문에 충성을 바치는 한 기사로서……."

"본론만 말해."

"황공합니다, 전하. 고귀한 레이디의 성함을 그분의 친척 아닌 자가 함부로 부르는 것은 적어도 저희 땅의 풍습으로는 아주 좋지 않게 생각되옵니다."

루트비히는 레르너가 '아주'에 은근히 강세를 넣는 것을 오해의 여지 없이 캐치했다. 그는 고개를 끄덕였다.

"알았어. 그래, 라이헤르타 남작이 이걸 쓰고 결투하자고 하던가? 본인은 뭘 쓰기에?"

"황공하오나 전하, 그렇지는 않사옵니다. 이 투구는 전하께서 일체의 방어구 없이 오셨다는 말을 들은 알브레히트 바이언트 폰 게오르츠 도련님의 선물로 선선선선대 게오르츠 백작님의 유품입니다. 당시의 황제 폐하께서 하사하신 물건이기에 그 투구와 갑옷을 최대한 보존하고 있습니다."

"그랬나?"

잘 모르는 이야기였지만 루트비히는 일단 고개를 끄덕였다. 웬만하면 그냥 녹이지. 앞으로 그가 황실의 이름으로 누군가에게 선물을 내릴 때는 꼭 녹이 슬기 전에 재활용하라는 단서를 붙여줘야 할 모양이었다.

루트비히의 눈이 투구의 녹에서 떠나지 않는 것을 보고 레르너는 문득 크게 걱정하는 표정을 지었다.

"갑옷 또한 물론 선물하셨기에 제가 지참하고 왔습니다만, 혹 마음에 들지 않으십니까? 그러시다면 제가 당장 가서 그렇게 말씀 올리겠습니다. 저희 도련님께서는 그저 저희 아씨가 황도에서 태자 전하께 크게 신세를 지셨다 하시기에 호의로 보내신 것입니다만……."

그 정도로 말하면 빠져나갈 구석이 없었다. 루트비히는 우울하게 고개를 끄덕였다.

"아니야, 라이헤르타 남작의 원칙은 잘 알고 있네. 어차피 나도 결투를 각오하고 온 바이니 갑옷이 있어야겠지. 훌륭…… 한 가보를 보내주니 고마울 따름이야."

적당히 어디 대장간에서 맞추거나 빌릴 생각이었지만 이러면 어쩔 수 없다. 레르너는 무척 기뻐하는 표정으로 웃었다. 루트비히는 그 얼굴을 보자 묘하게 심술이 났다.

"참으로 관대하고 용감하신 말씀, 가슴에 새기겠습니다. 또한 저희 아씨의 원칙을 아신다니 기쁩니다. 하시면 결투 날짜는 언제가 좋으십니까?"

"모르고 청혼하러 오는 자들도 있나?"

"꽤 계십니다. 대부분 결투까지 가기 전에 포기하십니다만, 결투로 판가름을 내야겠다는 분들도 심심찮게 계시고 저희는 그분들을 존중합니다."

안네그레트한테 두들겨 맞고 끝났어도 말이지. 루트비히는 이를 악물었다. 어차피 여기까지 왔다. 뭔들 못할까. 오히려 당장 덤비라고 외쳐도 모자랄 판이다. 그래, 투구가 좀 낡았으면 어떤가!

"나는 빠를수록 좋네. 일단 의사를 타진하는 편지부터 보낼까 하고 있었네만."

"여기까지 오셨는데 그렇게 복잡한 절차를 거치실 필요가 뭐 있겠습니까."

레르너는 친절하게 씩 웃었다.

"저희 땅에서는 용감한 사람을 최고로 존경합니다. 청혼할 때도 원래 이 고장에는 그렇게 복잡한 풍습이 없습니다. 결혼계약서를 사전에 나누고 조율하는 정도지요."

"그런가?"

하긴 그렇다. 편지가 오가고 계약서 조항을 조율할 거면 황도에 있을 때 황제와 게오르츠 백작이 하게 했어야 할 일이니 이제는 늦은 것도 같았다. 루트비히는 납득하고 고개를 끄덕였다.

"알았네. 그러면 라이헤르타 남작이 좋다는 날짜를 좀 알아다 주겠나? 나는 무조건 그쪽 조건에 따를 테니까."

"알겠습니다!"

레르너는 크게 경례하고 자리를 떴다. 이름도 기억나지 않는 게 오르츠 땅의 작은 성 응접실에서 루트비히는 모닥불에 손을 쬐며 한숨 쉬었다.

"결투라고?"

안네그레트는 자신이 말에 오르기 직전 숨을 몰아쉬며 달려온 동생의 말에 기묘한 표정을 지었다. 알브레히트는 이마의 땀을 소매로 문질러 닦으며 말했다.

"네, 누님. 상대는 누님 조건에 따르겠대요. 날짜만 되도록 빨리 정해달래요."

"어찌 이렇게 갑자기."

오랜만에 날이 따뜻해져 영지를 돌아볼 참이었다. 안네그레트는 이상해하며 동생의 눈을 보았다. 그러나 알브레히트는 그녀와 눈을 마주 보는 대신 블리츠에게 다가가 간식을 주었다.

"블리츠, 오랜만에 외출해서 좋지? 잘 다녀와."

"겨울이라 운동하기에 제한이 있으니 간식을 너무 많이 주면 안 된다."

"에이, 지금은 어차피 먹고 바로 나가잖아요."

그도 그랬다. 안네그레트는 마음 착한 동생의 배려심에 감탄하고 고개를 갸웃했다.

"근자에 누가 이 부근에 들렀다는 말을 들은 적이 없는데, 갑자기 날짜를 되도록 빨리 잡으라니 어쩐 일일까?"

"그냥 갑자기 생각났나 보죠. 갑옷도 없대서 제가 빌려줬어요."

"네 갑옷을 말이냐?"

알브레히트는 누나를 돌아보고 천진하게 웃었다.

"에이, 제 갑옷은 안 되죠. 창고에서 적당히 꺼내줬어요."

"그렇게 마음을 써주다니 고맙구나."

동생이 그녀의 청혼자에게 이렇게까지 마음을 써준 것은 처음이었다. 안네그레트는 이것이 동생의 성장일까 하고 생각했다. 어쩐지 조금 섭섭해지기도 했다.

"나는 그분이 여기 도착하시는 대로 해도 되니 그렇게 전해주겠니? 그런데 누구시라더냐?"

사실 누구라 해도 상관없었다. 정말로 원하는 사람 앞에는 다시는 나아갈 수 없을 테니까.

갑자기 가슴이 욱신거려 안네그레트는 얼굴을 일그러뜨렸다. 그것을 본 알브레히트의 눈이 약간 차가워졌다.

"글쎄요? 어디 좋은 가문 사람이었는데 잊어버렸어요. 결투에 누님이 이기시면 아무래도 상관없죠, 안 그래요?"

"내가 꼭 이긴다는 보장이 어디 있겠니."

그래도 그렇게 말하는 동생이 귀여웠다. 안네그레트는 알브레히트의 뺨에 키스해 주고 말에 훌쩍 올라탔다. 블리츠는 기분 좋게 땅을 굴렀다.

"그럼 다녀오마. 다녀오면 손님맞이 준비를 해야겠구나."

"그건 다 저한테 맡기시고, 누님은 다녀오세요. 누님이 황도에 다녀오신 후로 계속 피곤해 보이시니 이럴 때야말로 가족끼리 도와야죠."

이렇게 배려심 깊은 동생이 또 있을까. 안네그레트는 자신이 동생들을 위해 이렇게까지 마음을 써본 적이 있는지 떠올려 보고 깊이 반성했다. 그녀는 동생에게 웃음마저 보여주었다.

"그래, 고맙구나. 그래도 네게 다 맡기는 건 불공평하니 내가 다녀오면 함께 준비하자꾸나."

"예, 누님. 다녀오세요!"

다닥, 다닥. 블리츠가 잰걸음으로 나아갔다. 알브레히트는 멀어지는 누나의 뒷모습을 보고 만족스러운 미소를 지었다.

고향은 눈이 부실 정도로 찬란한 겨울을 지내고 있었다.

군데군데 눈이 녹아 만들어진 물웅덩이가 황금처럼 햇살을 반사했다. 새하얗게 보일 정도로 밝은 하늘 아래 부는 찬바람을 맞으며 안네그레트는 말을 몰았다. 귀가 떨어져 나갈 것 같았지만 묘하게 그것이 시원하게 느껴졌다.

담비털로 가장자리를 두른 붉은색 망토가 바람에 펄럭였다. 블리츠의 윤기 흐르는 갈기도 마찬가지였다. 안네그레트는 한참 동안이나 아무 생각도 하지 않고 달렸다. 너무 속도를 올렸다는 생각이 들었을 때는 이미 가문비나무 숲에 들어서 있었다.

검게 젖은 숲은 어릴 때부터 안네그레트가 자주 놀던 장소였다. 그녀는 잠시 블리츠가 눈 사이로 남은 풀을 뜯어먹게 두고 품에서 편지를 꺼냈다. 몇 번이나 반복해서 읽어 접은 부분이 너덜너덜해진, 친구가 보낸 편지였다.

-나의 친애하는 안네그레트,

이야기를 시작하기 전에, 먼저 내가 약간 화가 나 있다는 사실을 밝혀야겠구나. 어떻게 편지를 내가 아니라 시프에게만 보낼 수 있니? 다음부터는 같은 내용을 쓰더라도 우리 둘 모두에게 보내줘야 해. 안 그러면 다음 노엘레에 네 선물은 없을 줄 알렴. 올해 노엘레 선물은 이미 보냈으니 어쩔 수 없지만 말이야.

농담은 여기까지. 네가 갑자기 떠난다고 했을 때 우리가 얼마나 당황했는지는 너도 짐작했을 거야. 네가 게오르츠 땅에 잘 도착해서 정말 다행이야. 가족들 모두 잘 지낸다는 말을 들으니 그것 또한 기쁘구나. 네 가족들에게 내 안부도 전해주렴. 사랑한다는 말도 덤으로. 그리고 쌍둥이에게는 내 키스도 네가 대신 전해줘야 해!

황도는 너도 짐작하다시피 별일 없이 지루해. 삶이 아주 예전으로 돌아간 것 같아. 물론 무슨 일이 일어나는 것보다야 그게 훨씬 낫지, 안 그러니?

다만 사교계에는 요즘 재미있는 사람이 나타나서 활기가 조금 돌고 있어. 빌텐바룽 공작님을 혹시 기억하니? 미인이고 성격이 시원시원해서 오년 전에 황도 사교계에서 둘째 가라면 서러운 인기인이었던 분이지. 나는 그분을 어릴 때 봤던 기억이 남아 있지만 어떻게 대해야 할지 몰라 당황했는데, 나쁜 분은 아닌 것 같아. 아니, 오히려 굉장히 여유 넘치고 관대한 분일지도 몰라.

놀랍게도 그분은 하슐레타 백작 부인과도 농담을 나누며 지내셔. 황실 가족들과 혈연적으로 가까워서 그럴지도 모르지. 아니, 혈연뿐 아니라 인척으로 따져도 정말 가까워. 하지만 자세한 귀족록을 이 편지에 싣지는 않을게. 너는 그런 것에 관심이 없을 테니까.

마음에 걸리는 점이 있다면 그건 지금 황도 사교계의 거의 모든 인물이 공작님과 태자 전하가 어떤 인연을 맺을지도 모른다고 믿고 있다는 사실이야. 하지만 내가 보기에 태자 전하께선 그분에게 전혀 관심이 없으신 것 같아. 다들 혼기가 찬 남녀를 보면 엮지 못해서 안달이라니까. 너도 우습다고 생각하지?

그런 헛소문을 하나 전했으니 이번에는 진짜로 좋은 소식도 한 가지 전해야겠다. 라인홀트 경과 시프가 약혼했어. 라인홀트 경의 집안에서 크게 반대할 줄 알았는데 의외로 별문제 없이 허락하셨나 봐. 시프네 집안 어른들이야 당연히 좋아서 어쩔 줄을 모르시고. 따님을 좋은 데 시집보내고 싶어서 황후께 보냈는데 이 나이가 되도록 소식이 없다가, 짜잔! 카르가링겐 후작가와 사돈을 맺게 생겼으니 그분들도 기다린 보람이 있지 뭐니.

팬찮다면 너도 축하 편지를 시프에게 보내주렴. 라인홀트 경이라면 믿고 시프를 맡길 만하지. 슬쩍 물어봤는데 라인홀트 경은 여성이 바지를 입고 검술 연습을 하는 것은 개인의 자유이며 자신의 부인이 하는 것을 절대 막을 생각이 없대. 하긴 너를 봐왔으면 설령 전에는 그런 생각을 하지 않았다 하더라도 마음을 고쳐먹는 게 당연한 걸까?

내년에 게오르츠 땅에서 연회를 여는 건 아주 좋은 아이디어라고 생각해. 하지만 시프와 라인홀트 경이 결혼을 서두른다면 내년 여름쯤엔 신혼일 수도 있지 않을까? 아름다운 게오르츠 성과 네 땅의 작은 돌무지 성을 보고 싶은 마음은 굴뚝같지만 그건 다음 기회로 미루자. 그보다 네가 다시 황도로 올라오는 건 어떻게 생각하니?

다시 종자로 일하라는 건 아니야. 너는 충분히 네게 기사 자격이 있다는 걸 증명했잖니. 내 말은 그러니까, 황도로 놀러 오라는 거야. 사교계에도 얼굴을 비추고 시프의 결혼식에도 참석하고. 응? 어때?

황궁에만 가면 네가 있다가 이제는 한동안 얼굴을 볼 수가 없다고 생각하니 눈물이 앞을 가리는구나. 네가 참 그리워, 안네그레트. 부탁이니 부디, 부디 어서 다시 만나자.

신의 가호가 항상 너와 함께하길(물론 난 그럴 것이라고 확신하고 있어).

너의 친구,
율리아 피츠콜.

편지를 다 읽자 가슴이 먹먹해졌다. 안네그레트는 아무도 보지 않는다는 사실을 알면서도 황급히 편지를 접어 다시 갈무리했다. 머릿속에 몇 개나 되는 이름이 마구 소용돌이쳤다. 시피에트의 일은 아주 잘된 일이고, 율리아도 말하는 투를 보니 잘 지내는 것 같았다.

하지만 친구는 안네그레트가 제일 궁금해하는 사람에 대해서는 말해주지 않았다.

빌텐바룽 공작은 어떤 사람일까. 미인에 성격이 시원시원하다니 율리아 같은 느낌일까? 태자는.

그녀의 옛 주군은 그이를 사랑할까.

만약 그들이 당장 결혼한다고 해도 이상할 것은 없었다. 주군은 조건 좋은 여자를 아내로 원한다고 분명히 말했고 황실 가족들과 혈연으로든 인척관계로든 가깝다면 대단히 훌륭한 가문의 일원일 것이다. 혼기가 이미 찬 주군이 조건에 맞는 여자를 만났으니 결혼을 더 미룰 이유가 있을까.

그러나 그런 생각을 할 때마다 가슴이 이렇게나 아픈 것이다.

잠시 숨을 쉬기가 힘들어졌다. 안네그레트는 쓸쓸한 기분으로 블리츠의 목을 쓰다듬었다. 블리츠는 자기 마음대로 숲을 이리저리 활보하기 시작했다. 고마운 일이었다. 이런 기분으로 말을 달렸다가는 낙마할지도 모르는 일이었으므로.

주군이 공작에게 관심이 없어 보인다는 율리아의 말을 안네그레트는 믿었지만 완전히 믿을 수는 없었다. 사람의 마음을 어떻게 알까. 어제까지는 관심이 없었더라도 이 편지가 도착했을 즈음에는 둘이 약혼했을 수도 있었다. 그리고 안네그레트가 그들의 약혼에 대해 할 수 있는 일은 아무것도 없었다.

고향에 와서 편안해졌다고 생각했던 마음은 이토록 연약한 것이었나. 연약하게 두근거리는 가슴을 주먹으로 꽉 누르며 안네그레트는 심호흡했다. 블리츠는 곧 원래 가던 길로 돌아가 멈춰 섰다.

고삐를 잡고 다시 말을 달리려던 안네그레트는 문득 온몸이 심장처럼 크게 떨리는 것을 느꼈다.

저 멀리, 몇 개나 되는 나무둥치가 겹쳐 만들어진 그늘 뒤에서 누군가가 이쪽을 보고 있는 것만 같았다. 그리고 그 누군가의 이름을 안네그레트는 지금 당장에라도 댈 수 있었다. 단 한 번도 그를 이름으로 부른 적은 없었지만, 잊을 수는 없는 이름이었다.

눈시울이 뜨거워졌다. 손목에 흐르던 달콤한 즙이 떠올랐다. 그의 숨소리가 귓가를 스쳐 안네그레트는 깜짝 놀랐다. 그러나 그 모든 것은 잠시 후 사라지고야 말았다.

금발처럼 보였던 것은 나뭇가지 사이를 뚫고 내려온 햇살의 줄기였다. 사람의 옷 입은 몸처럼 보였던 것은 그늘이었고 마치 본 것만 같았던 초록색의 두 눈은 아주 눈의 착각이었다. 그녀는 곧 한숨을 깊이 쉬었다. 자신이 이토록 어리석게 느껴져 본 것은 처음이었다.

전하.

그렇게 부를 수 있는 사람은 저기 먼 황도에 있었다. 안네그레트는 사무치게 후회했지만 동시에 시간을 되돌릴 수 있더라도 자신이 똑같이 행동할 것임을 알았다. 그것을 후회라고 부를 수 있을까.

이렇게 돌아온 것에 대해 그는 어떻게 생각할까.

수백, 수천 번이나 되풀이해 생각했지만 그것을 알 수 없었다. 어떤 때 그녀의 뻔뻔한 마음은 그가 전혀 신경쓰지 않을 것이라고 주장했고 또 다른 때 그녀의 연약한 마음은 그가 그녀를 미워할 것이라고 주장했다. 또 한참이나 고통스러워하고 난 다음에 그녀의 이성은 그가 어떻게 생각하든 어쩔 수 없다는 사실을 알려주었다.

그래도 이 하늘 아래, 어딘가에는 그가 있었다.

이렇게 홀로 숲속에 서 그것을 감사해하는 자신이 낯설었지만 안네그레트는 그런 저를 점점 받아들였다. 주군이 행복하기를, 원하던 대로의 삶을 일구어 나가기를. 비록 그녀가 옆에 없다 해도.

가슴이 아프고 시렸다. 안네그레트는 말에서 내려 나무에 기댔다. 겨울 냄새가 코끝을 스치고 이내 폐부 깊숙한 곳을 식혔다. 자기 자신마저 희게 표백해 지워 버릴 듯 싸늘한 순백의 공기였다.

잠시 후 안네그레트는 몸을 다시 꼿꼿이 세웠다.

"블리츠."

충성스러운 애마는 다가와 푸르릉거리며 애교를 부렸다. 그녀는 그 따뜻한 숨결을 느끼고 엷게 웃었다.

"고맙다."

안네그레트에게는 영주로서, 그리고 영주의 후계자로서의 의무가 있었다. 지난번에 눈 때문에 지붕이 주저앉은 가난한 이들의 움막에도 가 보아야 했고 녹은 눈이 어디로 흘러드는지도 확인해야 했다. 안네그레트는 도리질 쳐 쓸데없는 생각을 떨쳐 냈다. 그리고 블리츠의 등에 훌쩍 올랐다.

"자, 가자."

히힝. 블리츠는 짧게 울고 주인의 신호에 따라 달려 나갔다.

"말을 하지 말라고?"

"아니, 하지 마시라는 것이 아니오라."

게오르츠 땅의 결투 풍습은 참으로 해괴했다. 루트비히의 옆에서 계속 결투할 때의 주의사항에 대해 알려주던 레르너는 고개를 휘휘 저었다.

"물론 전하께서 필요하시면 말씀을 하셔야지요. 하지만 결투를 시작하기 전이나 결투 중에 말을 많이 하면 할수록 이 지방에서는 겁이 많은 것으로 간주됩니다."

그럴 듯도 한 말이었지만 굳이 주의를 줘야 할 정도로 중요한 항목이란 말인가. 루트비히는 도전자를 위해 임시로 만들었다는 천막 안에서 기묘한 얼굴을 했다. 아무래도 영지민들이 몰려들고 있는지 천막 밖이 갈수록 시끄러웠다.

"궁금한 게 있는데, 레르너 경."

"예, 전하."

"이 지방에선 결투가 큰 구경거리인가?"

안 그래도 안내받은 곳은 게오르츠 지역 영주성의 너른 안뜰로 루트비히가 잘못 본 것이 아니라면 이쪽을 내려다보는 테라스도 몇 개나 있었다. 황도에서의 결투는 주로 법적으로 필요한 증인들만 세워서 조용히 이루어졌기 때문에 그는 이 분위기가 상당히 희한했다.

레르너는 웃으면서 고개를 저었다.

"아닙니다, 저희 지방에선 결투가 흔해서 아무도 신경을 안 씁니다. 하지만 우리 아씨의 결혼 상대가 될지도 모르는 분에 대해서는 다들 궁금해하지요."

루트비히는 레르너의 웃음이 어쩐지 거슬렸다.

"성공한 사람은 아직 없지 않나?"

"예, 그렇죠."

그렇다면 그냥 간 크게도 영주님 따님에게 청혼하러 왔던 건방진 남자가 얻어맞고 나가떨어지는 꼴을 보러 다들 모여드는 것이 아닐까? 무척 의심스러웠지만 어쩔 수 없었다. 그렇다고 이제 와서 사람들을 모두 물리라고 하는 것은 그의 자존심이 상하는 일이었다. 아무튼 그 역시 황도에서 안네그레트에게 얻어맞는 남자들을 수없이 봐오지 않았나.

레르너는 루트비히의 심각한 표정을 보고 다정하고 친절하게 위로했다.

"걱정하지 마십시오. 저희 아가씨는 패배를 인정하시는 분을 필요 이상으로 공격하지 않으십니다."

"그것 참 고마운 조언인데 말이지, 레르너 경. 나는 패배를 인정할 생각이 없거든?"

고작 얻어맞다 말고 패배나 인정하려고 여기까지 온 것이 아니다. 루트비히의 말에 레르너의 얼굴이 잠시 무너졌다. 루트비히가 잘못 본 것이 아니라면 그가 숨기려다 실패한 감정은 '불신'이었다.

이렇게 박대받은 것은 태어나서 처음이었다. 루트비히는 테다인이나 키르시를 데려왔으면 좋았을 거라고 후회했지만 이미 엎질러진 물이었다. 그는 헛기침하고 검을 살폈다. 황가의 문장과 보석이 장식된 보검도 지참하고 있었지만 오늘 사용할 것은 궁정에서 보통 사용하는 약간 가느다란 결투용 검이었다.

"좋은 검이군요."

태자를 위해 만들어진 검이니 물론 좋은 물건이었다. 레르너는 루트비히의 검을 슥 보고 고개를 끄덕였다.

"황도 사람들은 다치길 무서워한다더니 정말인가 봅니다."

루트비히는 쓴웃음을 지었다.

"장난감 같다는 거지? 확실히 경의 검이 이것의 네 배는 되겠어."

"설마요. 그렇게 실례되는 생각을 하지는 않았습니다, 전하."

하지만 눈은 그렇게 말하고 있었다. 루트비히는 자신이 레르너에게 미움을 살 만한 행동을 했던가 되짚어보았고 안네그레트가 집에 와서 무슨 말을 했을지까지 상상했다. 과연 미움을 받을 만한 요소가 없지는 않았다.

"크흠."

아무튼 지금은 솔직하게 말다툼할 때가 아니었다. 루트비히는 목소리를 가다듬고 진지하게 질문했다.

"결투 도중에 황금 사과 같은 거 던지면 규칙 위반이겠지?"

"당연하지요. 진짜 황금으로 된 사과라도 안 됩니다."

과연 전설의 기사에게 충성을 맹세한 부하답게 레르너는 엄격하게 딱 잘랐다. 밖에서 레르너의 종자가 주인을 불렀다.

"경, 슬슬 아씨가 나오신다고 합니다."

"그래?"

가슴이 먼저 반응했다.

루트비히는 신분 덕에 지금까지 결투를 해볼 일이 거의 없었고, 정작 결투에 나갔다 하더라도 규칙이나 상대의 태도나 싱겁기 마련이었다. 때문에 이렇게 낡은 갑옷을 입고 검을 만지며 천막에 앉아 있는 자신이 낯설고 계속 이상한 기분이었는데.

안네그레트가 온다는 말을 듣자 그 모든 낯섦이 사라졌다. 그저 가슴이 뛰었다.

루트비히의 얼굴을 본 레르너는 처음으로 부드러운 미소를 지었다. 그는 옆에 내려놓았던 투구를 손수 들어 건네주며 재차 당부했다.

"혹시 다칠 것 같으시면 얼른 패배 선언을 하셔야 합니다. 저희는 책임 못 집니다."

그 말을 듣는 둥 마는 둥 하며 루트비히는 투구를 썼다. 순식간에 주위가 온통 검어지고 투구의 눈 부분에 뚫린 슬릿 사이로만 천막 내부가 엿보였다. 걱정했던 쇠비린내는 다행히 야외에 나와서 그런지 실내에서만큼 심하지 않았다.

이번에는 다른 심부름꾼이 와서 천막 안을 들여다보았다.

"경, 아씨가 나오셨습니다."

과연 사람들이 지르는 환성이 천막 안까지 메아리쳤다. 루트비히는 차게 느껴지는 손을 건틀릿 너머로 가볍게 주무르고 고개를 끄덕였다. 레르너는 친절하고 유려한 동작으로 그를 위해 천막 입구를 열어주었다.

"가시지요."

두근, 두근. 투구 안은 놀라울 정도로 조용했고 루트비히에게 세상에서 가장 크게 느껴지는 것은 그의 심장 소리였다. 그는 자신이 검을 쥐고 있는지 아닌지조차 제대로 기억할 수 없었다.

다만 떠오르는 것은 그녀의 모습이었다.

슬릿 틈새로 확보되는 시야는 대단히 좁았고 천막 밖으로 한 걸음 나섰을 때 환하게 들어온 햇살은 잠시 루트비히의 시력을 앗았다. 그는 눈을 두어 번 깜박이고 맑은 눈물을 두어 방울 흘렸다. 간신히 주위에 사람이 가득하다는 것이 느껴졌다.

들어가기 전에 보았던 너른 안뜰은 이제 무척 작게만 느껴졌다. 두꺼운 옷을 입은 사람들이 잔뜩 모여서 신이 난 얼굴로 그에게 시선을 집중했다. 뭐라고 떠드는 소리도 들렸지만 그의 귀에는 들어오지 않았다. 대신.

저, 성문을 나서 다가오는 안네그레트의 모습이 그의 세상을 온통 채웠다.

얼굴 한 번 본 적 없는 사람인데 이름도 대지 않고 무조건 결투 신청을 하다니, 이번 청혼자는 무척 특이했다. 별별 결투 신청을 다 받아보았지만 이런 경우는 손에 꼽았다. 안네그레트는 알브레히트에게 마지막으로 확인했다.

"신분은 네가 확인했다는 말이지?"

"예, 누님. 신분은 확실한 분이니 걱정 마세요."

"그렇다면 신분을 밝히시면 될 텐데 별일이구나."

괜히 희망적인 상상이 들지 않는 것은 아니었지만 그녀는 이성적으로 그럴 리가 없다고 자신을 설득했다. 하긴 이곳에 주군이 왔다면 온 성이 시끄러웠을 것이다. 그리고 주군이 대체 왜 자신에게 결투를 신청한다는 말인가?

"혹시 지면 창피할까 봐 그럴지도 모르지요."

알브레히트는 깜찍한 얼굴로 추측했다. 안네그레트가 듣기에 그것은 충분히 가능성이 있는 가설이었다.

"하긴 그럴 수도 있겠구나. 결투에 신분을 밝히지 않는 것이 좋게 느껴지지는 않는다만 정 평판을 지켜야 하는 이유가 있는 분이라면 그럴 수도 있겠지."

"그럼요. 누님께 청혼은 하고 싶고, 져서 소문나는 게 부끄러우면 그럴 수도 있는 거 아니겠어요?"

확실히 져서 부끄러워지는 것은 사람이라면 누구나 느낄 만한 감정이었다. 안네그레트는 그래도 여전히 미심쩍기는 했지만 동생이 이렇게나 자신만만하니 그냥 납득하기로 했다.

"알았다. 그래도 먼 곳에서 오신 손님이라니 결투가 끝나고 나서 후히 대접해야지. 주방장은 요리를 만들고 있다고 하니?"

"예, 누님. 손님이 섭섭하시지 않게 잘 준비하라고 일러뒀어요."

안네그레트의 미간이 좁아졌다. 알브레히트는 눈을 동그랗게 뜨고 깜박였다.

"웬일로 네가 그렇게 신경을 쓴 게냐? 혹시 너는 이분과 원래 아는 사이냐?"

"아는 사이는 아니고, 성함을 들어본 적이 있는 분이에요. 저도 아주 존경하는 분이죠."

"그러니?"

청혼하러 오면서 제대로 된 갑옷도 없어 이쪽의 물건을 빌리는 데다 듣기로는 종자 한 명 없다는데, 그렇게 빈한한 사람 중에 알브레히트가 알 만한 사람이 있단 말인가. 그것 또한 희한하기 그지없었다. 알브레히트는 빙긋 웃었다.

"누님도 나중에 보시면 아, 이 사람이구나 하고 아실걸요?"

"그러니?"

가난하면서도 존경받는 훌륭한 사람이라니 혹시 신관일까? 하지만 신관이 무슨 결혼을 한다는 말인가. 아니면 혹시 성직을 그만둔 걸까?

머리를 있는 대로 굴려보아도 역시 알 수 없었다. 그리고 어차피 추리는 그녀의 영역이 아니었다. 안네그레트는 포기했다.

"알았다. 어차피 상대가 누구든, 진심으로 결투를 신청하셨으니 나도 진심으로 맞아야겠지. 그리고 손님을 너무 기다리시게할 수도 없으니 이제 슬슬 준비해야겠구나. 알비, 나를 좀 도와주겠니?"

알브레히트는 활짝 웃었다.

"네, 누님."

영지민들이 오늘의 결투를 구경하러 왔는지 창밖 안뜰은 제법소란스러웠다. 안네그레트는 가죽으로 만들고 안에 보충재를 넣어 누빈 셔츠를 입고 동생의 도움을 받아 그물 갑옷을 그 위에얹었다. 그리고 묶어야 할 끈을 모두 묶고 다시 그 위에 판금 갑옷을 차려입었다.

오랜만에 입는 그녀의 갑옷은 꼭 어제 헤어졌던 친구처럼 꼭맞게 느껴졌다. 갑옷을 입자마자 어딘가 편안하고 용감한 기분이들어 안네그레트는 가슴에 손을 얹었다. 그리고 동생의 손짓에따라 건틀릿을 끼울 수 있도록 그 손을 다시 내밀었다.

온몸이 철로 덮이자 쓴웃음이 나왔다. 안네그레트는 투구 안에 쓰는 철모를 머리에 꼭 끼우고 허리를 숙였다. 알브레히트는투구를 들어 그녀의 머리에 씌워주었다. 갑옷을 간수할 때 쓰는호두기름 냄새가 났다.

"키스해 줄래?"

축복을 청하는 누나의 말에 알브레히트는 주저 없이 누나의 이마에 키스했다. 안네그레트는 엷게 웃었다.

"고맙다."

"다치지 말고 돌아오세요."

"노력해 보겠다."

다시 몸을 일으킨 누나를 보고 알브레히트는 순간 주먹을 쥐었다. 바이저를 착용하기 전이라 안네그레트의 눈에도 그 이상한 행동이 금세 들어왔다. 그녀는 걱정스럽게 물었다.

"왜 그러니, 알비? 혹시 배가 아프다면 가보렴."

"아니에요, 누님. 저는 저 발코니에서 누님의 멋진 모습을 빠짐없이 지켜볼 거예요."

"너무 무리하지는 말고."

안네그레트는 지금까지 그 어느 결투에도 허투루 임한 적이 없었지만, 오늘은 어쩐지 묘하다는 생각이 들어 오히려 그 말을 한 직후 자신이 눈을 내리깔았다. 알브레히트는 실바람 같은 웃음소리를 내고 그녀의 가슴을 끌어안았다.

"다녀오셔요, 누님. 아버님과 어머님도 곧 나오실 거예요."

백작 부부는 쌍둥이 중 하나가 기침을 해서 아직 유모의 방에 있었다. 이런 날씨에 아이들이 아픈 것은 흔한 일이었지만 동시에 가슴이 아픈 사건이기도 했다. 안네그레트는 고개를 끄덕였다.

"그래. 페밀라가 어서 나으면 좋을 텐데."

"그러게요."

알브레히트는 꼭 안고 있던 누나의 몸을 놓았다. 안네그레트는 자신이 오늘 결투에서 쓸 검을 들었다. 그녀가 항상 사용하는 물건이었다.

"그럼 다녀오마."

"네, 누님."

어릴 때부터 지내온 게오르츠 영주성은 오래되어 복도로 나가자마자 눈에 찬바람이 들어왔다. 평소에는 꽉 닫혀 있던 문들이 오늘 이 시간만큼은 여러 개 열려서 사람들이 분주하게 드나들었기 때문에 더 그랬다. 안네그레트는 가슴을 펴고 걸어 성의 안뜰로 통하는 문을 향했다.

이게 뭐 구경이라고, 이 땅에 사는 가족 같은 이들이 얼마나 많이 모였는지 환성에 머리가 어지러울 지경이었다. 안네그레트는 문밖으로 나서자마자 쏟아져 들어온 눈부신 햇살에 잠시 눈을 가늘게 떴다. 날씨가 화창하고 바람이 강하지 않으니 결투에 집중하기 좋은 조건이었다.

그때 결투 상대를 위해 임시로 설치했다는 천막의 입구가 열렸다.

낡고 녹슨 투구와 갑옷은 그 내력 때문에 두고 있기는 했지만 아무도 사용할 생각을 하지 않는 물건이었다. 그런 물건을 손님에게 내줬다는 알브레히트의 생각을 알 수가 없었지만 그녀의 머리를 이 순간 가득 채운 것은 손님과 주인의 예가 아니었다.

저 가느다란 실 같은 슬릿 안이 보여서가 아니었다. 어쩐지 알 수 있었다.

계속해서 생각해 왔고, 솔직하게 말하자면 도망쳐 온 그 사람의 모습에 그녀는 놀라워하며 입을 살짝 벌렸다.

"결투를 시작하겠습니다! 쌍방 분수대 옆의 푸른 깃발을 기준으로 세 발자국 떨어져 서주십시오!"

백성들의 환성이 검게 타버린 종이처럼 지워졌다. 푸른 깃발에 다가간 것도 오로지 습관에 의해서 가능한 것이었다. '그'는 아무 말도 하지 않고 깃발 앞에 섰다.

그가 아무 말도 하지 않는 것이 좋은 일인지 아닌지, 구별이 되지 않았다.

"무기를 드십시오! 판정은 일방이 패배를 인정할 때, 혹은 상대가 더는 싸움을 계속하기 힘들 정도의 부상을 입었다고 판단될 때 이루어집니다!"

이 지방의 결투는 옛 모습을 아직 어느 정도 따르고 있었다. 안네그레트는 검집에서 검을 뽑았다. 그것 또한 오로지 습관에 의한 행동이었다.

아아, 기사의 습관이란 얼마나 어리석은가.

이럴 때 무슨 말을 해야 하는지는 모르면서, 손은 검을 쥔다.

몇 합을 나눈 뒤 루트비히는 자신이 절대로 안네그레트에게 이길 수 없으리라는 사실을 알았다.

그럴 줄은 이미 알고 있었지만 서글퍼졌다. 검술을 더 열심히 연습했으면 좋았을까? 평소에 몸을 더 단련했으면 좋았을까? 태자로서의 임무를 다하기에만도 루트비히의 삶은 바빴지만, 조금이라도 더 운동을 해뒀으면 어땠을까.

지금 안네그레트의 검을 잠시라도 붙잡을 수 있었을까. 그리고 대화할 수 있었을까.

어차피 결투 전에 받은 경고 때문에 계속 입을 다물고는 있었지만 막상 안네그레트가 앞에 있으니 뭐라도 떠들고 싶어졌다. 루트비히는 몇 번이나 얻어맞은 팔다리에 얼얼함을 느끼며 이를 악물었다.

안네그레트는 떨리는 눈으로 그의 팔을 향해 다시 검을 휘둘렀다.

비명을 지르지 않겠다고 속으로 결심하고 있었지만 흡 하고 숨을 들이켜는 것은 불가항력이었다. 낡은 갑옷은 모래알처럼 부스러졌고 투구는 차라리 벗는 것이 나을 것 같았다. 꼭 눈을 가리고 싸우는 기분이었다.

채앵. 간신히 안네그레트가 휘두른 검을 막아내긴 했지만 완전히 흘려보낸 것이 아니다 보니 점점 칼날이 이쪽으로 다가왔다. 그녀는 잠시 그대로 그를 향해 검날을 밀어붙이다가 문득 물러섰다.

안네그레트의 떨리는 목소리가 들려왔다.

"이 결투는 공정하지 못합니다."

아, 저 목소리를 얼마나 그리워했나. 루트비히는 어쩐지 기뻐서 투구 속에서 웃었다. 그녀는 계속해 말했다.

"당신의 갑옷은 너무 낡았고 투구는 결투용이 아닙니다. 지금이라도 무장을 바꾸시겠다면 저는 반대하지 않겠습니다."

'당신?' 그녀가 쓰는 어휘라고 하기엔 이상했다. 루트비히는 지금까지 묘하게 걸리던 것이 모두 해소된 기분을 느꼈다.

안네그레트는 그가 누구인지 통보받지 못한 것이다.

어쩐지, 황가의 문장을 달아놓지도 못하게 하고 처음부터 이런 갑옷에 둘둘 싸매 내보낼 때 알았어야 했다. 결투 전과 결투 중에 말을 하지 말라던 것도 그의 신분을 숨기기 위하여서였을 터. 얕은 수지만 저 안네그레트라면 넘어갈 수도 있었다.

누가 친 장난질인지 대단히 무엄하고 발칙했다. 루트비히는 어쩐지 흥분되는 것을 느꼈다. 이 자리에 있는 그 누구도, 그러니까 저 공범임에 틀림없는 레르너 경과 그 종자놈을 제외하고는, 그가 이 나라의 태자라는 사실을 몰랐다. 졌을 때 그의 자존심이 상하지 않게 배려한 것일까? 그런 느낌은 들지 않았다. 나중에 모든 경위를 철저하게 따지리라.

하지만 안네그레트가 이 결투에 응한 것은 어쩌면 그 덕분이었다. 루트비히는 고개를 저었다. 어차피 바꿀 무구를 가져오지도 않았고, 상대 집안의 물건을 받아 쓰면서 새것까지 내놓으라고 하기엔 민망했다.

슬릿 너머로 안네그레트가 눈을 부릅뜨는 것이 보였다.

"이대로 계속하시겠다는 겁니까?"

그 외에 어떤 대답이 있을까. 루트비히는 고개를 끄덕였다. 그리고 씩 웃으며 그녀를 검으로 겨눴다. 그녀가 이를 악무는 것 같았다. 이 무장이 그렇게까지 불쌍해 보이는 걸까.

"알겠습니다."

어째서 그가 이 자리에 서 있는 것일까.

그가 결혼한 것이 아니라는 생각에 오랫동안 짓눌려 있던 마음이 가벼워지는 것과 동시에 불가사의함이 온통 안네그레트를 지배했다. 어째서? 결혼은 조건 좋은 여자와 할 것이라고, 그렇게 말했으면서. 어째서? 절대로 원치 않는다고 말했으면서. 어째서?

저렇게 필사적으로 싸우는 건가.

평생 익혀 온 기술은 흐트러진 정신에도 불구하고 안네그레트를 우세로 이끌었다. 그러나 치명타를 입히려던 손과 발의 움직임을 그녀는 자꾸만 저도 모르게 제지했다. 봐줘서는 안 된다는 것을, 그런 행동은 지금까지 그녀와 겨뤄온 다른 청혼자들에게 실례라는 것을 알면서도 몸은 제멋대로 움직였다.

제멋대로 움직여 공격하다가 제멋대로 움찔거리며 주춤하니 좋은 기사의 행동은 아니었다. 안네그레트는 속으로 쓴웃음을 지었다. 역시 그녀는 수행이 부족했다. 한동안 마음을 비우고 쉰 탓이었을까.

녹슨 부분이 모래처럼 바스러져 여기저기 이 빠진 그의 갑옷을 보자 가슴이 아팠다. 안네그레트는 문득 물러서 떨리는 목소리로 말했다.

"이 결투는 공정하지 못합니다."

투구에 가려진 저 얼굴을 지금 당장에라도 드러내 직접 눈으로 보고 싶었다. 그러나 오래된 철판에 가려진 너머로도 그가 웃었다는 것을 안네그레트는 어째서인지 알 수 있었다.

"당신의 갑옷은 너무 낡았고 투구는 결투용이 아닙니다. 지금이라도 무장을 바꾸시겠다면 저는 반대하지 않겠습니다."

그는 어째서 신분을 밝히지 않을까.

그가 누구인지 처음부터 알았다고 해도 그녀는 결투를 받아들였을 것이다. 기사도를 지키는 자로서 당연한 일이었다. 그런데도 그는 그녀가 도망치리라고 생각한 것일까?

변명할 수는 없었다. 두려워 무작정 도망친 것은 그녀였다.

루트비히는 고개를 저었다. 그 동작이 너무도 눈에 익어 안네그레트는 숨을 크게 들이마셨다. 눈 냄새가 남아 있던 안뜰은 지금 수많은 영지민과 피운 모닥불, 그리고 가죽으로 된 장식과 기름 바른 무구 따위의 냄새로 가득했다. 도저히 조용히 이야기를 나눌 수 있을 만한 자리는 아니었다.

"이대로 계속하시겠다는 겁니까?"

울고 싶었다. 어째서인지 그녀의 모자란 재주로는 설명할 수 없었지만, 대단히 울고 싶었다.

"알겠습니다."

똑바로 검을 겨누는 그의 모습은 훌륭했다. 지금까지의 청혼자들 중 다수는 이쯤이면 패배를 인정하고 얌전히 물러났던 것이다.

그리고 그 사실이 그녀를 더욱 흔들었다. 안네그레트는 뒤쪽

발디딤에 힘을 주고 검을 치켰다. 이 결투에서.

누가 이기는 것이 옳을지 그녀는 알 수 없었다.

호쾌한 곡선을 그리며 날아드는 검을 루트비히는 온 힘을 다해 튕겨냈다. 팔이 얼얼해 인상을 찌푸리기도 잠시, 튕겨 나갔던 안네그레트의 검은 다시 춤추듯 매끈한 동선을 타고 베어 들어왔다. 등골이 오싹했다.

'간신히, 겨우, 반쯤, 그리고 결국은'의 향연이었다. 안네그레트의 검은 대단히 아름다웠고 그간 옆에서 볼 때는 몰랐던 가공할 힘과 속도를 담고 있었다. 루트비히가 교양으로 배운 검술은 거기다 비할 것도 못 되었다. 점점 욱신거리는 곳이 늘어나고 안네그레트의 얼굴은 엉망이 되었다.

그래, 엉망이 되었다.

어째서 그런 걸까. 그렇게 그가 불쌍해 보인 걸까. 루트비히는 안네그레트가 싸우면서 그런 표정을 짓는 것을 본 적이 없었다. 실력 차이가 너무 심해 시시껄렁했던 결투 상대들에게도 그녀는 항상 진지한 태도를 보여주었다. 그런데 어째서?

어째서 도망쳤을까. 어째서, 이 결투를 받아들였을까. 좋아하는 사람이 있다면.

안네그레트와 나누는 검격 하나하나가 잔인하고 강력하고 달콤했다. 그는 어느샌가 갑옷의 왼팔 부분이 너덜너덜하게 찢어져 오히려 방해가 되고 있다는 사실을 알았다. 계속 움직이고 숨을 헐떡였기 때문에 춥지는 않았다.

스릉! 두 사람의 검이 서로를 긁었다. 오싹하고 불쾌한 소리는 검 아랫부분이 서로를 억눌렀을 때에야 끊겼다. 루트비히는 자신이 가진 모든 힘을 다해 죽어라 버텨냈다. 잠시라도 집중을 잃으면 바로 저 검날이 그의 머리를 향해 날아들 것이다.

몸이 부들부들 떨렸다. 실오라기 같은 슬릿 너머로 안네그레트의 모습이 가까이 들어왔다. 마지막으로 그녀와 이렇게 가까이 있었던 것이 언제였더라. 그래, 함께 암살자들을 상대할 때는 등을 맞댔다.

설마 그 후로 이렇게 오랫동안 헤어질 줄은 몰랐었다.

아름답게 세공되고 기름칠로 관리한 안네그레트의 투구는 현재 정식 기사로 활동하는 그 누구에게도 지지 않을 만큼 삼엄했다. 차라리 그녀를 더 빨리 기사로 임명할 걸 그랬는지도 모른다. 그랬다면 어떤 식으로든 그녀는 더 거짓말을 하지 않아도 되었을 텐데.

새까만 눈이 루트비히를 불꽃처럼 응시했다. 항상 무심해 보이는 그녀가 전장에서는 마치 태양처럼 타올랐다. 안네그레트와 결혼하는 남자가 누구든 그녀를 사교 모임과 드레스에 가둘 수는 없으리라. 좁은 곳에 가둔 불꽃은 그대로 스러질 뿐이 아닌가?

복잡한 심정으로 그는 투구 안에서 웃었다. 이내 안네그레트는 검을 비틀어 그를 공격했다. 루트비히는 체면을 버리고 뒤로 몸을 뺐다. 검끝이 그의 왼쪽 귀 부근을 되게 쳤다.

잠시 윙윙 하는 이명이 들리고 숨이 막혔다. 루트비히가 그러는 사이 안네그레트는 다시 검을 뻗었다. 조금이라도 더 이렇게 있고 싶은데.

더 오랫동안 저 얼굴을 보고 싶은데.

그녀가 주는 저 오롯한 시선.

항상 옆에 있을 때는 멍청하게도 몰랐던 것이다. 루트비히는 힘

빠진 팔을 억지로 들어서 이를 악물고 자신을 보호했다. 다행히 호흡은 곧 돌아왔고 시야가 크게 흐려지지도 않았다. 결투를 이렇게 맥없이 끝낼 수는 없었다.

안네그레트가 다음 공격으로 들어가기 직전 루트비히는 온몸의 오기를 짜내 검을 내밀었다. 찔러오는 가는 검에서 자신의 어깨를 보호하기 위해 그녀의 자세가 바뀌었다. 그는 이때다 하고 세 걸음 정도 물러섰다.

시선이 마주쳤다. 혹은, 루트비히는 그렇게 생각했다. 이 땅의 백성들이 와아 하고 환성을 질렀고 그와 그녀는 잠시 숨을 골랐다.

숨을 고르며 안네그레트는 루트비히를 바라보았다. 지금이 아니면 언제 그를 이렇게 실컷 바라볼 수 있다는 말인가? 신성하고 준엄한 결투에서 이런 사심을 발휘하는 것은 경을 칠 일이었지만 그녀는 그 유혹에 저항할 수가 없었다.

숨을 몰아쉬는 루트비히는 대단히 고통스러워 보였다. 머리를 때릴 때 조절하긴 했지만 혹시 그가 그것 때문에 힘들지 않을까 하는 생각이 들자 안네그레트는 가슴이 아팠다. 정말이지 말도 안 되는 일이었다.

그녀는 명백히 결투의 온갖 신성한 의미를 퇴색시키고 있었다.

과연 이런 결투에 이긴다고 해서 정말로 승리했다고 할 수 있을까. 결투는 신 앞에서 목숨을 걸고 자신의 결백을 주장하고 자신의 정당성을 주장하는 의식이었다. 그것에 이렇게 불명확한 마음으로 응한 것도 모자라 상대를 봐주다니, 이 얼마나 간악한 죄인지.

두어 번 심호흡한 루트비히가 다시 검을 치켰다. 안네그레트는 그의 갑옷이 너덜너덜해 반쯤은 재봉하다 만 천처럼 아무렇게나 늘어지는 것을 슬쩍 확인했다. 괜찮을까?

안네그레트가 결론을 내리기 전 뾰족한 검이 짓쳐 들어왔다. 그녀는 다가서며 상대의 검을 강하게 쳐 냈다. 쨍 하고 얻어맞은 그의 검은 하릴없이 범위 밖으로 미끄러져 나갔고 그의 자세도 흐트러졌다.

이런 빈틈을 내버려 두는 것은 오히려 상대방에 대한 실례였다. 그녀는 그에게 다가가 그의 갑옷을 검날로 쳤다. 그가 숨을 들이켜는 소리가 귓가에서 메아리쳤다.

그는 악착같이 몇 합을 더 버텼다. 그러나 낡고 녹슨 갑옷은 계속 부스러져 저 멀리서도 이상이 느껴질 정도였다. 그러다 어느 순간.

두르르륵 소리를 내며 갑옷이 미끄러져 내려왔다.

격렬한 검격 중에 일어난 일이라 예방하거나 수습할 새는 없었다. 그는 가슴 위에서부터 미끄러져 내려간 사슬갑옷이 자신의 엉덩이와 허벅지를 구속하자 그대로 벌렁 넘어져 버렸다.

이 빌어먹을 갑옷을 하사한 선조가 누구든 후손 잘 되는 꼴을 못 보는 게 틀림없었다. 루트비히는 기를 쓰고 발을 굴렀지만 사슬갑옷의 잔해는 감옥처럼 그를 붙잡았다. 그때 그녀의 검이 그의 가슴을 겨눴다.

안네그레트는 차분하게 말했다.

"항복하십시오."

이렇게 쉽게 항복? 웃기는 소리였다. 루트비히는 눈에 불꽃이 뛰는 것을 느끼며 고개를 저었다. 안네그레트는 눈을 내리깔았다.

"부상을 입기는 싫으실 테지요. 승산이 없다는 것 또한 아실 테지요. 이제 그만하십시오."

다른 청혼자들은 이쯤 되면 포기하고 대신 그녀를 레이디로 모시겠다느니 어쩌느니 구질구질하게 연을 만들려 애썼는지 몰라도 그는 아니었다. 루트비히는 갑옷이 사라지고 두꺼운 배틀 셔츠만 남은 자신의 가슴을 흘끔거렸다. 갑옷이 없으니 검에 베이면 크게 다칠 것이다.

둘의 실랑이가 끝날 기미를 보이지 않자 레르너 경이 다가와 깃발을 뽑아 흔들었다.

"일방이 전투를 계속할 수 없는 상태로 판단되므로 판정을 내리겠습니다! 승자는 라이헤르타 남작님입니다!"

와아아아아, 하고 이 땅의 백성들이 신이 나서 환성을 질렀다. 그러나 안네그레트는 눈을 질끈 감았다.

"잠시만 기다려 주십시오, 레르너 경. 저는 아직 승리하지 않았습니다. 잠시만⋯⋯!"

그렇다. 아직 루트비히는 포기할 마음이 없었다.

루트비히는 가죽 재질에 쇳조각이나 조금 붙은 그의 건틀릿으로 안네그레트의 검을 치웠다. 그리고 시원한 기분으로 투구를 벗어 옆에 놓았다. 하늘과 바람과 소리와 빛이 한꺼번에 그의 감각에 돌아와 웃음이라도 터뜨리고 싶은 기분이 되었다.

레르너 경은 입을 꼭 다물었고 안네그레트는 눈을 가늘게 떴다. 루트비히는 겨우 넓어진 시야로 자신의 다리를 옭아매던 몹쓸 사슬더미를 걷어냈다. 그리고 최대한 우아하게 일어서 말했다.

"나는 항복할 생각이 없어. 아직 싸움을 못 할 만큼 몸이 엉망이진 않거든."

발코니에서 이쪽을 내려다보던 사람들 중 몇 명이 벌떡 일어섰다. 루트비히는 안네그레트를 보고 빙긋 웃었다. 저 더러운 투구를 벗고 나니 정말 다른 것은 아무래도 좋을 정도로 기분이 좋아졌던 것이다. 게다가 그녀는 '아직 승리하지 않았다'고 해주었다.

"오랜만이야, 안네그레트."

"전하."

안네그레트는 그 자리에서 무너지듯 한쪽 무릎을 꿇고 루트비히의 손등에 키스했다. 주위 사람들이 웅성거리는 것이 느껴졌다. 그녀가 그렇게 불러주는 것은 정말로 오랜만이었다.

"아직 결투는 끝나지 않았어. 대신 오늘은 불미스러운 사고가 있었으니 다음에 계속할까?"

이따위 종이 같은 물건을 갑옷이랍시고 보낸 자를 잡아 치도곤을 안겨준 뒤에. 안네그레트는 루트비히를 슬픈 눈으로 올려다보았다.

그 시선에 그도 같이 슬퍼졌다. 그녀는 어째서 저런 얼굴을 할까. 지금 그가 느끼는 것과 같은 기쁨은 오로지 그만의 것일까?

안네그레트는 곧 고개를 숙였다.

"제국의 후계자이시며 태양의 아드님이신 태자 전하, 당신의 말씀이 참으로 옳습니다. 공정하게 무구를 갖춘 뒤 후일 결투를 계속하지요. 제가 책임지고 이번에야말로 제대로 된 결투가 이루어지도록 하겠습니다."

알브레히트는 입을 비죽였다.

"저는 나쁜 뜻이 없었어요."

"그런 말로 넘어갈 문제인 것 같으냐!"

방을 치우던 하녀들은 조마조마해하며 서로의 눈치를 살폈다. 저 큰아가씨가 소리를 높이며 화내는 것은 오랫동안 여기서 일해 온 그녀들도 처음 보는 모습이었다. 하지만 큰도련님이 한 행동─이미 대강 퍼져 있었다─은 정말로 위험했다. 세상에, 말로만 듣던 태자 전하라니. 그렇게 큰 손님을 모시는데 제대로 채비하지 못할 뻔한 게 아닌가? 게다가 집안의 보물을 마음대로 꺼내 가는 것도 모자라 태자 전하께 무구라고 빌려 드려 결국은 망가뜨리고 말았다.

안네그레트의 화난 얼굴을 보고 알브레히트는 눈을 동그랗게 떴다.

"누님, 저는 솔직히 누님이 왜 그렇게 화내시는지 모르겠어요."

"알브레히트 바이언트!"

안네그레트의 눈에서 불꽃이 튀었다. 알브레히트는 그 얼굴을 보자 가슴이 아팠으므로 일부러 시선을 돌리고 뒷짐을 졌다.

"자, 보세요, 누님. 태자 전하께서 당신의 신분을 밝히고 이 땅에 들어오신 건 맞아요. 보고가 올라온 것도 맞아요. 하지만 제가 그 사실을 꼭 빨리 알렸어야만 하나요?"

"당연하지!"

동생의 그런 분별 없는 발언에 안네그레트는 어이가 없었다. 하녀들은 바삐 일하는 척하며 귀를 쫑긋 세웠다.

"왜요? 누님, 우리는 어차피 청혼자가 와서 결투한다는 소식에 저녁 식사를 준비하고 있었어요. 손님맞이를 못 한 게 아니잖아요."

"그 식사는 작은 예로서 차린 것이었잖느냐. 태자 전하를 모시는 예를 어찌 그리 한단 말이냐?"

"아니죠, 누님. 그건 누님이 평소 하시던 말씀과 달라요."

알브레히트는 총명한 눈을 반짝였다.

"낯선 사람은 그게 누구든 최선을 다해 맞아들이는 거예요, 그렇죠? 저도 신전에서 그렇게 배웠고, 누님도 그렇게 말씀하시면서 항상 실천하셨잖아요."

라이헤르타 남작령의 작은 돌무지 성은 지나치는 여행자라면 누구든 들여 성의껏 대접하고 재우는 예가 있었다. 게오르츠 백작령의 풍습 전체가 일반적으로 그러했다. 안네그레트는 입을 다물었다. 동생의 말은 옳았다.

"최선을 다해 맞이한다면 설사 황제 폐하께서 오신다 해도 모르는 여행자와 다른 예로 맞았다고 할 수 없는 것 아닌가요? 옛이야기에도 있잖아요. 부잣집에서는 흰 밀가루로 만들고 남은 빵조각을 얻어먹고 가난한 집에서는 나무껍질로 만든 갓 구운 케이크를 대접받은 천사는 가난한 집의 예가 진심이라고 했잖아요. 우리는 우리 나름대로 할 수 있는 최선을 다해서 손님맞이 준비를 한 거예요. 그렇죠?"

이렇게 길게 이야기하기 시작하면 안네그레트는 동생에게 이길 자신이 없었다. 그래서 그녀는 본질에 집중하려 애쓰며 고개를 저었다.

"손님맞이에 귀천이 없다는 네 말은 옳다. 그러나 우리 아버님이 모시는 주군의 아드님이시고 이 제국에서 가장 귀한 분이 들러주신 것이다. 그러니 아버님께서나 태자 전하께서나 좀 더 이만남을 기뻐하고 회포를 풀 자리를 만들 수 있었잖니."

누나의 목소리가 차분해졌다. 알브레히트는 노골적으로 웃지 않으려 애쓰며 짐짓 천진난만하게 말을 이었다.

"그런 자리야 내일 만들어도 되고, 모레 만들어도 되는 거였잖아요. 그리고 태자 전하가 오셨다면 성 전체가 들썩이고 신전에서도 왔을 텐데, 누님의 결투에서 태자 전하가 불쌍하게 지시는 모습을 모두에게 보여줘야 했다는 말씀이세요?"

그건 그랬다. 안네그레트는 깜박 동생의 사려 깊음에 감탄하려다가 정신을 차렸다. 잠깐만.

"그렇다고 해서 전하의 신분을 숨기는 녀석이 어디에 있어!"

일부러 레르너 경과 그 종자 요나스에게만 시중을 맡기고 얼굴을 다 가리는 투구를 준 것은 알브레히트가 일부러 루트비히의 정체를 숨겼다는 방증이었다. 게다가 결투 직전의 대화에서 동생은 얼마든지 저 청혼자의 진짜 신분을 슬쩍 말할 수 있었다. 그런데도 왜 숨긴 걸까.

"왜 숨겼느냐."

안네그레트는 조금 더 차분해진 목소리로, 그러나 노기를 분명히 드러내며 동생을 응시했다. 웬만큼 잔뼈가 굵은 기사들도 단숨에 긴장하게 만드는 그 날카로운 눈빛에 알브레히트는 입을 비죽였다.

"나쁜 뜻은 없었다니까요. 그리고 상대가 태자 전하면 구경하는 사람들이 마음 조마조마해서 어떡해요? 태자 전하 몸에 지금 멍이 한두 군데 든 게 아니래요. 상대가 전하이신 걸 아셨으면 누님이 그렇게 싸우셨겠어요?"

안네그레트는 한 번 이를 악물었다.

"나는 알았다."

"……네?"

알브레히트의 눈썹이 올라갔다. 안네그레트는 동생을 보던 시선을 거두고 씹어뱉듯 말했다.

"전하이신 줄 알고 그리 싸웠다. 결투는 신성한 것이니 상대의 신분에 연연할 수 없으니까."

으음, 계산에 문제가 있었던 것일까. 알브레히트는 잠시 낭패한 표정을 지었다가 금세 깜찍하게 물었다.

"어떻게 아셨어요?"

"보면 알지."

"어떻게요? 온몸을 다 가리고 계셨잖아요."

"그냥……."

뭐라고 말할까. 몸집이 비슷했다고? 하지만 몸집이 비슷하다고 해서 저 먼 황도에 있어야 하는 사람이 여기까지 와서 결투를 신청했다 믿는 것이 일반적인가? 목소리? 목소리는 마지막에야 겨우 들었다. 걷는 방법?

과연 본인이 어떻게 그를 알아보았는지 설명할 길이 없어서 안네그레트는 잠시 진지하게 고민에 빠졌다. 결론은 나오지 않았다.

"아무튼 알 수 있었다. 아마도 많은 이야기 속의 인물들이 변장한 다른 인물을 알아보는 그 원리와 같겠지."

역시 이상하게 들렸는지 알브레히트는 입술을 눈에 보이게 죽 내밀었다. 안네그레트는 퍼뜩 정신을 차리고 다시 동생을 꾸짖었다.

"아무튼 내게 일부러 거짓말을 한 것은 결코 그냥 넘어가지 않겠다. 너 개인의 일이 아니라 가문 전체가 망신을 당했을지도 모르는 일 아니냐! 태자 전하를 꼭 찾아뵙고 용서를 빌어라. 그래,

그 갑옷 건까지 전부!"

　루트비히가 올 줄을 모르고 게오르츠 백작 부부는 오늘 저녁 눈사태 지역을 다녀오기로 해두었었다는데, 결투에서 보인 추태를 생각하면 오히려 다행한 일이었다. 전설의 기사의 앞에서 그 딸에게 두드려 맞은 것도, 가끔 아주 다정하고 긴 편지를 보내주는데 이번에 그 딸이 성과 없이 집으로 돌아와 속상했을 게오르츠 백작 부인을 볼 생각도 오늘 감당하기엔 부끄러웠던 것이다.

　덕분에 그에게 정말 송구하다며 몇 번이나 인사하고 자리를 비운 성주 부부 대신 루트비히는 안네그레트와 그 동생들에게 대접을 받게 되었다. 벽난로 앞의 상석에 앉은 루트비히는 자신의 대각선 자리에 앉은 안네그레트를 훔쳐보았다. 그녀의 맞은편에서 저놈의 갑옷을 골라 보낸 본인이라던 알브레히트 바이언트는 아무렇지도 않게 사과주를 마셨다. 그러나 그의 눈은 간헐적으로 루트비히와 안네그레트를 살폈다.

　비교적 나이 많은 세 명이 조용히 눈을 들었다 내리깔다 하는 가운데 이 성의 어린 쌍둥이가 침묵을 깼다.

　"누나, 나 돼지고기……."

　"그런 건 네가 알아서 먹어."

　바이언트 백작 부부의 네 아이들은 모두 눈과 머리가 검었다. 루트비히는 그것만으로도 어쩐지 그들에게 호감이 생겼다. 쌍둥이 중 동생이라는 포르베난의 투정에 그 맞은편에 있던 누나, 페밀라메이가 퉁명스럽게 딱 잘랐다. 페밀라메이는 어쩐지 이 저녁 만찬이 마음에 안 드는 눈치였다.

　"누나, 누나, 누나, 누나……."

안네그레트는 자신을 보고 졸라대는 동생의 머리를 부드럽게 쓰다듬었다. 루트비히가 쓰던 포크가 접시에 닿아 달각 소리를 냈다. 아이의 투정 소리와 벽난로의 불티 소리 말고는 고요했던 홀에 높고 맑은 소리가 울리자 그는 민망해서 얼른 입을 열었다.

"동생이 누나를 많이 따르는군."

안네그레트는 그 말에 루트비히에게 고개를 한 번 숙였다. 사과는 알브레히트의 입에서 나왔다.

"황공합니다, 전하. 부끄러운 꼴을 보였습니다."

낡아서 거의 쓸모없는 갑옷을 손님에게 보낸 사건은 루트비히의 생각보다 훨씬 더 이 성에서 크게 받아들여지는 모양이었다. 안네그레트는 그 일을 여전히 신경 쓰고 있는 눈치였고 아까 알브레히트는 루트비히가 머물기로 한 방에 와서 몇 번이고 간곡하게 사과했다. 루트비히는 갑옷 사건이 대강 그를 향한 훼방이라는 것은 짐작하고 있었지만 더 따지고 싶지 않아 사과를 받아들였다.

"그럴 수도 있지. 먹고 싶다는 거 줘. 뭘 달라는 거야, 여기 돼지고기가 있나?"

풍요로운 게오르츠 땅의 연회 정찬은 비록 약식이라 해도 충분히 호화로웠다. 다섯 명이 식사하는 자리라기에는 아까운 느낌마저 들 정도였다. 루트비히가 테이블 위의 낯선 음식들을 훑어보자 포르베난이 그를 똑바로 보고 눈을 깜박였다. 알브레히트가 특이한 갈색 빵 같은 것을 가리켰다.

"저것이 튀긴 돼지고기인데 막냇동생이 좋아합니다."

하인이 얼른 다가와 아이가 원하는 음식을 집어 그릇에 놓아주었다. 포르베난은 곧 다른 것에 흥미를 잃고 음식을 먹기 위해 고군분투했다. 루트비히는 헛기침을 했다. 낯선 것이 너무 많아 무슨 말을 해야 할지 솔직히 알 수가 없었다. 정찬 방식도, 식사하는 소형 홀을 저렇게 오래된 태피스트리로 장식한 것도 황도에서는 이제 찾아볼 수가 없는 구식이었다.

"그래? 황궁에서는 먹어본 적이 없는 음식이니 나도 궁금한데. 하나 먹어봐도 되겠어?"

포르베난이 고기를 제대로 자르지 못하자 안네그레트는 동생 대신 그것을 한 입 크기로 썰어주었다. 그 손길이 부러워서 루트비히는 잠깐 손이 떨리는 것을 느꼈다. 이번에도 알브레히트가 대답했고 그 대답이 끝나기도 전에 하인이 와서 서빙해 주었다.

"물론입니다, 전하. 전하를 위한 정찬이오니 무엇이든 뜻대로 하소서."

알브레히트는 안네그레트의 바로 아랫동생이라는데 말을 대단히 잘했다. 백작 부인과 함께 클라비어 연주를 좋아하고 작곡도 많이 한다니 누나와는 취미가 많이 다른 모양이었다. 그러나 이 자리의 네 남매 모두에게는 동시에 어쩔 수 없이 비슷한 분위기가 있었다.

갑자기 루트비히는 혹시 자신과 드란힐트도 남이 보기엔 닮은 점이 있는 것일까 하는 데까지 생각이 미쳐 등골에 소름이 돋았다. 그가 어깨를 움찔하자 이 성의 집사가 걱정스러운 얼굴로 물었다.

"전하, 혹 추우시다면 불을 더 크게 피울까요?"

"아니야, 됐어."

황궁처럼 따뜻하지는 않지만 추워서 떤 것도 아니었다. 루트비히는 얼른 집사를 제지하고 식사를 계속했다. 다시 침묵이 흘렀다.

루트비히는 헛기침하고 용기를 내 안네그레트에게 말을 걸었다.

"눈이 여러 차례 왔다는 것 같던데."

'건강했냐'는 데까지 나아가기 전에 알브레히트가 냉큼 대답했다.

"예, 전하. 이 지역은 게오르츠 땅 내에서도 눈이 많이 오는 곳이랍니다."

"그래? 북풍을 맞는 자리에 있어서 그런가?"

"예, 그렇지요. 대신 지대가 높아 옛 자스라 때 자스라 군을 여러 차례 방어해 낸 곳입니다."

"그런 유서 깊은 장소였군. 그럼 이 성도 당시 건물을 고쳐서 계속 쓰는 건가?"

"예, 그렇답니다. 오랜 세월에 걸쳐 대대적으로 수리와 개축이 반복되었기 때문에 옛날의 작은 요새의 모습은 거의 남아 있지 않습니다만, 당시의 건물이 토대가 된 것은 저희 자랑거리지요."

"요즘은 제국 전의 풍습이 우리 것이라 해서 다들 그 소중함을 기억하려 애쓰니 훌륭한 일이지."

안네그레트의 동생과 대화를 나누는 것은 좋은 일이었지만 이렇게 길게 이야기를 했는데도 그녀는 이쪽에 시선 한 번 주지 않았다.

대단히 초조해졌다. 루트비히는 안네그레트를 똑바로 보고 말을 걸었다.

"안네그레트, 나중에 성을 안내해 주지 않겠어? 옛 자스라 시절의 흔적이 남은 곳을 구경하고 싶은데."

안네그레트가 이쪽을 보았다.

그 눈이 묘하게 담담해 루트비히는 새삼 충격을 받았다. 어째서 충격을 받아야 하는지 알기도 전에 먼저 머리를 때리고 지나간 감각이었다. 그녀에게, 그는.

역시 아무것도 아니었을까.

그런 것은 싫었다. 그럴 리가 없다고, 루트비히는 자신에게 최대한의 이성을 발휘해 말했다. 그리고 안네그레트를 채근했다.

"응? 어때? 바쁜가?"

안네그레트의 눈이 짧은 한순간 떨렸다. 그녀는 잠시 후 고개를 끄덕였다.

"죄송합니다, 전하. 확답을 드릴 수는 없을 것 같습니다. 조금 바쁠 것으로 예상됩니다."

바쁘면 바쁘고 아니면 아닌 거지 이 무슨 눈이 올 것으로 예상된다 같은 표현인가. 루트비히는 풀이 죽어 눈을 내리깔았다. 가벼운 거절인데도 너무 심하게 낙담해 본인이 더 놀랄 지경이었다.

"그래…… 알았어."

만찬 후 삼 일 동안 루트비히는 안네그레트의 모습을 볼 수 없었다.

본래 성주의 후계자이자 자신도 작위 있는 귀족인 그녀가 이 나라 태자의 방문에 얼굴 한 번 비추고 만다는 것은 얼토당토않은 일이었지만, 매번 핑계는 있었다. 감기 기운이 있다, 갑자기 본인 영지에 일이 생겨 오늘 밤 늦게나 돌아온다, 성사를 하러 갔다, 어쩌고저쩌고. 루트비히는 하인이 와서 자신을 부를 때마다 혹시 이번에는 안네그레트가 있냐고 물었지만 매번 고배를 마셨다.

그랬기 때문에 안네그레트의 놀란 얼굴을 봤을 때도 그는 손을 놓지 않았다.

"얘기 좀 해."

두 개의 달이 한껏 빛을 뿌리는 밤이었다.

전에도 이렇게 밝은 밤이 있었던 것 같다. 루트비히는 정원에서 검을 뿌리던 그녀의 이마가 뜨겁게 젖어 있어 손수건을 꺼냈다. 안네그레트는 검을 땅에 꽂고 자기 손으로 이마를 닦았다.

"감사합니다, 전하. 세탁 후 돌려 드리겠습니다."

"여기까지 오는 길에 많이 도움 받은 손수건이니까 꼭 그렇게 부탁해."

우뚝 굳은 어깨를 보니 이제 도망칠 것 같지는 않았다. 루트비히는 안네그레트의 손을 놓고 깊은 한숨을 쉬었다. 새하얀 김이 연기처럼 하늘로 올랐다.

"놀라게 해서 미안해."

"검을 쥔 이를 갑자기 붙잡으시는 것은 안전하지 못합니다, 전하. 제가 놀란 것은 작은 일이오나 전하의 안전은 제국의 안녕과도 결부되니 모쪼록 앞으로는 그러지 않으시는 게 좋겠습니다."

구구절절이 옳은 말이었다. 루트비히는 그러나 슬쩍 웃었다.

"네가 도망갈까 봐 어쩔 수 없었어."

안네그레트는 손수건을 꼭 쥐고 망연히 눈을 내리깔았다. 그녀의 속눈썹이 뺨에 기나긴 그림자를 드리웠다. 달빛과 밤의 어둠 속에서 그녀의 뺨은 새하얀 상아처럼, 그녀의 턱과 목은 새까만 재처럼 보였다.

"저는 토끼나 여우가 아닙니다, 전하. 제가 어찌 도망치겠습니까?"

"그동안 나를 피했잖아."

안네그레트의 속눈썹이 부채에 달린 깃털처럼 파르르 떨렸다.

그녀는 잠시 후 무뚝뚝하게 말했다.

"그런 적 없습니다."

"거짓말."

루트비히는 미소를 흘렸다. 역시 그녀는 거짓말이 서투르다.

"네가 평소 연습한다는 곳에 가도 없고, 식사 때는 코빼기도 안 보이고, 방에 찾아가도 없었어. 내가 너에게 무엇도 강요하지 않겠다고 했던 거야 기억하지만, 얼굴도 안 보고 피하는 건 너무하지 않아?"

안네그레트가 급히 눈을 들었다. 그 아름다운 눈에 두 개의 달이 비쳐 보석처럼 한없이 많은 빛을 퉁겼다.

"전하."

"응?"

루트비히는 의식적으로 숨을 깊게 쉬었다. 그러지 않으면 그르렁거리는 소리가 섞여 나올 것 같았다. 그녀는 머뭇거리다 입을 열었다.

"어째서 여기에 오셨습니까?"

이건 또 생각지 못한 질문이다. 벌써 여러 번 마음을 드러내지 않았나. 루트비히는 모두에게 그랬던 것처럼 그녀에게도 솔직하게 말했다.

"너에게 청혼하러."

안네그레트의 표정이 이상해졌다. 아, 이렇게 가슴이 아프다. 역시 좋아하는 사람이 있는 그녀에게 이런 말을 해서 경멸당한 걸까. 루트비히는 쓴웃음을 지었다.

"물론 나도……."

"어째서입니까?"

재빨리 이으려던 변명이 안네그레트의 선명한 물음에 지워졌다. 그녀는 먼저 묻고 나서야 자신이 감히 태자의 말을 잘랐다는 것을 알고 미안한 표정을 지었다.

"송구합니다, 전하. 하시려던 말씀을 부디 해주십시오."

"아니, 됐어. 그보다 묻고 싶은 게 있는데."

어차피 이미 바닥은 보였다. 루트비히는 다시 한숨을 쉬었다.

"왜 자꾸 '어째서'를 묻는 거야?"

처음에 그 자신이 그랬던 것처럼 그녀도 뭔가 의심하는 것이 있는 걸까? 저 성품에? 하지만 실컷 의심해 놓고 이제 와서 자기만은 믿으라는 것도 불공평했다. 루트비히는 그녀의 모든 의심에 대답할 마음의 준비를 했다.

안네그레트는 입술을 두어 번 파르르 떨었다.

"하지만……."

그 목 속에서 심장의 고동처럼 울려 나온 목소리는 나지막하고 의문에 차 있었다. 루트비히는 자신의 가슴이 지금쯤 터져나간 것이 아닐까 의심했다.

안네그레트는 결국 말을 끝까지 이었다.

"전하께는 결혼할 분이 계신 것이 아닙니까?"

"응?"

뭐라고?

루트비히의 얼굴은 무슨 말인지 전혀 이해하지 못하겠다는 듯 멍해졌다. 안네그레트는 욱신거리는 가슴 속에 지금쯤 큰 공동이 생겼을 것이라고 의심하며 애써 차분히 부연했다.

"전하께서 빌텐바룽 공작과 가까이 지내신다고 들었습니다. 전하께서 늘 원하시던 조건을 갖춘 여성분이니 물론 약혼하셨을 거라고 생각했습니다."

"잠깐만."

루트비히는 한 손을 들었다. 안네그레트는 착실하게 그의 대답을 기다렸다.

한참 후 루트비히는 입을 딱 벌리고 말했다.

"좋은 사이? 그야 나쁜 사이는 아니지. 싸운 적은 없어. 하지만 나랑 공작은 정말 아무 사이도 아니야. 아니, 공작이 황도에 온 건 어떻게 안 거야?"

아니라고.

황족의 말에 대답하는 것이 우선이어야 했을 테지만, 파도처럼 밀려오는 안도감에 다리에 힘이 빠졌다. 머리도 어지러웠다. 안네그레트가 비틀거리자 루트비히는 깜짝 놀란 얼굴로 그녀의 몸을 잡아주었다.

그 감촉이 또 뜨겁고 안타까웠다. 안네그레트는 전에도 이런 감각을 느꼈음을 기억했다.

"괜찮아?"

"예, 전하. 감사합니다."

루트비히는 잠시 머뭇거리다 안네그레트를 놓아주었다. 그녀는 잠시 심호흡해 머릿속을 정리하고 이번에는 부끄러움을 느꼈다. 지레짐작하고 혼자 애달파했다.

"저…… 황도 소식은 율리와 시프의 편지로 받아보고 있었습니다."

"그래, 그랬겠군. 돕자는 건지 방해하자는 건지."

루트비히는 이맛살을 찌푸렸다. 안네그레트는 조심스럽게 다시 확인했다.

"하시면…… 앞으로 결혼하실 겁니까?"

"아니?"

루트비히는 답답하다는 듯 한 발짝 다가섰다. 안네그레트는 놀라 자신도 반 발짝 물러섰다. 결과적으로 거리는 가까워졌고 그의 눈은 그녀를 뚫어지게 담았다.

"나는 너에게 청혼했잖아."

"어째서요?"

차분하게 말하고 싶었지만 목소리가 어쩔 수 없이 떨렸다. 못박힌 것처럼 몸이 딱딱하게 굳었다. 온몸이 쿵쾅쿵쾅, 심장처럼 뛰었다. 초록색 눈이 마술처럼 번득였다.

"너를 사랑하니까."

그 말은 환상처럼 귀를 스쳤다.

한순간 너무 믿을 수가 없어서 숨이 막혔다. 안네그레트가 숨을 쉬지 않는 채 그를 올려다보고 눈을 깜박거리자 루트비히는 눈을 가늘게 떴다. 달빛 때문에 확신할 수는 없었지만 그의 뺨이 약간 붉어진 것 같았다.

"숨 쉬어. 세상에, 진짜 몰랐어? 내가 말했잖아."

언제? 꿈에서? 안네그레트는 인공적으로 숨을 쉬려고 노력하다가 간신히 질식사를 면했다. 하아, 하아, 하고 숨을 몰아쉬며 그녀는 그를 바라보았다. 눈이 빙글빙글 돌았다. 루트비히의 입술이 얇게 다물렸다.

"어, 언제……."

"직접 사랑이라는 단어를 쓴 건 아닌데…… 네가 좋아하는 사람이 따로 있다고 해서 너무 몰아붙이긴 싫었어. 그래도 꽤 노골적으로 표현한 줄 알았는데."

대체 언제? 어떻게? 안네그레트는 납득할 수도 없었고 이해할 수도 없었다. 그녀는 결국 입술을 떨며 다시 물었다.

"전하께서는 저에게 원하는 게 없다고 하셨지 않습니까?"

"내가 언제? 네가 원하지 않는 건 나도 싫다고 했지."

그랬던가? 주군이 그녀를 사랑할 리가 없다고 너무 확신하고 있었던 건지도 모른다. 아니, 과연 그것이 과도한 확신이었을까? 합리적인 결론이 아닌가?

어쩌면 이것도 꿈이 아닐까?

안네그레트의 얼굴이 일그러지자 루트비히는 한손으로 앞머리를 쓸어 올리며 한숨을 쉬었다.

"내가 너한테 원하는 게 얼마나 많은지 알면 넌 놀랄걸. 하지만…… 너한테 강요할 생각도 없어. 결투는 끝나지 않았지만 내가 운철로 만든 갑옷을 입고 와도 널 이길 순 없겠지. 네가 나와 결혼하고 싶지 않으면 그냥 그렇게 말해. 난 그냥, 표현도 안 하고 후회하고 싶지 않아서 온 거야. 나 자신에게 거짓말하기 싫어서."

안네그레트는 아까 루트비히가 썼던 표현을 떠올렸다. '네가 좋아하는 사람이 따로 있다고 해서…….' 대체 언제 그런 말을 했단 말인가? 안네그레트는 몹시 의심스럽게 말했다.

"저는 따로 좋아하는 사람이 없습니다. 오히려 전하께서 조금 다른 반려자상을 그리고 계신다고 생각하고 있었습니다만."

이번에는 루트비히의 눈이 커졌다. 그는 안네그레트를 보며 느린 숨을 세 번이나 쉬었다. 그리고 눈을 다섯 번이나 깜박였다.

그의 입술이 천천히 떨어졌다.

"아, 그래."

느릿하게 그 입술에 미소가 걸렸다. 안네그레트는 얼굴이 뜨거워져 어쩔 줄을 몰랐다.

"그랬구나."

가슴이 터질 듯 빠르게 뛰었다. 안네그레트는 심장이 목으로 튀어나오지 않을까 진지하게 염려하기 시작했다. 루트비히는 본인의 이마를 짚고 이번에는 아주 빠르게 눈을 세 번 정도 깜박인 다음 그녀를 똑바로 보았다. 그 얼굴에 떠오른 웃음이 사과 같았다. 그날 밤의 사과.

짧은 침묵이 몇 번이나 흘렀다. 안네그레트는 본인의 숨소리를 조절해 보려다가 실패했다. 이렇게 숨이 거칠면 이상하게 생각할 텐데도 어쩔 수가 없었다.

루트비히는 안네그레트에게 다시 한 걸음 다가섰다. 그녀는 이번에는 피하지 않았다.

"'따로'는 없는데, 좋아하는 사람이 있긴 있다고 했었지?"

부정할 수 없었다. 안네그레트는 고개를 끄덕였다.

"예."

"누구인지 물어봐도 돼? 말하지 않는 건 기사의 권리지만."

"하지만 전하께서 먼저 밝히셨으니 저는 기사가 아니라 공평을 아는 사람으로서 대답해야겠지요."

말이 갈수록 속삭임으로 변했다. 루트비히의 얼굴이 점점 가까워졌다. 안네그레트는 그의 귀에 대고 작게 속삭였다.

루트비히의 얼굴에 다시 미소가 걸렸다. 그의 눈이 조금 더 가늘어지고 숨결이 윗입술에 느껴졌을 때 안네그레트는 무슨 일이 벌어질지 예감했다.

안네그레트의 입술을 부드럽게 물고 나서 루트비히는 살짝 고개를 기울이며 실바람처럼 속삭였다.

"이럴 줄 알았으면 나 자신에게는 거짓말하지 말걸."

안네그레트가 대답하기 전에 입술이 다시 맞닿았다. 부드럽고 말랑한 그의 입술이 살짝 벌어졌다 오므라들며 윗입술을 눌렀다. 그녀의 입술이 벌어졌다.

허리와 뒤통수를 잡은 손은 놀라울 정도로 따뜻했다. 안네그레트는 가슴 속이 온통 녹아버리는 것 같은 감각에 어쩔 줄 모르고 그의 망토를 잡았다. 루트비히는 그녀의 아랫입술에 두어 번 입을 맞추고 나서 고개를 조금 더 기울여 그녀와 완전히 입을 맞췄다. 꼭 들어맞아 서로를 누르는 입술 사이로 와인 향이 나는 혀가 그녀의 혀를 찾아 끝을 맞췄다.

숨이 더 거칠어졌다. 몇 번이나 서로를 찾아 부드럽게 몸을 비빈 혀가 이번에는 입천장과 이를 쓸었다. 미끄러지려는 입술을 붙잡으려 그녀는 손을 들어 그의 머리를 잡았다. 그는 더 열렬하게 그녀를 끌어안았다.

헤엄치는 것처럼, 제자리에서 몇 번이나 같은 몸짓이 이어졌다. 짜릿하고 꿈결 같은 탐색이었다. 파르르 떠는 어깨 사이로 비명 같은 신음이 흘러나왔다.

달빛을 흠뻑 받는 밤이었다.

아침 식사를 마치고 성의 갤러리를 거닐다가 안네그레트는 한 개의 그림 앞에 멈춰 섰다. 루트비히는 그림을 제대로 감상하기 위해 한 걸음 정도 물러나며 눈을 가늘게 떴다.

"신기한 그림인데. 상상화인가?"

"비슷합니다."

안네그레트는 옅은 미소를 지었다. 그 얼굴을 보자 가슴 속이 벌에 쏘인 듯 짜릿해졌다.

"저희 어머니의 고향인 서울 땅입니다."

"산맥 너머의 땅이라고?"

그 말에 루트비히는 그림에 완전히 흥미가 일었다. 한아름이 조금 안 되는 길이의 그 그림은 전체적으로 잿빛이었고 뭔지 모를 네모진 상자 같은 것이 높낮이가 다르게 가득 차 있었다. 하늘처럼 보이는 것만은 부신의 하늘과 같았지만, 산맥 너머의 땅은 일반적인 인간이 사는 곳과 다르다는 신전의 해석이 떠오르는 분위기였다.

"재미있는데. 이게 서울 땅이야?"

루트비히는 소리 내 웃고 안네그레트를 돌아보았다.

"가본 적 있어?"

"아닙니다, 전하."

안네그레트는 고개를 차분히 저었다.

"어머님이 갈 수단이 없다 하셔서 한 번도 가보지 못했습니다."

"너에게도 계승권이 있는 곳이잖아? 순위로 따지면 몇 번째 정도 돼?"

"그것이, 어머님이 저에게는 계승권이 없다고 하셨습니다. 아마 여성의 계승을 인정하지 않는 땅이 아닐까 합니다."

"그렇구나."

어릴 때 산맥 너머의 땅에 뭐가 있는지 상상해 보지 않은 아이는 없다. 저 상자 안에는 무엇이 들어 있을까? 루트비히는 나중에 백작 부인에게 더 구체적으로 묻기로 하고 안네그레트에게 다가갔다. 그녀는 그가 원하는 것이 뭔지 알고 눈을 살짝 감았다. 쪽.

일단 입술 안쪽의 매끈한 살을 맛보자 멈추고 싶지 않아졌다.

루트비히는 안네그레트의 어깨와 허리를 끌어안았다. 서로에게서 아침에 마신 사과 주스 향이 났다.

잠시 후 안네그레트를 간신히 놓고 얼굴을 떨어뜨린 루트비히는 씩 웃으며 물었다.

"밤에 같이 산책했을 때 과일 먹었던 거 생각나?"

안네그레트는 붉어진 얼굴로 고개를 끄덕였다.

"예."

"나는 그때도 널 사랑했어."

그렇게 말하고 나자 해방감이 들면서 기분이 좋아졌다. 루트비히는 자신을 좀 자제할 필요성을 느꼈기 때문에 일부러 안네그레트에게서 두어 걸음 떨어져 다른 그림을 보았다. 몇백 년 전 죽은 안네그레트의 먼 친척이 엄숙한 얼굴로 이쪽을 보고 있었다.

안네그레트도 곧 따라와 그림을 설명했다.

"지크프리트 돔지 경입니다. 평생 결혼하지 않고 성의 수비에 전념했던 분입니다."

"둘째 아들이었나 보지?"

"셋째였답니다. 둘째 형님은 일찍 전사했고요."

"잘 아는데."

안네그레트가 이제는 붉지 않은 얼굴로 살짝 웃었다.

"게오르츠 땅의 아이는 어려서부터 위대한 전사들의 이야기를 듣고 자라니까요. 지크프리트 경의 시대에는 이 땅이 많이 위태로웠다고 합니다."

"그렇구나."

안네그레트가 성을 지키는 것이 상상되었다. 루트비히는 웃고 다음 그림으로 다가갔다.

웃음과 걸음이 딱 멎었다.

"안네그레트."

루트비히의 목소리는 진지했다. 안네그레트는 저도 모르게 등을 곧게 펴고 대답했다.

"예, 전하."

"나는 너와 무용을 겨루면 질 거야. 그건 지금 바꿀 수 있는 게 아니야."

다음 대답은 조금 늦게 돌아왔다.

"……예, 전하."

갤러리는 그림의 보존을 위해 어두웠다. 그러나 등 뒤로 열린 문에서는 햇빛이 쏟아져 들어왔고 그것은 루트비히의 늘씬한 등에 칼로 자른 듯 선명한 그림자를 드리웠다.

안네그레트는 눈을 가늘게 떴다. 이대로 시간이 멈춘다면 좋을 것이다.

"그러니까 네가 결정해야 해."

하지만 그런 일은 없으리라.

안네그레트는 저도 모르게 미소를 지었다. 그가 하는 말을 들을 때마다 항상 웃고 싶었다. 뜰에 솟는 맑은 샘처럼, 봄을 알리며 피어나는 노란 수선화처럼 그의 모든 것은 그녀에게 기쁨을 주었다.

"예, 전하. 말씀하십시오. 감히 듣겠습니다."

"너는 강한 힘으로 네 땅을 함께 지킬 남자를 원한다고 했지."

"예, 전하."

"힘에는 여러 가지가 있어."

"예, 전하."

"유사시에 내가 너와 동일한 정도의 지휘력과 무용으로 이 땅을 지킬 수 있을까? 그럴 수는 없을 거야."

"예, 전하."

"하지만 내 병사들을 데려와 지킬 수는 있지. 나에게는 충성을 바치는 자들이 많으니까."

"예, 전하."

"그것 또한 '힘'이잖아. 그러니까 네가 정하라는 거야."

"예, 전하."

참으로 옳고도 당연한 말이었다. 한 번도 정말로 그에게 속한 적은 없었지만, 안네그레트는 그녀의 옛 주군을 진정으로 존경하며 대답했다. 루트비히는 그녀를 돌아보았다.

아까까지 루트비히의 등을 비추던 햇살은 이제 그의 이마와 가슴만을 눈부시게 물들였다.

"그런 '힘'도 인정하겠다면, 나는 이제 결투 종목을 바꾸자고 제안하겠어. 내가 동원할 수 있는 모든 병사와 네가 동원할 수 있는 모든 병사를 병종과 병량까지 포함해 헤아리자. 그리고 내가 이긴다면 나와 결혼해 줘. 내가 네 남편이 될 수 있게 해줘."

그것은 대단히 복잡하고 거대한 계산이 될 것이다. 안네그레트는 정중하게 고개를 숙였다.

"공정하시고 현명하신 태자 전하, 전하의 말씀이 합리적이고 정의롭습니다. 하오나 제가 지금까지 해온 모든 결투는 형식이 같았고, 바로 그 형식이었기 때문에 저는 지금까지 승리해 왔습니다."

동원할 수 있는 병력의 수로 겨룬다면 훨씬 힘든 싸움이 되었을 터이거나 이미 그녀에게 이겼을 사람들도 있었다.

안네그레트는 진지하고 차분한 눈으로 그에게 자신의 생각을 전했다.

"하여 이제 결투의 다른 형태를 허하는 것은 지금까지 저에게 청혼한 분들께 공평하지 않을까 염려됩니다."

"그래, 그렇겠지."

루트비히는 전혀 놀라거나 분한 기색 없이 그렇게 말하고 다가와 안네그레트의 입술에 다시 한 번 가볍게 입 맞췄다.

"그러니까 네가 결정하라는 거야. 생각해 줘. 결투의 종목을 바꾸는 게 너에게 있어 용납할 수 있는 일인지 아닌지. 그리고 만약 용납할 수 있다면……."

길고 깊은 키스가 이어졌다. 안네그레트는 루트비히의 가슴을 끌어안았다. 뜨겁게 맥박치는 그 소리는 그에게서 나는 것이었을까, 그녀 본인의 것이었을까.

마지막으로 몇 번이나 쪼는 듯 입을 맞추고 아쉽게 떨어진 루트비히가 마지막으로 속삭였다.

"나로 하여금 네 남편이 될 수 있는 영광을 주길 바라. 눈 있고 귀 있는 모든 사내가 원해온 바로 그 축복을."

사랑하는 사람이 생기면 어떤 기분일지 어릴 때 상상해 본 적이 있었다.

어머니와 아버지는 서로를 무척 사랑했고, 첫 자식인 안네그레트는 물론 그 뒤로 태어난 세 동생에게도 아낌없는 사랑을 퍼부어주었다. 또한 이 땅에 사는 모든 백성들의 일을 돌보았고 가난한 사람들을 보며 가슴 아파했다.

그 모든 것이 사랑인 것을 알았지만 조금 크면서 안네그레트는 그들을 구별하게 되었다. 어린 자식들을 향한 사랑이 있었고, 모든 사람들을 향한 사랑이 있었고, 반려자에 대한 사랑이 있었다. 모든 사랑이 훌륭했지만 반려자에 대한 사랑은 이해하기 힘든 구석이 있었다.

아끼고 이해하고 행복을 바라는 것이 사랑인데, 반려자에 대한 사랑은 어째서 두 사람 사이에서만 나누는 특별한 것일까? 서로를 세상에서 '가장' 사랑하기로 약속하는 것일까? 하지만 그렇다면 헤어지는 연인들은 왜 생기는 것일까?

아마도 지금 쓰는 것과 같은 길이와 무게의 검을 처음으로 쥔 나이였을 것이다. 아버지에게 가서 그런 질문을 던지자 병사들을 지도하던 아버지는 웃으며 어머니에게 가 물어보라고 했다. 아버지도 그런 사랑을 하는데 왜 답을 모르는 걸까, 고개를 갸웃하며 어머니에게 가보자 어머니는 길고 이해하기 힘든 이야기를 해주었었다.

서로의 특별함을 믿을 수 있게 해주는 노력, 힘들지만 계속되는 노력에 따른 신뢰, 존중, 독립적인 인격, 그 외 지금은 기억할 수 없는 단어들. 안네그레트는 어머니의 말을 듣다 고개를 몇 번이나 갸웃했고 결국은 모호한 인상만 남긴 채 그 대화를 끝냈다.

어릴 때 같이 기사놀이를 하며 눈을 반짝이던 시피에트는 어느 날 군데군데 번진 편지를 보내왔다. 군사 암호를 흉내 내 만들었던 은어가 여러 군데 섞인 편지였다. 율리아가 그보다 더 어릴 때부터 말하던 대로였다. 어떤 여자들은 돈 많은 배우자를 찾지 않으면 어른이 되었을 때 곤란해졌다.

어머니와 아버지처럼 평온하게 서로를 사랑하기 위해서는 많은 선결 조건이 만족되어야 했다. 비단 부모님의 강요가 없더라도 그것은 어쩔 수 없는 이치였다. 안네그레트는 약속을 깨고 싶지 않았고 그러므로 처음부터 조건이 맞는 사람을 사랑하고 싶었다.

하지만 하나의 조건을 맞추는 데에는 어쨌든 어떠한 종류의 선결 과제가 필요했던 것이다.

우선 사랑에 빠지고 나자 조건 같은 것은 아무래도 좋아졌다. 게다가 안네그레트가 결투에 이길 것이라는 조건을 걸었던 이유는 영지 수호에 있었고 루트비히의 제안은 합리적이었다. 그가 어떤 식으로 자기 백성을 지키는지 이미 충분히 보지 않았나. 하지만 그렇게 마음대로 규칙을 바꾸는 것이 옳은 일인가? 이미 많은 사람이 그 규칙을 알고, 믿고, 따라서 패배했는데?

도저히 어떻게 결론을 내면 좋을지 알 수 없었다. 안네그레트는 본인의 침대에 누운 채 벽난로를 노려보았다. 넘실거리는 불꽃에 의지해 옷을 수선하던 하녀가 물었다.

"아씨, 무슨 생각을 그렇게 하셔요?"

"있잖아."

성 아랫마을에서 태어나 같은 마을의 남자와 결혼하고 지금은 아이를 셋 낳은 그 하녀가 새삼 존경스러워졌다. 안네그레트는 몸을 벌떡 일으키고 물었다.

"남편하고 연애결혼이었어?"

하녀는 잠깐 눈을 동그랗게 뜨더니 깔깔 웃었다.

"세상에, 우리 아씨가 잘생긴 애인이 생기시더니 그런 걸 다 물어보시네. 아뇨, 저희는 그냥 집안 어른들끼리 정한 혼사였어요."

"애인 아니야."

아닌가? 맞나? 아무튼 서로 사랑하는 사이고, 청혼도…… 했고. 그런가, 그렇게 표현하는 거였나!

"아니다, 애인 맞아."

그렇게 말하고 보자 부끄럽고 기뻐서 안네그레트는 침대 위의 쿠션을 끌어안았다. 하녀는 눈을 반짝였다.

"결혼하시는 거지요? 저도 들었어요. 혼자서 말을 타고 여기까지 달려오시면서 오는 길마다 아씨한테 청혼하러 가는 길이라고 알리셨다면서요. 처음에는 낡아빠진 그물에 양동이 같은 걸 쓰고 있어서 이상한 뜨내기인 줄만 알았더니 태자 전하실 줄을 누가 알았겠어요?"

그런가. 그렇군. 안네그레트는 고개를 끄덕이고 호기심 어린 눈으로 물었다.

"남편하고 결혼할 때 그럼 그 사람을 사랑해서 결혼한 건 아니야?"

"어이구, 그런 게 다 궁금하세요? 우리 아씨가 이제 시집을 가시려고."

하녀는 다시 웃고 눈을 내리깔았다.

"사랑은 무슨요. 그래도 한 마을 사람이라 됨됨이를 아니까, 바람은 안 피우겠지 하고 얌전히 시집갔죠."

"생각대로였어?"

"네? 아, 바람은 안 피우냐고요. 바람은 안 피우는데 술을 그렇게 먹고 어디 가서 돈을 빌려주고 다녀서 속을 썩인다니까요. 제가 그 양반만 아니었으면 집에 소가 백 마리는 더 있었을 거예요."

안네그레트는 물론 하녀의 남편과도 잘 알고 지냈다. 주인아씨의 심각한 얼굴을 본 하녀는 금방 웃으며 손사래를 쳤다.

"아이고, 제 입이 주책이죠. 그래도 요새는 나이 들더니 술이 안 들어간다고 잘 안 마셔요. 신전만 꼬박꼬박 가도 살 만하죠."

"신전에 잘 안 가? 내가 불러서 혼내줄까?"

"아유, 아씨. 바쁘신데 무슨. 파르셀 신관님이 달래서 잘 데리고 다니세요."

"그래?"

안심하고 안네그레트는 쿠션에 턱을 폭 묻었다. 그 얼굴을 본 하녀는 킥킥 웃고 조언해 주었다.

"결혼이 궁금하시면 아씨는 주인마님 두 분을 보시면 되잖아요. 두 분처럼 금슬 좋으신 부부도 흔치 않은데."

하고 싶었던 이야기는 정확히 따지자면 결혼보다는 사랑에 관한 것이었지만, 확실히 좋은 조언이었다. 낮에는 일이 바쁘니 부모님과 마주칠 일도 별로 없다. 안네그레트는 벌떡 일어서 두꺼운 털로 만든 가운을 걸쳤다.

"나 어머님께 다녀올래."

알브레히트는 아침 햇살이 쏟아지는 것을 느끼며 잠에서 깼다. 전날 밤 작곡에 매진하느라 늦게 잤는데도 이렇게 아침에 깨어난 이유는 다른 데 있지 않았다.

"포르, 형 일어났다."

포르베난은 알브레히트가 눈을 팔로 가리는 것을 보며 형의 침대로 쪼르르 달려왔다. 활짝 열린 덧창 사이로 흰 구름이 느리게 날았다.

"……덧창은 왜 열었어?"

알브레히트는 포르베난이 침대 위로 기어올라 형의 옆에 달라붙자 잔뜩 쉰 목소리로 물었다. 포르베난은 울음 섞인 목소리로 웅얼거렸다.

"누나가아……."

"누님이."

누님이 늦잠이라도 주무시는 걸까? 희한하다고 생각하면서 알브레히트는 크게 하품하고 몸을 뒤틀었다. 포르베난은 아예 그 위에 올라탔다.

"포르, 무거워. 누님이 왜?"

처음 볼 때는 손바닥처럼 보였던 작은 동생이 이제는 제법 묵직했다. 안 그래도 어젯밤에 쓰던 곡은 아이들에게 헌정하는 것이었다. 그런데 형님의 그런 노고를 몰라주고 아침부터 방에 멋대로 들어와 몸에 올라타다니 배은망덕해도 이보다 배은망덕할 수가 없었다.

포르베난은 웅얼거리다 말을 이었다.

"누나가 업더."

"누님이 왜 안 계셔?"

기지개를 두 번쯤 크게 켜고 나니 겨우 정신이 좀 들었다. 알브레히트는 일어나 동생을 안아 들었다. 포르베난은 형의 목을 잡고 반복했다.

"누나가 업더."

부지런한 누님이 아침 일찍 일이라도 하러 나가신 걸까. 알브레히트는 동생이 질색하며 밀어내는 것도 아랑곳하지 않고 그 뺨에 몇 번이나 입 맞췄다. 그리고 어리둥절한 얼굴로 질문했다.

"오늘 어디 가신다는 말은 못 들었는데?"

물론 대답하는 사람은 없었다. 형이 침대에서 내려와 일어서자 포르베난은 알아서 안정적인 자세가 되도록 그 목을 꼭 끌어안았다. 알브레히트는 동생의 몸 쪽을 감싸도록 가운을 어깨에 거꾸로 걸치고 방을 나섰다.

이 땅의 후계자이며 명실공히 한 지역을 다스리는 영주인 누나
의 침실은 동생들이 쓰는 방과 조금 떨어진 구역에 마련되어 있
었다. 알브레히트는 추운 복도를 오가는 사용인들과 아침 인사를
나누며 천천히 누나의 방으로 걸어갔다.

양쪽에 색실로 짠 태피스트리를 건 철문 앞에 서서 알브레히트
는 문을 두드렸다. 똑똑.

"누님?"

문을 두드리느라 어깨에 걸쳤던 가운이 흘러내렸다. 알브레히트
는 포르베난을 내려놓고 가운에 제대로 팔을 끼웠다. 다시 똑똑.

"누님?"

안에서 대답이 들려오지 않았다. 알브레히트는 지나가던 하인
을 불러 세웠다.

"잠깐만, 한스."

"예, 알비 도련님."

하인은 다시 포르베난을 안아 올리며 옷섶으로 동생을 덮어
주는 알브레히트를 흐뭇하게 바라보며 대답했다. 알브레히트는
눈썹을 들었다.

"누님은 연무장에 나가셨어? 이 시간에 주무실 분은 아닌데."

"방에 안 계십니까?"

하인도 어안이 벙벙하다는 표정을 지었다. 알브레히트는 고개
를 갸웃했다.

"밖에 안 계셔?"

"밖에는 제가 방금 다녀오는 길인데, 안 계셨는데요."

방에도 없고 연무장에도 없다? 하인은 지나가던 다른 하인과
하녀를 붙잡고 혹시 첫째 아씨를 보지 못했는지 물었다. 돌아오

는 대답은 하나같이 부정이었다.

갑자기 짚이는 것이 있었다. 알브레히트는 순간 포르베난을 떨어뜨릴 뻔했다. 포르베난은 팔다리로 형의 몸을 꼭 잡고 늘어졌다.

"누나 업더?"

"아, 미안. 그런데 너 좀 내려야겠다."

포르베난은 조금 칭얼거리긴 했지만 순순히 땅으로 내려갔다. 알브레히트는 눈을 번뜩이며 신속하게 달려가기 시작했다.

알브레히트가 걸음을 멈춘 곳은 성에서 비어 있는 곳 중에는 제일 좋은 침실 앞이었다. 요즘 짓는 저택처럼 아파트 형식으로 되어 있지는 않았지만 유서 깊은 가구와 훌륭한 경관이 충분히 귀한 손님을 모실 만했다.

똑똑. 알브레히트는 급히 문을 두드렸다. 잠시 아무 소리도 들려오지 않았다. 그는 피가 마르는 기분을 느꼈다. 설마 이……! 똑똑, 쾅쾅쾅! 문을 두드리는 소리가 점점 커졌다. 한참 후에야 누군가 발을 구르며 다가오는 소리가 났다.

"누구야?"

문이 열림과 동시에 이 성에서 현재 가장 귀한 손님인 루트비히 태자가 얼굴을 내밀었다. 그는 졸음으로 가득한 얼굴로 주위를 한 번 둘러본 다음에 시선을 내렸다. 천천히 초점이 맞았다. 일그러졌던 얼굴도 어설픈 미소를 띠었다.

"아, 알브레히트 경. 아침부터 무슨 일이지?"

"전하, 혹시 저희 누님을 못 보셨습니까?"

알브레히트는 다짜고짜 용건부터 말했다. 루트비히는 이 터무니없는 무례에 잠시 본인의 참을성을 가늠하는 듯 한숨을 쉬었다.

"아니, 본인 방에 없나?"

모르는 척해도 소용 없었다. 알브레히트는 문을 홱 열어젖히고 방 안을 들여다보았다. 침대 쪽에는 아무도 없었다. 제멋대로 구겨지고 흘러 내려간 이불뿐이었다.

루트비히는 불쾌한 얼굴로 알브레히트의 시야를 가리고 섰다. 알브레히트는 뜨끔해 물러섰다.

"이게 무슨 짓이지? 알브레히트 경. 이 지방은 손님을 이런 식으로 대접하나? 그런 게 아니라면 내가 납득할 만한 설명을 해줄 거라고 믿겠어."

"실례했습니다, 전하. 누님을 급한 일로 찾고 있는데 어디에도 보이시질 않아 조급히 행동했습니다."

"안네그레트가 없다고?"

삽시간에 루트비히의 얼굴이 새파래졌다. 알브레히트는 오히려 놀라 루트비히를 잠시 쳐다보았다. 왜 저 남자가 저렇게 놀라나.

"언제부터 없어졌지? 방에 짐은 있었나? 아니, 이럴 때가 아니지. 찾으러 가는 게 좋겠어. 이 성에서 가장 주위가 잘 보이는 곳이 어디야?"

가운 없이 흰 튜닉과 바지 한 장만 걸친 차림으로 루트비히는 냉큼 방을 나서 먼저 걸음을 옮기려 했다. 숫제 하늘이라도 무너진 듯한 태세였다. 그때 그들을 부르는 목소리가 들려왔다.

"전하, 알비? 뭘 찾으십니까?"

이 차분한 목소리를 가진 사람이 세상에 둘은 없었다. 두 남자는 퍼뜩 놀라 그 목소리가 들려온 쪽을 보았다. 이미 세수와 머리 정돈을 끝냈는지 말끔한 안네그레트가 두 사람을 이상하다는 얼굴로 보고 있었다.

루트비히는 안도의 한숨을 쉬었고 알브레히트는 입을 비죽였다.

"누님이 안 계시다고 포르가 그래서 찾으러 다니는 중이었어
요."

"그런데 왜 그런 차림으로 태자 전하가 머무시는 곳에 와 있는
거냐?"

안네그레트는 엄격하게 말하고 동생을 꾸짖는 눈으로 보았다.
알브레히트는 냉큼 잘못을 빌었다.

"죄송합니다, 누님. 죄송합니다, 태자 전하. 제가 그만 분별이
부족하여……."

"아니, 됐어."

깊은 한숨을 쉰 루트비히가 한손으로 이마를 짚고 다른 손은
허공에 저었다.

"방에 없었대서 걱정했어, 안네그레트. 어딜 다녀오는 거야?"

"어젯밤에는 어머님과 담소를 나누다 그만 늦어져 어머님 방에
서 잤습니다. 부끄럽습니다만 이제 일어나 방으로 돌아가는 중입
니다."

이번에는 두 남자가 동시에 한숨을 쉬었다. 알브레히트는 슬쩍
루트비히의 눈치를 본 다음 자신의 안전을 위해 간곡히 부탁했다.

"그럼 누님, 포르를 좀 찾아가 주시지 않겠어요? 애가 누님을
찾느라 난리가 났어요."

"그러냐?"

안네그레트는 진심으로 놀라는 얼굴을 하더니 고개를 끄덕이
고 동생의 어깨를 툭툭 쳐 주었다.

"네가 동생들 돌보느라 고생이 많구나. 알았다. 태자 전하, 나
중에 다시 뵙겠습니다."

"어? 으, 응. 그래."

이제야 자신의 꼴을 자각했는지 루트비히는 얼굴이 새빨개져서 그녀에게 손을 흔들었다. 안네그레트는 빙긋 웃고 복도를 걸어 그들의 앞에서 사라져갔다. 슬쩍 보니 루트비히는 그 모습이 완전히 사라질 때까지도 계속 손을 흔들며 멍청하게 웃고 있었다.

알브레히트는 누나의 얼굴이 어쩐지 어제보다 더 밝은 것 같다는 느낌이 자신만의 착각일까 싶어 고개를 갸웃했다. 꼭 뭔가를 해낸 것처럼 기분 좋은 얼굴이었던 것 같다.

하지만 어제와 오늘 사이에 해낼 수 있는 것이 뭐란 말인가?

"하룻밤 사이에는 세상이 바뀔 수 있어."

율리아의 말에 시피에트는 진지하게 고개를 끄덕였다. 그들의 앞에는 흰 종이와 펜이 놓여 있었다.

"글씨는 네가 예쁘니까 네가 쓰렴."

"철자법은 네가 더 잘하잖아."

짧은 실랑이 끝에 둘은 시선을 교환하고, 일단 인사말부터 정하기로 했다.

-사랑하는 우리의 안니카,

잘 지내니? 우리 ─ 그리고 여기서 우리는 네 친구인 시프와 율리를 말해. 우리는 지금 함께 편지를 쓰고 있어 ─ 는 항상 그렇듯 황도에서 평온한 나날을 보내고 있어.

여느 때의 겨울에 비해 요즈음의 사교계는 활기찬 편이야. 예의 손님이 소개한 유노아식 머리 모양이 유행하면서 미용사들은 때아닌 경쟁에 뛰어들었지. 그리고 제카트리테식 점이 유행해서, 가는 곳마다 점 이야기를 하고 있어. 그쪽 지역과 혈연이 있는 귀족들은 갑자기 인기 인사가 돼서 여러 살롱의 중심이 됐지. 소문을 듣고 황도와 가까운 곳의 영지에 내려가 있던 귀족들도 올라와 겨울 사교계에 참석하고 있어.

아, 하지만 네가 없어서 우리 둘은 쓸쓸한 마음을 금할 수가 없단다. 네가 있다면 해주고 싶은 이야기가 아주 많은데 아쉬워. 물론 편지에 쓰면 될지도 모르지만, 막상 편지에 쓰려고 보면 시시콜콜해서 시시하게 느껴지는 걸. 그런 것 있잖니? 아름다운 검은 벨벳을 보고 네가 생각났는데 그렇다고 그걸 편지에 쓰기엔 읽는 네가 당황스럽지 않겠니?

이런, 하지만 벌써 써버렸구나. 이렇게 우리가 네 생각을 많이 하고 너를 보고 싶어 한다는 것만 알아줘.

지금 황도에는 두 가지 소문이 짜해. 그중 하나는 저 루트비히 태자 전하께서 실종된 것이, 그보다 전에 실종되었던 모 귀족 아가씨를 찾아갔기 때문이라는 소문이야. 모 귀족 아가씨가 누구인지는 너도 알겠지? 우리는 정말 궁금해. 태자 전하께서 정말로 도착하는 성문마다 흰 장미 백 송이씩을 금으로 사서 너에게 보내셨니? 게오르츠 땅에 도착하자마자 은빛 갑주를 차려입은 일흔일곱 명의 기사단 앞에 서서 자기 아내를 데리러 왔다고 소리치셨니?

농담이야. 태자 전하께서 가벼운 짐만 가지고 혼자 출발하셨다는 건 공식적으로는 알려져 있지 않지만 우리는 테다인 경과 라인홀트 경에게 들어서 알거든. 아무리 황제 폐하의 윤허를 받았다지만 이 나라의 존귀한 분이 혼자 여행을 하시다니 말도 안 된다고 우리는 생각했지. 하지만 바람을 타고 오는 소문을 듣자하니 전하께선 너희 땅 네 성에 잘 도착하신 모양이더라. 정말 그러니? 테다인 경이 태자 전하의 소식이 궁금해 목을 빼고 있으니 괜찮다면 전하께서 건강하신지 소식을 좀 전해주렴.

이제 우리가 궁금한 것. 태자 전하께서 네게 정말로 청혼하셨니? 오, 안니카. 만약 그렇다면 우리는 속이 다 시원할 거야. 거기엔 여러 가지 이유가 있는데 두 번째 이유는 잠시 후에 말해줄게.

태자 전하께서 청혼하셨다면 너는 어떻게 할 생각인지도 알려주렴. 결투를 한 거니? 결투를 했다면 네가 이겼겠지? 그러면 어떻게 되는 거니? 너는 태자 전하를 사랑하잖아. 우리는 그저 네가 원칙의 형태에 너무 함몰되어 소중한 사람을 놓치지 않았으면 해. 하지만 네 원칙을 굽히기도 바라지 않으니 이중적이지.

이제 위에서 우리가 언급한 예의 '여러 가지 이유'에 대해 말해줄게. 놀랍게도 저 하슐레타 백작 부인이 자기 어머니를 충동질해서 빌텐바룽 공작에게 태자 전하를 대신해 청혼했어. 어제의 일이야. 황가의 어른으로서 물론 황후께는 그럴 법적 자격이 있지만, 아무리 그래도 아드님이 안 계신 상황에서 먼저 의사 타진도 오가지 않은 이때 급박하게 청혼하다니 전례가 없다고 모두가 웅성거려.

안니카, 네가 태자 전하를 사랑한다면, 그리고 이대로 그분이 다른 여자와 결혼해서 네가 네 마음에 대해 더 알아볼 기회를 잃게 되기를 원치 않는다면, 최대한 빨리 너도 뭔가 조치를 취해야 해. 알겠니? 빌텐바룽 공작이 청혼을 받아들이기 전에 말이야.

자신에게 거짓말을 하지 않는 것은 중요해. 아아, 마음씨 착한 안니카. 기사도뿐 아니라 신전의 계율에도 거짓말을 하지 말라는 항목이 있지 않니? 네가 누군가를 사랑하고 그 사랑을 표현하더라도 누군가에게 해가 되지 않는다면 마음을 알려야 해. 수줍어하지 마. 상대가 부담스러워할지도 모른다고 지레 겁먹지 마.

왜냐하면 두 사람이 서로를 사랑한다고 동시에 인정하는 것은 대단히 기적 같은 일이거든. 네 인생에서 두려움과 수줍음 때문에 그 기적을 빼앗지 말아줘. 적어도 우리는 어떤 결과가 나오더라도 너를 응원할 거야.

친애하는 네 가족들에게 안부 전해주렴. 네 마음에 평안이 찾아오기를 진심으로 기원해. 그리고 그 평안이 왔을 때 네가 행복할 수 있기를.

신의 영광과 축복이 너와 영원히 함께하길 바라.

너를 사랑하는 시피에트와 율리아.

황도를 지키는 영광된 네 문 중 하나, 남문을 지키는 경비병들은 오늘도 엄정한 기세로 관료의 임무를 다하고 있었다. 농노라면 영주의 여행 허가증을, 자유민이라면 신분증을 구별해서 확인하고 출입 일시 및 출입 목적을 기록하며 성문 통과의 허가를 내주는 일은 항상 시끄럽고 마음 쓰이는 일이었다. 어떤 신분 증명도 없이 떠돌아다니며 성문 밖에 자리 잡고 자꾸 범죄를 일으키는 자들이 숨어들어오지 않도록 주의를 기울여야 했던 것이다.

그러나 이번 여름의 참사를 겪은 그들은 그래도 아직 오늘처럼 교통이 원활한 것에 감사의 마음을 느꼈다. 적어도 길게 줄을 선 이자들 중에 전염병 환자가 섞여 있으면 어쩌나, 간첩이 섞여 있으면 어쩌나 하는 고민은 훨씬 덜 해도 되지 않나. 이게 다 태자 전하와 황제 폐하의 은덕이었다.

그러던 어느 순간이었다. 하품을 하던 경비병은 지평선을 따라 커지는 검은 점 같은 것을 보고 눈살을 찌푸렸다. 피곤해서 뭐가 잘못 보이는 것일까? 대상단인가? 아니, 하지만 저렇게…….

하품을 하던 경비병은 기겁하고 옆에서 졸던 경비병을 때려 깨웠다. 옆에서 졸던 경비병은 대단히 신경질을 내며 눈을 부릅떴다.

"아, 왜!"

"저것 좀 봐. 저게 뭐지?"

졸던 경비병은 하품을 하던 경비병이 가리킨 곳을 노려보다가 겨우 동료가 무엇을 얘기하는지 깨달았다. 그때쯤에는 지친 얼굴로 줄에 서 있던 입문 희망자들도 경비병들이 보는 곳을 응시하게 되었다.

검은 점 같은 것은 점점 가까워지며 그 수많은 다리와 화려하게 흩날리는 깃발의 모양을 드러냈다. 그들이 알기로 최근에 어떤 기사단이 황도에서 출정한 적은 없었다. 그렇다면 멀리서 다른 땅의 기사단이 오는 것일까? 태자 전하가 드디어 결혼하신다더니 무슨 볼거리라도 생기는 것일까?

다가오는 말 탄 기사들은 가까워질수록 그 위용에 감탄하게 되었다. 색색의 깃발과 색색의 서코트, 그리고 역시 다채로운 모양으로 장식한 말떼. 가장 높이 치켜든 깃발에는 경비병들이 잘 모르는 문장이 그려져 있었다. 그러나 기사들의 선두에서 말을 달리는 사람은 누구나 아는 얼굴이었다.

경비병들은 깜짝 놀라 서로를 찌르며 수군거렸다. 이윽고 몇몇은 상부의 지시를 얻고 싶어 성문 안쪽으로 뛰어갔다. 아름답고 당당한 모습으로 치장한 기사단은 모두 투구 안에서 예리한 눈을 빛내고 있었고 말은 힘찬 준마였다. 멋진 옷을 입혀 치장한 어중이떠중이가 아니라 대단한 무용을 가졌을 '진짜' 기사들이었다.

기사단은 입도를 기다리는 사람들의 줄이 가까워지자 속도를 줄였다. 그리고 무시무시할 정도로 정확하게 성문 앞에서 말을 멈췄다. 맨 앞에서 본인의 애마를 타고 있던 루트비히, 이 나라의 태자가 경비병들에게 웃으며 인사를 던졌다.

"좋은 날씨야, 경들."

"태자 전하!"

경비병들은 얼른 무릎을 꿇었고 입도를 기다리던 사람들은 놀라 땅에 엎드렸다. 루트비히는 자신의 검을 검집째 풀어 가장 가까운 경비병에게 던져 주었다.

"태자라 해도 무단으로 입도할 수는 없지. 내 신분 보증이야. 태자의 검은 잘 알 테지?"

물론 황실의 문장이 새겨지고 수많은 보석으로 장식한 그 찬란한 검은 가진 사람이 루트비히 본인이 아니라 해도 충분히 신분 보증을 할 만했다. 경비병들은 썩 주위를 정리해 기사단이 지나갈 자리를 만들었다. 그동안 검을 받은 경비병이 떨리는 손으로 그것을 주인에게 돌려주었다.

"위대하신 태자 전하 만세! 전하의 충성스러운 신민으로서 언제나 황실에 신의 영광이 함께하기를 바랍니다!"

"고마워."

루트비히는 웃으며 검을 받아들고 성문 안으로 말을 천천히 몰았다.

"당신이 불렀죠?"

다른 사람들이 점 이야기에 빠져 듣는 귀가 없어진 사이 드란힐트는 샐쭉한 얼굴로 율리아에게 물었다. 율리아는 부채를 활짝 펼쳐 자신의 입을 가리고 생긋 웃었다.

"어머나, 뭘 말씀이신가요? 그렇게만 말씀하시면 저는 잘 모르겠는걸요."

"얄밉게 굴기는."

드란힐트는 눈을 흘겼다. 그 얼굴을 보아하니 일은 이쪽이 의도한 대로 잘 된 것 같았다. 율리아는 여유롭고 친절하게 말했다.

"백작 부인의 오라버님에 대한 말씀이시라면, 제게 무슨 힘이 있다고 그분을 불러올리고 말고 하겠어요?"

"시치미 떼지 말아요. 청혼에 대한 소문이 퍼지자마자 오라버님이 바로 돌아오신다는 게 말이 돼요? 겨울 내내 이루어질 수 없는 사랑에 취해서 시골구석에 박혀 계실 줄만 알았는데."

율리아는 빙긋 웃었고 드란힐트도 본인이 한 말의 비현실성을 알고 있다는 얼굴로 당당하게 어깨를 으쓱했다.

"달리체가 계속 이 궁정에 있어주길 바랐는데 아쉽네요."

율리아는 눈을 동그랗게 떴다.

"의외네요."

"뭐가요?"

잘 차려입은 하인이 와서 색색의 과자를 내밀었다. 드란힐트는 새빨간 과일이 올라간 과자 하나를 집어 입에 넣었다. 율리아는 그 모습을 보며 부드럽게 말했다.

"이렇게 쉽게 포기하실 줄은 몰랐으니까요."

안네그레트를 싫어했던 게 아닌가. 율리아의 말에 드란힐트는 심드렁하게 과자를 씹어 넘긴 뒤 부채로 입을 가리고 대답했다.

"사실은 어머님 말고 아버님께 먼저 갔었거든요."

"아."

율리아는 대강 이해했다. 밑도 끝도 없이 태자의 임무를 미루고 여자를 만나러 가겠다는 루트비히의 원을 들어준 황제가 이제 와서 다른 여자에게 청혼하도록 한다면 이상할 것이다. 가만, 그런데 오이겐 황제가 원래 그런 것에 신경을 쓰는 성격이었던가?

드란힐트가 심통이 난 얼굴로 먼저 부연했다.

"넘겨짚지 말아요. 아버님은 오라버님께 한 약속 때문에 내 말을 들어주시지 않은 게 아니니까."

"그러면요?"

"쳇."

드란힐트는 험악한 얼굴로 혀를 찼다. 평소에는 보기 힘든, 드물게 그 진심이 드러나는 표정이었다.

"생각을 해봐요. 처음에 안네그레트 바이언트를 황도로 불러서 오라버니 옆에 둔 사람이 누군가."

그 말이 끝나기도 전에 율리아는 부채 뒤에서 입을 딱 벌렸다. 그 얼굴을 보고 드란힐트는 정말 싫지만 동의한다는 듯 고개를 깊이 끄덕였다.

"아버님이 이미 정해놓으신 거라면 내가 뭘 하든 아버님 손바닥 위일 뿐이겠죠. 정말이지 보는 눈이 없어도 너무 없다니까요."

율리아는 잠시 후에 고개를 숙이고 웃기 시작했다. 드란힐트는 뺨을 살짝 붉혔다.

"너무 웃지 말아요."

"죄송해요, 백작 부인. 하지만 너무 우습네요."

사과하고도 율리아의 웃음은 한동안 멎지 않았다. 드란힐트는 한숨을 쉬고 고개를 돌렸다. 그리고 어두운 창밖을 심드렁하고 날카로운 눈으로 바라보았다.

마침내 율리아의 웃음소리가 잦아들었을 때 드란힐트는 투덜거리듯 물었다.

"자, 실컷 웃었으니 이제 아까 내가 한 질문에 다시 제대로 대답해 봐요."

"아까 말씀드렸듯 제게 무슨 힘이 있겠어요. 다만 친구가 고향에 돌아갔다고 하니 안부를 물으며 황도의 재미있는 일들을 적어서 편지 한 통 정도는 보냈답니다."

"역시. 왜 그랬어요? 친구를 황후로 만들려고? 그런 거라면 차라리 당신이 황후가 되는 게 낫잖아요."

언감생심 이 무슨 과분한 말인가. 율리아는 눈을 휘었다.

"안니카는 제 명예를 목숨 걸고 지켜주기로 했거든요."

"그래서요?"

"저도 안니카의 명예를 지켜주고 싶었답니다."

이대로 떠난다면 안네그레트가 다시 황도로 올라오는 것은 언제가 될지 모른다. 그것을 친구가 불명예스러운 도망으로 받아들이지 않으리라고 율리아는 확신할 수 없었다. 있어서는 안 되는 일이었다. 대체 왜 그래야 한다는 말인가?

드란힐트는 기가 차다는 얼굴이었다.

"이런 우아하지 못한 참견까지 해가며, 당신처럼 똑똑한 여자가?"

율리아는 산들바람 같은 웃음소리를 내며 부채를 접었다.

"여자들의 우정은 진하고 끈적하거든요. 백작 부인도 우정놀이 하실래요?"

"잠깐, 우리 친구 아니었어요?"

드란힐트는 진심으로 상처받은 기색이었다. 율리아는 웃으며 드란힐트의 손등에 키스했고 드란힐트는 입술을 비죽거렸다.

창 너머로 루트비히와 빌텐바룽 공작의 뒷모습이 보였다.

아름다운 발코니 너머로 보이는 정원은 옛 신화에서 따온 인물들의 조각으로 장식되어 있었다. 루트비히는 달리체의 옆에서 그런 조각들이 드리우는 그림자를 보았다. 마른 회색의 정원수는 어떻게 보면 기괴했다.

하지만 봄이 되면 저 정원에도 푸른 잎과 노란 꽃이 가득 필 것이다.

그 생각이 루트비히의 마음을 밝게 했다. 달리체는 발코니의 난간에 팔꿈치를 올리고 루트비히를 보며 매혹적인 미소를 지었다.

"무슨 생각을 하길래 그렇게 웃나요, 나의 친애하는 루트비히?"

루트비히는 쓴웃음을 지었다.

"봄을 생각했지요, 고귀한 레이디."

"아, 봄. 나도 봄을 참 좋아해요. 저 정원에 꽃이 피면 참 멋지겠죠?"

아까 루트비히가 보던 곳을 보며 미소 짓는 달리체는 객관적으로나 주관적으로나 무척 호감이 갔다. 그는 그녀를 싫어한 적이 없었다. 물론 그와 연인인 것처럼 굴어놓고 갑자기 다른 남자와 결혼해 이곳을 떠났던 그때는 잠깐 정말 싫다고 우긴 적도 있었지만 그것은 진심이 아니었다.

"예, 그렇겠지요."

"루트비히."

루트비히는 한숨을 한 번 쉬고 대답했다.

"예, 달리체."

"나에게 하고 싶은 말이 있지요?"

정말로 싫어지지는 않는 것은, 아마도 달리체의 이런 면 때문일 것이다. 루트비히는 성실하게 대답했다. 찬바람 때문에 얼굴이 가면을 쓴 것처럼 딱딱하게 느껴졌다.

"있습니다."

"그럼 말해봐요."

루트비히가 무슨 말을 하고 싶은지 대강 알 텐데도 달리체는 눈을 반짝이며 이쪽을 보았다. 태연한 미소는 오 년 전보다 더 깊어져 있었다. 루트비히는 목소리를 가다듬었다.

"달리체, 이런 말을 하기 정말 미안하지만……."

"미안할 것 없어요."

루트비히가 말을 더 잇기 전 달리체가 부채를 들어 말을 잘랐다. 루트비히는 당황해 눈썹을 모았다.

"왜죠?"

"돌아온 그날 당신의 얼굴을 보고 알았으니까요. 물론 그게 아니더라도 사정은 이미 충분히 들어 알고 있지만요."

한겨울의 발코니에는 향기가 없었다. 그러나 게오르츠 땅에서 안네그레트와 함께 시간을 보내는 동안 루트비히는 주위가 온통 방향芳香으로 둘러싸여 있다는 기분을 느끼곤 했다. 그는 쓴웃음을 지었다.

"미안합니다."

"어머나, 오 년 전에 나한테 공작과 황제는 지위가 다르다느니 어쩌느니, 눈을 똑바로 뜨고 덤비던 그 건방진 소년은 어디로 갔을까? 그냥 말해요. 이건 당신이 잘못한 게 아니잖아."

그래도 달리체가 그렇게 단숨에 알 정도라면 그의 태도가 어지간히 무심했던 모양이었다. 후회하지는 않지만 사과는 해야 했다. 루트비히는 고개를 저었다.

"누구의 잘못도 아니죠."

"그럼. 그리고 귀여운 드란힐트가 착각을 한 모양인데, 나는 딱히 당신하고 결혼하려고 돌아온 게 아녜요. 그냥 친구들이 보고 싶어서 온 거지."

달리체는 아무렇지도 않게 거짓말을 하는 성격이었으므로 믿을 수는 없었지만, 루트비히는 고개를 살짝 숙였다.

"사랑하는 여자가 있습니다. 지금까지 사랑해 온 그 무엇보다 더 사랑하는 여자입니다."

달리체는 눈을 휘며 곱게 웃었다.

"좋네요. 역시 사랑은 그래야죠."

"원래 사랑은 그런 겁니까?"

"사람의 감정에 '원래'가 어디 있겠어요. 하지만 도저히 이 사랑을 하지 않고서는 내가 해온 다른 모든 것이 의미가 없을 거라는 생각이 드는 경우가 있어요. 그렇다면 더는 자신에게 거짓말을 할 이유가 없죠."

달리체는 그의 앞머리를 살짝 쓰다듬었다.

"귀엽고 어렸던 루트비히, 그 사람이 봄 같고 여름 같고 가을 같고 겨울 같지요? 나는 그 아가씨를 본 적이 없지만 레이디 바이언트는 연주회에서 한 번 마주친 일이 있지요. 어머니를 닮았다면 착하고 상냥한 사람이겠죠."

"착하고 상냥한 사람입니다."

어디선가 안네그레트의 목소리가 들려오는 것만 같았지만 그는 그것이 자신의 환상임을 잘 알고 있었다. 그녀를 사랑하고 나서부터 항상 겪는 일이었으므로.

그러니 거짓말에 의미가 없다는 저 조언은 참으로 옳았다.

"내 가문이 당신에게 실례를 저지른 꼴이 되었으니 다시 제대로 사과하겠습니다, 달리체 폰 빌텐바룽, 유서 깊은 땅의 주인인 당신께. 모쪼록 제 어머니의 청혼은 잊어주십시오. 저는 결혼하고자 하는 여자가 있고 이미 그녀에게 정식으로 청혼했습니다."

달리체는 웃으며 본인의 치마를 살짝 들어 마주 인사했다.

"솔직히 말씀해 주셔서 고맙습니다, 부신 제국의 둘째가는 태양이며 위대하신 당신네 황제 폐하의 큰아드님이신 분. 모쪼록 사랑하는 사람과 행복해지기를."

봄은 시나브로 찾아왔다.

영원히 얼어붙어 있을 것만 같았던 땅은 녹아 부드러워졌고 정원의 나무에는 천천히 푸른빛이 돌았다. 봄을 부르는 축제가 각 족속의 의례로 거행되었고 사람들의 옷차림은 조금 성급하달 정도로 가벼워졌다. 이번 겨울에 유행하던 색은 지긋지긋하다는 평을 들으며 각자의 길을 갔고 새봄을 맞이하는 밝고 부드러운 색이 울긋불긋했다.

황궁의 정원에도 가장 일찍 피는 꽃부터 싹이 올라왔다. 아직은 가시덤불처럼 납빛인 담쟁이덩굴 아래에 뾰족하고 도타운 싹이 올랐다. 따뜻한 바람만 불면 바로 노란 꽃망울을 터뜨릴 수선화였다.

"날이 많이 풀렸군요."

테다인은 한가롭게 평가했다. 그 말을 들은 라인홀트가 동의했다.

"자네 말대로군, 테다인 경. 훨씬 살 만해졌어."

과연 그러했다. 키르시는 크게 기지개를 켜고 하품했다.

"라인홀트 경하고 보첼 양의 결혼식 때는 따뜻하겠네요."

아, 부럽다 하고 중얼거리는 소리는 모두가 못 들은 척했다. 라인홀트는 얼굴을 살짝 붉혔다. 키르시가 말하는 결혼식을 준비하느라 양가는 요즘 상당히 바빴다. 결혼계약서의 내용에 대해 양가의 어른들이 몇 번이나 설전을 벌이는 바람에 결혼 당사자 두 사람이 싸움을 말리러 나선 적도 있었다.

"그래야 사람이 오가기 편하지."

조용히 듣고 있던 루트비히가 대꾸했다. 키르시는 얼른 고개를 끄덕였다.

"아, 그럼요."

정원을 가로질러 걷는 태자와 그 수행원들의 모습을 보고 지나가던 시종들과 귀족들이 고개를 숙였다. 그들 중에는 몇 주 전 실행된 죄인 처형 때문에 아직 불만을 품은 얼굴을 한 자도 있었지만 루트비히는 신경 쓰지 않았다. 황가의 핏줄 자체를 신성시하는 것은 부신 황가의 기본 전략이었지만 그렇다고 모든 황족을 무한히 용서할 수는 없는 것이다.

"결혼 선물은 정하셨습니까?"

하일러의 상당히 사교적인 질문에 라인홀트는 헛기침을 했다.

"삼촌이 추천해 주시는 대로 보석류를 준비하기로 했지. 그런 거라면 결혼 생활 내내 사용할 수도 있고 본인의 재산도 될 수 있으니까."

"어떤 거요?"

"글쎄, 키르시. 아직 품목이 다 정해진 것이 아니라서. 내 마음 같아서야 좋은 걸 많이 드리고 싶지만 사정이 허락해야 말이지."

저렇게 말은 해도 다음 대 황제의 총애를 받는 구성원이 초라해 보이는 것은 그의 가문이 허락하지 않을 것이다. 작년의 전쟁 이후로 부쩍 친척들의 연락을 많이 받고 있는 키르시와 하일러는 그런 짐작을 했다. 루트비히가 무심하게 말했다.

"결혼 선물로 원하는 게 있으면 미리 말해, 라인홀트. 신부가 좋아서 결혼 생활 내내 웃을 만한 걸로 준비해 줄 테니까."

라인홀트는 쓴웃음을 지었다.

"황공합니다, 전하. 저의 주제에 비해 과분한 말씀이십니다."

"뭐가? 자네가 나를 위해 해주는 일을 생각하면 당연하지. 그리고 보첼 양에게는 나도 좀 잘 보여둬야 하니까."

그야 그럴 것이다. 그러나 루트비히 본인이 그런 식으로 말을 꺼낸 것이 처음이라 수행원들은 서로의 눈치를 바쁘게 살폈다. 결국 항상 이런 역할을 맡게 되는 키르시가 울며 겨자 먹기로 나섰다.

"저어, 전하. 실례지만 뭣 좀 여쭤봐도 되겠습니까?"

"물어봐. 뭔데?"

막상 허락을 받았어도 입이 잘 떨어지지 않았다. 키르시는 망설이며 다른 사람들의 눈을 보았고 아무도 자신을 돕지 않으리라는 사실을 영민하게 깨달았다. 그는 결국 크게 에둘러 물었다.

"전하는 결혼 안 하십니까?"

"당연히 해야지."

아무도 예상하지 못했던 대답이 돌아왔다. 조금 더 수줍거나 불확실한 대답이 돌아올 줄 알았던 모두는 주군을 의심스러운 눈으로 쳐다보았다. 루트비히는 쓴웃음을 지었다. 그도 부하들이 왜 그런 반응을 보이는지 잘 알았다.

"결혼할 거야. 때가 되면."

하지만 게오르츠 땅에 다녀온 이후 황실에서는 태자의 결혼 혹은 약혼에 대한 공식적인 발표가 전혀 없었다. 루트비히의 본인의 언급 또한 물론이었다. 그래서 안네그레트와의 결투에서 처참하게 지고 온 게 아닐까 하는 추측이 정설로 돌고 있었는데.

곧 새신랑이 될 라인홀트를 가엾게 여긴 테다인이 슬쩍 찔렀다.

"그 때라는 것이 정해진 것입니까, 전하?"

"대충?"

이것 또한 아무도 예상하지 못했던 대답이었다. 할 말을 잃어버린 수행원들은 자기들끼리 꿍꿍거리며 온갖 상상을 해보았다. 아무리 물어봐도 안 가르쳐 주더니, 어떤 일이 있었길래 이제 와서 저런 식으로 갑자기 말을 꺼낸 걸까?

그때 성의 남쪽 문의 깃발을 든 기사가 달려왔다.

"급보! 급보!"

갑자기 무슨 급보란 말인가. 최근에 무슨 흉흉한 일이 있었다는 소문은 들은 적이 없었다. 수행원들 모두가 긴장하는데 루트비히가 먼저 그 기사에게 손을 흔들었다.

"이리 와 보고해라."

"옛! 위대하신 태자 전하 만세! 동남쪽 방향에서 기병대 출현! 수는 최소 삼백 명 이상이며 모두 갑옷과 투구와 창으로 무장했습니다!"

무장한 기병 삼백 명이면 비상 사태였다. 듣고 있던 모든 사람의 얼굴빛이 변했지만 루트비히만은 빙긋 미소 지었다. 마치 잿빛이었던 나뭇가지에 푸른 물이 오르는 것처럼.

"드디어 왔군. 자, 다 같이 마중 나가자고."

떠난 지 실질적으로는 얼마 되지 않았는데도 불구하고 황도의 모습은 안네그레트에게 많은 감회를 가져왔다. 그녀의 얼굴을 보고 부관이 웃으며 말을 걸었다.

"기분이 새로우십니까, 대장님?"

안네그레트는 슬쩍 웃으며 고개를 끄덕였다. 그 쓴웃음에 그리움이 짙게 배어 있어 부관은 잠시 놀랐다. 그는 이 천재적인 기사 지망생의 아버지가 저런 표정을 지었을 때 무슨 일이 일어났는지 잘 기억하고 있었다. 평생 조용히 남작령을 지키다가 갈 것 같았던 그가 어떻게 자신을 보여주었던가.

"꼭 몇 년 만에 돌아오는 것 같습니다, 요아힘 경."

"몇 년 만이나 마찬가지지요. 작년에는 황제 폐하의 명을 받들어 조용히 오신 거였고 이런 사적인 방문은 오래되었잖습니까."

"그건 그렇지요."

요아힘은 안네그레트의 아버지에게 기사 서임을 받아 오랫동안 가족끼리도 친하게 지내왔으므로 그녀의 이번 황도 방문에 보호자 대리로 따라온 것이나 마찬가지였다. 물론 그녀는 이미 성인이었고 자신의 땅을 가진 영주였지만 역시 이런 일에는 어른이 끼어 있어야 보기 좋은 법이다.

안네그레트가 처음 검을 잡던 날이 엊그제 같은데 벌써 이런 날이 오다니. 요아힘은 자기도 감회가 새로운 것을 느끼며 힘차게 말을 몰았다. 게오르츠 땅의 정예 기사들이 모인 이 부대로라면 어디든 점령할 수 있을 것 같았다. 하지만 평화롭게, 이번 일은 평화롭게 진행해야 했다.

"문에 쌍두 독수리 깃발이 올랐습니다!"

눈 좋은 기사가 보고했다. 요아힘은 웃음을 터뜨렸다.

"목 빠지게 기다리셨나 보군요."

안네그레트의 뺨이 살짝 붉어졌다. 그녀는 위엄을 유지하려 애쓰며 말했다.

"병사들이 움직이기 무리 없는 시기에 오겠다고 말씀을 드렸는데."

"뭐, 무장도 안 한 남자 혼자 주파한 길을 기사 부대가 못 오겠냐며 올라가신 그날부터 손꼽아 기다리셨는지 누가 압니까."

옆에서 듣던 나이 든 기사들이 하하 웃었다. 그들 모두 안네그레트와 루트비히의 결투를 보았기 때문에 사정은 널리 알려져 있었다. 또 그들은 오랫동안 혼자였고 어쩌면 평생 혼자일지도 모르겠다고 생각했던 그녀에게 그 정도로 용감하게 도전한 루트비히에게 상당한 호감도 느끼고 있었다. 아무튼 안네그레트 바이언트, 게오르츠 땅의 후계자의 이름을 노리고 결투 신청을 했다가 치사하게 투덜거리며 물러간 자가 몇인가.

"들어라!"

웃음이 어느 정도 멎자 요아힘은 배에 힘을 주고 우렁우렁 소리쳤다.

"눈앞에 위대한 땅이 보인다! 저 땅에는 황도에서 태어나 기사단 밥 먹고 큰 자들부터 시작해 전 세계의 기사들이 모여 있다! 저기서 게오르츠 땅의 기사들은 야만적이고 예의를 모른다는 소리가 한 마디라도 들리면 그땐 다 죽는 거다!"

그런 주의를 줄 필요도 없이 기사들의 대오는 완벽했다. 많은 기사가 소리 내서 웃었다. 안네그레트는 든든한 기분으로 앞을 보았다. 가슴이 뛰었다.

후우, 하고 숨을 가다듬자 몸이 말과 함께 리드미컬하게 들썩였다. 안네그레트는 말의 머리를 쓰다듬으며 속삭였다.

"항상 고맙다, 블리츠. 조금만 더 힘내자."

블리츠는 일정하고 경쾌한 달리기로 주인의 말에 대답했다. 근처에 있던 다른 기사가 즐거운 얼굴을 했다.

"태자 전하를 모셔다 드릴 때보다 확실히 훨씬 편하군요."

몇 달 전 루트비히를 이 황도까지 배웅하는 예를 차릴 때 그 기사도 행렬에 함께했었다. 요아힘은 코웃음을 쳤다.

"레르너 경보다 내가 뛰어난 지휘관이라는 증거지."

다른 기사가 반색했다.

"어, 그거 레르너 경께 말씀드려도 됩니까?"

"될 리가 있나?"

안네그레트는 픽 웃었다. 점점 황도가 가까워졌다.

"슬슬 속도를 줄이는 게 좋겠습니다."

"예, 대장님!"

안네그레트의 말에 요아힘이 신호를 보냈고 거침없는 행진이 천천히 느려졌다. 그녀는 맑은 하늘 아래 펄럭이는 깃발과 수많은 건물의 지붕이 갑자기 참을 수 없이 그리워졌다. 그러나 동시에 두고 온 그녀의 고향 또한 대단히 정답고 그립게 느껴졌다.

진군이 조금 더 느려졌다. 황도의 남문 갤러리에 많은 병사들이 늘어선 것이 보였다. 쌍두 독수리 깃발 외에도 몇 가지 종류의 깃발이 새로 꽂혀 펄럭였다.

"나팔을 불어주십시오."

요아힘은 안네그레트의 말대로 나팔수에게 신호를 보냈다. 나팔수는 귀한 손님을 모시거나 축하할 일이 있을 때 부는 명랑한 소리의 나팔을 불었다. 온 하늘에 울려 퍼지는 기쁨의 소리였다.

정지를 명령하는 깃발이 남문에 올랐다. 안네그레트는 손을 들어 전군을 정지시켰다. 말이 모두 멈췄을 때에는 남문 앞에 모여들어 구경을 하는 사람들의 얼굴 표정이 다 보일 정도였다.

안네그레트는 한껏 가슴을 펴고 소리쳤다.

"게오르츠 백작의 후계자, 라이헤르타 남작, 신의 영광을 따르는 위대한 제국의 충성스러운 신하인 안네그레트 바이언트가 이 자리에 왔다! 세세토록 축복받으실 황가의 자랑스럽고 뛰어난 자손이자 쌍두 독수리의 주인이신 태자 전하, 루트비히 공께 결투를 청한다!"

황도에서는 큰 소리를 낼 일이 별로 없어서 내심 걱정했지만 목소리는 끝까지 잘 나왔다. 고향에서 병사들을 지도하며 교관 및 지휘관 노릇을 한 그간이 효과가 있는 것 같았다.

안네그레트는 말을 마치고 똑바로 성문을 응시했다. 남문 위에 정렬해 있던 병사들이 갈라지며 그 사이로 화려한 망토를 걸친 금발의 키 큰 사람이 나타났다.

오랜만에 보는 그 얼굴에 가슴이 무언가로 꽉 들어찼지만 지금은 중요한 자리였다. 루트비히는 그러나 안네그레트에게 빙긋 웃으며 소리쳐 대답했다.

"세세토록 축복받은 황가의 자랑스럽고 뛰어난 자손이자 쌍두 독수리의 주인, 대제국 부신의 태자인 루트비히가 귀공의 결투 신청을 받아들인다! 내가 원하는 결투의 종목을 나도 알고 귀공도 아니 조건은 받아들여진 것으로 생각하겠다!"

바로 그렇기 때문에 여기까지 온 것이었다. 안네그레트는 마침내 활짝 웃으며 말에서 내려 고개를 조아렸다.

기다렸던 사람의 귀환이었다.

"마지막으로 베겔레브란 땅의 징집 가능한 성인 남성의 수, 아흔세 명. 잡역으로 징집 가능한 여성 및 어린이의 수, 백 쉰일곱 명. 보유 중인 군마, 열일곱 필. 평균 생산량은……."

숨막히게 시선이 쏟아지는 가운데 보첼 가 출신의 젊은 법관은 구리로 만든 말 모양 추를 마지막으로 내려놓았다. 딱.

"……이상으로, 전통적이고 합법적인 방식에 따라 두 가문이 동원할 수 있는 병력의 수에 관한 셈을 마칩니다. 승자는 태자 전하십니다."

혹시나 혹시나 하고 끝까지 눈을 부릅뜨고 있던 키르시는 만세를 부르며 팔을 들어 올렸고 옆에 있던 하일러는 그 팔에 얻어맞았다. 테다인은 차분한 얼굴로 축하했다.

"축하드립니다, 태자 전하."

"경하드립니다."

온 황도가 들썩일 정도로 시끄러웠던 예의 결투 신청 덕분에, 황궁에서도 제법 크게 꾸며진 응접실인 사파이어 방은 가득 들어차 있었다. 옅은 푸른색으로 칠한 벽과 두루마리 모양으로 섬세하게 장식한 가구가 잘 보이지 않을 정도였다.

막 공식적으로 결투에서 패배한 안네그레트는 차분한 얼굴로 고개를 숙였다.

"패배를 인정합니다."

많은 사람이 안네그레트의 그 말에 충격을 받고 또 그 말의 결과에 더 큰 충격을 받았다. 저 안네그레트 바이언트가 졌다. 사교계 최고의 신붓감이자 수많은 청혼자를 물리친 그녀는 결국 자신처럼 사교계 최고의 신랑감과 결혼하기로 한 것이다. 그간 해왔던 보다 직접적인 방식의 결투는 더 좋은 신랑을 찾기 위한 눈속임이었을까?

만족스러운 미소를 지으며 루트비히는 벌떡 일어섰다. 그리고 사람들이 수군거리기 전에 안네그레트에게 손을 내밀었다.

"이번 방식으로는 내가 이겼지만, 저번 방식으로는 그렇지 않았지. 함께 나가서 걸으며 이야기나 좀 하지."

"예, 전하."

안네그레트는 루트비히가 내민 손을 잡았다. 두 사람이 그대로 총총 나간 문 뒤로 이제 걷잡을 수 없는 수군거림이 퍼졌다.

사람들이 결투가 벌어지는 방에 다 모이는 바람에 텅 빈 복도를 걸으며 루트비히는 안네그레트를 걱정스럽게 보았다. 그녀는 그를 보며 쓴웃음을 지었다.

"만약 저를 걱정하시는 거라면……."

"당연히 걱정되지. 사람들이 하는 소리는 신경 쓰지 마. 평소에도 네 원칙을 폄하하고 싶어했던 사람들이야. 네가 생각하기에 옳으면 옳은 거고, 네 생각에 틀렸으면 틀린 거지."

루트비히는 잠시 불안한 얼굴을 했다. 안네그레트는 그의 마음을 알고 잠시 할 말을 가다듬었다.

"저는…… 충분히 생각할 시간이 있었고, 옳은 결정을 했다고 생각합니다. 그러니 심려치 마십시오."

"그래."

루트비히는 마음에 기쁨이 가득 차는 것을 느꼈다. 어질어질한 기분에 취해 그는 안네그레트의 입술에 짧게 키스했다. 그녀는 그를 보고 웃었다.

"왜 이렇게 결정했는지 물어도 돼?"

백작 부인의 방에서 자고 난 다음부터 안네그레트의 태도가 바뀌었으므로, 아마도 어머니가 종용한 것이 아닐까 하고 루트비히는 짐작하고 있었다. 안네그레트는 물이 흐르는 듯 가볍고 자연스럽게 한숨을 쉬었다.

"어머님께서…… 본질을 생각하라 하시더군요. 원칙은 중요한 것이지만, 그 원칙이 세워진 이유를 항상 생각하며 지키지 않으면 그것은 언젠가 악습이 된다 하셨습니다."

현명한 말이었다. 루트비히는 안네그레트에게 다시 키스했다. 이번에는 조금 더 긴 시간 동안 입맞춤이 이어졌다.

그들이 걷는 복도에는 거의 봄볕이 된 따뜻한 것이 들어왔다. 루트비히는 그 간지러운 따스함을 음미하며 토로했다.

"솔직히 너를 안 보는 동안 죽는 줄 알았어. 내 주변을 정리하러 올라온다고 하니까 잘 가라고 배웅까지 붙여주고, 솔직히 조금 섭섭했던 거 알아?"

안네그레트는 눈을 약간 크게 떴다.

"하시면 말씀하시지 그러셨습니까. 전하께서 혼자 황도까지 돌아오시는 것은 당치 않다고 여겨 일부러 레르너 경께 부탁한 것입니다."

"그건 나도 아는데, 그래도 잡을 수도 있었잖아."

"결투 준비를 해야 했잖습니까."

루트비히는 짧게 한숨을 쉬었다. 이것은 이런 사람을 사랑하게 된 자신이 평생 감당해야 할 일이었다.

"어찌 한숨을 쉬십니까?"

……하지만 이런 말까지는 너무하지 않은가? 루트비히는 이런 말을 하는 자신이 쑥스러워 일부러 눈을 살짝 돌리며 물었다.

"안네그레트는 내가 보고 싶지 않았어?"

"보고 싶었습니다."

바로 대답이 돌아왔다. 이건 안네그레트를 사랑한 자신이 받는 축복인 것 같았다. 그는 자신이 바보 같다고 생각하면서도 벌쭉 웃었다.

갈림길에서 태자의 아파트 방향으로 가려던 루트비히를 안네그레트가 다른 방향으로 이끌었다. 그는 그녀가 하는 일이라 묻지 않고 그저 함께 걸었다. 곧 그녀를 따르길 잘했다는 생각이 들었다. 그들이 걷는 복도에 그야말로 황금 같은 햇살이 눈부시게 쏟아진 것이다.

"날이 좋아. 우리의 약혼 기간도 그렇게 길 필요는 없겠지."

"하지만 그전에 해야 할 일이 있지 않겠습니까."

"그야 많지. 결혼계약서 초고는 대충 써놨으니까 나중에 읽어보고 고칠 점을 알려줘. 특히 상속 문제에 대해선 백작 부부의 의견을 적극 반영할게. 라이헤르타 땅은 알브레히트에게 준다고 해도 나는 불만이 없어."

"이미 알비에게도 물어보았습니다만, 그 애는 어느 정도 자신이 생기면 황도에 와서 집을 구해 연주자로 살아갈 생각인 모양입니다. 동생들의 앞날이 걱정된다면 쌍둥이에게나 물어보라고 하더군요."

"자신 있나 본데. 네 동생들이 다 나를 안 좋아하는 모양이라 내 입장에서는 조금 무서운 전망이지만."

안네그레트는 쓴웃음을 지었다.

"신경 쓰지 마십시오. 그러다가 곧 따를 겁니다."

"아니, 그런 수준이 아닌 것 같아. 레이디 페밀라미르가 나한테 나쁜 왕자님이라고 하는 거 들었어?"

안네그레트는 어떻게 그런 끔찍하고 불충한 단어를 쓸 수가 있냐는 얼굴로 놀라워했다. 그녀가 너무 충격을 받자 루트비히는 얼른 분위기를 보고 그녀를 달랬다.

"내가 자기 언니를 뺏어간다고 생각해서 화가 난 거 같아. 선물 몇 개 보내면 풀겠지, 뭐."

안네그레트는 곧 한숨을 쉬었다.

"정말 송구합니다, 전하."

"아냐. 신선한 호칭이라 난 재밌었어."

이젠 아무래도 좋다. 그들이 그를 싫어한다고 해서 방금 만인 앞에서 결정된 승패가 뒤집어지지는 않는 것이다. 가만, 그러고 보니. 루트비히는 슬쩍 물었다.

"나한테 낡은 갑옷을 보낸 건 알브레히트가 일부러 나 지라고 그런 거지?"

"예, 전하. 크게 혼을 냈습니다만 다시 한 번 사죄드립니다."

"아니, 그것도 재밌었어. 뭐 어때."

그 덕분에 당시의 결투가 중간에 끊겼으니 오히려 선물이라도 안기며 감사해야 할 판이었다. 루트비히는 기분이 더 좋아졌다.

안네그레트는 계속 루트비히를 이끌었다. 마침내 황궁에 딸린 소小예배실 중 하나의 앞에 선 그는 의아하게 그녀를 보았다.

"웬 신전이야? 우리 지금 결혼하는 거야?"

물론 그의 입장에서는 찬성이었다. 루트비히는 안네그레트가 만약 그렇다고 대답하면 당장 대신관을 불러올 각오를 했다. 그러나 그녀는 곱게 웃으며 고개를 저었다.

"그런 것이 아닙니다."

그렇다면 무엇일까. 안네그레트는 천천히 예배실의 문을 열었고 신전에서 쓰는 향기로운 초의 냄새가 산들바람처럼 빠져나왔다. 스테인드글라스를 통해 쏟아져 들어오는 햇살이 보석처럼 맑고 찬란하게 반짝였다.

수반은 깨끗했고 아몬드나무 가지는 남은 것이 없었다. 아, 그러나 어쩐지 루트비히는 다음에 일어날 일이 무엇인지 짐작할 수 있었다. 안네그레트와 그간 함께한 시간에 걸고.

"부디 함께 와주십시오."

그녀가 함께 오라고 한다면 그는 어디든 갈 수 있었다. 안네그레트는 루트비히와 잡은 손을 이끌어 제단 앞에 섰다. 그리고 그녀는 그와 마주 보았다.

저 초록색 눈이 태양처럼 일곱 빛깔로 반짝인다.

"저는 거짓말을 했습니다. 전하께 너무 많은 거짓말을 해왔고, 그 때문에 더는 염치없이 전하의 종자로 있을 수 없다고 판단해 떠난 것입니다."

루트비히의 눈에 어렴풋이 두려움이 싹텄다. 안네그레트는 고개를 저었다.

"그러므로 결혼할 수 없다는 말씀을 드리는 것이 아닙니다. 전하께서는 제가 낸 조건에 적법하게 승리하셨고 이제 저와 혼인하실지 아닐지는 전하의 마음에 달려 있습니다."

"당연히 할 거야."

루트비히는 안네그레트의 양손을 잡고 그 언제였던가처럼 손등에 키스했다. 그녀는 눈만을 살짝 휘었다.

"그러니 이제 다시 맹세하고 싶습니다."

지키지 못했던 약속을 완료할 수 있도록. 거짓말이었던 모든 것을 참으로 바꾸기 위해.

붉은 망토도 의례용 검도 증인도 없었지만 안네그레트는 그대로 바닥에 한쪽 무릎을 꿇었다. 루트비히는 그녀의 앞에서 그 언젠가와 같이 담담하게 속삭였다.

"눈을 감고 기사도의 일곱 가지 예를 암송해라."

원칙이 없다면 이 세상의 그 무엇에 정의가 있을까. 기사라는 정의에 부합하기 위해서 지켜야 하는 그 규칙의 대원칙 일곱 가지를 안네그레트는 가만히 암송했다.

"첫째, 신의 가르침을 배우고 그 뜻에 따를 것.

둘째, 국가와 장원의 법을 착실히 따를 것.

셋째, 약한 자를 보호할 것.

넷째, 적 앞에서 겁먹지 않을 것.

다섯째, 항상 선을 실천하고 악을 징벌할 것.

여섯째, 레이디의 명예를 지킬 것.

일곱째, 거짓말하지 않을 것.

이 일곱 가지는 기사도의 가장 큰 예이며 모든 기사와 종자가 마땅히 따라야 할 규율입니다. 자신을 기사라 칭하고자 하는 자, 예외 없이 일곱 개조 법에 종속될 것입니다."

안네그레트가 하는 말은 참으로 옳았고 진심이었다. 루트비히는 조금씩 헐떡이며 자신이 해야 할 말을 했다.

"너는, 신께서 주신 자유의지를 가진 인간으로…… 이 자리에서 네가 한 말에 책임을 지며, 여하한 사실은 신께서 언제나 보고 계신다. 그럼에도 불구하고 기사가 되기를 희망하느냐?"

아, 그러기를 얼마나 오랫동안 꿈꿔왔는가. 그녀는 목이 멨다.

"예, 희망합니다."

"네 앞에 있는 적법한 기사인 나를 믿고, 받들고, 따르겠느냐?"

"예, 따르겠습니다."

검으로 어깨를 두드릴 필요는 없었다. 그것은 후의 공개적인 예식에서 해도 될 터. 루트비히는 자리에 무릎 꿇고 앉아 안네그레트의 어깨를 끌어안았다.

"너를 내 종자로 받아들인다."

아아, 이렇게 되기를, 얼마나, 얼마나 꿈꿔왔는지!

"그리고 또한 네가 기사도의 일곱 가지 도리를 성심으로 지킨다는 사실을 알아, 너를 나와 같은 한 사람의 기사로 대우하겠다. 정식 서임식을 따로 치르더라도 너에게는 한시 바삐 기사의 자격이 주어져야 마땅하니까."

안네그레트는 눈을 감고 루트비히를 마주 끌어안았다. 그는 그녀에게 다시 깊이 키스했다.

그리고 기쁨을 담아 말했다.

"당치 않다고는 하지 말아줘."

안네그레트는 웃었다. 그런 말을 할 필요는 이제 없었다. 그녀는 자신이 기사도의 일곱 원칙을 지켰다는 사실을 알고 있었던 것이다.

〈끝〉

에필로그

황궁의 갤러리에는 오래 전부터 전해 내려온 귀한 예술품이 많았다. 특히 사람들의 눈길을 끄는 것은 옛 전투를 표현한 거대한 그림이었는데, 그 웅장한 구도와 등장인물 한 사람, 한 사람에게 주어진 각자의 독특한 고뇌가 호평을 받곤 했다. 갤러리를 둘러본 사람이라면 누구나 위대한 황제들의 안목을 소리 높여 칭찬하기 마련이었지만 바로 그 이유 때문에 몇몇 갤러리의 출입은 엄격하게 제한되어 있었다.

가장 귀하고 값비싼 그림과 조각만이 전시된 작은 갤러리로 아이는 발길을 옮겼다.

예술품을 관리하는 시간이 지났고 어른들은 각자의 일을 하느라 바빴기 때문에 아이가 들어갔을 때 갤러리는 고요했다. 그 사실은 아이의 마음에 들었다. 어른들은 아무튼 아이를 가만히 두지 않았던 것이다.

마호가니 바닥에 아이의 작은 발소리가 가라앉았다. 아이는 이 장소의 정적을 깨고 싶지 않기 때문에 자신도 까치발을 들고 조심스레 걸었다. 섬세하게 조각된 나무에 황금빛 옷을 입힌 여러 종류의 프레임이 아이를 내려다보았다. 그림 속의 인물들과 정물, 그리고 풍경도 숨을 죽였다.

이내 아이는 자신이 가장 좋아하는 그림 앞에 멈추어 섰다.

아이가 좋아하는 그림은 어른의 한 아름은 되는 높이에 그 두어 배는 넘는 폭으로 제작된 거대한 물건이었다. 그림 속에는 수십 명은 되는 사람들이 그려져 있었는데 그중 가장 돋보이는 것은 서임받는 기사였다. 검은 머리칼에 새하얀 꽃이 몇 송이나 떨어진, 젊고 아름다운 여성 기사.

그 기사의 눈 모양은 아이의 것과 꼭 같았다. 아이는 기사가 당장에라도 눈을 돌려 자신을 봐 주면 어떨까 하는 상상을 했다. 그림이 움직인다는 것은 아이가 어릴 때부터 시달려 온 무서운 상상 중 하나였지만 이 기사만큼은 움직인다고 해도 무섭지 않았다. 아니, 오히려 다른 모든 그림이 아이를 괴롭히거나 잡아먹으려 해도 이 기사가 그들을 모두 물리쳐 줄 것만 같았다.

그야 당연하다. 그 기사는 이 세상의 그 어느 기사보다도 뛰어난 사람이었으므로.

자신의 종자가 한 사람의 기사가 된다는 사실에 흐뭇한 표정을 짓고 있는 주군은 밝은 금발에 붉은 관을 쓰고 멋진 황금빛 검을 들고 있었다. 아이는 주군의 모습도 한참을 바라보았다. 주군의 머리칼은 아이의 머리칼과 같은 금발이었다.

아이는 그림 앞에 주저앉아 그림 속의 기사와 주군을 좋을 만큼 보고 웃었다. 그렇게 시간이 얼마나 흘렀을까.

"황녀님! 세상에, 어딜 가셨어. 황녀님!"

보모의 목소리가 제법 가까운 곳에서 울렸다. 아이는 자신만의 평화가 곧 깨지리라는 것을 예감하고 입을 비죽 내밀었다. 과연 갤러리의 문이 금세 열렸다.

"황녀님! 여기 계셨어요? 세상에, 바닥에 앉아 계시면 어떻게 해요."

보모는 착한 사람이었지만 잔소리가 많았다. 아이는 혼나고 싶지 않아 얼른 일어섰다. 그때 예상치 못한 사람의 차분한 목소리가 갤러리를 울렸다.

"이리 오렴, 아샤."

아이는 눈을 반짝이며 환성을 질렀다.

"어마마마!"

보모는 얼른 돌아보고 고개를 숙였다. 아이의 어머니는 멀리서 막 돌아온 듯 여행복 차림이었고 먼지 냄새가 났다. 아마도 오자마자 아이가 보고 싶어서 달려온 것이리라.

어머니가 손을 내밀자 아이는 조르르 달려와 어머니의 품에 쏙 안겼다. 그리고 어머니의 검은 머리칼을 만지며 어리광을 부렸다.

"페밀라 이모는? 같이 안 왔어요?"

"페밀라 이모는 이모부가 오기로 해서 안 왔어요."

"포르 삼촌은?"

"포르 삼촌은 같이 올라왔는데 지금 집에 가서 알비 삼촌하고 같이 옷 갈아입는 중이니까, 이따 저녁이나 내일 아샤 보러 올 거예요."

히히, 삼촌이다! 아이는 좋아서 어깨춤을 추었다. 어머니는 웃으며 갤러리를 나섰다.

"자, 어마마마도 이제 아바마마를 뵈러 가려면 옷을 갈아입고 와야지요. 아샤도 같이 갈까?"

"응!"

아바마마가 어마마마를 보고 싶어서 어쩌고 하며 아이는 신이 나서 떠들었다. 두 사람이 나가고 나서 보모는 조심스레 갤러리의 문을 닫았다. 곧 텅 빈 갤러리를 떠나는 발걸음 소리가 울리다가 점점 작아져 전혀 들을 수 없게 되었다.

그림 속의 기사는 세월의 더께를 이고도 계속해서 눈을 반짝였다.

〈진짜 끝〉

외전

기사가 아니라도 기억해 둘 가치가 있는,
신뢰할 만하고 그 효용이 널리 인정된 추가적인 몇 가지의 습관

습관 1
사람 사이는 신뢰로 유지된다

아몬드꽃이 눈처럼 내리는 거목은 색색의 비단옷을 두르고 사람들을 내려다보았다. 오늘따라 분주한 궁정 사람들은 저마다 훌륭한 옷을 입고도 바삐 뛰어다니고 있었다.

거목은 오랫동안 이 뜰에 있어왔으므로 인간들이 어떠한 축제를 준비하고 있다는 사실을 알았다. 그것은 봄이 되어 많은 나무가 옷을 갈아입고 새로이 생명의 정수를 길어 올리는 것과도 비슷한 인간의 제례였다. 자신에게 있는 모든 것을 사용하고 주의 깊게 꽃잎을 빚어 화려하게 피어난다.

마침내 그의 앞에 인간들의 제단과 도구가 진설되었다.

"긴장되니?"
"아니."
짧은 웃음. 하긴 기사 서임을 한다 한다 해놓고 시간이 얼마나 흘렀나.

시피에트는 안네그레트의 이마에 키스했다.

"잘하고 와. 물론 잘하겠지만."

은빛 갑주로 성장하고 바이언트 가문의 문장이 반복되어 새겨진 천으로 그 위를 감싼 안네그레트의 모습은 이야기 속에서 막 나온 것처럼 눈이 부셨다. 늦봄의 햇살을 한껏 받고 있어 더 그랬다.

애정이 물처럼 샘솟았다. 시피에트는 다시 안네그레트를 끌어안았고 손수건을 가져오느라 잠시 자리를 비웠던 율리아는 항의했다.

"잠깐만, 나 없는 사이에 둘이서만 그러기야?"

"부러우면 너도 해."

"그럴 거야. 자, 비켜."

하지만 시피에트는 비켜주지 않았고 율리아는 결국 셋이 서로를 함께 끌어안는 것이 제일 좋겠다는 데에 동의했다.

서로를 꼭 껴안은 세 친구는 과일 향이 나는 한숨을 내쉬었다.

"이날이 오긴 오는구나."

"그래도 처음 종자의 맹세를 한 게 일 년 조금 전이니까 굉장히 빠른 거야. 그렇지, 안니카?"

"그래."

시피에트의 대상 없는 자랑에 안네그레트는 옅은 미소를 지었다. 긴장하지 않았다고는 하지만 그녀의 반짝이는 눈에서는 흥분한 기색이 확연히 드러났다.

"안나, 이제 준비해야 돼."

행사 준비를 총괄하는 테다인에게서 지시를 받느라 바쁘던 키르시가 뛰어와 소리쳤다. 안네그레트는 친구들을 마지막으로 한 번씩 보고 인사했다.

"준비 도와줘서 정말 고마워. 이따 보자."

"응. 축하해, 안니카."

"오늘 정말 근사하다."

율리아와 시피에트는 친구가 그대로 키르시를 따라 자리를 떠나는 것을 지켜보았다. 그 모습은 참으로 늠름하고 위풍당당해서 신기하기까지 했다. 율리아는 곧 시피에트를 끌어안고 한숨을 쉬었다.

"어떡해. 너무 멋지다."

"안니카의 레이디가 되고 싶을 만큼?"

"응. 나랑 같은 소망을 품은 사람이 너무 많아서 문제지만."

"사교계의 여왕님이 무슨 말을 하는 거야. 빨리 선수 쳐. 안 그러면 누가 뺏어갈걸."

그 태연한 말투에 율리아는 곧 시피에트의 뺨을 꼬집으며 심술을 부리기 시작했다.

"왜 너는 여유로운 거야? 이제 너를 모시는 기사는 오직 라인홀트 경만 있으면 된다는 거야? 그런 거야, 시프? 에잇, 이 배신자!"

"긴장하셨습니까?"

"조금."

머리에 기름을 발라 넘기고 얼굴을 포함해 온몸을 단장한 루트비히는 겉으로 보기에는 그림에서 나온 것 같았으나, 실제로는 살짝 떨고 있었다. 테다인은 혀를 찼다.

"긴장을 푼다는 핑계로 술을 요구하실 거라면 안 됩니다."

"쳇."

식은땀을 손수건으로 닦으며 루트비히는 혀를 찼다. 하일러가 다가와 정중하게 허리를 숙였다.

"안네그레트가 옵니다."

루트비히는 자신의 약혼녀이자 종자의 이름을 편하게 부르는 사람이 너무 많은 것 같다는 불만에 잠시 정신을 빼앗겼다. 그러나 바이언트 경이라는 호칭을 그녀의 아버지가 쓰고 있으니 어쩔 수 없이 익숙해져야만 하는 일이었다.

다행히 루트비히의 정신은 금세 다른 것으로 옮겨 갔다.

"왔군요."

훌륭하게 성장해 그야말로 바이언트 가의 기사로 보이는 안네그레트를 보며 테다인은 빙긋 미소 지었다. 안네그레트는 주군과 주군의 시종, 그리고 오늘의 서임식에서 증인이 되어줄 신전 측의 아벨타 신관과 선배 기사 두 명이 서 있는 무대 아래 무릎을 꿇었다.

바이언트 가의 문장으로 울긋불긋한 망토와 서코트의 긴 자락이 땅에 커튼처럼 늘어졌다. 나팔수가 나팔을 불었다. 부부부부…… 부부.

저 루트비히 태자의 약혼녀이자 전설적인 기사의 후계자라는 안네그레트 바이언트 폰 라이헤르타의 기사 서임식은 온 황도 사람들을 이 자리에 모여들게 했다. 참관자들은 앞으로 평생 이 서임식을 보았다는 사실뿐 아니라 자신이 그녀의 기사 자격을 증명하는 증인 중 하나라는 사실을 자랑할 수 있게 되었다.

제단 위에 둔 성수에서 아벨타가 아몬드나무 가지를 꺼냈다. 아직 흰 꽃이 붙어 있는 신선한 나뭇가지였다.

"오늘 신의 은총에 따라 이 자리에서 기사가 되는 영광을 입을 자는 위로 올라오라."

근엄하고 명징한 목소리에 수군거림과 웅성거림이 뚝 멎었다. 안네그레트는 매끈하게 닦고 기름칠한 갑옷을 우아하게 움직여 제단에 올랐다. 그녀의 경쾌한 발걸음은 많은 귀족 청년을 한숨 쉬게 했다. 오늘 참관하는 청년들 중 적지 않은 수가 이미 그녀를 레이디로 모시고 있었다.

"네가 모시는 하늘과 땅과 온 세상의 주인 앞에 무릎을 꿇어라."

아벨타의 말에 따라 안네그레트는 먼저 성수가 있는 방향으로 무릎을 꿇었다. 아벨타는 성수로 적신 아몬드나무 가지를 가볍게 들어 그녀의 머리에 얹었다. 흰 꽃 몇 송이가 그녀의 검은 머리에 내려앉았다.

"네 주인이 누구냐? 너를 이 자리에 있게 한 하늘과 땅과 온 세상의 주인이 누구냐?"

안네그레트는 이미 연습한 바에 따라 담담한 목소리로 고백했다.

"하늘과 땅과 온 세상을 다스리시는 우리 주님, 우리가 모시는 신께서 제 주인이시며 앞으로 제가 행할 기사도가 또한 그분이 다스리시는 바임을 믿습니다."

아벨타는 나뭇가지를 옮겨 그녀의 등과 어깨를 축복했다.

"너의 고백이 가하고 또한 아름다우니 신의 영광이 너와 함께 하실 것이다."

나뭇가지가 머금고 있던 물이 안네그레트의 머리칼과 망토를 적셨다. 아벨타는 다음 순서로 그가 해야 할 말을 했다.

"이제 네가 모시는 이 땅의 군주 앞에 무릎을 꿇어라. 너에게 기사도를 가르친 자, 너를 어버이와 같은 마음으로 길러준 자가 누구냐?"

오늘 기사 서임을 받는 사람이 그 주군보다 나이가 많다는 사실을 모두가 알고 있었으므로 언뜻 마지막 표현은 어색하게도 들렸다. 그러나 기사 서임식 때마다 이용되는 관용구에 의문을 갖는 기색이라고는 전혀 없이 오늘의 주인공은 루트비히 태자의 앞에 무릎 꿇었다.

루트비히는 천천히 물었다.

"내 앞에 있는 너, 나의 종자야. 어제까지 네가 모시던 주인으로서 묻겠다. 앞으로 설령 천사의 앞이라 하더라도 당당하게 네가 기사의 예를 지켰다 말할 수 있겠느냐?"

안네그레트는 밤처럼 솔직한 눈으로 대답했다.

"예."

기사 서임식을 셀 수 없이 봐온 사람들조차 그 목소리에 왠지 가슴 속이 뜨거워지는 것을 느꼈다. 저술가들은 바쁘게 본인이 받은 인상을 새겼다.

루트비히는 따뜻한 눈으로 자신의 사랑하는 종자이자 같은 기사를 바라보았다.

"기사도의 일곱 가지 예를 배우기 게을리하지 아니하고 또한 힘써 실천한 자야. 네가 어렵고 긴 종자의 의무를 마치고 한 명의 독립된 자가 되었음을 선언한다. 너는 더 이상 아무도 아닌 자가 아니다. 너의 신분과 너의 계보와 너의 문장을 가질 권한을 돌려

주고 또한 황실의 문장을 더해 사용할 권리를 내리니 가서 자유로이 너의 정의를 실천하라."

오늘 서임식을 치르기로 한 궁정 안뜰의 아몬드나무가 눈부신 흰 꽃을 소리 없이 계속 떨어뜨렸다. 안네그레트는 아직 꽃과 물로 장식된 아름다운 머리를 들었다.

"정의롭고 또한 관대하신 주군, 주군이 내리시는 칭찬이 과분하여 몸 둘 바를 모르겠습니다. 부족한 저에게 기사의 자격을 내리시니 감사하게 신의 뜻을 실천하겠습니다. 또한 현명하시고 정의로우신 당신의 뜻에 따라 살고자 하오니 이 몸을 받아주십시오."

안네그레트 바이언트가 루트비히 태자에게 충성 맹세를 하리라는 소문은 이미 오래 전부터 퍼져 있었다. 약혼자 관계이니 어차피 다른 주군을 모시기에도 껄끄러울 것이라고, 가장 까다롭고 의심 많은 사람들도 납득하고 있었다.

안네그레트의 검은 눈은 무척 아름답고 총명했다. 그녀가 충성을 맹세한 주군은 칼을 칼집째 들어 그녀의 양어깨를 축복하고 몸을 숙여 그 이마에 키스했다.

"너의 말이 내게 기쁨을 주고 또한 어려운 책임을 안기는구나. 네 충성을 받아들이니 이제 내게 키스해 다오."

오늘의 서임식을 그림으로 남기고자 열심히 펜을 놀리던 화가들은 안네그레트가 일어나 그녀의 주군에게 키스하자 속으로 환성을 질렀다. 그녀는 곧 예법대로 주군의 반지에도 입을 맞췄다.

"부족한 몸을 받아주시니 이 목숨이 다할 때까지 주군의 말씀을 따르겠습니다. 태자 전하 만세."

태자 전하 만세! 그 자리의 모두가 입을 모아 말했다.

안네그레트 경은 기쁘게 눈을 감았다. 산들바람이 불고, 꽃이 만개하고, 즐거운 음악이 흐르고, 햇볕이 만물을 비추는.

좋은 날이었다.

습관 2
절대로 서두르지 말라

색색의 깃발과 꽃으로 장식된 홀 한가운데에는 지나가는 누구나 눈을 빼앗길 만큼 아름다운 태피스트리가 걸려 있었다.

태피스트리 중앙에서 좌중을 내려다보는 검은 머리의 기사는 황실의 문장과 다른 몇 가지의 문장이 번갈아 가며 수놓인 서코트를 은빛 갑옷 위에 걸치고 몇 자루나 되는 훌륭한 검을 지닌 모습이었다. 위엄과 예리함이 느껴지는 그 눈빛을 보면 아무도 기사의 실력과 인품을 의심할 수 없었다.

그 태피스트리 아래로 열린 문을 통해 오늘은 유독 많은 사람이 분주하게 출입했다.

"집사님! 집사님께서는 어디 계시지요?"

"귀부인들을 위한 융단의 여분은 어디에 있나요? 경, 그쪽의 도끼를 옮겨주셨으면 한다고 아까도 말씀드렸는데요!"

"예, 죄송합니다!"

오늘은 이 나라의 2인자, 부신의 후계자이며 아드라펠라네의 백작인 태자 루트비히의 결혼식 날이었다. 오랫동안 결혼하지 않고 기다린 것은 완벽한 신부를 맞기 위해서였다는 주위의 평가가 빗발칠 정도로 상대 또한 훌륭한 출신이었다. 저 전설의 기사 루젤 바이언트와 산맥 너머의 공주 유나 정의 딸이라니, 그야말로 사교계 최고의 신붓감이라고 모두가 입을 모았다.

때문에 이 결혼식을 보기 위해 제국 곳곳의 귀족들은 물론 이웃 국가의 연고 있는 이들이 속속 모여들어 황궁은 무척 소란스러웠다. 삼 일 동안 이어지는 거대한 파티, 이어지는 나흘 동안 친척 및 친구들끼리만 모이는 피로연, 그리고 그 후로는 기약 없이 산발적으로 열릴 축하 모임을 대비하느라 일꾼을 세 배로 고용했을 정도였다.

저 앞뜰로 말을 달려 온 하인이 급히 외쳤다.

"태자 전하가 나오십니다!"

벌써? 하인들은 패닉에 빠졌다. 발소리가 더 분주해지고 서로에게 부딪치는 가운데 꽃장식을 감독하는 여성―그녀가 지금 있는 사람들 중에서는 가장 고참이었다―이 소리쳤다.

"양초! 아직 세팅 안 끝난 거 전부 치워요! 이따 예식 중에 놓으면 되니까!"

일꾼들은 하던 것을 놓고 당장 주변에 굴러다니는 초를 주워 치우기 시작했다. 그때 태자궁 기사인 키르시 경이 헛기침을 하며 등장했다.

"태자 전하가 바로 나오실 테니 어서 정리하게."

얼마 전에 서임을 받은 키르시 헤크볼트는 그리 좋은 가문 출신이 아니었지만 태자의 신뢰를 받고 있었다. 일꾼들은 기사이자 귀족인 그에게 고개를 숙이고 얼른 주위를 보기 좋게 정리했다.

막 바닥에 늘어진 장식 기둥에 리본을 감아 마감하자마자 태자 루트비히가 2층 계단을 통해 내려왔다.

신랑이 오늘의 결혼식을 얼마나 기대해 왔는지 모르는 사람은 황도 전체를 뒤져 보아도 없을 것이다. 만족스러운 미소를 지은 루트비히를 보고 일꾼들은 몰래 흐뭇해했다. 하긴 오래도 기다렸다. 보통 어릴 때 혼약이 정해지는 다른 왕족들과 달리 그는 스물이 한참 넘어서야 겨우 결혼하는 것이다. 그것도 저 최강의 기사와.

신부가 바로 두 달 전에 데이하르츠 가에서 연 마상 창 대회에서 우승했다는 사실은 아마 외국에서도 알 터였다. 전설의 기사의 딸이라더니 저번 전쟁에서도, 저저번 전쟁에서도 약혼자와 함께 전장에 나가 적을 물리치고 큰 공을 세웠다던가. 그 기념으로 제작한 태피스트리가 지금도 저렇게 홀에 걸려 있었다.

한껏 행복한 얼굴로 걷는 신랑은 금실로 수놓은 흰 재킷과 바지, 그리고 푸른 망토를 입고 있었다. 큰 에메랄드와 토파즈를 사용한 소관diadem과 목걸이는 황실의 오래된 패물을 해체해 새로 만든 것이었는데 그에게 눈부실 정도로 잘 어울렸다. 그의 뒤를 따르는 수행원들도 모두 푸른 계열의 옷을 입고 그 위에 황실의 문장이 그려진 조끼를 덧입어 화사했다.

넓고 천장이 높은 황궁의 홀로 햇살이 쏟아져 들어왔다. 재킷의 금실과 소관의 보석이 찬란하게 반짝이며 무지갯빛으로 홀의 바닥을 비쳤다. 사방이 조용해져 일꾼들은 하던 일을 전부 멈추고 모자를 벗어 손에 들었다.

"마차가 기다리고 있습니다, 전하."

홀의 활짝 열린 문 앞에서 기다리고 있던 키르시 경은 벌쭉 웃으며 주인에게 허리를 숙였다. 루트비히는 빙긋 미소 지었다.

"내 약혼자는?"

"출발하셨다고 합니다."

신부의 가족이 소유한 황도 내 별장이 있었으므로 신부 측 준비는 해당 저택 내에서 진행되고 있었다. 전통적으로 황실 가족 및 고위 귀족들이 여러 예식을 치르는 아름다운 신전까지는 물론 황궁이 더 가까웠지만, 어서 출발하는 게 좋을 것이다. 신랑이 신부보다 늦게 도착하는 것은 체면이 상하는 일이니까.

물론 신랑 자신도 한시도 더 기다릴 수 없었다.

"그러면 가지."

이미 문 앞에는 여섯 마리의 명마를 보석과 헝겊으로 장식해 매달아둔 황실의 마차가 기다리고 있었다. 바큇살 하나하나에도 사자의 발 모양이 조각된 예술품이었다. 훌륭한 겉옷을 입고 황실의 문장을 오늘만큼은 허락받아 지닌 청년들이 태자의 모습에 무릎 꿇었다. 그들은 신랑의 앞뒤로 다른 마차를 탈 들러리로 고귀한 가문의 청년들이었다.

"일어나라."

하나같이 잘생긴 청년들은 미소 짓고 일어섰다. 루트비히는 그들의 사이를 지나쳐 자신이 탈 마차에 올랐다. 하늘은 더할 나위 없이 맑고 방창한 늦봄에 흐드러지게 핀 꽃이 밤하늘의 별처럼 무수히 빛났다.

"이랴!"

신랑의 마차가 출발했다.

"언니, 나중에 꼭 이거 나 줘야 돼?"

언니가 입은 푸른 혼례복을 이리 보고 저리 보며 페밀라미르는 다짐했다. 오늘의 신부는 결국 쓴웃음을 지었다.

"네가 보채지 않아도 줄 테니 걱정 말렴. 하지만 이 옷을 입으려면 우리 페밀라가 어서 어른이 되어야 할 텐데?"

"나도 인제 애기 아니고 언니니까 입을 수 있어!"

시피에트가 율리아에게 속삭여 물었다.

"페밀라한테 여동생이 있었나?"

"아니, 그냥 나이 한 살 더 먹었다고 저러지."

율리아의 대답은 명쾌했다. 본인도 몇 달 후면 아이를 낳게 될 시피에트는 신기해하며 페밀라미르의 건강하고 야심찬 얼굴을 보았다. 율리아는 능숙하게 페밀라미르에게 물었다.

"언니 드레스 입을 수 있어? 저거 결혼할 때 입는 옷인데?"

바이언트 가문에 전해 내려온 푸른 드레스는 유행을 들먹이기도 민망할 정도로 오래된 물건으로, 입던 사람들이 하나씩 더한 변형을 벗겨보면 의류사적으로 연구할 가치가 있을 정도였다. 이번에 안네그레트가 입기 위해 치맛단을 늘리고 풍성한 천을 덧대 장식한 덕분에 지금은 꼭 새파란 장미처럼 보였다.

"응!"

페밀라미르는 자신 있게 가슴을 펴고 대답했다. 시피에트가 눈웃음을 지으며 물었다.

"누구하고 결혼할 거야?"

"착한 왕자님. 인제 언니니까 착한 왕자님이랑 결혼할 수 있어어."

이번 대답도 주저 없이 나왔다. 귀띔받은 바가 있었던 시피에트와 율리아는 무심코 알브레히트를 쳐다보았다. 알브레히트는 민망한 듯 고개를 돌렸다.

"펨."

풍성한 치마를 입은 사람들이 계속 들락거리느라 활짝 열려 있던 문 사이로 순하게 생긴 남자아이가 얼굴을 내밀었다. 페밀라미르는 오늘 본인이 차려입은 예쁜 연두색 드레스 자락이 잘 펴지도록 빙글 돌았다. 그리고 턱을 들고 대답했다.

"왜, 포르?"

포르베난은 페밀라미르에게 달려가 귓속말을 했다. 그러나 그 목소리는 주위에 소리치는 것처럼 잘 들렸다.

"왕자님 있어. 왕자님 보러 가자."

"진짜?"

페밀라미르는 당장 포르베난을 따라 방에서 쪼르르 나갔다. 물론 이번 결혼식에 참석하기 위해 각국의 많은 왕족이 모여 있었으므로, 이 시기에 '왕자'라면 황도에서 제법 흔한 축에 속했다. 안네그레트는 쓴웃음을 짓고 거울을 보았다.

어머니가 결혼할 때 입었던 푸른 드레스의 가슴팍으로 오닉스와 블랙 오팔이 번갈아 가며 박힌 호화로운 목걸이가 늘어졌다. 향기로운 진짜 오렌지꽃과 보석으로 만든 찬란한 오렌지꽃이 검은 머리칼을 틀어 올려 장식했고 귀에는 눈과 꼭 같은 새까만 장식이 달려 반짝였다. 평소의 자신과 너무 달라 놀랄 정도였지만 대단히 아름다운 모습이었다.

"긴장되니?"

시피에트가 빙긋 웃으며 물었다. 안네그레트는 다시 쓴웃음을 지었다.

"조금."

"전장에서는 긴장하지 않으면서."

"전장에서는 내가 할 일이 분명하니까."

"결혼식에선?"

"그래, 결혼식에서도 내가 할 일은 분명하구나. 다만 익숙하지가 않아."

율리아는 안네그레트의 머리칼에서 떨어지려고 하는 오렌지꽃을 다시 쑥 꽂아 고정하며 속삭였다.

"결혼식이 익숙하면 안 되지. 빌텐바룽 공작님이 아닌 이상에야."

빌텐바룽 공작은 본인 기준으로는 상당히 긴 싱글 생활을 실컷 즐기다가 최근에 새 애인을 사귀어 화려한 염문을 뿌리고 있었다. 시피에트는 어쩌면 율리아가 자기 미래를 그녀에게서 보는 게 아닌가 의심하고 있었지만 직접적으로 물을 수 없었다. 얼마전 정식으로 궁정자작이 된 테다인 하쉬겐스타트가 그녀에게 노골적으로 접근하고 있는데도 태도가 싸늘한 걸 보면 어쩌면 율리아는 본인의 장래를 주위 생각보다 훨씬 염세적으로 보고 있었던 것이 아닐까.

"고마워, 율리."

안네그레트는 단단히 고정되어 향기를 뿜는 흰 오렌지꽃을 거울 너머로 이리저리 보고 나서 웃으며 감사했다. 율리아는 한숨을 쉬고 안네그레트를 조심스레 끌어안았다.

"너희가 다 나를 두고 결혼을 하는구나. 이제 누가 나랑 놀아주나?"

"저번 주에도 놀았잖아."

시피에트가 새침하게 말했다. 율리아는 입술을 비죽거렸다.

"결혼한 다음에는 다르지. 아아, 나도 세계 여행이나 할까 봐."

"어머, 혼자서요?"

오늘 들러리를 서기로 한 아가씨 중 한 명이 눈을 동그랗게 뜨며 물었다. 율리아는 우아하게 어깨를 으쓱했다.

"게오르츠 백작 부인처럼 산맥이라도 넘을 수 있을지 누가 알겠어요? 잠깐, 안니카. 그렇게 진지한 얼굴 하지 말고."

율리아가 저 북쪽의 산맥을 넘을 수 있을지 진심으로 그 가능성을 따져 보던 안네그레트는 눈을 깜박였다. 화장을 도와주던 시녀가 후후 웃었다.

"아씨가 그렇게 눈 깜박이시는 건 마님하고 꼭 **빼닮으셨네요**."

"그래?"

안네그레트는 슬쩍 웃었다. 어머니와 아버지는 지금 하객들에게 한창 인사를 받느라 바빴지만 짬이 날 때마다 이쪽을 들여다보고 있었다.

"남작님, 마차가 준비되었습니다."

"알았다."

신전에서 보낸 하인의 말에 안네그레트는 치맛자락을 추스르고 빠진 것이 없는지 돌아보았다. 하늘색 드레스를 매만진 율리아가 웃으며 속삭였다.

"페밀라를 데려올게."

황제의 딸이자 유서 깊고 명예로운 하슐레타 가문과 혼인 관계를 맺은 드란힐트 황녀는 결혼식이 치러질 신전 앞마당에 앉아 주위를 심드렁하게 쳐다보았다. 그 옆에 앉아 있던 귀부인들은 각자 오늘의 결혼식에 대한 평을 속삭였다.

남작이 화려한 행사를 별로 좋아하지 않는다던데 그런 것치고는 행사가 사치스럽지 않나요? 역시 평소 사교계에 얼굴을 잘 드러내지 않았으니까, 이럴 때라도 위엄을 보이려고 이렇게⋯⋯. 어머나, 부인. 소식이 느리시네요. 오늘의 식을 감독한 건 황실 쪽이에요. 태자 전하께서 신부를 맞이하려고 안달을 하시면서 모든 걸 최고급품으로 준비하도록 명령을 내리셨대요. 저 7년의 문을 현대적으로 다시 지어 신부에게 선물한다는 게 정말인가요? 오늘 결혼식에 쓰이는 모든 잔이 수정으로 만들어졌다는 게 정말인가요? 신부의 머리칼에 장식할 오렌지 꽃을 만드느라 황실의 보물고가 텅텅 비었다는 게 정말인가요? 운운.

드란힐트는 증언을 요구하는 시선이 자신에게 쏟아지는 것을 충분히 느끼고 있었지만 이야깃거리를 제공할 생각이 없었다. 그녀는 저 윗자리에 앉은 황제 부부를 흘긋 보고 입을 꽉 다물었다. 귀부인들은 기가 죽어 목소리를 낮췄다.

곧 경쾌한 음악이 들렸다. 신전 앞마당에 앉을 자리를 얻은 사람들도, 먼발치에서나마 이 결혼식을 구경하고자 뒤에 서 있던 사람들도 동시에 신전으로 들어오는 길을 주목했다. 새하얀 뭉게구름과 온 천지를 장식한 꽃덤불 사이로 파란 마차가 도착했다. 황실의 문장과 쌍두 독수리가 장식된 신랑의 행차였다.

대신관은 제단 앞에서 엄숙한 표정을 지었고 귀족 출신의 수련 신관들은 우아하게 다가가 마차의 문을 열었다. 곧이어 도착한 다른 마차들의 문도 차례로 열렸다.

평소에는 시니컬한 태자 루트비히의 노골적으로 행복한 얼굴을 보고 이번에는 다른 의미로 폭풍 같은 속삭임이 지나갔다. 요 몇 년 간 황도에 있었던 사람들은 그러려니 하며 쿡쿡 웃었지만 사교계의 소식에 느린 인사들은 상당한 충격을 받기도 했다. 특히 신부의 소문이 당연히 과장일 거라고 믿었던 사람들은 서로의 눈을 보았다. 더할 나위 없는 미인에 신앙심이 깊고 부자이며 적 앞에서 물러서지 않는 장군이라니 말도 안 된다고 생각했는데, 어떻게 저 태자가 저런 얼굴을 한단 말인가? 신부가 정말로 어떤 사람이기에? 기사로서의 의무를 중시하느라 약혼 기간을 몇 년이나 끌었다는 소문까지도 그러면 사실일까?

태자의 뒤를 따르는 미혼의 귀족 및 왕족 청년들은 각자 근사한 예복을 입고 거리를 맞추어 걸었다. 아직 미혼인 여성이거나 미혼의 딸을 둔 부모들은 눈을 반짝이며 그 청년들을 관찰했다. 태자는 오늘 결혼해 누군가의 것이 되지만 오늘 저렇게 들러리를 서는 청년들은 집안과 인맥이 모두 보장된 좋은 남편감 후보였다.

마차를 타고 도착한 청년들은 모두 신전 앞마당에 전통에 따라 줄지어 섰다. 마침 다시 악사들이 음악을 연주하며 신부 쪽 행렬의 도착을 알렸다.

바이언트 가의 문장 및 조그만 쌍두 독수리의 문장으로 장식된 아름다운 마차의 문이 열렸다. 호기심에 가득 찬 좌중의 시선이 곧 놀라움으로 고정되었다. 사교계 최고의 미녀라는 소문은 거짓이 아니었다. 큰 전공을 거두는 장군이면서 부유하고 아름답고 고상하다니, 누구의 세상이 이토록 불공평한가?

밤처럼 새까만 머리에 꽂은 새하얀 오렌지 꽃은 멀리까지 향기를 뿜었고, 전통적인 푸른색 드레스는 오늘날의 하늘처럼 맑았다. 수많은 이목이 쏟아지는 길을 따라 당당하게 걷는 허리는 곧았고 눈은 번개가 치는 듯 반짝였다. 안네그레트를 일찍부터 사모해 온 이들과 이 순간 그녀를 사모하게 된 이들이 구름 같은 한숨을 쉬었다.

신부를 뒤따르던 마차에서는 곧 귀엽게 단장한 남녀 어린아이 한 쌍이 내렸다. 복장을 보아하니 그들 또한 들러리 역할을 하는 모양이었다. 신부 집안에 대해 잘 아는 이들은 아이들이 신부의 동생이자 게오르츠 백작 부부의 쌍둥이 자식이라는 사실을 금방 알아보았다.

쌍둥이는 멋진 복장을 하고 신부의 앞에 나서 꽃을 뿌리며 걸었다. 그 뒤로 다시 다른 마차에서 한 명씩 푸른 계열로 치장한 미혼의 귀부인들이 내렸다. 그 안에는 저 유명한 율리아 피츠콜도 끼어 있어 자리가 더욱 빛났다.

오늘의 결혼식을 그림으로 기록하기 위해 스케치하던 화가들은 쌍쌍이 짝을 짓는 들러리들의 명단을 잊지 않고 기억했다. 호화로운 하객 명단은 이미 쪽지에 잔뜩 갈긴 글씨로 쓰여 있었다. 황제 부부, 하슐레타 백작 부부, 바이언트 백작 부부, 피츠콜 일가, 데이하르츠 형제, 내무대신 부부, 카르가링겐 후작 부부, 로당의 사절 내외, 엑세르테 공국의 사절 내외…….

다섯 쌍의 들러리 앞에서 신랑과 신부가 마침내 마주 보고 미소 지었다. 엇흠, 하고 대신관이 헛기침을 했다. 견습 신관이 아몬드나무 가지를 들자 하객들은 예외 없이 모두 일어서 눈을 감았다.

아아, 여름이여, 푸른 가지여
신이 만드신 우리 세상의 정수이어라
우리 사랑하는 것이 이와 같으니

목소리가 고운 신관들이 모여 부른 찬양은 수정으로 만든 방울 소리처럼 맑고 신성했다. 신랑 신부는 고운 장식 천이 만들어 내는 반투명한 그늘에서 한숨을 쉬었다. 두 젊은이의 근사한 모습에 시기심이 든 사람들은 뭔가 불평할 거리를 찾으려 애썼지만 소용없었다. 집안으로 보나 격식으로 보나 어디 한군데 부족한 곳이 없는 세기의 결혼식이다. 보다 양식 없는 인사는 신부의 외가에 대한 악의적인 소문을 쑥덕거렸지만 그 또한 큰 소리로 나오지는 않았다. 아무튼 황실이 보증한 신분이 아닌가?

찬송이 끝나자 대신관은 식을 집전하기 시작했다. 천천히 눈을 감는 사랑하는 한 쌍의 모습은 산들바람을 타고, 꽃향기처럼 부드럽게 모든 사람의 뇌리에 남았다.

결혼식이 끝나자 자격 있는 모든 사람은 은근히 서로의 눈치를 보며 삼삼오오 친척끼리 모여 이동했다. 태자에게 속한 기사들 중에도 몇몇은 자취를 감추어 모습이 보이지 않았다. 돈과 지위가 없는 사람들은 자신의 빈한함을 한탄하면서도 열심히 황궁으로 달려갔다. 그나마 궁 바깥에서라도 안이 들여다보이는 위치를 먼저 차지하는 것이 관건이었다.

이윽고 오색의 깔개와 천막, 그리고 깃발로 장식한 뜰에 각 가문의 내로라하는 기사들이 입장했다.

신전에서 축복하는 결혼을 기념하며 신전이 싫어하는 마상 창대회를 연다는 것은 어떤 도덕가들에게는 우습게 비추어졌지만, 그 화사한 모습에 대부분의 구경꾼은 기뻐하며 입을 모았다. 저

것 좀 봐, 데이하르츠 가의 기사들이야. 루브 데이하르츠 공은 작년의 전쟁에서 태자비 전하와 함께 큰 공을 세우셨다지? 발트 이레 경은 무릎에 부상을 입었다더니 이제 괜찮은 모양이군. 지르날 출신의 프롱드 경이 이번에는 참가하네. 저거 카르가링겐 후작가의 기사들 아니야?

기사들과 그 종자들은 각자의 사정에 맞춰 말을 타기도 하고 문장이 새겨진 덧옷을 입거나 투구에 가문을 상징하는 조각을 달아 행진했다. 특히 위세 있는 가문은 눈부시게 찬란한 서코트를 잔뜩 맞추어 모든 구성원에게 입혀놓아서 모르는 사람이 보기에도 장관이었다. 순백의 서코트에 금실로 상징물을 수놓아 입은 기사도, 거대한 창에 청동으로 만든 장식을 단 기사도, 정수리에 거대한 사슴뿔을 단 투구를 쓴 기사도 박수갈채를 받았다.

어느 정도 중요한 가문의 기사들이 푸른 뜰에 입장하자 이번에는 화사한 여름옷을 입은 귀부인들이 황실 가족들을 따라 등장했다. 황제와 황후는 아까 결혼식에 참석했을 때보다 덜 근엄하고 더 파티에 어울리는 옷을 입고 있었고 그 뒤를 따르는 태자도 마찬가지였다. 태자의 옆을 걷는 여자, 오늘 새로 태자비가 된 사람이자 저 유명한 안네그레트 폰 라이헤르타를 보기 위해 사람들의 머리가 오르락내리락했다.

어라? 이상한 일이었다. 태자의 옆에 있는 여자는 검은 머리에 검은 눈을 한 미녀이기는 했지만 아까 결혼식 때의 신부와 얼굴도 몸집도 달랐다. 바이언트 가에 대해 아는 귀족들은 그녀가 신부의 어머니인 게오르츠 백작 부인이라는 것을 금세 깨닫고 고개를 갸웃했다. 신부는 어디 가고 신부의 어머니가 신랑의 에스코트를 받고 있는 것일까?

그때 사람들의 탄성이 터졌다.

"바이언트 가의 기사들이다!"

황도에는 얼굴을 잘 비추지 않는 전설의 기사 루젤 바이언트와 그의 기사들을 보기 위해 사람들은 한껏 발돋움을 했다.

선두에 선 검은 머리의 기사는 깊고 푸른 눈을 반짝이며 진중하게 말을 몰았다. 장식보다는 실용성을 중시하는 그의 성품은 그 자신은 물론이거니와 뒤따르는 모든 기사와 종자에게도 본이 되는 덕목인 모양이었다. 차갑고 묵직한 빛을 내는 수십 벌의 갑옷이 각자가 선호하는 쓸모에 따른 모양으로 갖춰져 삼엄하게 움직였고 시합용의 날 없는 무기에도 어딘가 오싹한 분위기가 감돌았다.

루젤 바이언트를 따르는 기사들은 전부 바이언트 가의 문장을 서코트나 방패, 장식 망토의 형태로 몸에 지니고 있었는데, 이목은 곧 그 가운데서 가장 영광으로 빛나는 한 기사에게 모였다. 태자비 안네그레트 경은 이번 마상 창 시합의 레이디로 자리를 지키지 않고 기사의 갑주를 입고 있었던 것이다.

이 소식은 곧 먼저 입장한 다른 기사들에게도 퍼졌다. 태자비가 대회에 참전한다는 소식을 미리 알았다는 눈치는 그 어느 진영에서도 보이지 않았다. 황실 사람들과 귀부인들을 위해 마련한 화려한 천막 아래서 황후를 비롯한 여러 귀부인도 기묘한 표정을 지었다. 다만 태자비와 원래부터 가까운 몇몇과 함께 하슐레타 백작 부인이 빙긋 웃었을 뿐이었다.

안네그레트 경은 투구를 옆구리에 끼고 자신의 애마에 올라타 곧은 자세로 앞을 보았다. 그 시선은 망설임 없이 곧았고 신부의 보다 전통적이고 내향적인 감상은 느껴지지 않았다. 그야말로 관록 있는 기사의 모습이었다.

오늘 황가에 시집온 여성이 친정의 기사들과 함께 입장했다는 것에 불만을 느끼는, 트집 잡기 좋아하는 자들은 심심할 때마다 흉볼 인사의 목록에 태자비를 적어 넣었다. 그러나 정작 태자 루트비히 본인은 신부가 입장하자 마치 예식 때처럼 빙긋 웃으며 기쁜 얼굴을 했다. 그 옆에 앉은 유나 바이언트 또한 대단히 우아하고 품위 있는 미소를 지었다. 다시 그 옆을 차지한 바이언트 가의 세 자녀는 눈을 반짝이며 허리를 곧게 폈다.

레이디 투셀린은 경악을 금치 못하고 하슐레타 백작 부인 드란힐트에게 물었다.

"백작 부인, 태자비께서 오늘 시합에 출전하시는 건가요?"

드란힐트는 눈썹을 들며 픽 웃었다.

"그런 것 같지 않나요?"

"세상에, 아무리 그래도, 오늘 결혼한 신부가 저런 곳에 나가는 건 너무하지 않나요?"

"왜요? 안 될 이유가 있나요?"

그 자리에 있는 사람들은 드란힐트가 즐거워하고 있다는 사실을 재빨리 감지했다. 아마 사람들이 당황한 모습에 재미를 느낀 것이리라. 레이디 투셀린은 얼른 마상 창 시합을 좋아하는 걸로 유명한 귀부인에게 말머리를 돌렸다.

"어떤가요? 결혼한 여자가 친정의 문장을 달고 마상 창 시합에 참전할 수 있나요?"

마상 창 시합을 좋아하는 귀부인은 안타깝게도 드란힐트와 비슷한 표정을 짓고 있었다. 그녀는 마상 창 시합의 계보에 재미있는 일화가 또 더해졌다는 사실에 기뻐하며 상세히 대답했다.

"그럼요. 결혼했다고 몸에 흐르는 피가 사라지는 건 아니잖아요. 데릴사위로 들어간 남자가 친형을 대리해 자기 결혼 전 성으로 시합에 출전한 기록도 있답니다."

"그래도 오늘 결혼한 신부고 방금 신관님 앞에서 맹세를 하고 나왔는데, 언제 다칠지도 모르는 이런 피 튀기는 시합에 나서는 건 한동안 자제해야 하지 않나요?"

"그건 본인이 원하면 따를 사항이지, 마상 창 시합의 규정은 아니잖아요. 그리고 본인의 결혼식을 기념해 열린 마상 창 시합에 나가는 남자 기사분들은 아주 많아요."

사실이 그랬다. 게다가 안네그레트 경이 몸에 걸친 문장은 그녀가 평소 사용하는 것이 아니라 완전히 바이언트 가의 것이었다. 레이디 아를레마네가 부채로 입을 가리며 동정심 어린 어조로 말했다.

"완전한 바이언트 가의 문장을 사용하는 것도 오늘까지일 텐데 너무 그렇게들 보지 마셔요. 게다가 태자비께선 이미 다섯 군데의 마상 창 시합에서 우승을 거두신 전적이 있지 않나요? 저는 기대되는걸요."

규정이 어쨌든 불평하고 싶은 사람들은 있었지만, 절대다수에게 바이언트 가의 모든 기사들은 이 자리가 떠나갈 듯한 찬사를 받으며 입장을 마쳤다.

한제 반 차임과 키르시 헤크볼트의 긴박감 넘치는 시합이 끝난 뒤 좌중이 손꼽아 기다리던 순간이 왔다.

"바이언트 가의 문장이다!"

아까의 인상 깊은 행차 덕분에 지금 관객 중 바이언트 가의 문장을 모르는 사람은 없었다. 누군가의 외침대로 바이언트 가의 기사 한 명이 투구를 쓴 상태로 나와 종자 몇 명에게 도움을 받아 채비했다. 반대편에 나온 기사는 눈을 가늘게 떴다.

사회를 맡은 시종이 우렁차게 소리쳤다.

"포르츠 가의 데이안 경, 그리고 바이언트 가의 이름 없는 기사입니다!"

이름 없는 기사? 살아 있는 전설로 회자되는 바이언트 가의 여러 기사 중 누가 투구 아래 투지를 불태우고 있을까, 어쩌면 루젤 바이언트 백작이 아닐까 기대하며 숙덕이던 사람들이 웅성거렸다. 포르츠 가의 데이안 경은 인상을 썼다. 곧 그의 귓속말을 들은 종자가 달려가 사회자 앞에서 외쳤다.

"명예로운 시합에서 정체를 감추는 것은 겁쟁이나 하는 행동입니다! 저의 주인님은 단호하게 항의하고자 하십니다!"

사회자는 당황한 얼굴로 무심코 태자를 보았다. '정체를 감추고 결투한 적이 있는' 태자는 쓴웃음을 지었고 사회자의 눈길을 따라가 본 데이안 경은 낭패한 모습이었다. 오늘의 신랑이 신부와 어떤 식으로 결투했는지는 어쩌면 산맥 너머까지도 퍼져 있을 것이다.

잠시 후 하쉬겐스타트 백작의 손짓에 따라 사회자는 주최자의 입장을 전했다.

"물론 모든 참가자의 4대 조상까지가 귀족일 것임을 요구한 규정에 따라, 주최측에는 마지막 한 분까지의 성명이 보관되어 있습니다. 포르츠 가의 데이안 경은 결코 자격 없는 부랑자와 솜씨를 겨루시는 것이 아님을 보장합니다."

데이안 경은 혀를 찼고 종자를 손짓으로 불러들였다. 그리고 부리나케 진영으로 달려오는 종자 옆으로 가볍게 말을 몰며 투구를 착용했다. 두 참가자 각각이 출발선에 서자 깃발수가 깃발을 훌쩍 내렸다. 파란 하늘 아래로 금빛 수가 번쩍이는 황실의 깃발이 펄럭였다.

와아아. 뜨거운 환호를 받으며 양 기사가 점점 가까워졌다. 끝을 뭉툭하게 만든 거대한 랜스가 평행을 이루며 질주했다. 구경꾼들은 점차 숨을 죽였다. 힘센 말 두 마리가 땅을 짓치는 소리가 심장박동처럼 울렸다.

퍽! 데이안 경의 랜스는 허망하게 빗나갔고 바이언트 가의 기사가 든 랜스는 데이안 경의 팔을 스쳤다. 자세를 흐트러뜨리지 않고 펜스 끝까지 달려간 데이안 경은 적대적인 기세로 말머리를 돌렸다. 종자들이 다가와 데이안 경을 살피려 했지만 그는 손을 저어 종자들을 뿌리쳤다. 관객들에게도 그의 목소리가 들렸다.

"됐다, 별것 아니다!"

그즈음 관객들은 저 기사가 안네그레트 경이 아니겠냐는 식으로 입을 모으고 있었다. 그렇지 않다면 누가 얼굴을 가리겠는가? 아니, 하지만 안네그레트 경이'라면', 그렇다면 '왜' 얼굴을 가린단 말인가? 어떤 정치적인 의미가 있을까? 신앙적인 의미가 있을까? 또는 미담이 될 만한 무엇이라도?

관객들이 궁금해하는 사이 두 기사는 다시 맞부딪쳤고 바이언트 가의 기사의 창은 데이안 경을 말에서 떨어뜨렸다.

와아아. 좌우지간 구경거리를 보았으므로 관객들은 열과 성을 다해 환호해 승리자를 칭찬하고 패배자를 위로했다. 데이안 경은 종자들의 도움을 받아 일어나서 투구를 벗었다.

"승리자! 승리자!"

"안네그레트 경 만세!"

쏟아지는 환호 속에서 데이안 경은 퇴장했고 바이언트 가의 기사는 귀부인들이 있는 곳을 향해 고개를 숙였다. 그가 가슴에 손을 대자 시종이 꽃을 가져다 레이디 페밀라미르 바이언트, 안네그레트 경의 동생에게 바쳤다.

아름다운 장면이었다. 관객들은 안네그레트 경이 이름 없는 기사라는 가당찮은 칭호로 출전한 것이 어떤 목적에서건 오늘의 이이야기는 미담이 될 것이라고 결론을 내리고 박수를 보냈다. 레이디 페밀라미르는 꽃의 향기를 맡아본 뒤 귀여운 손바닥에 뽀뽀를 담아 바이언트 가의 기사에게 보냈다. 바이언트 가의 기사는 그 뽀뽀를 받아 자신의 가슴에 담는 척했다.

귀여운 모습에 많은 사람이 미소를 지었지만 이제 태자비건 태자건 퇴장할 시간이었다. 아직 각 기사들이 토너먼트의 1차전을 치르는 중이니 다음 조가 들어와 시합을 해야만 했다. 바이언트 가의 기사는 말을 타고 퇴장했고 다음 참가자들이 입장했다.

관객들의 얼굴은 곧 경악으로 찼다.

"다음 참가자를 알립니다. 파스텐 가의 라인홀트 파스텐 경, 그리고 바이언트 가의 이름 없는 기사입니다!"

다음으로 입장한 기사 중 한 명은 투구를 쓰고 몸에는 바이언트 가의 문장을 지니고 있었다. 그 갑옷과 투구의 구체적인 모양은 조금 달랐지만 그 모습은 아까 승리하고 퇴장한 기사와 꼭 닮아 있었다.

바이언트 가의 기사들이 대기하는 천막은 약간의 배려를 받아 본디 원칙보다 조금 더 시합장에 가까운 위치에 세워져 있었다.

덕분에 그 안에서는 시합을 준비하는 기사들과 그 종자들이 아무리 바쁘게 오가도 대강 바깥의 상황을 알 수 있었다.

이번 시합은 라인홀트가 이긴 모양이었다. 안네그레트는 시피에트에게 좋은 선물이 되겠다고 생각해 기쁘면서도 방금 진 바이언트 가 출신의 요엘의 훈련 부족에 대해서는 애석해했다. 아까의 시합에서 이기고 들어온 한스―사실 그와 같은 이름의 기사는 이 천막 안에만 해도 한 손에 다 못 꼽을 만큼 있었다―경은 넉살 좋게 투덜거렸다.

"요엘 자식, 아침 훈련을 빼먹더니 그럴 줄 알았습니다."

"아침 훈련을 빼먹었나?"

안네그레트의 진지한 물음에 이 대화를 듣고 있던 기사들 중 몇 명의 등골이 오싹해졌다. 요엘의 명복을 비는 분위기 속에서 한스 경은 과장을 섞어 동료를 팔아넘겼다.

"그렇다니까요, 남작님. 이거야말로 게오르츠 땅의 망신이 아니고 뭡니까? 저처럼 떡! 하니 이겨서 우리 마님께든 작은아씨께든 꽃 정도는 바쳐야 하는 거 아닙니까? 그것도 1차전 아닙니까."

"그랬군. 요엘 경 본인도 실력의 미진함을 느꼈을 테니 축제 기간 동안 약간의 추가적인 훈련을 한다 해서 불평하진 않을 테지."

아직 시합을 치르지 않은 기사들의 움직임이 갑자기 딱딱하게 굳었다. 한스 경은 곁눈질로 그걸 보고 껄껄 웃었다.

"남작님, 남작님은 오늘부터 신혼이신데 저희 연습까지 어떻게 봐주시겠습니까."

"아니, 내가 남편을 얻었다 해서 의무를 게을리한다면 그거야 말로 오늘 신관님 앞에서 한 진실됨과 성실함의 맹세를 저버리는 게 아니겠나? 나는 여전히 게오르츠 땅의 후계자이고 라이헤르타 남작이잖나."

기사들은 요엘을 동정했지만 동시에 아까보다 조금 더 활기차게 본인의 시합 준비를 했다. 한스 경은 무슨 말을 해야 할지 몰라 벌쭉 웃었다.

그 얼굴을 본 안네그레트는 오히려 미안한 얼굴을 했다.

"내 고집 때문에 자네들이 이름을 대지 못해서 어떻게 하지? 아까 들어 보니 한스 경이 이긴 것인데 내 이름을 부르더군."

"아이고, 그런 건 신경 쓰지 마십시오."

한스 경은 손사래를 쳤다.

"저희는 오히려 좋습니다. 남작님과 같은 문장을 달고 출전하는 건 또 처음 아닙니까? 또 남작님이 워낙 고귀한 신분인 남자분과 결혼하시니 이렇게 한번 결속을 다지는 것도 좋다고 생각합니다."

"전하, 아니, 내 남편도 그리 말씀하셨네."

잠깐 한스 경의 얼굴에 떠올라 있던 웃음이 굳었다. 그는 의심스럽게 물었다. 아니, 의심할 것도 없다. 애초에 이 아가씨가 그런 방면으로는 둔감하다는 것을 모르는 바도 아니었지 않나.

"혹시 오늘 이렇게 다 같이 투구 쓰고 이름 없이 나가자는 게 태자 전하의 제안이었습니까?"

"그래."

본의 아니게 이런저런 사정이 생기면서 약혼 기간이 너무 길어지고 말았는데도 배려 깊게 기다려 준 남편을 생각하며 안네그레트는 수줍게 눈을 내리깔았다. 그리고 생각나는 대로 남편의 말을 옮겼다.

"호, 혹 내가 결혼했다 하여 우리 가문의 땅과 백성들에게 충분히 신경을 쓰지 못하는 일은 있어서는 아니 되니 내가 원하는 대로 하라 하시며, 모두에게는 오늘과 같은 방식의 출전이 힘이 될 거라 하시더군. 그리고 혹 내가 남편의 위광으로 시합에 이기는 것이라 떠드는 자가 있을지 모르니 얼굴을 가리라 하셨는데, 물론 그런 못된 자가 있겠냐마는 자네들에게 힘이 될 거라시니……."

"아이고, 알았습니다, 알았습니다."

바이언트 가의 기사들에게 있어 태자 루트비히는 상당히 복잡한 감상의 대상인 것이 사실이었다. 한스 경은 큰아씨의 새 남편에게 약간의 추가 점수를 주며 고개를 끄덕였다.

"우리 페밀라 아가씨야 한참 숙녀답게 행동하는 걸 좋아하실 나이고, 포르 도련님은 페밀라 아가씨 하시는 대로 따라하니 상관없습니다만 말 위에서 싸우고 싶은 사람은 싸워야지 않겠습니까."

알브레히트는 애초에 검을 드는 것 자체를 아주 귀찮아했기 때문에 언급할 필요가 없었다.

"저희는 이름이야 아무래도 좋습니다. 여기서 명성을 높이면 어떻고 아니면 어떻겠습니까? 다만 우리 아씨가 같이 놀자시니 재밌게 한바탕 놀다 가야겠습니다."

다른 기사들도 어느새 주변으로 몰려들어 고개를 끄덕이고 있었다. 안네그레트는 민망해져 쓴웃음을 슬쩍 지었다.

"이번만 좀 부탁하겠네. 자네들은 어릴 때부터 나를 많이 가르쳐 줬는데, 내가 은혜를 갚지는 못할망정 폐를 끼치는군."

마상 창 시합의 결승전은 기묘하게도 바이언트 가의 이름 없는 기사 대 그와 동명이인의 시합으로 이루어졌다.

바이언트 가에서 이름 없는 기사가 어찌나 많이 나왔는지, 관객들은 누가 누구일 거다부터 저 모두가 사실은 한 사람일 수도 있지 않겠느냐까지 온갖 상상을 나누었지만 진실은 밝혀지지 않았다. 이름 없는 기사들은 하나같이 공개석상에서는 말을 하지 않았고 실력이 뛰어났는데 대부분 승리한 뒤에는 영광을 레이디 유나 바이언트나 레이디 페밀라미르 바이언트에게 바쳤다.

아무튼 이번은 결승전이니 우승자가 누군지 정도는 황실 측에서라도 밝힐 것이다. 그런 희망을 품고 관객들은 두 기사의 기마를 주시했다. 화려한 팡파르와 함께 각각 이번 토너먼트에서 쓰러뜨린 상대 기사들의 이름으로 소개를 대신한 바이언트 가의 기사들은 펜스의 양 끝에서 서로를 노려보며 가볍게 말을 이리저리 움직였다. 시합을 하는 서로는 서로가 누구인지 알까? 관객들은 그조차 의심했다.

아름다운 차양 아래서 시합을 보던 드란힐트는 이제 지루해진 얼굴로 하품을 했다. 황후가 엄숙하게 미간을 좁혔다.

"백작 부인, 손님을 모신 자리잖니."

"하지만 어머님. 누가 누군지 몰라 응원을 못 하니 재미없는걸요."

결승을 치르는 두 기사 중 하나가 당연히 루젤 바이언트일 거라고 생각하고 있던 귀부인 중 몇은 슬쩍 게오르츠 백작 부인의 눈치를 살폈다. 그러나 백작 부인은 그저 우아하게 미소 짓고 있을 뿐이었다. 그 얼굴에 불쾌함은 보이지 않았다.

아직 어린 나이라 귀부인들 틈에서도 얌전히 자리를 지키던 포르베난 바이언트가 문득 새된 목소리로 말했다.

"저기 누님이에요! 누님이 이기면 어떻게 돼요, 어머님?"

"시끄러워, 포르."

포르베난은 곧 쌍둥이 남매인 페밀라미르의 호통에 입을 다물었지만 귀부인들의 눈은 포르베난이 가리킨 쪽에 순식간에 모여들었다. 가까이서 자리를 지키던 율리아 피츠콜이 포르베난에게 말해주었다.

"포르키, 누님이 이기면 이번 마상 창 시합에선 누나가 우승하는 거지, 그렇지? 물론 내일은 검술 시합이 있고 모레는 격투 시합이 있으니 종합 우승은 모레가 되어봐야 알겠지만 말이야."

"우승하면 어떻게 돼요?"

큰 소리를 내면 안 된다는 것을 배운 포르베난은 주위에 다 들리게 속삭여 율리아에게 물었다. 율리아는 생긋 웃으며 부채 위로 눈만 드러냈다.

"글쎄, 오늘의 레이디이면서 우승자이기도 하니 상품은 자기가 가져야겠다, 그렇지?"

유구한 전통에 따라 오늘 마상 창 시합의 우승자에게 줄 상품은 황금으로 된 작은 곰 조각이 준비되어 있었다. 예술적으로도 가치가 있고 그 자체가 순금이라 오늘 출전한 기사 중 상당수는 상품에 욕심이 나 있을 터였다.

드란힐트는 그 대화를 들으며 빙긋빙긋 웃고 있는 루트비히 태자에게 물었다.

"오라버님, 어떤가요? 오라버님의 아내가 어느 쪽인지 확실히 말씀하실 수 있으세요?"

루트비히는 느리지도 빠르지도 않게 대답했다.

"처남 말이 맞아. 랜스가 붉은 쪽이 안네그레트야."

남들보다 눈치가 느려 지금 화제가 되는 쪽이 어느 쪽 기사인지 못 찾고 있던 사람들은 얼른 붉은 랜스를 든 기사를 보았다. 황금빛 찬란한 깃발이 훅 내려갔다.

바람.

완전히 짓밟힌 잔디밭 위를 두 마리 말이 질주했다. 울긋불긋한 장식이 날려 유성처럼 꼬리를 끌었다. 바람을 경쾌하게 가르며 두 자루의 랜스가 서로를 향해 날았다.

픽! 붉은 랜스의 기사가 창을 떨어뜨렸다. 그 기사는 손을 맞았는지 잠시 본인의 손목을 꽉 쥐었다. 뛰어와 얼른 새 창을 건네주고 떨어진 창을 치웠다. 상대 기사는 그러면 루젤 바이언트일 거라고 짐작한 사람들은 갑자기 흥미가 들끓는 것을 느꼈다. 아버지 대 딸의 대결이다. 그것도 딸의 결혼식 날에.

상대 기사에게 주어진 점수가 기록되고 나서 다시 깃발이 허공을 갈랐다. 아까처럼 신중하고 날카로운 자세로 두 기사는 서로를 노려보다가 말을 달렸다.

레이디 투셀린이 목소리를 가다듬고 루트비히에게 물었다.

"태자 전하, 전하께선 누가 누구였는지 다 알고 계셨겠지요?"

루트비히는 시합에서 눈을 떼지 않은 채 웃음기 섞인 목소리로 대답했다.

"그럴 리가요, 부인. 그 많은 시합 참가자를 어떻게 다 외웁니까?"

"예?"

주위 사람들도 시합에서는 눈을 떼지 않았지만 의아하게 귀를 기울였다. 루트비히는 바람처럼 가볍게 웃었다.

"그냥 보면 압니다. 아마 수많은 옛이야기가 인물들에게 실컷 부여해 주면서 설명은 절대로 하지 않는, 바로 그 원리겠지요."

이번에는 두 랜스 모두 서로를 맞추지 못하고 비켜갔다. 점수를 새로 기록할 필요는 없었고 두 선수가 각 출발선 뒤로 물러가자 깃발이 다시 허공을 갈랐다.

퍽! 퍽! 양 선수가 랜스에 맞아, 섬뜩한 소리와 함께 무기가 부서졌다. 상대에게 치명상을 입힐 만한 충격에는 아예 망가지도록 만들어놓은 규정대로의 무기였다. 바닥에 나무 조각이 나뒹굴었고 관객들은 흥분해 소리쳤다.

각 선수는 1점씩을 받는 사이에 종자에게 새 랜스를 받았다. 세 판이 지나도록 결판이 나지 않았으니 이제 규칙대로 네 번 더 시합해 점수가 많은 쪽이 이기게 되어 있었다.

결승이라면 각축전을 벌여야 즐거운 법이다. 관객들은 다음 차례에 깃발이 내려가자 각자 마음에 든 쪽이 이기기를 바라며 크게 응원했다.

"붉은 랜스! 붉은 랜스!"

"흰 랜스! 흰 랜스!"

폭풍처럼 거대한 소리의 파도 너머로 두 기사는 질주했다. 그 기세는 망설임이 없고 민첩해서 그야말로 화살 같았다.

점점 가까워지던 랜스가 마침내 적의 몸을 맞췄다. 퍽! 퍽! 아주 짧은 틈을 두고 무서운 소리가 장내에 울려 퍼졌다. 한쪽은 자세가 조금 흐트러졌을 뿐이었지만 다른 쪽은 말에서 반쯤 미끄러져 떨어진 모습이었다. 다행히 후자도 곧 자세를 바로잡아 낙마를 면했다.

"오라버님의 신부가 내일은 제대로 움직이지도 못하겠네요. 결혼 첫날에 다른 남자로 인해 새신부가 앓는 것에 대해 어떻게 생각하시는지?"

드란힐트의 노골적인 농담에 가장 점잖은 귀부인들 몇을 제외한 모두가 킥킥 웃었다. 루트비히는 쓴웃음을 지었다.

"결혼 첫날에 전쟁 때문에 신부를 떠났다가 십 년이 지나 겨우 돌아온 카를은 아내에게 그런 말을 들었다지."

"나는 당신의 닻입니다."

루트비히가 그 정확한 문구를 떠올리기 전, 낭랑하고 품위 있는 목소리가 부신어로 말했다. 그는 친애의 정을 담아 유나 바이언트, 게오르츠 백작 부인을 보았다.

"잘 알고 계시는군요."

"마침 얼마 전 읽은 책에 나오더군요. 제 닻이 남편이었던 것처럼, 제 딸아이에게도 전하께서 닻이 되어주신다면 기쁘겠어요."

"물론입니다, 레이디 바이언트."

루트비히의 시선이 떨어지자 마침 호기심을 참지 못한 레이디 투셀린이 물었다.

"백작 부인, 따님과 남편분 중 누가 우승하길 원하시나요?"

유나는 하늘하늘한 부채로 입가를 가리고 눈웃음을 지었다.

"그 답은 제 마음 속 내밀한 것이라 알려 드리기 힘들겠네요. 하지만 이번 시합의 승패에 대해 여쭈시는 거라면…… 실은 우승자가 가려지기 전에 말씀드리면 안 되는데."

"아이, 궁금해서 어쩔 줄을 모르겠단 말이어요. 부디 가르쳐 주셔요."

"맞아요, 백작 부인."

레이디 아를레마네도 합세했다. 유나는 앉아서 새침한 표정을 짓고 있는 딸을 보았다. 발언권을 얻은 페밀라미르는 눈을 똑바로 뜨고 짜랑짜랑하게 말했다.

"오늘 저희 아버님은 출전하지 않으셨어요."

천막 안의 모든 사람은 갑자기 비상한 흥미를 느끼며 페밀라미르의 목소리에 집중했다. 이때 펜스 앞에서는 다시 한 번 기사들이 격돌해 흰 랜스의 기사가 말에서 떨어졌다. 궁정 시종들은 붉은 랜스의 기사에게 1점을 더해주었다.

"저희 아버님은 어머님 외의 다른 여성분께는 승리의 영광을 돌리지 않으시거든요."

오늘 우승자에게 상을 내리는 것은 안네그레트 바이언트로 정해져 있으니, 깜박 우승이라도 해버린다면 본인의 레이디가 아닌 다른 여성에게 치하를 받는 것이기는 했다. 하지만 딸인데! 그리고 이 정도로 큰 대회에서 누가 그런 것에 신경을 쓰는가!

몇몇 사람은 부러워하고 몇몇 사람은 어이없어하는 가운데 다시 깃발이 내려갔다. 루트비히는 붉은 랜스의 기사를 바라보느라 이제 다른 사람들의 대화에는 신경을 쓰지 않았다.

안네그레트는 우승을 선언하는 사회자의 말을 듣고 투구를 벗었다.

투구 아래 쓰는 두꺼운 누비 모자까지 빼서 투구 안에 구겨 넣자 땀에 젖고 새까만 머리칼이 폭포처럼 흘러내렸다. 그녀는 귀밑머리를 손으로 넘기고 황제가 있는 쪽을 향해 한 번 무릎 꿇었다. 관객의 환성과 귀부인들이 흔드는 손수건이 한꺼번에 어지러울 정도로 밀려들었다.

이겼다.

순금으로 된 곰에 욕심은 없었지만 자신의 실력을 만족스러울 만큼 시험했다는 것은 기쁘게 느껴졌다. 안네그레트는 웃지 않으려 애썼지만 본인이 반쯤 실패했음을 알았다. 싸움의 기술이 뛰어나다 해도 신께서는 기뻐하시지 않는다. 그러니 담담하고 초연하게 보이고 싶은데도.

이쪽을 바라보는 그의 눈이 너무 반짝이고 있었다.

"바이언트 가의 이름 없는 기사님께서는 단상으로 올라와 주시기 바랍니다."

뛰어난 실력을 증명해 낸 오늘날 최고의 기사에게 우레와 같은 박수가 쏟아졌다. 안네그레트는 사회자가 말하는 대로 단상에 올라갔다. 일단 습관대로 불러 대중 앞에 우승자의 얼굴을 보이긴 했지만, 사회자는 고민에 빠진 것 같았다.

상을 주는 사람은 오늘의 신부인 아드라펠라네 백작 부인이자 태자비여야 했다. 하지만 우승자 또한 아드라펠라네 백작 부인이자 태자비 본인이다. 이러면 예법이 어떻게 되어야 하나?

귀족들도 웅성거리고 있기는 마찬가지였다. 이때 태자의 신호를 받고 테다인 하쉬겐스타트가 단상으로 내려왔다. 그리고 사회자에게 작게 속삭였다. 사회자는 곧 목소리를 가다듬고 큰 소리로 외쳤다.

"원래 오늘 상을 수여하실 분은 여러분도 아시다시피 오늘의 레이디이자 우리가 축하하기 위해 모인 태자비 전하십니다만, 태자비께서 상을 수여하기 불편하십니다. 그래서 이 자리에 계신 모든 귀부인 가운데 가장 훌륭한 미덕을 지니셨고 고귀하신 황후 폐하께서 상을 내리시게 되었습니다!"

황후는 아무래도 좋다는 얼굴이었다. 황제는 빙긋 웃었고 태자는 시종에게 손짓했다. 곧 궁정 시종은 근사한 벨벳 방석에 찬란한 순금상을 얹혀 우승자에게 가져갔다. 안네그레트는 황후가 앉은 높은 곳을 향해 한쪽 무릎을 꿇고 인사했다.

"과분한 영광입니다."

"수고했어요."

황후는 짧게 말하고 입을 다물었다. 안네그레트는 일어나 순금 상을 받았다. 그리고 그것을 다시 시종에게 내밀며 말했다.

"감사하지만 저는 제가 먹고살 재물이 충분히 있는 자입니다. 이 보물은 신전에 봉헌해 가난한 자들에게도 신의 은혜를 느낄 수 있게 한다면 좋겠습니다."

시종은 황송해하며 상품을 받았다. 많은 관객은 감동을 받았고 시니컬한 귀족들조차 그 쓰임새는 인정했다. 황실 가족들을 위한 자리에 앉은 태자는 미리 알고 있었다는 듯 그저 평온한 미소를 짓고 있었다.

안네그레트는 문득 하늘을 보았다. 찬사와 오색의 장식으로 어질어질한 가운데 하늘은 푸르렀고 향기로웠다.

좋은 날이었다.